LOS MARIDOS

HOLLY GRAMAZIO

LOS MARIDOS

Traducción de
Laura Vidal

Rocaeditorial

Título original: *The Husbands*

Primera edición: mayo de 2025

© 2024, Holly Gramazio Ltd
© 2025, Roca Editorial de Libros, S. L. U.
Travessera de Gràcia, 47-49. 08021 Barcelona
© 2025, Laura Vidal, por la traducción

Roca Editorial de Libros, S. L. U., es una compañía de Penguin Random House Grupo Editorial que apoya la protección de la propiedad intelectual. La propiedad intelectual estimula la creatividad, defiende la diversidad en el ámbito de las ideas y el conocimiento, promueve la libre expresión y favorece una cultura viva. Gracias por comprar una edición autorizada de este libro y por respetar las leyes de propiedad intelectual al no reproducir ni distribuir ninguna parte de esta obra por ningún medio sin permiso. Al hacerlo está respaldando a los autores y permitiendo que PRHGE continúe publicando libros para todos los lectores. De conformidad con lo dispuesto en el artículo 67.3 del Real Decreto Ley 24/2021, de 2 de noviembre, PRHGE se reserva expresamente los derechos de reproducción y de uso de esta obra y de todos sus elementos mediante medios de lectura mecánica y otros medios adecuados a tal fin. Diríjase a CEDRO (Centro Español de Derechos Reprográficos, http://www.cedro.org) si necesita reproducir algún fragmento de esta obra. En caso de necesidad, contacte con: seguridadproductos@penguinrandomhouse.com

Printed in Spain – Impreso en España

ISBN: 978-84-19965-16-5
Depósito legal: B-4546-2025

Compuesto en Mirakel Studio, S. L. U.

Impreso en Black Print CPI Ibérica
Sant Andreu de la Barca (Barcelona)

RE 65165

A Terry, mi marido favorito

1

El hombre es alto y tiene el pelo alborotado, y cuando vuelve, bastante tarde, de la fiesta de despedida de soltera de Elena, se lo encuentra esperándola en lo alto de las escaleras.

Se sobresalta y retrocede un paso.

—¿Qué...? —pregunta, pero se interrumpe y tiene que volver a empezar—: ¿Quién eres?

El hombre suspira.

—Una noche movidita, ¿eh?

Una escalera enmoquetada la separa del hombre, envuelto en la penumbra. No se ha equivocado de casa, ¿verdad? Es imposible: ha abierto con su llave. Ha bebido, pero no tanto como para cometer un allanamiento de morada involuntario. Retrocede una vez más y busca a tientas el interruptor de la luz sin quitar ojo al desconocido.

Lo encuentra. En el súbito resplandor, reconoce todo: la inclinación de los peldaños, el color crema de las paredes, incluso el interruptor bajo sus dedos que se resiste un instante antes de hacer clic. Todo menos al hombre.

—Lauren —dice este—. Ven, anda. Sube y te hago un té.

Así que sabe cómo se llama. ¿Será...? No, han pasado meses desde que salió con aquel tipo y además era rubio, tenía barba, este tipo no es él. ¿Será un ladrón? ¿Por qué sabe su nombre un ladrón?

—Si te vas ahora mismo —le dice—, no te denuncio.

Por supuesto que piensa denunciarlo. Busca detrás de ella la manilla de la puerta del apartamento e intenta girarla, lo que le resulta bastante complicado, pues no quiere apartar la vista, sobre todo ahora que —ay, Dios mío— el hombre está bajando las escaleras. Lauren sale de espaldas hasta el vestíbulo del edificio, camina despacio y busca a tientas la puerta de la calle, que empuja hasta que se abre al aire cálido y cargado del verano. Echa a andar bajo la llovizna intermitente, pero sin alejarse demasiado, para poder ver al hombre.

Este ha bajado al portal y su silueta se recorta en el umbral, iluminada desde detrás.

—Lauren —pregunta—, ¿qué haces?

—Voy a llamar a la policía —contesta esta mientras rebusca el móvil en el bolso rezando por que tenga batería. El bolsillo donde debería estar contiene en su lugar un cactus diminuto en una maceta pintada, del taller de hoy. El teléfono está debajo. Se ilumina y Lauren lo localiza, lo coge y lo saca.

Justo en ese instante, ve la imagen de la pantalla de bloqueo.

Resulta que es una fotografía de ella, en la playa, rodeando con el brazo al hombre de la puerta.

Dos por ciento de batería, ahora uno. La cara de él. Inconfundible. Y la de ella.

Coge el minicactus con la otra mano y hace ademán de tirárselo.

—No te acerques.

—Vale —dice el hombre—. Vale. Me quedo aquí.

Está pisando la acera, descalzo. Lauren lo mira otra vez: mira la cara iluminada por el teléfono, en la noche, frente a ella. El hombre viste camiseta gris claro y pantalón holgado de cuadros. No es un pantalón, cae en la cuenta Lauren. Es un pijama.

—A ver —dice—. Acércate un poco.

El hombre obedece con un suspiro. Da otra media docena de pasos descalzos en la acera, de modo que Lauren tiene espacio suficiente para rodearlo de camino a la puerta y entrar en el edificio, dejando atrás los estores cerrados del apartamento que hay en el bajo.

—Quédate donde estás —dice al bordearlo y sin quitarle la vista de encima.

El hombre se gira hacia ella, la observa. Lauren entra, pisa el suelo de baldosa del portal y se aventura a echar una ojeada de comprobación: sí, la puerta cerrada de la casa de Toby y Maryam a un lado, la puerta abierta de su apartamento justo a su espalda, las escaleras de siempre, su casa.

—Lauren —la llama el hombre.

Lauren se gira y el hombre se para; ¡le ha dicho que se quede donde está y se ha movido! Le da con la puerta en las narices, entra deprisa en su apartamento y cierra con llave.

—Lauren.

El hombre sigue llamándola desde fuera. Lauren activa el teléfono para marcar de una vez el número de la policía, pero la pantalla se ilumina —de nuevo con la cara del hombre— y a continuación se oscurece. Se ha quedado sin batería.

Mierda.

—Lauren. —El hombre está en la puerta de la calle—. Ya está bien.

Lauren sube corriendo las escaleras, cruza el distribuidor y busca su cargador en la cocina. Tiene que llamar a alguien. Aunque sea a Toby, el vecino de abajo. Pero entonces oye pisadas y el hombre está subiendo, ha entrado en el apartamento. ¡Está dentro!

Lauren da media vuelta y va hasta la puerta de la cocina.

—Vete de una puta vez —dice con el cactus en la mano.

Está preparada. Como se acerque, se lo tirará.

—Tranquilízate —dice él cuando termina de subir las escaleras—. Voy a servirte un poco de agua.

Da un paso hacia ella, y entonces Lauren lo hace, le tira el cactus. Pero la planta ni siquiera roza al hombre, rebota en la pared y rueda escaleras abajo cada vez más deprisa, tac, tac, taca-tac, en el silencio de la noche y se detiene con un último repiqueteo al chocar con la puerta del apartamento.

—¿Se puede saber qué te pasa? —pregunta el hombre con unas llaves en la mano. Así es como ha entrado: le ha robado a Lauren el juego de llaves de repuesto. Pues claro. Igual le ha hackeado el ordenador y le ha manipulado el móvil por control remoto y por eso sale su foto en la pantalla de bloqueo. ¿Se puede hacer algo así?—. Ya está bien, joder. Siéntate. Por favor.

El hombre apaga la luz de la escalera y enciende la del rellano de la primera planta, el espacioso distribuidor cuadrado del que salen varias habitaciones, el espacioso distribuidor gris que Lauren cruza varias veces al día.

Y que, de repente, es azul.

Y tiene una moqueta también azul. Que antes no estaba. ¿Qué pinta ahí esa moqueta?

No puede detenerse a investigar: el hombre se está acercando. Lauren retrocede por la moqueta, que nota mullida y suave a pesar de ir calzada, hacia la puerta del salón. Está justo encima de la habitación de Toby y Maryam. Si grita, piensa, la oirán. Pero, incluso con la luz apagada, nota la habitación rara.

Busca a tientas el interruptor.

Clic.

La luz ilumina más objetos extraños. El sofá es marrón oscuro, y Lauren está segura de que cuando salió por la mañana era verde. El reloj de la pared tiene números romanos en lugar de normales, y resulta que los números romanos son difíciles de leer, VII, XIIII, VVI. Tiene que guiñar los ojos para que no le bailen. En el jarrón del estante hay tulipanes y su linograbado torcido de un búho ha desaparecido. Los libros no son los que deberían o están mal ordenados; donde antes había cortinas ahora hay contraventanas. La mayoría de las fotos no tienen sentido y, en especial, hay una que es un despropósito: un retrato de boda en el que salen —Lauren se acerca para mirarlo, casi pega la nariz al cristal— ella... y el hombre.

El hombre que la ha seguido al salón.

El marido.

Lauren da media vuelta y el marido le ofrece un vaso grande lleno de agua. Al cabo de un instante, lo acepta y repara, por primera vez, en que lleva un anillo en el dedo.

Se cambia el vaso a la mano derecha y extiende la izquierda, gira la palma y el anillo sigue allí cuando dobla los dedos y lo toca con la yema del pulgar. Ajá.

—Anda, ven —dice el marido—. Siéntate. Bébete el agua.

Lauren se sienta. El sofá conserva la forma de antes, si no el color. Y está igual de vencido por algunas zonas.

El marido también se sienta, en una butaca, y al principio Lauren no logra ver si también lleva una alianza, pero entonces se inclina hacia delante y ahí está: reluce en su dedo. La está observando. Ella hace lo mismo.

Estoy muy borracha, piensa Lauren, de manera que es probable que se me escape algo obvio. Pero un hombre al que no ha visto en su vida acaba de ofrecerle algo de beber y, en cualquier caso, el hecho de que sea posible que esté casada con él debería generarle más desconfianza que otra cosa.

—Eh..., enseguida me la bebo —dice pronunciando despacio cada sílaba (aunque parece haber más de las normales).

—Vale.

Si se supone que vive allí, ¿por qué no está en la cama?

—¿Por qué no estás en la cama?

El hombre suspira.

—Lo estaba —dice—, pero no has entrado muy sigilosamente que digamos.

—¡No sabía que estabas!

—¿Cómo? —dice el hombre—. Anda, bébete el agua, quítate el vestido y vamos a ponerte el pijama. ¿Necesitas que te baje la cremallera?

—No —contesta Lauren mientras coge un cojín y se parapeta detrás de él.

Joder. No lo conoce de nada. No piensa desnudarse delante de él.

—Vale, vale, no… Chis, tranquila, bébete el agua. —El hombre tiene rostro cansado. Mejillas redondeadas con un asomo de rubor—. ¿Sí? —pregunta.

—Sí —contesta Lauren y, al cabo de un momento, añade—: Voy a dormir aquí. Así no…, no te molesto. Te puedes ir.

—¿No prefieres dormir en el cuarto de invitados? Voy a despejar la cama…

—No —dice Lauren—. No hace falta. Aquí estoy bien.

—Vale —repite él—. Voy a buscar tu pijama. Y el edredón.

Lauren se mantiene erguida, en alerta, hasta que el hombre vuelve. El pijama es uno viejo que compró en Sainsbury's, con dibujos de los Mumin, pero el edredón es nuevo: de cuadros azul oscuro y azul claro alternos, dispuestos como si fueran retales cosidos, pero en realidad estampados. No le gusta.

—Sí, ya lo sé, pero piensa que —dice el hombre—, si echas la papilla encima, por fin tendrás una excusa para tirarlo.

Eso de «por fin» no tiene ningún sentido, pero todo es tan intenso y desconcertante que Lauren no quiere discutir. La habitación zumba suavemente.

—Vale —dice.

Parecen turnarse para decir «vale», para suspirar o esperar, y quizá en eso consiste el matrimonio; es la primera vez que lo prueba.

El marido enciende una lámpara y apaga la luz del techo.

—¿Estás bien? —pregunta—. ¿Quieres una tostada?

—He comido patatas fritas —contesta Lauren. Aún conserva el sabor en la boca—. Y pollo.

Es vegetariana, excepto cuando se emborracha.

—Vale —repite el hombre una vez más—. Bébete el agua —añade, justo antes de cerrar la puerta.

Lo oye en la cocina, después en el dormitorio, y después nada. Bueno.

Lauren va hasta la puerta y escucha un instante. Silencio en el distribuidor y en el apartamento. Se pone el pijama, paso a paso, como si estuviera en los vestuarios de un colegio: primero los pantalones cortos encima de las bragas, después se saca el vestido por la cabeza, luego la parte de arriba encima del sujetador, se desabrocha este y saca un brazo y luego el otro hasta que consigue extraerlo triunfalmente por el agujero de la manga, momento en el cual pierde el equilibrio, cae sentada en el sofá y el teléfono rebota en los cojines y aterriza en el suelo con gran estrépito.

Se queda muy quieta esperando a ver si vuelve el marido. Nada.

Un crujido, tal vez. Un camión o un autobús fuera, en la calle principal.

Por lo menos ahora está sentada.

Fuera ruge el motor de un coche. Quizá un tren, algo más lejos, aunque no son horas. Quizá lo ha imaginado, lo mismo que al marido.

Si al marido no lo ha imaginado, entonces hay un desconocido en su casa. Se obliga a ponerse de pie. Camina sin hacer ruido hasta la mesa del rincón, saca una silla y la lleva, despacio, muy despacio, hasta la puerta. Nunca ha hecho algo así, pero lo ha visto en muchas películas: encajas la silla y así atrancas la puerta, ¿no? La deja en el suelo y la coloca con el respaldo contra el picaporte. Necesita un par de intentos, pero al fin lo logra, atranca la puerta. Mira la silla, se sienta en el sofá para pensar en lo que va a hacer a continuación y se queda dormida.

2

Cuando se despierta, está menos borracha, pero se encuentra muchísimo peor.

En la habitación hay claridad, las rendijas de las contraventanas dejan pasar una luz cálida que lo baña todo de amarillo.

Se pone de pie. Lo consigue casi sin problemas. Mira a su alrededor. La silla que usó la noche anterior para hacer una barricada ha volcado y no obstruye en absoluto la puerta, que está entreabierta y deja pasar ruidos del resto de la casa: pisadas, un repiqueteo.

El marido.

No se encuentra en plena forma, pero coge su teléfono sin batería, endereza la silla y se asoma al distribuidor. El ruido procede de la cocina.

Cruza a toda prisa y de puntillas el distribuidor hasta el baño y se encierra allí. No sabe si vaciar la vejiga o vomitar; opta por priorizar lo segundo y se dobla sobre la taza y se abandona a las apremiantes arcadas.

Al momento se le van el dolor de cabeza y también las náuseas, dando paso a una bienvenida lucidez que, como bien sabe Lauren, durará como mucho veinte minutos, hasta que su cuerpo entienda que tiene importantes problemas que abordar. Va al lavabo, se enjuaga la boca con agua, la escupe y a continuación bebe. Se muere de ganas de lavarse los dientes, pero en la esquina del mueble del lavabo hay dos cepillos que no conoce, uno amarillo y otro verde. Así que toca dentífrico en el dedo.

Hacía bastante tiempo que no bebía tanto.

—¿Lauren? —Su marido la llama desde el otro lado de la puerta, muy cerca.

—... Sí —contesta Lauren—. Ahora mismo salgo.

—Voy a hacer el desayuno.

Mira a la puerta y espera a oír que se aleja, después se lava la cara, se limpia los últimos restos de purpurina y de rímel. Se quita la parte de arriba del pijama, se asea con una manopla: cara, hombros, debajo de los pechos, en las axilas. Ya se dará una ducha cuando solucione el misterio del marido.

La ropa de la noche anterior está en el cesto. El marido debió de entrar en el salón a cogerla mientras ella dormía. El vestido es de tintorería y no pinta nada en el cesto de la ropa sucia, pero debajo encuentra el sujetador que llevaba puesto y una camisa, también unos calzoncillos, un jersey gris que reconoce como propio y unos leggins que no. Se pone el sujetador, el jersey, cambia el pantalón de pijama por los leggins y se mira al espejo.

¿Corrector? ¿Rímel? No. No va a una cita: está intentando averiguar qué hace ese hombre en su casa. Está aseada..., más o menos, y eso es suficiente.

Descorre el pestillo.

El marido (chaqueta de punto, pantalones) está en la cocina, cuyas paredes no son del color amarillo que recuerda Lauren, sino del mismo azul que el rellano. Una tostadora (la de siempre), una máquina de café (nueva), una mesita con dos banquetas encajadas contra la pared (nuevas). Hay algo friéndose.

—¡Ha resucitado! —dice el marido cuando la ve—. Ten —añade y le da un café antes de volverse hacia la máquina para preparar otro—. El beicon ya está casi.

—Soy vegetariana —dice Lauren sin convicción.

—En las trincheras no hay ateos —dice el marido.

Hay un cargador enchufado en la pared, con el cable formando un lazo sobre la mesita. Lauren se sienta en la banqueta de la esquina y conecta su teléfono. El marido le hace un sándwich y se lo pone delante, en la mesa.

Si fuera un asesino, piensa Lauren, podría haberla asesinado la noche anterior. Esperar a la mañana para envenenarla con un sándwich de beicon sería un rodeo innecesario. Y, cuando lo muerde, el sándwich está buenísimo, rico de verdad: con los bordes crujientes, salado, mantecoso, con sensación a pan recién hecho y ese sabor intenso de la salsa HP. Ya antes de hacerse vegetariana, Lauren había empezado a evitar el cerdo; los cerdos tienen la inteligencia de un humano de tres años, según oyó decir una vez, el mismo día en que fue a la fiesta del tercer cumpleaños de su sobrino Caleb, y eso le bastó. Pero tirar ahora un sándwich a la basura no va a salvar a ningún cerdo. Y al cuarto o al quinto bocado, empieza a encontrarse algo mejor.

—Bueno —dice el marido sentándose frente a ella con otro sándwich para él—, ¿lo pasaste bien anoche?

Lo pasó de maravilla. Recuerda pintar macetas de cactus en un tallercito, después tomar unas copas mientras se secaban, seguido de una cena por todo lo alto, con karaoke, y cócteles, baile y más copas, también comer patatas fritas saladas y grasientas mientras Elena sacaba fotos de las dos posando con un fondo de azulejos de espejo de la tienda de pollo frito, cuyas luces prestaban un resplandor cálido a la noche cada vez más fresca. Recuerda a Elena prometiendo no abandonarla por una vida de persona casada que solo hace cosas de personas casadas: «Sabes que nunca lo haría». Recuerda subirse al segundo piso del autobús nocturno a Norwood y sentarse y mirar la luna imposiblemente enorme en el cielo. Recuerda contemplar Londres a través de las salpicaduras de llovizna estival por la ventana, los semáforos, los desconocidos, los locales de kebabs, el puente ancho y el largo viaje hacia las calles en las que la ciudad se relaja y desparrama en barrios residenciales.

Y a continuación: llegar a casa y encontrarse al marido.

—Sí —contesta. ¿Cómo se conversa con un marido?—. Y tú, ¿qué tal? ¿Qué hiciste?

—Fui a nadar. Ordené un poco. Ayudé a Toby a arreglar la ventana para que el casero no les diga nada.

Vale, piensa Lauren, así que conoce a Toby. El marido sigue hablando:

—Subí las cajas al desván, por fin. Igual hoy le doy una vuelta al huerto.

Suena de lo más hacendoso. Lauren no tiene huerto, pero quizá lo ha plantado él. El apartamento se ha convertido en uno de esos pasatiempos de «encuentra las diferencias»: más libros de cocina, la muesca en la pared de aquella vez en que abrió la puerta con demasiado ímpetu ha desaparecido, hay una lámpara que continúa torcida. La maceta que pintó ayer está en el alféizar, con el cactus un poco caído. El marido debió de cogerla del pie de las escaleras. La verdad es que parece buena persona.

Lo que no hace menos inquietante su presencia allí.

Apareció mientras ella no estaba. Si se va ahora, ¿es posible que en su ausencia todo vuelva a la normalidad?

—Voy… a dar un paseo. A ver si me despejo un poco.

—¿Quieres que te acompañe?

—No, no te preocupes.

Quizá está malinterpretando algo y, en cuanto le dé un poco el aire, todo cobre sentido.

Busca calcetines, zapatos, llaves. Vuelve a la cocina a coger su teléfono, que solo se ha cargado en un treinta por ciento. El marido mastica alegremente lo que le queda de sándwich. Lauren abre la nevera en busca de una Coca-Cola para la resaca, pero solo encuentra una lata de agua con sabor a uva. La coge.

Baja las escaleras y, ya en la calle, se vuelve a mirar la casa, las contraventanas nuevas.

El resto de la calle. Casas. Un contenedor vacío antes de llegar a la avenida principal, árboles y sus hojas verdes. Se aleja veinte pasos de la casa y gira la cabeza. Las contraventanas siguen ahí.

Al llegar a la esquina, ve la parada de autobús de la noche anterior. Así, a simple vista, parece la misma de siempre. Detrás, la gasolinera, y un grupo de adolescentes hablando todos a la vez, con sus bicicletas apoyadas contra la pared. Lauren cruza la calle, se sienta en el banco inclinado de la parada de autobús y saca el teléfono.

La pantalla de bloqueo sigue mostrando una fotografía de ella y el hombre, juntos, con el mar de fondo.

Toca la pantalla y le pide una contraseña. Quizá también esto ha cambiado, pero no, se desbloquea con la misma clave que lleva años usando.

Abre la aplicación de fotos y localiza las de la noche anterior. El trayecto en autobús, el restaurante de pollo frito, el bar, el otro bar, el taller de cerámica con todas las macetas en hilera, la de Elena con los dibujos romboides, la de Noemi con sus elegantes pollas entrelazadas. Vale. A continuación filtra para ver solo los selfis y repasa los del último año: hay algunos de ella sola, pero la mayoría son con el marido, guiñando los ojos en la claridad del sol. Retrocede un poco en el tiempo y el marido sigue allí, foto sí, foto no. Con barba. Sin barba. Los dos en un promontorio. Junto a un árbol. Delante de un cisne; el cisne nada hacia ellos, Lauren intenta darle de comer; al cisne no le hace demasiada gracia.

Levanta la cabeza, perpleja ante la imposibilidad de lo que está viendo, la cara de ese hombre contra un cielo soleado. Uno de los chicos de la gasolinera se ha puesto a dar patadas a una botella de plástico por la acera mientras el otro hace de portero. Un taxi se detiene junto a la acera y alguien se baja.

Comprueba los mensajes enviados: un montón de corazones a Elena, «TE QUIERO SÉ QUE VAS A SER MUY FELIZ» y una fotografía del reflejo de ambas en los azulejos de la tienda de pollo frito con el pie: «Que seamos tan guapas tiene que ser muy duro para el resto del mundo». En otro hilo, Lauren descubre que ha enviado un «VUELVO PRONTO TE VEO EN CAS PRONTO Y OYE HOLA PRONTO» a —sí, ¡por fin!— Michael.

El marido se llama Michael. Retrocede para leer mensajes anteriores.

Otro mensaje dirigido a él, este de dos días atrás: «Limones, detergente lavadora, gracias!».

Otro: la fotografía de una pera con unos enormes ojos saltones pegados.

Uno de él, de unos días atrás: «Llegando, te veo en 5 mins».

Cuando busca la palabra «Michael» en sus propios mensajes, descubre que lo menciona todo el rato y a todo el mundo: Michael está de viaje de trabajo, Michael está entrenando para la media maratón así que no pude venir al pub, Michael llevará *panzanella* a la barbacoa. Michael esto, Michael lo otro. Y nadie contesta con un: «¿Se puede saber quién es Michael?».

Bueno. Si sus amigos lo conocen, igual alguno podrá explicarle qué está pasando.

Encuentra a Toby en sus contactos; el marido lo mencionó y vive en el piso de abajo, debería saber qué ocurre. «Hola —le escribe—, estoy casada?».

La respuesta es casi inmediata: «Eso tengo entendido —escribe Toby—. Un chico alto, guapo de cara. Vive contigo. Ya sabes a quién me refiero».

«Vale pero cuándo nos casamos?».

La respuesta: «14 de abril. Es un concurso? He ganado?».

El 14 de abril. ¿De este año? Si es así, solo han pasado dos meses. En su carrete no hay fotografías de boda, pero busca en los mensajes y por fin encuentra uno enviado a su madre: «Aquí van las primeras; el resto nos las dará el fotógrafo dentro de uno o dos meses».

Y cuatro fotografías.

La primera es de grupo, la que vio en el salón. Ella con un vestido crema de manga larga, falda tres cuartos y vuelo, zapatos de tacón rosa, un ramo de flores rosa (no rosas, otras). Sin velo.

El marido, Michael, con traje marrón oscuro. Su madre. Su hermana, Elena y una mujer que no conoce son damas de honor y visten distintos tonos de verde. Desconocidos: amigos del novio, sus familiares.

Siguiente fotografía: ella y su marido, bailando. Mirándose. Él sonríe; ella está seria.

La siguiente: firmando papeles.

Y la última: Michael y ella otra vez, besándose. Lauren se toca los labios. Los tiene secos.

De manera que ha habido boda.

Está casada. Tiene un marido esperándola en casa.

Como para confirmarlo, aparece un mensaje de él en la pantalla: «Si pasas por una tienda, puedes comprar una bombilla? De rosca, no de clavija».

Casi se le cae el teléfono; es como si la hubiera sorprendido espiándolo, pero se tranquiliza y contesta: «Claro». Es la respuesta lógica, ¿no?

Muy bien, ¿qué más? Primero busca «Michael» en su correo y encuentra un apellido: Michael Callebaut.

Así que al parecer se ha convertido en una Callebaut. Bueno. Es una subida de categoría respecto a Strickland.

Googlea al marido, pero hay un montón de Michael Callebaut, así que añade «Londres» y busca entre las imágenes. Dios, ¿lo reconocerá? Sí: ahí está mirando al frente, es un primer plano con un fondo de piedra.

La foto es de un estudio de arquitectura en cuya web aparece en mitad de la lista dentro del apartado «Quiénes somos». La página del estudio incluye fotografías de iglesias, una biblioteca, un auditorio en la City, un parque de atracciones. Lauren no sabe muy bien qué diseños son fotografías de cosas que han construido o simulaciones hechas por ordenador de proyectos imaginados.

¡Pero el caso es que es arquitecto! Qué trabajo tan perfecto para un marido. Ambicioso, pero concreto, artístico pero práctico, de un sector glamuroso pero sin problemas de drogas. No es extraño que haya arreglado la mella en la pared y plantado un huerto. Un momento, ¿es posible que ella tenga un trabajo distinto en este mundo nuevo? Lo comprueba y no: sigue siendo consultora de negocios para el Ayuntamiento, persuade a empresas de que se establezcan en Croydon y ayuda a nuevos residentes a emprender proyectos. Las anotaciones de su agenda están en color azul en lugar de verde, pero las reuniones son casi las mismas, quizá ordenadas de otra manera.

Aun así, son muchos cambios.

—Lauren Callebaut —dice en voz alta para oír qué tal suena.

Abre la lata de agua y da un sorbo. El sabor es metálico y desagradable, insípido y amargo a la vez, pero da otro trago. Quizá en esto consiste su nueva vida: en beber agua de uva.

Regresa a casa despacio, sin prisa, compra una bombilla en la gasolinera y remolonea, hace un alto en la esquina de su calle en un intento por dar una oportunidad a la normalidad para restablecerse; pero, cuando se acerca a la casa, comprueba que en el salón siguen las contraventanas que, desde el día anterior, sustituyen a las cortinas.

Está en la puerta: no. Todavía no. Rodea la casa, pasa junto a los cubos de basura hasta la parte trasera. Mira hacia el dormitorio y la cocina, en cuyo alféizar ve un jarrón de cerámica que no recuerda haber tenido nunca, lleno de cubiertos.

El jardín está algo cambiado. La mitad de Toby y Maryam, visible por encima de la valla baja, está como siempre, plantado con entusiasmo, pero no muy bien mantenido. Su mitad —suya y de Michael, supone— presenta un aspecto algo mejor que antes, con el huerto al fondo (muy minimalista, solo hay guisantes y una lechuga). A lo largo de la valla, una hilera de flores rosáceas. Junto al grifo exterior, un cuenco lleno hasta la mitad de bolas de pienso. ¿Así que tiene un gato? ¿Lo tiene Michael? ¿Es un gato de los dos?

«Cómo se llama mi gato?», pregunta a Toby.

También escribe a su hermana, Nat: «Una pregunta rápida, qué piensas de cómo va mi relación?». Y a Elena: «Te encontraste algo raro al volver a casa anoche?».

Nat la llama inmediatamente y, cuando Lauren contesta, descubre que es Caleb llamando desde el teléfono de su madre.

—¡Tía Lauren! —dice—. ¿Quieres oírme mientras hago kárate?

A continuación se oyen crujidos y un golpe sordo.

—Caleb —dice Lauren—. Caleb, ¿está mami contigo?

—¡No! ¡Está bañando a Magda! Voy a hacerte la patada otra vez.

A estas alturas, Lauren se conforma con hablar con cualquier adulto.

—¿Y mamá?

—¡No! ¡Dicen que bañar a Magda es trabajo de dos! ¿Has oído la patada?

Mira que quiere Lauren a este niño, pero no es el momento.

—Caleb, tengo que colgar. Devuélvele el teléfono a mami, ¿vale? Y dile que me llame. Me puedes mandar un vídeo de kárate, si quieres.

—¡Se lo digo si le dices al tío Michael que se ponga! —contesta Caleb—. El tío Michael siempre me hace caso.

Ajá. Es posible que Caleb pueda arrojar más luz de la que había supuesto a esta situación.

—Eso, Caleb. Cuéntame cosas del tío Michael.

—Le encanta que le enseñe mis patadas —contesta Caleb con convicción—. Su dinosaurio preferido es el triceratops y su pájaro preferido, el cisne.

—¿Y lo ves mucho?

—¡Es mi tío preferido!

—Caleb, ¿te acuerdas de la boda? ¿De cuando nos casamos el tío Michael y yo?

—Fue un rollo. Dile al tío Michael que me llame para hablar de patadas.

Lauren se queda mirando su teléfono.

—¿Estás bien? —pregunta Toby desde el otro lado de la valla.

Está en los escalones de su puerta trasera con el teléfono en la mano. Voz tranquila, enorme hoyuelo, camiseta holgada nada favorecedora. Menos mal que hay algo que no ha cambiado.

—Sí —contesta Lauren—, solo que... ayer no tenía marido. ¡Y ahora resulta que llevo meses casada! Con alguien a quien le gusta practicar patadas de kárate con mi sobrino. Lo que quiero decir es que tiene que ser una persona de lo más agradable.

—A mí me gusta.

A Toby siempre se le ha dado bien digerir las cosas. Durante los confinamientos, mientras Maryam estaba en el hospital, Lauren y él pasaron tiempo juntos en sus jardines respectivos, tomando tazas de té, charlando tranquilamente, y Toby siempre se había mostrado fiable, sereno, un consuelo entre tanta extrañeza. Ahora la reconforta expresar en voz alta lo que le está pasando.

—Es todo de lo más sorprendente —continúa—. Y al parecer tenemos un gato.

—Claro.

—¿Cómo se llama?

—Gladstone —dice Toby.

—¿Como el primer ministro?

—Sí, por las patillas, según tú.

Lauren está segura de no saber cómo eran las patillas de Gladstone. ¿Qué hizo Gladstone? ¿Cómo de racista era? ¿Tiene ella un gato políticamente incorrecto? Aunque quizá esa no sea la más apremiante de sus preocupaciones.

—¿Cuánto tiempo llevo con Michael?

—Espera, ¿no te acuerdas? ¿Estás...? ¿Te has hecho daño? ¿Quieres que vaya a buscar a Maryam?

—No, estoy perfectamente —dice ella—. No necesito un médico, era broma. No me hagas ni caso, no me pasa nada.

Ya delante de la casa, vuelve a vacilar. La puerta principal, el vestíbulo de suelo de baldosa, la puerta que lleva a su apartamento, las escaleras.

—Hola —prueba a decir y el marido asoma la cabeza y la mira desde el rellano.

—Bienvenida —dice—. ¿Te ha sentado bien el paseo?

—Sí —contesta Lauren—. Claro.

Sube las escaleras una a una.

—¿Has comprado la bombilla? —pregunta el marido.

—Ah. —Lauren rebusca en el bolso. Al llegar arriba, la saca—. Sí, toma.

Va a tener que contarle a alguien lo ocurrido, piensa. Es posible incluso que tenga que contárselo a este hombre, este marido. Pero antes necesita sentarse un momento.

—¿Te apetece una taza de té?

—Me encantaría —dice el marido—. Dame un segundo. La bombilla del desván estaba fundida cuando subí ayer, déjame cambiarla antes de que se me olvide.

—Ah —dice Lauren—. Vale.

Va a la cocina y deja al marido en el rellano, sacando la escalerilla, lo oye sacudirla cuando se queda enganchada, es como si llevara años viviendo allí. En la nevera se encuentra tres leches distintas: avena, anacardos, de vaca. Dios, ¿y si el marido toma el té sin leche? Al fin y al cabo, es arquitecto. Va a tener que preguntárselo, y, si lo encuentra raro, pues qué le vamos a hacer. Quizá eso dé pie a una conversación que aún no sabe cómo abordar.

—¿Quieres leche? —pregunta asomada al rellano con la taza azul en la mano.

—¿Qué? —dice un hombre completamente distinto que baja del desván.

3

El segundo hombre es aún más alto que el primero, y más robusto. Tiene pelo corto y las entradas de alguien que empieza a quedarse calvo, prematuramente y a su pesar, pero su aspecto es de lo más atractivo, con pómulos marcados, piel aceitunada y perfecta y una camiseta ajustada color verde oscuro.

—¡Anda! —dice Lauren mirándole la cara primero y los antebrazos después (¡qué antebrazos!).

Este hombre también lleva alianza.

—¿Es para mí? —pregunta el hombre señalando la taza con un gesto de la cabeza. Leve acento, ¿turco, quizá?

La taza que tiene Lauren en la mano es amarilla con rayas finitas negras.

—... ¿Sí?

—Genial —dice el hombre.

Tiene pestañas oscuras. Lauren no se mueve.

—¿Estás bien? —pregunta al cabo de un instante el innecesariamente guapo y tal vez turco marido y frunce sus cejas inmaculadas en signo de preocupación.

Lauren mira hacia el desván buscando a Michael, y a continuación se fija en el rellano. Las paredes —por lo general grises, recientemente azules— son ahora blancas. Da un paso atrás y se asoma al salón. La fotografía de boda ha desaparecido.

—Ya no tienes resaca, ¿verdad? —pregunta el hombre.

—No —miente Lauren y vuelve a concentrarse en él—. ¿Estabas en el desván?

—¿Qué? Sí, claro. Me has visto.

—¿Había alguien más allí?

—¿Dónde?

Lauren mira la abertura negra.

—Ahí arriba. ¿Está Mich..., había alguien en el desván?

—¿Te refieres a si había una ardilla? ¿Ratones? Creo que no. ¿Quieres que lo compruebe?

Tiene una mano en la escalerilla, y parece entre molesto y preocupado. La taza de té que sostiene Lauren sigue caliente.

—Sí —dice.

—¿Seguro que estás bien?

—Sí. Si puedes comprobarlo..., por favor.

El marido aprieta sus bonitos labios y empieza a subir por la escalerilla, hasta que sus pies descalzos (sin durezas, perfectamente formados) desaparecen de la vista de Lauren. Entonces hay un instante de movimiento y un resplandor procedente del desván, igual que un rayo de sol que traspasa la ventanilla de un tren, y un fuerte chisporroteo.

Un momento después, por la trampilla asoma una zapatilla azul peluda. Seguida de otra.

Huy.

El tercer marido es menos atractivo que los anteriores, con cabeza rectangular y nariz pálida quemada por el sol. Lleva el pelo castaño rojizo totalmente de punta. Lauren sigue con la taza en la mano (ahora es de color rosa). Le quema; se la recoloca. Las zapatillas del marido tienen motas moradas y garras negras y Lauren cree que pueden ser de *Monstruos, S. A.*

—Deberíamos hacer limpieza ahí arriba.

Por su voz, es posible que sea galés. Tira una bolsa al suelo y, sin esperar respuesta, sube otra vez, mete medio cuerpo en el desván y baja otra bolsa que ha debido de dejar junto a la trampilla, antes de desaparecer. Otro momento de resplandor, seguido de oscuridad, un sonido, un zumbido. Instantes después —y esta vez Lauren casi ni se sorprende— oye que la llama un marido nuevo. Habla con voz sonora y engolada, como de profesor universitario nervioso.

—Lauren, Lauren, mira lo que he encontrado. Qué cosa tan asombrosa. Es extraordinario.

Esta vez los pies que asoman están también al aire, lo mismo que las piernas y el asombrosamente redondo trasero blanco que aparece a continuación. Lauren se apresura a dar dos pasos atrás antes de que el dueño del trasero termine de bajar, se vuelva hacia ella y abra los brazos. El marido es de menor estatura que los otros y flaquísimo a excepción de las llamativas nalgas, tiene espinillas angulosas, costillas que sobresalen y un pene estrecho pero muy largo que ahora se señala con ambas manos.

—¡He encontrado un pene! —dice.

Lauren lo mira fijamente. Repara en que el hombre también lleva alianza. De hecho, es lo único que lleva.

—¿No te hace gracia? ¡Venga, estoy desnudo! —Cuando Lauren no reacciona, el marido espera un momento y lo repite, en el mismo tono entusiasta e informativo—: ¡Un pene!

Esta vez abre las manos a ambos lados, ¡tachán! Y menea las caderas para hacerlo oscilar.

Lauren sujeta mejor la taza, se prepara para tirarle té caliente al marido si se acerca.

—Podemos presentarlo a *Cazatesoros* —dice el marido con una risita—. Hermoso espécimen, bellamente confeccionado, en excelente estado de conservación y de longitud muy poco habitual.

Para ser justos, el pene es extraordinariamente largo.

Lauren se debate entre su deseo de asomarse al desván y el rechazo que le inspiran tanto el desván como el hombre desnudo. Lo resuelve no haciendo nada.

—Una pieza excepcional —añade el hombre, inasequible al desaliento—. ¿No? ¿Sigue sin hacerte gracia? Da igual, espera un momento. He encontrado otra cosa.

Vuelve al desván y, por suerte para Lauren, nunca llega a descubrir cuál era la segunda parte del chiste. En lugar de ello: el zumbido, la luz parpadeante y, treinta segundos después, baja un hombre completamente vestido con vaqueros y camiseta. Incluso lleva un delantal que, cuando se vuelve, dice: FEMINISTA Y ADEMÁS COCINERO. Lleva las puntas del pelo teñidas de rosa, algo que no acaba de convencer a Lauren, pero ya se ocupará del peinado cuando se haya ocupado del hombre.

—Nada —dice el marido—. No lo encuentro.

Lauren sigue con la taza en la mano. Cuando el marido se acerca, se la tiende sin pensar.

—Gracias —dice el marido y la coge—. ¿No hay leche?

—Se me ha olvidado —dice Lauren.

Se siente aturdida, sigue intentando procesar lo ocurrido, pero es que el apartamento vuelve a ser distinto, cuando mira al suelo ve una moqueta nueva; todo cambia todo el tiempo, pero siempre a sus espaldas; su mirada lo mantiene todo en su sitio hasta que la aparta. Entonces, cuando vuelve a mirar, es como si alguien hubiera dado la vuelta a una carta o accionado una palanca, dejando al descubierto un mundo nuevo.

El marido del delantal se lleva el té a la cocina y Lauren lo oye abrir la nevera. Inspecciona el salón, las paredes nuevas, el sofá, los libros.

—¿Estás bien? —dice el marido asomado al rellano, cuyas paredes, ahora que Lauren vuelve a mirar, se han teñido de naranja—. ¿Qué te pasa?

Lauren mira el desván abierto.

—Me había parecido oír algo —dice—. Igual era una ardilla —añade, copiando directamente al marido de las pestañas y los brazos musculados—: ¿Te importa mirar?

—Joder, ¿en serio? Dios, espero que no sean ratas otra vez.

—El marido apoya su té ahora con leche en el radiador y empieza a subir por la escalerilla; se detiene a medio camino—. ¿A qué sonaba? —pregunta.

—Eran como grititos —dice Lauren con voz firme—. Así que es plausible —añade, porque lo es.

—No sé yo si las ratas gritan —dice el marido en tono escéptico.

Sube por la escalerilla. El sonido, el ruido espeso y blanco. Lauren mira al frente, fija los ojos en la pared naranja pálido, en un antiguo cartel publicitario de trenes: LOS MATLOCKS: VACACIONES REPARADORAS, TREN EXPRESO Y BUENOS PRECIOS. Si se produce otra vez el cambio, lo detectará.

A su espalda, en el salón, suena música; es una melodía anticuada, la canta un hombre. Lauren no permite que la distraiga. Sigue concentrada incluso cuando las pisadas sobre su cabeza se dirigen hacia la trampilla y, por el rabillo del ojo, ve bajar unos pantalones de cuadros. Mantiene la mirada fija en la pared de enfrente, decidida a pillar al mundo in fraganti; entonces el hombre empuja la escalerilla y Lauren no puede evitarlo, lo mira. Negro, delgado, con gafas, pantalones de cuadros color verde. Cuando se vuelve hacia el cartel, este se ha convertido en la litografía enmarcada de un cucurucho de helado fluorescente. Las paredes son color blanco roto.

—¿Te importa dejar la escalerilla sacada? —le pide al nuevo marido.

Este tiene la camisa arremangada y no lleva alianza, pero quizá se la quita para hacer tareas domésticas.

—Vale —dice el hombre y la baja otra vez—. Pero solo unos minutos, ¿no? Porque el desván es un horno ahora mismo y no quiero que la casa se recaliente.

—Muy bien —dice Lauren.

En su teléfono, el fondo de la pantalla de bloqueo es una fotografía de sus sobrinos. En el rellano hay una mesita; encima no hay cartas, pero sí una cartera, que abre. Encuentra un nombre, Anthony Baptiste, en un carnet de donación de órganos.

—Anthony —lo llama.

—¿Sí? —contesta él desde el salón.

Lauren va hasta la escalerilla, la toca.

—¿Sí? —repite el marido—. ¿Has dicho algo?

Lauren decide que va a grabar cuando suba este marido y baje otro distinto. Así tendrá pruebas.

—Sube otra vez al desván —dice con voz resuelta.

—¿Cómo? ¿Para qué? ¿Se me va a caer un cubo de agua en la cabeza?

—No, no te va a pasar nada, pero necesito que mires.

—¿Por qué?

—No pasa nada —dice Lauren—. Es una sorpresa. Un regalo. Enseguida lo entenderás todo.

Está atribuyendo al desván unos poderes explicativos absolutamente exagerados, pero aun así se las arregla para sonreír.

—No será una araña de goma gigante, ¿verdad? Sabes que no soporto los sustos.

Lo cierto es que los hombres extrañamente nerviosos son su tipo. A Lauren le gustan los hombres siempre en el límite de la seguridad en sí mismos, hombres que saben lo que quieren y o bien confían en conseguirlo, o les aterra no poder; este hombre podría gustarle perfectamente.

—No —dice—. Te va a encantar. Nada de arañas de goma. —Se está metiendo sola en un jardín del que no va a poder salir, pero, hasta el momento, las pruebas sugieren que no le va a hacer falta—. Te vas a alegrar —promete, envalentonada—. Llevo meses organizándolo.

Anthony sustituye el ceño fruncido por una sonrisa intrigada y mira hacia arriba, le da la taza a Lauren y sube por la escalerilla hasta meter la cabeza en el desván. Un poquito más.

—¿Qué tengo que buscar? —pregunta a medio camino.

Su cuerpo se aleja del de Lauren enmarcado por el hueco de la trampilla. Lauren toca el botón de su teléfono y empieza a grabar.

—Sigue. Qué ganas tengo de que lo veas. Es el mejor regalo que te he hecho nunca.

El marido sigue subiendo. Mete un pie y por fin el otro, y desaparece de la vista. El desván se ilumina y esta vez Lauren comprueba que la luz procede de una bombilla desnuda que cuelga del techo. Destella e ilumina los travesaños de madera del techo, a continuación se apaga.

—¿Hola? —llama Lauren, supone que a otro hombre, otro marido más.

Retrocede y, en cuanto se gira, se produce el destello y un mundo nuevo se instala a sus espaldas. Las paredes cambian, a pesar de que no ha dejado de enfocarlas con la cámara. Nota la cabeza despejada, quizá en esta versión del mundo anoche bebió menos, o quizá es que las cosas empiezan a cobrar sentido. Se oye algo en el desván.

—¿Qué tal por ahí arriba? —dice Lauren mientras se pregunta quién contestará.

4

—Es el puto desván, ¿tú qué crees? —responde un hombre.

Por el agujero caen varias toallas que chocan con la parte inferior de la escalerilla y se desparraman por el suelo.

Lauren mira a su marido número ¿seis?, ¿siete? bajar de espaldas: zapatillas, pantalón de chándal y camiseta, uno de esos brazaletes que sirven para llevar el teléfono mientras corres.

Es alto, pálido y está enfadado por algo. Empieza a recoger y a doblar las toallas y a colocarlas en el cuarto de invitados; cuando se gira para salir, se encuentra con que Lauren lo ha seguido. Se para, saca el mentón y espera a que Lauren se aparte.

—Debería haber dos toallas más —dice Lauren antes de dejarlo pasar.

Que suba y baje un marido que esté de mejor humor.

—Son mis putas toallas —dice el marido—. Sé cuántas hay.

—Estaba convencida de que eran seis.

—Estabas equivocada.

Pues vale.

—Igual podías coger también un mantel.

—O sea, que ahora quieres que usemos manteles.

Lauren no es consciente de tener opinión alguna sobre manteles, pero intuye que con este marido son un tema espinoso. En realidad, presiente que con este marido los temas espinosos abundan. Que, de hecho, con él hay poco más que temas espinosos. Entiende que no va a haber manera de persuadirlo de que haga nada, que no va a poder pedirle que investigue un ruido en el desván, ni decirle: «Sube esta caja en un momento», tampoco prometerle una sorpresa agradable.

Supone que están peleados. El marido entra en el cuarto de baño y Lauren busca un nombre, algo por lo que guiarse, pero el marido vuelve enseguida, ni siquiera ha cerrado la puerta, va a la cocina, coge una botella de agua de la nevera y vuelve al rellano. Se para.

—¿A qué hora tenemos que estar? —pregunta.
—Eh..., no lo sé.
—Pues entérate.

Baja las escaleras con fuertes pisadas. La puerta de abajo se cierra de golpe, a continuación pasa lo mismo con la de la calle. Lauren entra en el salón, mire donde mire hay objetos nuevos, y observa al marido por la ventana: camina, a continuación alarga la zancada, acelera al final de la calle, deja atrás el contenedor, la casa, ha salido a correr.

La casa vuelve a estar vacía. Pero nada es como debería. En el salón, su sofá originario ha reaparecido, pero la mesa baja de la tienda de segunda mano que tanto la enorgulleció comprar por diez libras no está, ha vuelto la muesca en la pared de la cocina, el televisor es más pequeño, no reconoce los cojines. Cientos de indicios de un marido nuevo. Y que no le ha gustado nada.

Busca en sus mensajes. Debe de ser Kieran.

Revisa su biblioteca de fotografías y el vídeo que intentó hacer cuando Kieran bajó del desván no está. Pero eso no es lo peor: encuentra la fiesta de Elena en el taller de cerámica y el primer bar, pero ni el segundo ni el local donde comieron pollo entrada la noche. A juzgar por su teléfono, volvió a casa pronto.

Sigue bajando y comprobando; no solo no hay mensajes nocturnos de Elena, es que no se han comunicado durante semanas, no hay ningún mensaje suyo a Maryam excepto para avisarle de un paquete mal entregado, y cero a Toby. Unos pocos a Zarah, del trabajo. Mensajes bastante frecuentes de Nat, pero sin consejos, sin instrucciones, sin enlaces a artículos que debería leer; solo «Me acuerdo de ti; a ver si hablamos pronto» o fotografías de los niños.

Cuando se mira en el espejo, sin duda está más pálida de lo que debería a estas alturas del verano, más de lo que estaba ayer, y además hay algo raro en su pelo, que lleva recogido en un moño. Se lo suelta. Ah, sí, normalmente lleva melena hasta los hombros, pero ahora es ocho o diez centímetros más larga y, por alguna extraña razón, esto es lo que más intolerable le resulta, lo que la hace sentir indispuesta —que no resacosa— en esta versión del mundo. Se siente horrorizada por su propio cuerpo, le produce rechazo, nota temblor en los dedos, la carne de gallina, un agujero en el estómago que le sube en dirección al pecho.

Tiene tantas ganas de deshacerse de esta melena que contempla ir a por las tijeras de la cocina y cortársela. Pero lo que hace es recogérsela. El marido se irá y, con él, el peinado.

Por supuesto que todo el mundo tiene días malos. Todo el mundo le grita alguna vez a su pareja, o eso dice Elena; Lauren siempre ha sido más de rezongar entre dientes y su relación con Amos, la más larga que ha tenido, terminó sin alboroto un día cuatro años atrás, cuando se suponía que él iba a mudarse con ella pero la llamó desde la cola de una montaña rusa en Alton Towers para decirle que quizá se estaban precipitando.

Pero este matrimonio pinta fatal.

Y, si quiere librarse de este sujeto, no puede perder tiempo en preguntarse qué está pasando, en no dar crédito, en pellizcarse a ver si es verdad, en consultar con alguno de su reducido número de amigos.

La situación, aunque nueva para ella, está clara. Se le proporciona un marido, y, cada vez que ese marido sube al desván, otro lo sustituye. Dónde se originan los maridos, cuántos hay, incluso cómo se llaman son todos misterios que abordará llegado el momento. Pero el mecanismo de base es innegable, como lo es el hecho de que el marido actual es..., en fin, quizá lo más seguro sea decir que es «un tipejo».

De vuelta al rellano, el desván se cierne sobre ella como una amenaza. Pero tiene un plan.

Encuentra un altavoz en la cocina, un cilindro gris, y lo conecta a su teléfono. Desactiva Bluetooth, reactiva Bluetooth, pulsa el botón Omitir este dispositivo y nada, vuelta a empezar. Sin quitar ojo a la puerta, empieza a preocuparse, pero por fin se conecta. ¿Cuánto ha tardado? ¿Cuatro minutos? ¿Cinco? No pasa nada. Hay tiempo de sobra.

Vale, fase dos. Sube por la escalerilla, primero un pie y luego el otro, primero un peldaño, luego otro. No hay peligro, se dice en un intento por aplacar su miedo. Los maridos solo cambian cuando entran del todo. Pero con la mano libre se aferra al peldaño superior. Respira hondo y mete la cabeza en la oscuridad.

Y se encuentra con su desván.

En la penumbra solo hay muebles, cajas y una forma oscura que la sobresalta hasta que cae en la cuenta de que es un árbol de Navidad a medio desmontar. Ni rastro de Michael, del hombre semidesnudo con trasero semiesférico, de Anthony, del marido guapo y desconcertado. No hay maridos congelados apoyados contra las paredes, no hay una puerta dorada por la que entran y salen, ni nubecillas de humo verde brillante, tampoco fantasmas sentados alrededor de una mesa jugándose al póquer la oportunidad de salir del desván. No hay siluetas colgando boca abajo de las vigas igual que murciélagos y respirando al unísono. No hay cadáveres apilados como alfombras enrolladas esperando a ser revividos.

Solo están el desván y la bombilla pelada que, eso es cierto, empieza a brillar un poco.

Muy bien. Lo primero es lo primero. Han pasado... ¿diez minutos desde que se fue Kieran? ¿Doce? ¿Cuánto tiempo le queda?

Se asoma todo lo que puede al desván sin llegar a pisarlo. La luz del techo cobra intensidad. El altavoz chisporrotea cuando lo deja en el suelo y lo empuja. Baja por la escalerilla en busca de un paraguas, que usa para alejar todo lo que puede el altavoz, el cual vuelve a chisporrotear al adentrarse en el polvo. Lo deja lo bastante lejos para que nadie pueda cogerlo sin pisar el desván.

Después saca la cabeza y coge aire en el rellano iluminado. La luz del desván se atenúa.

Baja la escalerilla e intenta oír lo que transmite el altavoz por su teléfono. Una lista de reproducción del día anterior, canciones que las amigas de Elena añadieron durante el taller de cerámica.

Abre YouTube para buscar el sonido adecuado.

Lo encuentra.

De vuelta en el salón, mira por la ventana en busca de Kieran. No examina su teléfono para localizar fotos de boda, pruebas de su vida juntos. Sea cual sea la situación, la va a revertir. No necesita más información.

Pasan quince minutos, veinte. Veinticinco. Lauren odia correr, lo visible que resulta, el tráfico, la gente que te adelanta; no sabe cuánto tiempo debe durar una carrera, pero ¿el marido no debería estar ya a punto de volver? Aparecerá al principio de la calle, a no ser que haya dado un rodeo por la bocacalle.

Cosa que ha hecho. Por fin lo ve, a mitad de camino entre la bocacalle y la casa. Tarda un momento en reconocerlo. Después de todo, solo ha estado unos minutos en su compañía. Buscaba un corredor de cara pálida, pero viene caminando. Se dobla y apoya las manos en las rodillas, se endereza con la cara muy roja. Lauren dispone de un minuto, como mucho de dos.

Está tranquila. Va a salir bien. Va a salir bien, ¿no? ¿Y si el desván se niega a hacer el trueque? ¿Y si el plan era que tuviera siete maridos y Kieran es la culminación? El siete es un número de cuento, un siete suena creíble.

No. Ya cruzará ese puente cuando llegue a él; de momento no tiene otra elección que confiar en el desván. Le da a Reproducir vídeo y sale un anuncio: «¿Compensa Hello Fresh? ¡Por supuesto!». Pero luego le deja saltárselo y el sonido de agua o, tal y como lo llaman en el vídeo, *Dos horas de tuberías rotas murmullo de cascada calmante ASMR*, se cuela por la trampilla y sí, cuando Lauren sube el volumen al máximo, resuena en toda la casa: gotas, borbotón, repiqueteo.

Corre al dormitorio y cierra la puerta. Tenía la intención de meterse debajo de la cama, pero es una cama distinta que llega hasta el suelo. En el armario, entonces; la ropa de Kieran también está allí y huele a un detergente que ni reconoce ni le gusta, pero no es momento de melindres.

Se agacha, se rodea de abrigos que hay colgados y se encoge de manera que cierren las puertas, con una pierna extendida y rezando por que no le den calambres. Blandura y oscuridad, con un resquicio de luz. Del desván llega el sonido amortiguado pero audible de gotas de agua. Siente la reverberación de la puerta de abajo al cerrarse y oye las pisadas del marido subiendo y después, una vez que ha llegado al rellano, su respiración, sonora y acelerada.

5

—Ni cerrar el puto desván has podido —oye decir al marido.
A continuación, cuando entra en la cocina, un ruido de grifo abierto que multiplica los sonidos de agua.
—Lauren —dice.
La puerta del dormitorio se abre, pero el marido no entra. «Escucha el sonido —le ordena mentalmente Lauren—. Escucha el desván». Ahora, con la puerta del dormitorio abierta, suena más fuerte. Oye un crujido que podría ser de la escalerilla, y otro más; igual está subiendo, aunque no está lo bastante dentro para cambiar, quizá ni siquiera para ver lo que pasa en el desván. Lauren piensa en la luz del altavoz de Bluetooth y si estropeará su plan.
—Lauren —la llama de nuevo el marido.
Venga, hombre, piensa Lauren. Hay ruido de agua en el desván de tu casa, ¿no lo vas a investigar? Pero entonces el teléfono se le activa con una llamada de él, ilumina la ropa, las manos de Lauren y el interior de la puerta de su armario y, arriba, en el desván, el tono de llamada suena por el altavoz bien alto: pirri piii pirripiii. Mierda. ¡Mierda!
Lauren se pega el teléfono boca abajo a la rodilla para tapar la luz, pero el ruido prosigue; le da la vuelta e intenta silenciarlo con dedos torpes.

—Joder, Lauren —oye decir al marido.

La voz suena primero al otro lado de la puerta y a continuación en el desván, transmitida por el altavoz, y esta vez Lauren consigue colgar e intenta reanudar los sonidos acuáticos, pero ha debido de hacer algo mal, porque lo que se reproduce es la lista de canciones de la despedida de soltera, The Veronicas a todo trapo.

Le da al stop y se queda inmóvil mientras oye al marido maldecir una vez más, subir por la escalerilla y —sí— detenerse unos instantes y seguir.

Un paso más. Otro.

Del desván llega el fuerte chisporroteo, más sonoro de lo normal. A continuación, alguien baja.

Ha funcionado. Ha tenido que funcionar.

—Hola —es todo lo que dice la voz, pero Lauren está casi segura de que no es Kieran. Y, ya desde el rellano, la voz pregunta—: Lauren, ¿dónde te has metido?

Esta vez está claro: las vocales, el ritmo de la voz. Es un hombre distinto. Lauren sale con torpeza del armario, tira un abrigo viejo al suelo, desordena camisas y vestidos, uno de los cuales se le engancha y la sigue por el dormitorio, cambiado una vez más, y hasta el rellano, donde abraza, con ímpetu, al marido nuevo, que tiene su misma estatura o quizá es algo más bajo. Va sin camiseta y en el hombro lleva tatuada una hiedra enroscada, lo que lo convierte, cae en la cuenta Lauren, en el primer marido cuyo pecho ha tocado. Nota el pelo a la altura de los hombros, tal y como debería, y los suaves tablones de madera bajo los pies.

—Hola, tú —dice el marido y se ríe.

Lauren se aparta para mirarlo. Tiene arruguitas en las comisuras de los ojos, lleva el pelo corto y en rizos poco definidos, como un macizo de flores. Viste vaqueros y zapatillas de lona. Es robusto, bronceado, huele a tierra y a sol. Lauren no sabría decir qué edad tiene, aunque sus ojos sugieren que es mayor que ella. El cambio de marido no ha podido afectar la meteorología, pero el caso es que el rellano resplandece. Quizá es la tarima, o las paredes, ahora amarillas.

—Hola —dice Lauren consciente de estar sonriendo.

—¿Quieres un café? —pregunta el marido devolviéndole la sonrisa.

—Me encantaría.

No se ha llegado a beber los tés que los otros maridos y ella no han dejado de pasear de un lado a otro.

El marido ríe de nuevo, como si disfrutara de su alegría, que Lauren trata de disimular pero no puede porque ¡ha funcionado!, se ha desembarazado de Kieran y el desván le ha regalado este alegre servidor de café. Se aparta de su pecho desnudo con cierta timidez.

—¿Quieres que lo tomemos en el jardín? Yo lo saco.

—Perfecto —dice Lauren.

¡El jardín! Siempre se ha hecho el propósito de usarlo más. Retrocede otro paso para hacerse una idea del panorama. El apartamento, aunque más luminoso que antes, es un caos: periódicos en la encimera de la cocina, toallas sobre una silla en el rincón, una caja llena de latas vacías esperando a ser llevadas a reciclar.

—Oye —dice—, no vas a volver a subir, ¿verdad? —Y señala el desván con un gesto de la cabeza.

—Ah, pues... no, he terminado —dice el marido—. Perdona, debería haber cerrado.

—Bien. —Lauren empuja la escalerilla—. No lo hagas. Prométeme que no vas a subir.

El marido la mira.

—¿Qué pasa?

—Nada —dice Lauren—. Solo que se acabó el desván por hoy, ¿vale? Bueno, y por mañana también. He tenido... como un presentimiento de que te caías. Así que ni te acerques.

El marido ríe.

—Lo prometo. Nada de subir al desván.

La moqueta ha desaparecido de las escaleras, pero hay un pasillero color verde. Y, cuando Lauren rodea la casa para ir a la parte de atrás, encuentra un arco de lo que parecen ser rosas que da paso a un jardín de verdad.

Flores, césped y una mesa de madera. Media docena de pajarillos color marrón que salen volando cuando Lauren se acerca. En el rincón del fondo, una gran caja con rejilla llena de ramas laberínticas y un mirlo picoteando por entre los agujeros. La valla que divide su mitad del jardín de la de Toby y Maryam es una celosía de madera, alta y cubierta de enredaderas, algunas de ellas verdes, otras con pequeños capullos blancos y otras más de las que cuelgan largas hebras moradas; y en el centro hay una cancela que conecta las dos mitades del jardín.

Lauren mira su teléfono y han vuelto los mensajes de sus amigas, las aventuras de la noche anterior. Incluso cogió un Uber para volver a casa en lugar del autobús. ¿Será rica ahora? Es dueña de la mitad de su casa, por supuesto; Nat y ella la heredaron de su abuela. Así que sin duda es lo bastante rica como para no ir de pobre delante de sus amigas. Pero ¿tanto como para permitirse un trayecto en coche de cuarenta y cinco libras a la Zona 4? ¡Puede ser!

Saca una fotografía del ahora frondoso jardín, las sillas, los árboles, las enredaderas.

Maryam sale de la cocina de la casa de al lado con una cesta de colada y se encamina hacia el tendedero para recoger unos paños de cocina.

—Hola —dice Lauren—. ¡Qué preciosidad de día!

—Ah, hola —dice Maryam—. Sí, hace buenísimo, ¿no?

Mira al cielo como sorprendida. Lauren siempre ha pensado que es una de las razones por las que Toby y ella hacen tan buena pareja: Toby observa y Maryam actúa.

—Oye —pregunta Lauren—, ¿yo he tenido gato alguna vez?

—Supongo que sí —dice Maryam—. Te pega.

—Pero me refiero a viviendo aquí.

Maryam quita las pinzas a otro paño y mira a Lauren. Siempre está distraída, piensa esta, hasta que se concentra y entonces te conviertes en la persona más importante del mundo. Lo nota, nota cómo Maryam la coloca en primer plano, perpleja.

—¿Cómo? —pregunta—. Pues creo que no, ¿no?

Lauren decide que ha sido una pregunta rara.

—Tienes razón —dice—. Nada de gatos.

Maryam frunce el ceño, pero no insiste, entra en casa con los paños. La respuesta de Maryam no ha sido concluyente. Pero ¿quiere eso decir que Gladstone no ha existido?

Lauren se sienta a la mesa y estira las piernas, de manera que tiene la cara a la sombra, pero el cuerpo expuesto al sol de la tarde.

La luz le resalta los pelos en las piernas, escasos pero concentrados debajo de la rodilla; imagina que se ha relajado con lo de depilarse, es una mujer casada. Una esposa. No le gusta que su cuerpo cambie cada dos por tres sin que ella tenga nada que decir al respecto, que cambie no solo el mundo, sino también ella dentro de él. Adelanta la silla para esconder las piernas debajo de la mesa y no tener que verlas hasta que pueda depilarse más tarde, a continuación mira hacia la cocina. Apenas se ve al marido dentro, es una sombra oscura en movimiento.

Sobre la mesa hay un tiesto con margaritas. Coge una y arranca un pétalo, dos, tres. Lleva ya la mitad cuando aparece el marido debajo de las posibles rosas. Trae una bandeja con dos tacitas y un paquete de galletas de chocolate tipo digestive medio vacío, con el extremo enrollado. Se ha puesto una camiseta y Lauren puede echarle un buen vistazo mientras se acerca: nariz torcida; ojos grandes y separados; cejas como prominentes crestas que casi, solo casi, se encuentran en el centro. Chanclas para estar en el jardín. Sigue costándole trabajo calcular su edad, pero, desde cierta distancia, las arrugas alrededor de los ojos no llaman tanto la atención: después de todo, debe de tener más o menos su edad. Y sonríe.

Decide que tiene pinta de marido con el que podrá vivir una temporada.

6

Los pájaros, los insectos, el zumbido lejano del tráfico, el marido masticando las galletas de chocolate. Lauren lo escucha todo y siente alivio por haber resuelto el problema de Kieran; se merece un descanso antes de enfrentarse de nuevo a la acuciante cuestión de los maridos en general. Mira al último de reojo, repara en lo grandes que tiene los dedos.

—El jardín está precioso —dice Lauren.
—Sí —dice el marido—. La hortensia se está recuperando.
—Pues... sí.
—Está ahí —dice el marido y señala.
—Ya lo sé.
—Sí, ya lo veo.

Pero no parece molesto; quizá esto es algo que suelen hacer, una broma privada. Si vives con alguien durante años, tienes que aprovechar cada ocasión de reírte un poco.

—Me encanta ese «rosaurio» —dice Lauren a modo de prueba.

El marido sonríe y vuelven a guardar silencio. Lauren lo mira por el rabillo del ojo.

El marido espanta un mosquito.

Lauren da otro sorbo de café.

—Este café está muy rico —prueba a decir.

—Sí, es el que quedaba del paquete que compramos en la tienda esa.

Es difícil entablar conversación con un marido del que ni siquiera sabe el nombre. Por suerte, no hace demasiada falta. El marido parece encantado de estar allí sentado tranquilamente tomándose un café.

—Ah, he pagado al fontanero —dice en un momento determinado.

—Genial —dice Lauren porque considera que es la respuesta adecuada—. Gracias por ocuparte —añade a ver qué tal.

Al verlo allí, tan apacible y considerado, no puede evitar sonreírle otra vez y él le devuelve la sonrisa.

Cuando el marido entra en la casa, Lauren remolonea en el jardín; saca su teléfono, marca otra vez el número de Nat.

—¿Qué? ¿Qué ha pasado? ¿Estás bien? —pregunta Nat nada más descolgar, lo que es esperable; por lo común no son de esas hermanas que se llaman en cualquier momento para charlar.

El día se ha nublado, pero sigue haciendo buena temperatura.

—Sí —dice Lauren—. Estoy bien. Solo quería hablar un rato.

—Ah. Pues igual mañana. Estoy yendo a recoger a Caleb a kárate e intentando subir a Magda al coche y —Nat baja la voz— esta mañana me ha mordido. Pero la quiero mucho.

—Vale —dice Lauren—. Hablamos mañana. Solo una cosa rápida. —Respira hondo—. ¿Conoces a mi marido?

Hay un momento de silencio.

—¿A quién? ¿A Jason?

¡Jason! Sí, tiene cara de Jason.

—Jason —dice Lauren—. ¿Te cae bien?

—¿Qué? Sí, claro. ¿Por?

—Ah, solo estoy... investigando una cosa. —Quizá el truco sea adoptar un tono de voz convincente—. ¿Hay algo malo de él que yo debería saber?

—Bueno..., supongo que lo de masticar. Pero ya lo hemos hablado. Magda, ¡no! —Ruido de forcejeo—. Se cree que las llaves del coche se comen. ¿Te he contado que la han echado de la guardería?

¿Cómo que lo de masticar? ¿Qué es eso?

—No, no me lo habías contado.

—¡Con solo año y medio! He tenido que pedirme la semana que viene libre y estamos intentando buscar algo, pero resulta que hay listas de espera. Listas de espera para estar en una habitación chupando piezas de Duplo. Oye, te tengo que dejar.

—Vale —consigue decir Lauren—. Una cosa más, ¿has notado alguna vez algo raro en el desván de esta casa?

—¿Cómo? No. ¿Qué pasa? ¿Es el acumulador de agua? Ya te lo he dicho, en cuanto hace esos ruidos, tienes que llamar a alguien inmediatamente, no esperar a que se estropee. Estas cosas ya deberías saberlas. No soy tu casera.

—Entonces ¿puedo dejar de pagarte el alquiler?

Un momento, piensa Lauren: en el mundo de antes pagaba a Nat cada mes el alquiler de la mitad de la casa, pero ¿y si en este es distinto?

Pero no, parece que ha acertado.

—Sí —está diciendo Nat—. Muy graciosa. Oye, tengo que ir a recoger a mi hijo, el que no muerde, pero mañana te escribo.

A continuación Lauren llama a Elena, pero esta no contesta, lo que tiene sentido; Elena siempre ha sido de curarse la resaca durmiendo. Escribe a Toby. «Oye, ¿yo he tenido gato alguna vez?». Los maridos no son conscientes de aparecer y desaparecer. Maryam no sabe nada de Gladstone, pero ¿recordará Toby la conversación que han tenido por la mañana?

Dentro de la casa descubre, revisando papeles apilados sobre la encimera de la cocina, que el marido se llama Jason Paraskevopoulos y que ella ha conservado su apellido de soltera, quizá por razones políticas o porque es más sencillo de deletrear.

—Todavía me duele un poco la cabeza —dice mientras lava las tazas y mira el jardín oscurecido. Se oyen trinos de pájaros, más de lo que recordaba, más de lo que le resulta tolerable en esta última fase de la resaca.

—Así que después de la extrema borrachera de anoche te duele la cabeza, qué raro —dice Jason.

—Ya, pero..., no sé, es distinto. —Lauren está allanando el camino para dormir en camas separadas, tratando de que parezca natural. Le gusta Jason, pero no se siente preparada para dormir con él como marido y... Evita pensar en el concepto «mujer»—. Espero no estar incubando algo.

Jason parece escéptico, pero le concede el beneficio de la duda.

—Igual es el resfriado que tuve yo —dice con generosidad—. No debería durarte más de dos días.

—Supongo que era inevitable que lo cogiera.

Suena tan convincente que Jason le da paracetamol y encarga un curri (¿el de siempre?, pregunta) a domicilio. Mientras esperan, ven *Mindhunter*, de la que llevan cuatro capítulos. A Lauren no le entusiasma, pero quizá hay una trama que desconoce. El curri llega cuando van por la mitad del capítulo y «el de siempre» resulta ser de garbanzos. Lauren tenía la esperanza de que fuera de panir, pero por lo menos es vegetariano.

Necesita tiempo para pensar. ¿Cómo de temprano podrá irse a la cama? Desde luego no antes de que hayan recogido las cosas de la cena y se haya puesto el sol.

—Voy a dormir en el cuarto de invitados —anuncia—. Me da que voy a pasar mala noche.

—No, eres tú la que está pachucha —dice Jason—. Ya duermo yo ahí. Además tengo que contestar unos correos antes de empezar la semana. Mañana es lunes y madrugo.

Siguen diez casi insoportables minutos en los que Lauren tiene que agradecer al marido una infusión de menta y que le abra

el libro sobre historia de las setas que se supone que está leyendo. Por fin, parece que no se le ocurren nuevas preguntas ni ofrecimientos. ¿Puede Lauren retirarse ya? Cree que sí.
—Hasta mañana —dice.
El marido mete la cabeza en la habitación para besarla y Lauren le mira los rizos, sonríe y decide, rápidamente, que no pasa nada y acerca la cara. Pero, en el último momento, el marido se aparta.
—Ay, espera. Si estás mala, mejor no.
—Es verdad, bien visto.
Lauren es consciente de sentir una ligera decepción.
El marido sale y cierra la puerta.

Sigue ahí, sabe que sigue ahí (y lo oye, cuando tira de la cadena, cuando va a coger algo a la cocina). Pero en el dormitorio está solo ella, refugiada a la luz de la lamparita.
Aún hay ropa desperdigada por el suelo de cuando salió del armario y la arrastró con ella. Sacude el vestido de dama de honor para la boda de Elena, arrugado dentro de su funda; claro que faltan casi dos semanas para la fecha, hay tiempo de sobra para plancharlo. Mete a presión todo lo demás y cierra la puerta del armario; ya ordenará por la mañana.
Sobre una de las mesillas de noche desparejadas hay una goma de pelo y un cargador que le sirve, de manera que deduce que es el lado en que duerme ella. Se sienta con cuidado y apaga la luz.
En la oscuridad lo reconoce todo. La luz de la luna entra casi como habría entrado en su habitación de siempre.
No se duerme.
Primero revisa las fotografías del teléfono, retrocediendo cada vez más.
Muchas le suenan. Quizá no son exactamente las fotos que hizo, pero se acercan bastante. Una puesta de sol especialmente

lograda, atisbada entre dos edificios de apartamentos. La mujer de Nat, Adele, sentada en una manta de pícnic, sonriendo y mirando a una Magda diminuta hacer un enorme puchero. Nat y Caleb metidos hasta los tobillos en la fuente del museo Victoria & Albert, rodeados de muros de ladrillo rojo. Una tienda de *fish & chips* llamada Fishcotheque. Una tabla de quesos que le resulta familiar, o quizá es que recuerda una similar.

Algunas fotografías son nuevas. Un restaurante en el que nunca ha estado; una pintada en el suelo de un vagón de metro que dice: «Deme dos docenas de huevos». La principal diferencia es que le aparecen cada dos por tres colinas, grandes y escarpadas, un almuerzo campestre en una colina con niebla, un gran pájaro posado en el arbusto espinoso de una colina, ella en una colina, ella y el marido, ella y varios desconocidos en una colina. Todo apunta a que practica senderismo.

Revisa tres o cuatro años de fotos antes de encontrar un mundo que se parece más al que recuerda. Caleb con pocos meses; Amos y ella en un parque; Elena y ella y su amiga común, Parris, antes de que Parris se marchara a vivir fuera de Londres. Enciende la lamparita y escribe una lista de maridos en la última página del libro sobre setas.

Michael
(Guapo)
(Zapatillas)
(Desnudo)
Anthony
Kieran
Jason

La lee con atención y entonces recuerda a «(Delantal feminista)», que vino antes o después de «(Desnudo)».

No sabe muy bien qué hacer con esta información. Ya volverá a ella.

Escribe: «cuando suben al desván, cambian».
Y: «se enciende la luz, suena algo».
Y: «algo del pasado ha cambiado, quizá».
Esto tampoco la lleva a ninguna parte.

Vuelve al teléfono y comprueba los correos electrónicos para ver si encuentra algún cambio importante en su vida cotidiana. Mierda. Ya no trabaja para el Ayuntamiento. Es administrativa en el gran centro de ferretería y jardinería calle abajo. ¡Una ferretería! Ni siquiera sabe cómo se utiliza una llave Allen. Al menos sabe que es algo que existe, aunque es probable que eso no se considere preparación cualificada.

Al día siguiente es lunes. Busca en los correos enviados hasta que encuentra uno de seis meses antes en que comunica que está enferma y no irá a trabajar; lo reenvía a la misma dirección. Intoxicación alimentaria, lo siente mucho. Ya se preocupará por el trabajo el martes.

Vuelta a las pesquisas. Busca «Jason Paraskevopoulos» y encuentra su página web: *Diseño y mantenimiento de jardines*.

Busca en mensajes de WhatsApp, en SMS a amigos, en un Discord lleno de desconocidos que hacen bromas sobre barritas energéticas de avena flapjacks y la etiquetan. Tiene una cuenta de Instagram, pero su última publicación es de dieciocho meses atrás, la fotografía de un cementerio envuelto en niebla, y, antes de eso, otra de un rollo de canela. Cuando busca entre la gente a la que sigue, comprueba que son nombres que en su mayoría no reconoce y siente liberación: ¡no tiene que mirar sus publicaciones!

No imaginaba, mientras se arreglaba para salir el sábado por la noche, que la celebración de Elena sería la parte más tranquila de su fin de semana. Son las tres de la madrugada, no han transcurrido ni veinticuatro horas desde que se subió a aquel autobús nocturno. Se pone de pie y va hasta la puerta entornada del cuarto de invitados. La abre lo bastante para ver el bulto oscuro en la cama. Abre otro poquito más, entra un poco en la habitación. El marido respira, coge aire y lo expulsa con una de las almohadas pegada al pecho.

7

No son ni las siete cuando la despiertan ruidos del marido arreglándose. Sale de la cama sin hacer ruido, gira con cuidado el pomo de la puerta, como si no quisiera sobresaltarlo. El ruido procede de la cocina. ¿Seguirá el mismo marido?

—Hola —saluda Jason—, ¡ya estás despierta! ¿Qué tal te encuentras? ¿Has dormido bien?

Las mismas arruguitas alrededor de los ojos, la sonrisa cuando la ve.

—Bastante —dice Lauren.

—Yo tengo una semana intensa. ¿No trabajas hoy?

—No —contesta Lauren—, necesito descansar.

Lo mira irse desde la ventana del salón. El marido sube a una furgoneta aparcada calle arriba; en un costado lleva un logo enorme con un árbol en el centro. Y, cuando la furgoneta llega al final de la calle y tuerce a la derecha, la tensión de los hombros de Lauren se disipa, la tensión que la sostenía la abandona.

El apartamento vuelve a ser suyo.

Se sienta en el sofá, se recuesta y cierra los ojos. No pasa nada. Todo va bien.

Se despierta a las diez y media y se mete en la ducha hasta sentirse limpia y nueva; se seca el pelo con secador, se depila las piernas. Es posible que tenga las piernas un poco más anchas, claramente más musculadas. Se examina un muslo con la pierna subida en el inodoro.

En el armario encuentra botas de senderismo y una de esas chaquetas que son todo cremalleras y presillas. Pero también pantalones que usa desde hace años y una camiseta verde que conserva desde la universidad, así como una camisa que, cree recordar, una vez estuvo a punto de comprar pero decidió que era demasiado cara. Se la pone.

Empieza a tirar de la escalerilla del desván.

Se interrumpe. Tiene náuseas.

Empuja la escalerilla.

Debería comer algo. Tuesta pan y lo unta con mantequilla de cacahuete, pero es una marca distinta, espesa y demasiado dulce. Se le pega al cielo del paladar. Está tranquila, pero, bajo la calma, algo aletea. Necesita salir de la casa. Deja la tostada donde está después de un único bocado, coge el teléfono.

Antes de salir mira la escalera, el pasillero verde, y cierra la puerta.

Fuera se siente mejor. Cuanto más se aleja de la casa, menos trabajo le cuesta respirar. ¡Anda! ¡La parada de autobús vuelve a estar donde siempre! También ese centro cultural al que siempre está pensando en ir a ver algún espectáculo. El cielo, la calle, los coches, los árboles, la gasolinera. La suave pendiente bajo sus pies a medida que camina más deprisa.

Lo lógico sería ir al hospital. Todos los indicios apuntan a que está casada. No tiene pruebas en que apoyar su convicción de que el sábado por la tarde no era así; la explicación más plausible no es que su desván fabrique y transforme hombres, sino que ella padece alguna clase de enfermedad —esto se lo ha sugerido internet—, que en la casa hay un escape de gas, o que en la fiesta de Elena tomó algo cuyos efectos perduran.

Pero no tiene ganas de ir al hospital. De lo que tiene ganas es de sentarse al aire libre y quizá tomarse un café.

O incluso, piensa cuando llega al final de la cuesta y ve el pub de la esquina con las mesas al sol, una cerveza. Normalmente no bebería ni un lunes ni a las once y media de la mañana, y mucho menos las dos cosas a la vez, pero las circunstancias son excepcionales. Es más, piensa, ya que lo haces, hazlo a lo grande. Y lo va a hacer.

En la barra del pub vacío, pide la carta de cócteles.

La mujer detrás de la barra dice: «¿Sí?», y a continuación se agacha y rebusca, antes de darle un menú plastificado. Líquidos brillantes resplandecen en copas de lo más historiadas que, Lauren está segura, no tienen en ese pub.

—Voy a tomar... —dice después de examinar un momento la carta— un Merry Berry. Y un café con leche.

La mujer vuelve a mirar debajo de la barra y esta vez saca una carpeta de anillas y hojea recetas de cócteles impresas.

—Esto... Si te parece, yo te lo llevo.

—Perfecto, gracias. —Lauren sonríe—. Voy a sentarme fuera.

Encuentra un banco donde no le da el sol en la cara y espera hasta que se abre la puerta y la mujer le sirve un café y un cóctel rosa chillón en una copa de vino.

—Se nos han terminado las sombrillitas —se disculpa.

—Muchas gracias —dice Lauren.

El Merry Berry es dulce y espumoso. Lleva un gajo de manzana.

Desde el banco, Lauren mira el cruce. Hay un hombre con una bolsa de la compra tan tranquilo, como si el mundo no hubiera cambiado. Comprueba la hora en España y prueba a mandar un mensaje a su madre: «Hola! Espero que vaya todo bien. Ya sé que es una pregunta rara, pero qué te parece Jason?».

Pocos minutos después llega la respuesta: «Hola cariño, qué

alegría que me escribas. Siempre me ha gustado Jason. Salta a la vista que te quiere mucho. Me estoy quedando sin bolsitas de té y sin Marmite, puedes mandarme?».

Considera llamar otra vez a Nat, a Toby, incluso sincerarse con Jason, aunque esto último es mala idea. Es probable que no la crea y que suba corriendo al desván para demostrarle que se equivoca. O, lo que sería peor, podría creerla y luego negarse a subir. Jason le gusta, pero no está segura de estar preparada para ese grado de compromiso.

Además, a la que se lo cuenta todo siempre es a Elena.

«Esta noche voy a casa de Elena —escribe a Jason—, está superestresada con la boda».

A continuación escribe a Elena: «Hola, necesito hablar contigo, puedo ir a tu casa?». Cae en la cuenta, demasiado tarde, de que quizá Elena tenga otros planes. Aun así, es lunes por la noche, faltan dos semanas para su boda. «Puedo ayudarte a inflar globos».

Consulta el contador de pasos del teléfono, de vez en cuando hay unas cifras altísimas de hacer senderismo: 28.300; 35.600. Una app localizadora de rayos, que abre; al oeste aparece una ráfaga de puntitos rojos y amarillos.

Le llega la respuesta de Elena: «A las siete. Tienes que envolver almendras, y sin protestar».

Son ya las dos cuando a Lauren se le terminan las palabras que buscar en su teléfono: «hombres que aparecen en desván» (noticias sobre gente que vive en escondites), «transformación de un desván» (reformas caras), «maridos que desaparecen» (más noticias y bastantes páginas sobre bigamia, que es casi, pero no del todo, lo contrario de su problema). Prueba con «marido que baja del desván como por arte de magia y cuando sube se convierte en otro». Obtiene resultados de lo más variopinto: una mujer que escondía a su amante secreto en el desván; un maltratador; alguien que escribe a una consultora sentimental porque su marido ha descubierto que es gay; un resumen del argumento de *Flores en el ático*.

Va a tener que sacar otra vez la escalera y asomarse.

Pero, cuando vuelve a casa, encuentra la furgoneta del marido aparcada en el mismo sitio. Los horarios de un jardinero son irregulares; y eso, piensa, significa que nada de investigar el desván. El alivio, la gratitud y el afecto que siente al poderse librar de abordar la cuestión palpitante son innegables. Es la segunda vez que Jason la rescata.

Cuando entra en casa, se lo encuentra saliendo del baño en ropa interior, y por tanto con la hiedra tatuada en su hombro al aire. Tiene el pelo húmedo, posiblemente porque acaba de ducharse, y parece —como de costumbre— encantado de verla.

—¡No sabía dónde estabas! —dice.

—Ya —contesta Lauren—. He salido a dar un paseo. ¡Qué bien que estés ya en casa! Me encuentro mucho mejor.

—Ah, ¿sí? —dice Jason acercándose a ella—. ¿Cómo de mejor?

—Bastante —contesta Lauren antes de comprender de qué están hablando.

Bueno. Jason le gusta. Sigue aliviada por que su presencia le permita posponer la investigación del desván. Y hace ya unos cuantos meses. Así que ¿por qué no?

—Muchísimo mejor —dice dando un paso hacia él.

Él se baja los calzoncillos.

Esto es normal, se dice Lauren mientras van al dormitorio. El marido está desnudo delante de ella y para él la situación es normal. Lauren se desabotona la camisa y esto también es normal; por lo que respecta al marido, la ha tenido desnuda delante cientos, miles de veces. Pero Lauren sabe que es la primera vez.

Se quita los pantalones y se sienta en el borde de la cama; la expectación da paso a la inseguridad cuando lo ve sonreír, a este hombre con el que está casada, y no es la primera vez que se acuesta con alguien a quien acaba de conocer, ese no es el problema; el problema es lo de «el marido». Jamás se ha acostado con un marido.

Pero se tiende de espaldas y él se sube a la cama de un salto y, antes de que a Lauren le dé tiempo a decir nada, ha metido la cabeza en su entrepierna y se ha puesto a trabajar.

Lauren abre las piernas, sorprendida. Habría preferido una rampa de acceso más suave, piensa, mientras mira al marido mover la cabeza, afanoso, pero este hombre sabe lo que se hace. Lengua firme, entusiasta, eficiente, el cuerpo de Lauren responde mientras el cerebro asimila, sí, se está empleando a fondo; Lauren le acaricia los rizos con una mano. Y al cabo de lo que sin duda no llega a tres minutos, cuatro como mucho, empieza a estirarse, satisfecha, estira las piernas a ambos lados de los hombros de él mientras en su cabeza sigue pensando en la logística, en cuántas veces creerá él que ha hecho esto, en la lámpara del techo que, ahora cae en la cuenta, no debería ser de ese color.

Y entonces, sin dejar de sonreír, el marido se arrodilla en la cama y ladea la cabeza, señalando su pene, como diciendo ¿te apetece? Le está ofreciendo otra galleta de chocolate. Lauren asiente con la cabeza y el marido se coloca en posición para recibir su orgasmo correspondiente.

Este tarda un poco más en llegar, pero en conjunto la cosa no dura mucho más de diez minutos.

Caramba con la vida conyugal, piensa Lauren.

Se lleva la ropa al cuarto de baño, donde se asea y viste. El marido está en la cocina, todavía desnudo, comiéndose la tostada que dejó Lauren por la mañana.

—Lleva ahí desde el desayuno —dice Lauren. Es por la tarde—. Tiene que saber malísima.

—Lo que no mata engorda.

El marido hace ruido al comer y no cierra la boca del todo. A esto debía de referirse Nat con lo de masticar. La ternura poscoital de Lauren decrece ligeramente.

—¿A qué hora te vas a casa de Elena? —pregunta el marido.

Casi se le había olvidado. El reloj dice que son las tres y media. ¿Está preparada para pasar dos horas más con el marido?

—¿Nos da tiempo a ver otro capítulo de *Mindhunter*? —pregunta este y al hablar deja ver trozos de tostada entre los dientes.

Ni hablar.

—Tengo que comprar un par de cosas de camino —contesta Lauren—. Cenaré en su casa, no me esperes si tienes que madrugar mucho mañana.

—Oye, ¿ya me admites en el dormitorio? —le pregunta el marido cuando Lauren sale.

Llegados a este punto, ¿por qué no?

—Sí. Creo que, fuera lo que fuera, ya se me ha pasado.

—Genial, anoche te eché de menos.

Sí que es entusiasta el hombre.

Lauren llega a Walthamstow a las cuatro y media, dos horas y media antes de su cita con Elena. Se sienta en una cafetería a revisar otra vez su teléfono, pero no lo soporta, así que echa a caminar, deprisa y sin rumbo. Deja atrás puertas de colores, una tienda de empeños, un gato acurrucado sobre la tapa de un cubo de basura negro, los enormes murales de un barrio decidido a ponerse de moda. Bicicletas de reparto delante de la puerta de Nando's. Un colchón apoyado contra una pared; alguien ha pintarrajeado LOS VERTIDOS INCONTROLADOS SON DELITO MATTHEW encima con rotulador indeleble.

Hace un alto en una confitería, pide dos bolas de helado, agua de rosas y menta con pepitas de chocolate, y la mujer le pone tres barquillos de chocolate gratis.

—Coge más si quieres, cariño, están caducados, así que no puedo cobrarlos.

Lauren come y reanuda la marcha. Algo tiene que agradecer al senderismo: lleva dos horas caminando y casi ni lo nota, no tiene ni ampollas ni pies cansados.

Por fin, cuando son casi las siete, se dirige al apartamento de Elena y comprueba, feliz, que no está cambiado. Más desordenado de lo habitual, con la boda tan cerca —la mesa de la cocina está cubierta de fichas con nombres de invitados alrededor de mesas hipotéticas—, pero las paredes, los muebles, la vajilla son los de siempre.

—Ay, Dios mío. —Elena se deja caer en el sofá y sube las piernas—. Las bodas son un horror. Deberías haberme avisado de todo el trabajo que dan. A ver, lo hiciste, pero deberías haberme obligado a creerte.

—Pues sí —dice Lauren.

Lleva meses oyendo a Elena hablar de los preparativos, viendo vestidos y debatiendo sobre flores, lo que ha sido divertido pero también raro, al estar ella soltera: ayudar a una persona a organizar una fiesta que va a convertirla en algo que tú no eres. ¿Cómo habría sido teniendo un marido propio?

—No he hecho nada de cena —dice Elena—. Bueno, ya has visto la cocina. Ahora mismo pido chino.

—Genial.

—Y después podemos envolver almendras —añade Elena—, pero antes cuéntame lo tuyo, perdona. No sé qué me pasa, soy incapaz de pensar en nada que no sea la boda. ¿Qué más me da dónde vaya la mesa de los regalos? ¿Y si las guirnaldas son de luz cálida o fría? Aunque mejor cálida, ¿no?

—Sí —dice Lauren con firmeza—. Cálida, sin duda.

—Dios, ya estoy otra vez. Cuéntame lo tuyo.

Elena se endereza en el sofá, se inclina hacia delante y aleja el teléfono que está en la mesa de centro. Está atenta. A la escucha.

Ahora que a Lauren le ha llegado el momento, no le resulta tan sencillo. No puede soltar sin más: «Mi desván está raro y se ha vuelto mágico».

—Vale —dice—. Mi desván está raro y se ha vuelto mágico. Se ha puesto a crear maridos y no sé qué hacer.

8

—No me digas —contesta Elena—. ¿Cuántos? ¿Cien maridos? ¿Mil?

Uf, Lauren no quiere ni imaginárselo.

—Ocho o nueve. Pero de uno en uno.

—Pues menos mal —dice Elena—. Porque tienes habitación de invitados, pero aun así...

No es la reacción «pero bueno qué cosa tan rara aunque te creo cuéntame más» que le habría gustado, idealmente, obtener, pero tampoco es el «huy pues tienes que ir ahora mismo al médico» que se había temido.

—Pues eso —dice—. Y, como puedes imaginarte, no entiendo nada.

—Sí, claro. Me lo imagino. Sé que estudiamos asignaturas distintas en la universidad, pero no creo que en ninguna entraran los desvanes mágicos.

La amistad entre ambas siempre se ha apoyado en las convicciones de Elena y la voluntad de colaboración de Lauren. Ya en sus primeras semanas en la universidad, para Lauren fue un alivio trabar amistad con alguien que parecía saber lo que hacía y estaba dispuesta a disimular si no era así, a pedir una marca concreta de cerveza a pesar de no saber lo que es una cerveza ácida ni si le gusta (resultó que no), a declarar que salir de noche con zapatillas de deporte era normalísimo (lo era), a confabular para sentarse siempre en una mesa concreta al lado de la cual podía pasar un chico en particular: «Qué va, es el mejor sitio para estudiar. Nick no tiene nada que ver» (sí tenía). Después de la universidad, cuando Nat dejó el apartamento y Elena se quedó con su habitación, inventaron juntas reglas para la edad adulta, una amistad sustentada en no decir nunca: «Huy, no, eso no puede ser, las cosas no funcionan así».

Ahora Elena no cree a Lauren, por supuesto. Pero, aun así, le sigue la corriente. ¿Y qué es más importante? ¿Qué te crean o poder hablar de lo que te pasa?

—He pensado que igual me puedes ayudar —dice Lauren—. Por ejemplo, ¿sabes dónde conocí a Jason?

—En una fiesta de Noemi, ¿no? Justo después de que rompieras con Amos.

De eso hace cuatro años. Casa bien con lo que ha visto Lauren en las fotos de su teléfono.

—¿Qué es lo que me gustó de él?

—Pues..., a ver. ¿El pelo? ¿La tarta de queso que hace su madre? ¿Que siempre va, no sé, adornado con pájaros y flores igual que una princesa Disney? O por aquella mariquita que rescató en un Pizza Express, que sospecho que llevó él mismo para impresionarte. No es que me parezca mal. Es una muestra de amor.

Lauren prueba a cambiar de enfoque.

—¿A ti te pasó algo raro al volver de la despedida de soltera? —pregunta.

—¿Algo como qué?

—O mientras estábamos por ahí. ¿Me viste normal?

—Pues sí, ¿qué pasa?

—¿Dije algo de Jason?

—Sí, te tiraste diez minutos sin parar de hablar de lo maravilloso que es el matrimonio y que me iba a encantar. ¿Por qué?

Va a tener que ser más directa.

—Vale. Sé que suena rarísimo, pero de verdad que tengo un desván encantado del que salen maridos.

—Sí, ya lo has mencionado —dice Elena impertérrita.

—Te estoy contando la verdad y no sé qué hacer —dice Lauren.

No se le ocurre cómo hablar más claro. Elena la mira como si hubiera dicho una obviedad.

—Pues vete probándolos hasta que encuentres el mejor —sugiere—. Que esté bueno, que sea divertido, buen cocinero, se lleve bien con su familia y tú con la suya, trabaje como coreógrafo de combate escénico en películas de mediano presupuesto.

—Bueno —dice Lauren—. Es una opción.

—Eres consciente de que la boda es dentro de poco, ¿verdad? —dice Elena—. Si esta es tu manera retorcida de decirme que el matrimonio es un horror y que no debería casarme, vas a tener que ser más directa.

—No —dice Lauren—. No es eso en absoluto. Es... —Y se interrumpe.

Podría seguir. Podría llorar, decir: «No, no es una broma, es real»; decir: «Ya sé que no tiene ningún sentido». Podría intentarlo y por supuesto Elena no la creería, pero al menos aceptaría que no bromea.

Pero entonces se preocuparía, empezaría a llamar a gente, a googlear cosas que Lauren ya ha googleado y, por supuestísimo, supondría que su boda había precipitado alguna clase de crisis. Y esta conversación ya sería para siempre algo que hizo Lauren justo antes de su boda. Una historia que se inventó, un delirio.

—No —dice—. Por supuesto que tienes que casarte.

—Eso pensaba yo. Pero hoy han llamado de la granja —dice Elena— y me han dicho que solo tienen cien fundas rojas de silla. Así que, o elegimos otro color, o ponemos mitad rojas, mitad blancas. ¿Qué te parece? Dios, no soporto que algo así me importe tanto. Perdón, vamos a pedir comida. Y, si no has cambiado de idea con lo de las almendras, podemos envolver mientras esperamos.

Señala el suelo, cubierto de tul, de cintas y de bolsas enormes de plástico llenas de almendras confitadas de colores festivos.

Lauren no tarda mucho en cogerle el tranquillo. Cinco almendras: roja, naranja, rosa, blanca, dorada. Cerrar el tul. Hacer un lazo. Mientras trabajan, se deja llevar por la cháchara sobre la boda escuchando solo a medias: decidir qué poemas se van a leer; pedir o no a la granja que encierre las gallinas en el gallinero porque es más práctico, o dejarlas sueltas porque queda pintoresco; proponer canciones para sustituir a las que han prohibido al DJ que ponga.

Cuando llegan los fideos chinos, comen en el único trozo de la mesa de la cocina que no está ocupado por el plano de las mesas. Lauren localiza a Jason y a ella a la izquierda.

En su mundo real, ser dama de honor y no la madrina de la boda le supuso una pequeña decepción. No serlo tampoco aquí también lo supone, pero al menos así no tendrá que dar ningún discurso ni aguantar a Jason en la mesa principal masticando con la boca abierta.

Mira sus compañeros de mesa.

—Te parece bien estar con Amos y Lily, ¿verdad? —dice Elena señalando el plano—. Ninguno conoce a los demás invitados, pero estuvimos en su boda, así que hemos tenido que invitarlos. Aunque tengo una mesa especial para personas que han tenido hijos y se arrepienten... Si quieres, puedo sentarlos ahí para que se lo pasen fatal.

—No —dice Lauren—. Así está bien. Lo que sea más fácil. Así nos pondremos al día.

No tiene ninguna gana de ponerse al día con Amos. Tener de pareja a alguien tan crítico, piensa, significa que solo te lo pasas bien cuando le gustas. Si alguien odia el mundo y tú eres la única excepción, es por algo. Cuando Amos y ella estaban juntos, criticar a los demás había sido una afición compartida y, para Lauren, una manera fácil de decidir qué clase de persona quería ser. Personas que presumen de cocinar siempre sin receta: criticadas. Personas que no llevan el vaso vacío a la barra aunque les pille de paso: criticadas. Personas que llevan el vaso vacío a la barra aunque no les pille de paso y se aseguran de que el personal del bar les ve hacerlo: doblemente criticadas. Amos deploraba de forma especial a las personas que suspiran exageradamente cuando un tren llega tarde porque: «En este tren viajamos muchos, no eres especial, el retraso en tu trayecto concreto no tiene nada de único». Pero luego estaban: las personas que usan medias turquesa o algo de terciopelo, o se perfuman para ir al cine. Las casas con nombre. Los timbres con cámara de seguridad. El agua con gas. Por algún extraño motivo, los bebederos de pájaros metálicos. Qué placer había sido buscar errores en el mundo y etiquetarlos juntos, intercambiar juicios de valor como si fueran regalos.

Pero vivir fuera de la pequeña conspiración que supone criticar no es tan divertido. Lauren casi no ha visto a Amos desde que rompieron, pero, cuando lo ha hecho, ha tenido siempre la seguridad de haber transgredido, sin saberlo, alguna regla recién creada; de que él sigue con sus pequeñas burlas, pero que ahora son sobre ella, en lugar de con ella.

Al menos con Jason irá acompañada y no tendrá que sentarse sola con su ex y su mujer mientras escucha poemas sobre lo maravilloso que es no estar soltera.

Cuando vuelve a casa es más de medianoche y Jason madruga, así que sube las escaleras sin hacer ruido.

Jason le ha dejado una luz en la cocina, lo que es un detalle. Cuando Lauren se mete en la cama, la respiración de Jason cambia, resopla un poco, pfff, como dándose por enterado. Lauren se tumba a su lado, lo bastante cerca para notar el calor que irradia su cuerpo, y le toca el hombro, en el punto donde calcula se enreda la hiedra.

Jason emite otro sonido, un sonido cálido de bienestar, mmmm, y se arrima. Lauren no sabe si está dormido, pero le pasa un brazo por encima y se pega a él. Nota como el cuerpo de él cambia cada vez que respira a su lado.

Por la mañana le dice que le ha vuelto el resfriado y llama al trabajo para decir que está mala. Ha llegado el momento. No puede seguir evitando el desván.

Por supuesto, no tiene intención de entrar del todo; ha visto lo que les ocurre a los maridos. Se asoma un poco y enseguida saca la cabeza, antes de que sus ojos tengan tiempo de acostumbrarse, de ver otra cosa que no sea oscuridad.

La segunda vez mira más despacio, todavía desde la mitad de la escalera. La bombilla del techo vuelve a brillar. No con la intensidad máxima, solo un poco, iluminando a medias lo que, por lo demás, parece un desván corriente y moliente.

Le da mala espina. Agacha la cabeza para coger aire.

Para el tercer intento usa la linterna del móvil. Pero, cuando levanta el brazo, la luz vacila, la pantalla del teléfono se vuelve naranja. Mierda. Cuando saca la cabeza del desván, la pantalla vuelve a la normalidad.

En alguna parte guarda una linterna de verdad. Solía estar en un cajón, pero en este mundo termina por encontrarla encima de la nevera.

Esta vez se adentra un poco más, mete medio cuerpo en el desván, pero la linterna alumbra antes de que le dé tiempo a encenderla y a continuación se apaga con un fuerte chasquido. Cuando Lauren vuelve al rellano, sigue sin funcionar.

Coge el libro sobre setas y añade notas al final:

el teléfono y la linterna se comportan de manera extraña en el desván
?
??????

Realiza una serie de miniexperimentos:

la luz del desván se enciende aunque esté el fusible bajado
el cepillo eléctrico, el hervidor, etc., también funcionan en el desván (aunque estén desenchufados)
una patata dejada en el desván no se transforma en otra patata
una flor dejada en el desván no se transforma en otra flor
imposible saber si una hormiga dejada en el desván se transforma en otra hormiga

De pronto tiene una idea: caracol. Sus ojos humanos no distinguen una hormiga de otra, pero ¿y si marca la concha de un caracol con pintura para ver si se transforma?

Encuentra uno de tamaño mediano detrás de una gran maceta de barro, lo despega de la superficie con una mueca de asco y nota la tensión de su cuerpo viscoso al querer aferrarse. Lo lleva a la casa en un cuenco de plástico. No tiene pintura, así que usa un poco de mayonesa.

Deja solo al caracol tres minutos; después de todo, son famosos por su lentitud.

Cuando asoma la cabeza en el desván, por un momento piensa que el caracol se ha esfumado y que puede ser un avance, pero, cuando empieza a brillar la luz del techo, comprueba que el animal simplemente ha salido del cuenco y conserva la mancha de mayonesa. Lo arranca del suelo y lo devuelve al jardín.

¿Y ahora qué? Podría llamar a un electricista, pero, si bien no tiene escrúpulos a la hora de hacer y deshacer maridos (los cuales al fin y al cabo son creados en el desván), no le parece justo condenar a un señor cualquiera a desaparecer y ser reemplazado.

Encuentra un foro en internet que promete respuestas a cualquier pregunta. ¿Cómo se titula este cuento de ciencia ficción que estoy intentando recordar? ¿Cuál es la mejor forma de limpiar los estores? ¿Cómo se hace el goulash? Se registra con un nombre falso y publica: «¿Le suena a alguien una situación en la que aparecen en tu casa distintos maridos sucesivamente y el mundo cambia?», pero, cuando entra en la página media hora más tarde, han borrado su pregunta: «¡Bienvenida, Tallulah Callebaut! Este foro es solo para preguntas que se puedan contestar. Una consulta tan hipotética como la tuya no tiene respuesta correcta posible, pero te animamos a que pruebes con algo más concreto».

No es culpa suya que la vida la haya abocado a una consulta demasiado hipotética. A estas alturas, no obstante, ha probado de nuevo a comerse una tostada con mantequilla de cacahuete (le ha resultado más fácil de tragar que el día anterior; consigue comer media rebanada antes de no soportarlo). También ha encontrado, en la página cuarta o quinta de resultados de una de sus búsquedas, un largo artículo de un físico exponiendo una teoría sobre la creación espontánea de vida a partir de campos magnéticos. Lauren no la entiende, pero aun así envía un mensaje desde el apartado «contacto». Usa de nuevo, y sin saber muy bien por qué, su nombre falso.

Casi ha dejado de creer que la situación que investiga sea real: ¿es posible que solo esté «equivocada» respecto a lo que ocurre? Pero está el crujido del desván cada vez que se asoma; y cuando, un rato después, llega Jason a casa, su presencia es tan desconcertante como siempre. Le trae una sopita curativa de un restaurante del barrio. Está deliciosa, pero Jason ensucia tres cazos, una sartén y cinco cucharas de madera para calentarla y después no friega nada. De haberse inventado ella este marido, ¿no habría inventado uno al que se le diera mejor la limpieza?

El miércoles por la mañana manda un correo al trabajo diciendo que sigue enferma y a continuación entra en su cuenta de correo falsa. Hay una respuesta del físico. La abre tratando de reprimir la esperanza que le burbujea en el pecho. «Tallulah —dice el correo—, querida mía, las vibraciones del universo te han traído a mí. El prisma de la eternidad resplandece. La decimoséptima dimensión ha propiciado a lo que siempre estuvo destinada: Destino = $\Delta eS+iN\Omega$».

Sí, claro. Cuando entra en la página y lee con atención, comprueba que el tema de la tesis doctoral es El Sol, la Luna y la Inmanencia del Mundo.

Le llega una notificación: otro correo. Leído entero, el mensaje dice: «Querida, ¿tienes alguna fotografía de tu membrana interdigital de cerca?».

Borra la cuenta.

Por la tarde reconstruye sus movimientos del sábado por la noche. El autobús que la llevó de vuelta a St. Pancras. Se cruza con los que vuelven a casa de trabajar y los estudiantes de arte y va hasta el local de pollo frito, con su cara en las paredes de espejo. Coge otro autobús hasta Soho, los bares en los que estuvieron cierran durante el día, pero mira por la ventana y pega la oreja a una puerta cerrada mientras repartidores zigzaguean en motocicletas y las palomas se congregan alrededor de una rebanada de pan que sobresale de una bolsa en la acera.

Nada.

En el autobús de vuelta a casa, piensa: no puedo seguir diciendo en el trabajo que estoy enferma.

De manera que el jueves madruga y va a la ferretería/centro de jardinería en la que se supone que trabaja. Solo presentarse allí le resulta aterrador; se ha estudiado la página web de la empresa y sus correos electrónicos y sigue sin saber qué es lo que hace allí y cómo lo hace.

Llega media hora antes de que abran y se detiene en la calle. Los empleados entran por una puerta lateral, sacan carritos con plantas a la acera. Por lo menos trabaja en administración y no cara al público; no tendrá que intentar averiguar cómo funciona un datáfono con una cola de clientes esperando.

Se ha recogido el pelo, lo que presiente que es práctico. Y unos minutos antes de que le toque entrar, alguien abre la puerta principal de la tienda y no necesita colarse por la lateral cruzando los dedos para que no le pidan una clave. Dentro hay un mostrador, detrás del cual un empleado la saluda con la cabeza. Hileras de sierras, martillos, tijeras de podar y destornilladores. Una pequeña selección de fuentes para jardín. Encuentra una puerta con un letrero que dice SOLO EMPLEADOS y se arma de valor para empujarla, pero al otro lado solo hay un pequeño patio con muebles de jardín desparejados y un tipo de larga barba fumando que le da los buenos días.

Por fin localiza una puerta sin indicador detrás de las planchas de madera que conduce a una estrecha oficina con ventanas de celosía. Hace calor, no hay aire acondicionado. Solo lleva allí dos minutos, tratando de adivinar cuál de las mesas vacías es la suya, cuando entra otro hombre con una carpeta de plástico y dice:

—Ah, ya has vuelto, qué bien, ¿puedes hacerme este pedido?

Y sale inmediatamente. Suena el teléfono de la que quizá sea su mesa; es una tal Bev que quiere saber si ha llegado ya el C040338-14.

—Te llamo y te lo digo —se le ocurre decir a Lauren—, ¡estoy poniéndome al día con el trabajo atrasado!

Pero no piensa llamar a nadie. Durante la hora siguiente, el hombre de la carpeta de plástico entra dos veces a darle más papeles, no consigue saber quién es su jefe, el hombre con barba llega con una borriqueta y la deja medio obstruyendo la puerta y le pide que «la etiquete». Lauren termina por coger los once formularios distintos que ha recibido a lo largo de la mañana, los mete en la trituradora de papel antes de apartar la borriqueta para irse a comer a las once y media y ya no vuelve.

Por la noche está distraída y Jason intenta animarla.

—Venga, vamos a tomar una pizza aquí al lado.

Lo que es un detalle por su parte, pero la conversación flojea, Jason sigue masticando con la boca abierta y Lauren lo siente mucho, pero va a tener que devolverlo.

No puedes seguir casada con alguien para siempre solo porque baja de tu desván una tarde. Jason la rescató de Kieran y Lauren se lo agradece, pero lo conoce de hace cuatro días y ni siquiera han sido unos días interesantes. Lo único que han hecho es ver *Mindhunter*, lavar los pantalones de senderismo y tomar café. No le debe el resto de su vida.

No quiere tenerlo de acompañante en la boda mientras Elena y Rob se juran amor eterno y Amos y esa Lily, quienquiera que sea, juzgan su forma de masticar. Y, gracias al desván, no está obligada a que así sea: puede hacerlo desaparecer sin necesidad siquiera de mantener antes una conversación incómoda.

Así que a la mañana siguiente ignora los correos electrónicos de trabajo que se le amontonan y las contestaciones a sus mensajes anteriores a decir que estaba mala, así como las cuatro llamadas de un contacto que figura en su agenda como «Christine (trabajo)», y se dedica a comer helado y leer tirada en el sofá. Y ahora que sabe que lo va a cambiar todo y que sus acciones no van a tener consecuencias, llama a Elena justo antes de que llegue Jason a casa y prueba a contarle otra vez lo que pasa. «Eso que te conté del desván, ya sé que suena raro», y por supuesto Elena no la cree, pero sí cree por fin que Lauren se lo cree. Y ocurre lo que esta había esperado, se preocupa: «Vale, voy para allá, quédate en casa, deja las ventanas abiertas, ¿funciona bien el gas? ¿Está Toby teletrabajando? ¿No puedes bajarte a su casa?».

Entonces vuelve Jason y ha llegado el momento.

—Bienvenido a casa —dice Lauren.

—Qué pronto has vuelto.

—Sí, he terminado temprano.

Está practicando su nuevo tono de «eso lo explica todo».

—Qué bien —dice Jason.

—El caso es que he oído un ruido raro en el desván. ¿Te importaría echar un vistazo?

Un encantamiento, una pregunta sencilla.

—Ahora mismo.

—Mientras, yo voy haciendo la cena.

—¿Qué vamos a cenar? —pregunta Jason.

—Tu plato favorito.

Seguramente tiene uno. Lo mira sacar la escalerilla desde la puerta de la cocina.

—Oye —le dice cuando se dispone a subir—, gracias.

Le da un beso en la mejilla con cuidado de evitar la boca demasiado húmeda.

—No hay de qué —dice Jason, sonríe y empieza a subir.

9

En cuanto desaparece el pie de Jason, la duda la invade. ¿Y si ahora solo recibe maridos cada vez peores? ¿Y si este era el mejor disponible, si esta era su única oportunidad y la ha jodido?

Transcurren apenas unos segundos antes de que un hombre nuevo empiece a bajar por la escalerilla. Y no termina nunca. Es desconcertantemente alto, a medida que desciende revela más y más superficie de su largo cuerpo. No, decide Lauren. Es viernes. La boda de Elena y Rob es el sábado siguiente, dentro de ocho días. Lo que necesita ahora mismo es un acompañante; una vez allí, tendrán que acampar juntos en un prado y este hombre no cabe en una tienda de campaña.

—Perdona un segundo —dice al hombre antes incluso de verlo entero—. He oído algo, ¿puedes mirar otra vez?

El siguiente marido apoya el pie en la escalerilla. Lleva zapatillas con dedos. Va a ser que no.

Antes de que el marido posterior a este asome siquiera, Lauren oye un ruido procedente del salón y se vuelve: en el televisor está puesto el episodio de *Mindhunter* que vio con Jason. No.

Pero la cuestión es que el sistema funciona.

El marido que llega a continuación viste deportivas, vaqueros y una camisa azul con pequeños dibujos geométricos. Parece del sudeste asiático, con un cuerpo fuerte pero no exageradamente musculado. La punta de la lengua le asoma por una de las comisuras de la boca, de tan concentrado como está en bajar la escalera plegable, y a Lauren le gusta el gesto, lo encuentra encantador. El hombre trae un jarrón azul de forma irregular, que lleva a la cocina.

—Hola —dice y sonríe.

Lauren se inclina para besarlo y huele a mar.

De momento, todo va bien.

Muy bien incluso: oye un ruido procedente del salón y, cuando va a investigar, se encuentra a su hermana, Natalie, tumbada en el sofá y leyendo en su teléfono.

¡Perfecto! Falta averiguar si el marido tiene un traje de chaqueta. Y enterarse de en qué trabaja ella. Pero, por ahora, le gusta. Se imagina yendo con él a la boda, sentada a una mesa con Amos, admirando caballos, compartiendo una tienda de campaña. Y, de regalo, ¡va a poder hablar con su hermana! ¡Sin que estén los niños! Hace semanas desde la última vez que fue a casa de Nat y quizá años desde que se ven sin los niños. Si el marido resulta ser una decepción, ya lo cambiará más tarde.

Vuelve a la cocina. Será más fácil si salen; no quiere hacer las dos cosas a la vez: hablar con Nat y averiguar qué tal es el marido.

—Oye —dice al marido en voz baja para que Nat no la oiga—. Natalie está estresada con lo de Magda, igual me la llevo un rato al pub y la tranquilizo.

—Vale —dice el marido—. ¿Qué es lo de Magda?

—Pues ya sabes. Cosas de la guardería. Luego te lo cuento.

—Muy bien.

¡No solo mono, también complaciente!

A continuación, Lauren va a ver a Natalie y dice:

—Oye, a... —Cuando cae en la cuenta de que no sabe el nombre del marido, hace un gesto con la cabeza en dirección a la cocina—. Le duele un poco la cabeza, he pensado que podíamos ir un rato al pub y dejar que se eche una siesta.

—¿En serio? Me acabo de tumbar. Me he quitado los zapatos. Te recuerdo que la mitad de este apartamento es mío y que no puedes echarme así como así.

—¡Venga! —dice Lauren con tono alegre y despreocupado—. ¡Arriba ahora mismo!

Esta vez las mesas de fuera del pub están ocupadas, a pesar de que el cielo amenaza lluvia, pero el interior en penumbra está casi vacío. Lauren considera pedir una botella del vino blanco más caro, pero es posible que quiera quedarse un tiempo en este mundo y aún no ha consultado su saldo bancario. Elige el tercero más barato. ¡No el segundo, qué dispendio!

Mientras espera a que el barman vaya a buscar el vino a la nevera de abajo («Casi nunca lo piden»), localiza al marido en el teléfono: Ben Persaud. Ojea las fotos. Los dos en una granja urbana, Ben con una sonrisa de oreja a oreja acariciando un burro. Los dos en una cafetería compartiendo una copa de helado de lo más completa. Los dos a la salida de una *escape room* con amigos que Lauren no reconoce, todos con las manos cogidas y levantadas en señal de victoria. Por supuesto, Amos opinaba que las salas de escape eran una ridiculez, un pasatiempo para personas que «echaban de menos los deberes escolares», pero nunca va a encontrar a un marido que sea inmune a todo aquello susceptible de crítica a ojos de Amos.

Y, en cualquier caso, sabe en qué barro debe buscar.

—A ver —le dice a Nat cuando se sientan—, dime cuál ha sido la peor equivocación de mi vida.

¿Dónde va a encontrar un acceso tan directo a un conocimiento detallado de sí misma, de su marido, de su matrimonio y de lo que no va bien entre ellos?

—¿Qué? Oye, no, vamos a tomarnos una copa tranquilamente.

Como no podía ser de otra manera, para una vez que Lauren quiere saber lo que está haciendo mal, a Nat no le apetece colaborar. Igual puede volver a intentarlo cuando se hayan tomado una copa o dos de vino.

—Además —dice Nat—, la fecha tope para pedir ese ascenso era la semana pasada, ¿no? Así que llegas tarde.

¡Trabajo! Dios, si lo que está haciendo mal se limita al trabajo, entonces no hay ningún problema.

—Pues sí —dice y se recuesta en la silla.

Qué maravilla descubrir que no presentarse a un ascenso es lo peor que has hecho en tu vida.

—Qué día tan bonito —dice, lo cual no es en absoluto verdad.

—Sí —conviene Nat.

—¿Qué tal estás tú?

—Bien. Bastante bien.

Hum. Lauren ha estado tan pendiente de los maridos (¡no sin motivos!, piensa), que le cuesta mantener una conversación normal.

—¿Qué tal Magda? ¿Habéis encontrado otra guardería?

Nat frunce el ceño.

—¿Eh?

Quizá Magda se porta bien en esta versión del mundo y aún no la han echado de la guardería por ser igualita que su madre.

—Bueno —cambia de tema—. ¿Y cómo está Adele?

—No lo sé, hace años que no la veo.

Un momento. Mierda.

—Espera —dice Lauren—, contéstame una cosa. Ya sé que suena raro. ¿Salías con Adele?

—Pues sí.

Lauren asiente.

—Pero... ¿rompisteis?

—... Sí.

Nat la mira esperando algo, esperando a entender de qué habla.

—Mira, tú sígueme la corriente. Perdona, ¿puedes contarme qué pasó exactamente?

—He pedido perdón cien veces, Lauren. Si no eres capaz de olvidarlo, pues...

—No. No es eso, te lo prometo. Enseguida te lo explico. Por favor, Nat. Cuéntame lo que pasó.

Nat se recuesta en su silla.

—Vale —dice al cabo de un momento—. Muy bien. Adele y yo rompimos en tu boda porque tú eras mi hermana pequeña y parecías tan segura de todo, conocías a ese tío desde hacía solo cuatro meses y habías montado una macroboda que no sé ni cómo tuviste tiempo de organizar, mientras que Adele y yo llevábamos años juntas y yo aún no me decidía. Veinte de tus invitados nos oyeron romper. En la mitad de las fotos salgo yo de fondo, llorando. La comida estaba buenísima.

A Lauren le cuesta asimilar esto. Si Nat y Adele rompieron años atrás, ¿cuánto tiempo lleva ella casada, hasta dónde se remontan los cambios esta vez? ¿Por qué se casó con un hombre a los cuatro meses de conocerlo? Si se precipitó en algo así, ¿puede ser el matrimonio tan bueno como aparenta? Pero eso no es lo más importante, piensa mientras suma dos y dos.

—Ah, joder. Y no tienes hijos.

—¿Qué? No, pues claro que no tengo hijos. ¿Esto es por lo que te dije de tu trabajo? Me lo preguntaste tú, ¿qué querías que hiciera? ¿Mentir?

—No —dice Lauren—. Mierda. Perdón, voy a solucionar esto.

Se levanta de la mesa y se dirige a la calle, pero Nat la sigue, de manera que gira y entra en el baño y se encierra en el cubículo grande, el accesible, y llama a... Se llamaba Ben, ¿verdad? Sí, lo tiene en sus mensajes. Llama a Ben. Hace caso omiso de Nat, quien, al otro lado de la puerta, pregunta:

—Oye, ¿estás bien?

—Ben —dice Lauren—, ¿sigues en casa? Tengo que pedirte una cosa superimportante y sé que es una pesadez, pero necesito que subas al desván y localices una caja verde que hay en una balda. Necesito que compruebes que sigue ahí y que me mandes una foto. Tengo que demostrarle a Nat que todavía la tengo, está muy preocupada. Si vas ahora mismo, me comprometo a fregar, hacer la colada y limpiar el baño, todo, eres el mejor, muchísimas gracias, te quiero.

Cuelga el teléfono. Es la primera vez que le digo «te quiero» a un marido, piensa.

Mientras oye a Nat llamar a la puerta, imagina paso a paso lo que estará haciendo Ben: tirar de la escalerilla, es posible que calzándose. No debería tardar más de un minuto o dos, pero Nat sigue al otro lado de la puerta, lo que significa que Caleb y Magda siguen sin existir, y Lauren trata de respirar con normalidad pero no lo logra del todo, y, en cualquier caso, ¿cuánto tiempo necesita una persona para subir a un desván?

Los golpes en la puerta se espacian. Tres segundos. Cinco. Diez. Veinte.

El nudo en el pecho de Lauren se afloja.

Se echa agua en la cara.

Abre la puerta y fuera no hay nadie, llama por teléfono a Nat y le sale el buzón, insiste una y otra vez hasta que por fin contesta.

—¿Qué ocurre? ¿Pasa algo con mamá?

¿Cómo puede Lauren explicárselo?

—No —dice—. Solo quería saludarte. —Y puede oír al fondo el grito de un bebé furioso, un pequeño rugido que se repite una y otra vez—. ¿Es Magda la que mete ese barullo?

—¿Qué? Sí, claro. Lauren, nadie llama ocho veces seguidas simplemente para saludar. Creí que había alguien en el hospital.

—Lo sé. Lo siento. ¿Puedo hablar con Caleb?

—¿Qué?

—Tengo un dato sobre dinosaurios que quiero contarle. Es buenísimo.

—¿Estás borracha?

—No, solo tengo un dato sobre dinosaurios.

Espera.

—Vale —dice por fin Nat—, pero se supone que está haciendo los deberes de ortografía. Así que solo un momento.

Entonces oye a Nat llamar y ruido de pies corriendo y Caleb se pone al teléfono. Qué alivio.

—Ya no me gustan los dinosaurios —anuncia Caleb enseguida—. Ahora me gusta el espacio. Me ha dicho el tío Rohan que un meteorito mató todos los dinosaurios y que el espacio es más poderoso.

El tío Rohan: probablemente el nuevo marido.

—Si —dice Lauren—. Eso es verdad. Vale, olvídate del dato sobre los dinosaurios. —No tenía ninguno, así que le viene bien—. Te dejo que vuelvas a la ortografía.

Se sienta en la silla del pub que había ocupado antes y respira hondo varias veces. Está todo bien.

Pero va a tener que andarse con más cuidado.

Se levanta y sale a la calle, se recuesta un momento en la pared. Michael. El nudista. El cocinero feminista. El de Monstruos, S. A. Kieran. Jason. El gigante. Otra media docena que ni siquiera recuerda por qué descartó. Ben. Y el que esté ahora, el que bajó después de subir Ben. El tío Rohan.

Decide que se lo quedará esta noche a no ser que tenga verdadera pinta de peligroso: no piensa devolver a alguien solo porque lleve la camiseta equivocada o tenga una mala relación con los ambientadores de hogar, se corte el pelo a sí mismo, quiera volver a ver *The Wire* o llene el cuarto de estar de *funko pops*. Esta noche no tiene fuerzas para indagar en los parámetros del desván ni montar una campaña para seleccionar el acompañante perfecto para la boda.

Y, además, cada vez entiende mejor las reglas de su situación. Los maridos son hombres con los que una versión de sí misma podría haber decidido casarse y que habrían podido decidir casarse con ella. Ninguno va a ser diametralmente opuesto a los maridos que ya la han visitado.

Se irá a casa y conocerá al nuevo. Un hombre que —puede verlo según gira la esquina— no ha hecho cambios sustanciales en el apartamento. Y que será un marido verosímil. Ni un astronauta, ni el rey de Ruritania, tampoco un hombre cuyo ilustre abolengo no le permita usar escaleras de mano.

Será un tío normal y corriente.

Abre la puerta de la casa. La moqueta de las escaleras es de color negro.

—Holaaa, ya estoy en casa.

—Decidme, hermosa dama —recita un marido con un jubón bordado en hilo rojo y calzas de estampado romboidal, piel morena que rebosa salud y pelo recogido en la nuca con un enorme lazo—. ¿De do venís? —pregunta—. ¿Y qué extraños ropajes vestís?

Oh, cielos.

10

Luego resulta que el marido actúa en un montaje de la asociación de teatro aficionado del barrio de *Rosencrantz y Guildenstern han muerto*. Interpreta el papel de Actor y se ha traído a casa el jubón para acostumbrarse a llevarlo, pero también porque le divierte muchísimo. La inquietante luminosidad de su piel es fruto del maquillaje que se pone para actuar y que ahora se retira con cuidado en el cuarto de baño. El jubón no se lo quita.

—He prometido no comer con él puesto —anuncia cuando aparece para coger una cerveza de la nevera—, pero no he dicho nada de beber. Ni de..., ya sabes.

Se contonea y las faldillas que lleva en las caderas amplifican el movimiento. Las medias brillantes dejan entrever unas pantorrillas extraordinariamente proporcionadas.

Lauren se dispone a sonreír y ofrecerse a hacer un té, pero a la vista del ridículo contoneo, de las pantorrillas, de la atmósfera íntima y festiva, se dice: ¿y por qué no?

Ya lleva una docena de maridos y apenas ha tocado a alguno, solo ha practicado un sexo extremadamente eficiente con Jason. Esto parece más novedoso. Está casi segura de que nunca se ha acostado con un hombre a los cinco minutos de conocerlo. Y, desde luego, jamás se ha acostado con uno que llevara puesto un jubón isabelino color rojo vivo.

La coleta es un postizo sujeto por un lazo; sin ella, el marido no parece tan cómodo con el jubón y las calzas. Sus pantorrillas, sin embargo, siguen resultando esbeltas con las medias bajadas.

Lauren lo empuja sobre la cama sin darle tiempo a quitarse la gorguera ni el jubón. La tela de ambas prendas se infla cuando trepa hasta colocarse encima, puf. Qué adorable.

Él no se desnuda del todo hasta que terminan; entonces se quita las medias, se desabrocha la gorguera y cuelga con cuidado el traje en el cuarto de invitados.

Lauren se va desnuda al baño con el teléfono y lo busca. Sip, es Rohan. Trabaja para el Ayuntamiento, donde es director adjunto interino de Servicios Electorales. Ella también trabaja para el Ayuntamiento. Han debido de conocerse allí.

Duerme bien junto a él; en el lado contrario al que ocupaba con Jason. Y a la mañana siguiente, sábado, se despierta tarde y, cuando lo hace, Rohan le está preparando una taza de té, que Lauren sugiere tomar en el jardín. Cuando sale, ve que vuelve a ser el caos de antes, con hamacas estropeadas por estar a la intemperie y un puñado de plantas técnicamente vivas. Con la diferencia de que ahora, gracias a Jason, Lauren sabe que las dos florecidas son capuchinas y geranios, aunque no sabe muy bien distinguirlas.

Maryam está en el jardín y se apoya en la valla para charlar.

—Acabamos de volver del mercado —dice—. He comprado esos pastelitos de los que me hablaste —le dice a Rohan—, los de ciruela. Aún no los he probado, pero podemos tomarlos de postre.

—Están riquísimos —dice Rohan.

—Eso espero. Si voy a romper mi ayuno de azúcar, más vale que merezca la pena.

—Es verdad, ¿cuánto llevas sin comer tarta?

—¿Tarta? Pues desde vuestra boda. Pero en mayo me comí una crepe cuando fuimos a París por el cumpleaños de Toby. Y también le di un lametazo a un *macaron*.

—No les veo la gracia a los *macarons* —dice Rohan—. Me gustan los dulces con sustancia. Que requieren masticar.

Tiene encanto. ¡Un marido con encanto! ¿Quién no querría uno?

—Pues, si te parece, tiro a la basura lo que he comprado y meto un zapato en el horno para el postre —dice Maryam.

—Tampoco hay que exagerar. Hemos quedado a las siete, ¿no?

—A las siete —Maryam sonríe.

—¿Qué llevamos? —pregunta Lauren.

—Lo de siempre —dice Maryam—. A vosotros mismos. Y vino. No os olvidéis del vino.

Rohan sale después de comer. Tiene ensayo en el centro cultural que está cruzando la calle. Si se lo queda un tiempo, piensa Lauren, podrá ir a ver la función y, de paso, tachar «ir en algún momento al centro cultural» de su lista de cosas pendientes.

Debería dedicar la tarde libre a investigar el asunto de los maridos, pero ha sido una semana intensa. Se merece un descanso. Así que se tumba en el sofá y no hace nada.

Cuando vuelve Rohan, saca una botella de vino blanco de la despensa y la mete en el congelador.

—Recuérdame que la saque antes de que estalle.

Lauren asiente. Incluso se pone una alarma en el móvil.

A las seis, Rohan se pone una camisa, lo que a Lauren le parece excesivo para bajar a cenar con los vecinos, pero le queda bien y, además, que se preocupe por su aspecto es una buena señal de cara a la boda.

La alarma salta a las siete menos diez. «QUE NO ESTALLE EL VINO».

—¿Sabemos qué vamos a cenar? —pregunta.

—Creo que la nueva afición de Maryam es gastar dinero en queso —dice Rohan.

Y, en efecto, cuando entran en el apartamento de la planta baja —casi idéntico al suyo en distribución, con el dormitorio y el salón intercambiados, pero pintado entero del blanco grisáceo propio de los pisos de alquiler—, se encuentran con una gigantesca tabla de quesos: uvas, dátiles, orejones, un queso naranja, uno amarillo, uno cubierto de ceniza, cuatro tipos distintos de galletitas saladas.

—Hola —dice Toby.

—Bienvenidos —dice Maryam sonriendo de oreja a oreja y mirando fijamente a los dos, pero en especial a Rohan. Está de pie detrás de su tabla de quesos con las manos apoyadas en la mesa e inclinada hacia delante.

Qué raro. Hay algo que no encaja. Maryam jamás se concentra así en nadie. Nunca se inclina hacia delante. Lauren mira a Maryam y a Rohan y piensa: tienen una aventura, o están considerando tenerla, bailando al filo del coqueteo y la emoción del peligro.

Joder.

La han engañado antes, pero hace ya muchos años, al menos que ella sepa. Cuando estaba en la universidad. Y esto es inaceptable. Toby y Maryam eran su ideal de pareja, la demostración de que dos personas imperfectas pueden tener una relación que funciona. Una relación sincera y buena. No como las peleas y reconciliaciones de Elena y Rob, con aquellos dos meses durante la pandemia que Elena pasó en la habitación de invitados de Lauren porque necesitaba un respiro. O la maternidad agotadora de Nat y Adele. Solo dos personas que son felices juntas, dos personas atentas y enamoradas, Maryam siempre tan distraída, frente a Toby, siempre sereno y discretamente atento.

¿Cómo se atreven a poner eso en peligro?

Es probable que Rohan también esté interesado en Maryam. Casi no lo conoce y es posible que sea efusivo y coqueto por naturaleza; desde luego se muestra tan afectuoso con Toby como con Maryam. Pero Maryam es muy guapa y tiene ojazos. Hay personas que hablan como si cada palabra fuera nueva y no hubiera sido nunca dicha en una conversación: crean un pensamiento y te lo presentan como si fuera un marcapáginas bordado en punto de cruz. Puede que Rohan sea un poco así. Y Maryam apenas escucha, pero, cuando se concentra, te hace sentir que cada uno de tus pensamientos es especial. ¿Cómo puede Lauren esperar que un actor aficionado, alguien cuyo pasatiempo consiste en tener a gente prestándole atención, se resista a ese encanto?

Lo de Rohan no es que le importe demasiado. Es un golpe a su orgullo, pero tampoco contaba con quedárselo mucho tiempo; de hecho, cae en la cuenta ahora, se habría deshecho de él antes de la representación de teatro aficionado de *Rosencrantz y Guildenstern han muerto*, que imagina interminable.

Lo de Maryam le duele un poco más, el hecho de que una amiga la traicione.

Pero la peor afrenta es a su ideal de felicidad.

¿Implica la posibilidad de que exista la aventura que la relación entre Toby y Maryam no es tan perfecta como ella pensaba? Puede ser. Pero quizá solo implica que las circunstancias pueden echarlo todo a perder. Si rota por diez maridos más y descubre que Maryam se dedica a seducirlos a todos, entonces tendrá preocupaciones más graves. Pero si esto es algo aislado, bastará con asegurarse de que las cosas no van a más.

Maryam sigue inclinada hacia Rohan con una mano apoyada despreocupadamente en el brazo de Toby. Para ser justos, Rohan está prestando la misma atención a los dos anfitriones, e incluyéndola también a ella, su aburrida mujer de un todavía por determinar número de años. Están hablando de los quesos; Maryam sirve vino; Maryam ríe de manera encantadora; Maryam —y esta es la verdadera sorpresa— se inclina hacia Lauren y le da un suave beso en la boca.

Ah, piensa Lauren.

No son infieles. Son *swingers*.

Pero ¿los *swingers* no eran todos blancos y de cuarenta y tantos años? Está segura de haberlo leído en un artículo; su grupo demográfico no encaja en el patrón. ¿Quizá es que practican el poliamor? No tiene muy clara la diferencia, pero viven en el extrarradio más alejado de Londres y ninguno de los cuatro, al menos hasta donde ella sabe, trabaja en el sector tecnológico, así que encajan más con su concepto de *swingers* que con lo que sabe del poliamor.

Y se ajusta por entero a lo poco que sabe sobre teatro amateur.

A ella, sin embargo, el intercambio de parejas no le interesa. Puede entender que en otro mundo podría haberse dejado convencer, decidida a hacer feliz a su marido, halagada por el interés de Maryam, intrigada por cómo sería acostarse con Toby. Pero ahora mismo, cuando piensa que ha renunciado a los árboles frutales y al inmaculado jardín de Jason, a los amigos simpáticos y los helados dominicales de Ben, cuando se dice que ha perdido todo eso a cambio de que su nuevo marido y ella puedan darse el lote con sus ligeramente más atractivos vecinos, decide: ni hablar. Ella no está sujeta a las restricciones sexuales de la mayoría de los matrimonios, ella tiene la opción de la monogamia, no sucesiva, pero quizá paralela, no necesita aceptar esto solo por la novedad que suponen dos bocas desconocidas o las atenciones juguetonas de un pene nuevo. Así que se aparta del suave beso de Maryam, sonríe y dice:

—Me acabo de acordar que he dejado otra botella de vino en el congelador. ¡No quiero que estalle!

Lauren entra su apartamento, sube las escaleras y, una vez más, abre el desván, mete la mano en el cuadrado oscuro de la trampilla y tira de la escalera.

Activa el sonido de agua, pero, como en este mundo no encuenta un altavoz, deja el teléfono con el volumen al máximo y boca abajo en el suelo del desván, lo más adentro que puede, tanteando en la oscuridad. Cuando mete la mano se oye un suave chisporroteo, pero no lo bastante fuerte para que se interrumpa el vídeo.

A continuación espera.

Por fin, siete minutos después, quizá ocho, lo oye subir las escaleras. Pues sí que está este hombre pendiente de su amada esposa.

—¿Lauren? —la llama el marido ya casi arriba, antes de doblar la esquina.

Solo que resulta que no es el marido. Ni siquiera se ha molestado en venir él mismo a ver lo que pasa; ha mandado a Toby.

11

—¿Estás bien?

Toby tiene las manos en los bolsillos y expresión incómoda.

—Sí —contesta Lauren—. Al final no había ningún vino en el congelador.

—Vale —dice Toby, pero su entonación es de pregunta y está mirando en dirección al desván y al ruido.

—Es mi teléfono. Reproduciendo ruido de desagüe. Es un poco largo de explicar. Oye —suelta Lauren antes incluso de ser consciente de ir a decirlo—, tengo que hablar contigo de una cosa.

—Vale.

La anterior vez que trató de contárselo no fue bien, pero decide hacer un último intento.

—Tengo… un desván mágico.

Toby mira la trampilla.

—¿Como en los libros de *El árbol muy muy lejano* de Enid Blyton? ¿Te lleva a otros mundos?

—Más o menos. Es un desván que me… fabrica maridos.

—… ¿Perdón?

Lauren decide empezar por el principio.

—¿Te acuerdas de Elena?

—¿La que hizo un discurso en tu boda que consistió en leer

todos los mensajes de texto que le habías mandado estando borracha? ¿La que me obligó a tirar la chaqueta a la hoguera en una fiesta el año pasado porque opinaba que no me sentaba bien?

Suena creíble, a cosas que podría hacer Elena.

—Hace una semana —dice Lauren— fui a su despedida de soltera y, cuando volví, tenía un marido esperándome en casa. Llevaba alianza y él también, y había fotos de los dos en la pared. Se llamaba Michael.

—¿Había sustituido a Rohan?

—No. Antes de que apareciera, yo estaba soltera. Nunca me había casado. Entonces apareció este marido. Pero tuvo que subir al desván y, cuando bajó, era un hombre distinto. Luego otro. Y otro, hasta llegar a Rohan. Y estoy pensando que igual debería haberme quedado uno de los anteriores, porque no tengo humor para... —señala el espacio que los rodea— esto. Me refiero a lo que está pasando. ¿Por qué has venido tú a buscarme en vez de Rohan? ¿Por qué tu novia no le quita ojo a mi marido? ¿Se supone que tenemos que...?

Dibuja un círculo en el aire con la mano, demasiado incómoda para expresarse con palabras.

—¡No si tú no quieres! —dice Toby.

—Pero ¿hemos...? ¿Otras veces?

—Por lo general solo los miércoles, pero esta semana hemos tenido que retrasarlo porque a Maryam le cambiaron el turno. Escucha, Laur, ¿de verdad se te había olvidado esto? ¿Quieres que te haga un té? ¿Que vaya a buscar a Maryam?

Sí, claro, cómo no. Maryam es maravillosa, con sus estetoscopios y esas linternitas para mirarte el fondo de ojo. Y además besa de maravilla.

—No se me ha olvidado —dice Lauren—. Es que todavía no me ha pasado. Esto es nuevo. Conocí a Rohan ayer. Nunca he vivido uno de tus miércoles.

Es consciente de cómo suena. Las personas se equivocan a menudo. Los desvanes, en cambio, rara vez son mágicos. Pero Lauren está más segura que nunca. Le cabrea que su marido —un marido que ni siquiera le gusta demasiado, pero es una cuestión de principios— esté besuqueándose con Maryam. Le preocupa Toby, su amigo, con quien se supone debería estar besuqueándose, pero que, intuye, no está demasiado interesado ni en ella ni en lo de compartir cónyuges. Imagina la extrañeza, los pasos largos y lentos que habrían sido necesarios para conducirla a esta situación. Los recelos que habría tenido que reprimir, las columnas de consejos sentimentales que habría tenido que leer, las conversaciones con Elena. Esto no es algo que se le puede haber olvidado. Si esto hubiera ocurrido de verdad, lo sabría.

—¿Has investigado el desván? —pregunta Toby.

—Un poco.

—¿Quieres que lo mire yo?

—¡No! ¿Y si cambia a todos los que entran? ¿Y si me manda un vecino nuevo?

Toby arruga el ceño.

—Solo voy a echar un vistazo.

Lauren piensa. Los maridos solo han cambiado después de entrar por completo en el desván; ella misma se ha asomado y no le ha pasado nada.

—Bueno —accede—. Vale. Pero ten cuidado y, si notas algo raro, baja enseguida. Algo aparte de que la luz brille más, eso es normal.

—Vale.

Los dos miran hacia el desván y Toby sube hacia la trampilla y el ruido de agua. Mete la cabeza. Lauren espera a que se encienda la luz. Pero no pasa nada. Ni parpadeo, ni ruido blanco como de una marea repentina.

Bueno. Esto también es nuevo.

Toby se saca el teléfono del bolsillo y Lauren cree ver que ha encendido la linterna. Decide coger un paraguas y pedirle que enganche su teléfono y lo saque, para poder apagarlo.

Pero, cuando vuelve con el paraguas, Toby ha seguido subiendo.

—¡No! —dice Lauren.

Pero es demasiado tarde, el pie de Toby desaparece y ha entrado en el desván, ya no está y no debería haberle dejado subir, es culpa suya. Mira hacia arriba, presa del pánico.

—¿Qué pasa? —dice Toby y la mira desde arriba, enmarcado por la oscuridad.

—¿Estás bien? ¿Qué haces? ¡Te dije que solamente miraras!

—Y eso hago.

—Quería decir desde la escalerilla. Dios, ¡podría haberte pasado cualquier cosa!

¿Habrá cambiado Toby?

—Ah —dice este—. Perdón. ¿Bajo?

Ya es un poco tarde para eso.

—No —dice Lauren—. Supongo que no pasa nada.

No se oye ningún zumbido. Solo pisadas. El ruido de desagüe de su teléfono se interrumpe. Suena un clic y el desván amarillo aparece sobre su cabeza, sólido, inalterado, normal. Aparece Toby en su campo visual.

—Yo lo veo todo normal —dice.

—Ya es suficiente —dice Lauren—. Apaga la luz y baja.

Toby obedece y bajan los mismos zapatos que habían subido, las piernas de antes, la cara de siempre.

—Igual solo cambian los maridos —dice Lauren.

—¿Tú crees?

Toby le tiende su teléfono. Se está preguntando, piensa Lauren, si esto es una broma a la que ella le está pidiendo que se sume o si debería preocuparse.

—No son imaginaciones mías —dice—. Vas a ver.

Sube dos peldaños de la escalerilla y mete la mano en el desván. No son imaginaciones suyas, ¿verdad? ¿Es real? En cuanto mete la mano, llega el resplandor, menos intenso que de costumbre, pero innegable. El chisporroteo.

—Joder —dice Toby.

—¿Lo ves?

De repente es un alivio que Toby lo haya visto. Lauren baja de la escalerilla, entra en la cocina y, tras rebuscar un poco, encuentra la linterna, que en este mundo no está rota. Cuando sale, Toby ha vuelto a meter la cabeza en la trampilla.

—¿Qué ha sido eso? —pregunta—. ¿Has llamado a un electricista?

—Es... —y Lauren no sabe cuántas veces más va a tener que pronunciar esta frase— mi puto desván encantado. Ya te lo he dicho. Baja.

Toby obedece y Lauren sube otra vez por la escalerilla y levanta el brazo con la linterna encendida: su resplandor cobra intensidad en cuanto entra en el desván. Crece un poco más y, a continuación, crac, la ráfaga, el ruido. Baja y le da la linterna a Toby.

—Dios —dice este—, debes llamar a alguien para que lo mire. Cuando he subido parecía normal. Tiene que ser peligroso. ¿Cuándo empezó? ¿Lo ha visto Rohan?

Que si lo ha visto Rohan, dice. Le ha explicado a Toby la situación del desván lo más claro que ha podido, le ha enseñado el chisporroteo y el resplandor, y no lo asimila.

Comprueba con sorpresa que ha empezado a llorar y Toby va hasta ella y la abraza de una forma que no haría normalmente, demasiado íntima y con la cara demasiado cerca de la suya, y eso también está fuera de lugar y ¿cómo puede ser que sea precisamente esto, después de la semana que lleva, lo que la haga llorar?

La irrita estar tan asustada. La irrita haberse puesto a llorar. La irrita que su marido, un marido que ni siquiera es su tipo, esté abajo con Maryam y no sea posible devolverlo ahora mismo al desván.

La irrita que la botella de vino blanco abierta y fría del congelador se haya quedado también en el apartamento de abajo. Se libera del abrazo de Toby, entra en la cocina y no hay vino blanco frío, pero sí una botella de tinto abierta, para cocinar, supone, pero servirá, y, como no encuentra una copa, se lo sirve en una tacita de café, se lo bebe y se sirve otra vez.

La irrita, se da cuenta ahora, que Toby se haya acostado con ella pero ella con él no, un desequilibrio informativo injusto. A esto, al menos, puede ponerle remedio, así que lo besa, y la sensación es de cuando practicaba con su propio brazo, porque los labios de Toby son firmes pero apenas reaccionan, vacila y le pregunta si está bien y Lauren contesta sí, sí, le preocupaba el desván, pero ya llamará a un electricista, y espoleada, supone, por el desagrado que le inspira la situación en general, se lo lleva al dormitorio y echan un polvo total y absolutamente mediocre.

Más tarde, en el cuarto de baño, Lauren piensa en el tópico de las inclinaciones sexuales de las personas, de que todos queremos lo que no podemos tener, el CEO atado en un *boudoir* y humillado por mujeres con botas imposibles, el tímido ratón de biblioteca haciendo el salto del tigre en la cama, y decide: no siempre es así. En la vida real, Toby y ella son de trato fácil, dóciles, encantados de dejar a otros tomar las decisiones, quizá demasiado preocupados por hacer las cosas bien. Y en la cama son igual de discretos, pero colaboradores. Educados, sin duda, atentos a las necesidades del otro; pero la colaboración no existe en un vacío, no puede adoptar la forma de una serie de expectativas mutuamente imaginadas y satisfechas sin alegría alguna.

Más tarde o más temprano, alguien tiene que querer algo, y reconocerlo.

No tiene claro el protocolo: si deberían reunirse con Maryam y Rohan o si se han saltado ya los procedimientos habituales.

Pronto reescribirá todo esto, esquivará las repercusiones, conjurará un marido nuevo y, con él, un universo nuevo. Se asegurará de que Maryam sigue enamorada de Toby y de que siguen siendo el pulcro modelo de dos personas que son felices juntas.

Ha sido demasiado imprecisa en sus búsquedas, demasiado

poco clara en lo que espera de un marido. Ha llegado el momento de poner atención. Nada de *swingers*. Nada de actores aficionados. Nada de hombres que mastican con la boca abierta. Solo un hombre agradable al que llevar a una boda. No tiene que ser el marido perfecto; solo el acompañante perfecto. De todo lo demás ya se preocupará después.

Al final deja que Rohan se quede hasta la mañana siguiente; es más fácil que entrar en un bucle de maridos a altas horas de la noche. Se acuesta a su lado en la cama y controla su ira diciéndose que está a punto de desaparecer de este mundo.

Por la mañana lo manda al desván sin ni siquiera un «gracias», sin un beso de despedida; solo el resplandor, el fogonazo, el zumbido.

A cambio recibe a Iain, un aspirante a pintor con enormes gafas que tiene el cuarto de invitados atestado de sus lienzos. A Lauren le gustan sus alegres manchas de color, que le recuerdan a reflejos en las ventanas. Considera la posibilidad de quedárselo, puesto que, además, es divertido y también propietario de un traje de chaqueta gris. Pero cada media hora se queja de algo: que si el aguacate maduro y listo para comer que ha comprado no está ni maduro ni listo para comer, que si a un escultor que conoce le han dado una residencia artística y a él no, que si sus antihistamínicos no están donde deberían. No, piensa Lauren.

Lo reemplaza un tipo llamado Normo (barba incipiente, calzoncillos tipo bóxer, gafas inexplicablemente más grandes que las de Iain). Es consultor de informes periciales; localiza a personas que entienden de impresoras, armas de fuego o los orígenes de las distintas clases de papel de pared para que testifiquen en juicios. Eso también le gusta a Lauren, hasta que va al cuarto de baño y descubre que (a) le ha venido la regla, vaya por Dios, y (b) lo único que encuentra en el armarito es una copa menstrual. Consulta una serie de diagramas de instrucciones en el móvil, plegar así o asá, y prueba a ponérsela, pero la copa se sale en cuanto está medio insertada, salpicando las baldosas de sangre y cada vez más escurridiza. Después de leer las preguntas frecuentes por última vez, lo único que saca en claro es que la copa menstrual viene en dos tamaños y que para su edad, treinta y uno, se recomienda la más grande. Decide que no quiere permanecer en un mundo que se permite el lujo de hablar como si tal cosa del tamaño de su vagina.

El siguiente marido le provoca una ligera conmoción. Sucede deprisa, los cuatro o cinco segundos que requiere bajar por una escalerilla, pero, con todo y con eso, le da tiempo a constatar una serie de hechos:

- El marido baja llevando una caja.
- Es alto y delgado y lleva el pelo igual que Amos.
- Se da la vuelta.
- Lleva el pelo igual que Amos porque es Amos.
- Está casada con Amos.

Es una manera de resolver el problema de a quién llevar a una boda en la que va a tener que sentarse en la misma mesa que Amos. Pero no.

—No, gracias —dice.

—¿Qué? —contesta Amos.

—Me parece haber oído un ruido arriba —dice Lauren y lo manda de vuelta al desván.

Después de Amos llega Tom, que está pasando por un mal momento, a juzgar por sus ojos rojos y mechones desordenados y pelo alborotado. Y Lauren se siente cruel devolviéndolo al desván, pero lo que necesita ahora mismo no es un marido en la salud y en la adversidad, sino un marido para el sábado. A Tom lo reemplaza Matthias, uno de esos ingleses nerviosos tan pálidos que tiene rojas las aletas de la nariz, dedos largos y delgados, sabe pronunciar los nombres de pueblos ignotos y lee a Lytton

Strachey. Que sea nervioso le gusta, pero se le dará fatal charlar con desconocidos. No.

A Matthias lo sigue Gabriel, situado en el extremo sexi del espectro marital. Pero cuando Lauren abre la puerta del cuarto de invitados se encuentra, para su inmensa sorpresa, un dormitorio infantil. ¿Será un hijastro que viene de vez en cuando? No tiene aspecto de habitación en la que viva alguien todo el tiempo. Rotuladores, piezas de Lego, un único cartel de un dinosaurio a lomos de un cohete. En cualquier caso, no quiere niños, lleva un DIU desde hace años y desde luego no piensa presentarse en la boda acompañada de un marido y un hijo.

De manera que Gabriel da paso a un hombre aún más atractivo llamado Gorcher Gomble, un nombre que hasta da vergüenza pronunciar en voz alta. Te presento a mi marido, Gorcher. Pero parece que ha dado con un filón de guapos: el marido siguiente es, si cabe, aún más atractivo, con dientes blanco brillante y pausado acento americano. Su presencia resulta desconcertante en casa de Lauren, que apenas ha cambiado: parece demasiado relajado, o está mal proporcionado, o quizá es que sus colores son demasiado saturados para el gris clima inglés. Viste una camisa azul oscura que da impresión de recién planchada y Lauren comprueba que por debajo le asoma nada menos que una camiseta interior.

No sabe nada de él, pero en traje estará guapísimo. Pues oye, se dice. Voy a probarlo.

12

El marido se llama Carter.

El lunes Lauren llama al trabajo y dice que está enferma. Si sigue cambiando de maridos cada dos días, piensa, no tendrá que volver a trabajar nunca más: podrá vivir fácilmente de las rentas de sus yos pasados, escapándose a mundos nuevos en los que todavía no ha usado sus días de baja por enfermedad.

Sus mensajes con Carter se remontan a al menos dos años antes. No es capaz de identificar el momento exacto en que se conocieron, pero cree que pudo ser en una fiesta en casa de alguien a la que recuerda haber ido y también haberse marchado temprano; en su teléfono lo tiene como «Carter (de la fiesta) (Marido)».

—¿Te acuerdas de cuando nos conocimos? —prueba a preguntarle.

El marido sonríe.

—Las vejigas pequeñas son un regalo del cielo.

Así que es posible que fuera en la cola del baño.

Llevan economías separadas, más una cuenta conjunta para recibos y el alquiler. Tienen estores en lugar de cortinas o contraventanas. Tienen una gran cafetera americana, de esas en las que el café cae goteando en una jarra.

En el cuarto de invitados hay una cama individual y la ropa del marido está en el armario, cosa que sorprende a Lauren, puesto que nada más llegar durmieron juntos (no hubo sexo; ella se acostó antes que él para poder cotillear a sus anchas fotografías viejas y googlearlo en secreto). Quizá es que tiene más ropa que los maridos anteriores. Sus mensajes recientes son afectuosos y frecuentes, con algún que otro «Gracias, te quiero» intercalado.

Mira las fotos de la boda, que resultan de lo más informativas.

No es exactamente un matrimonio por papeles. No hay duda de que estaban saliendo. Pero se casaron cuando llevaban unos siete meses juntos, en el ayuntamiento, y lo celebraron en el pub, ella con un vestido rojo oscuro con falda de vuelo y abalorios y rosas doradas en el pelo; él con chaqueta y camisa pero sin corbata, y, cuando busca en sus correos electrónicos, comprueba que hay mucha documentación sobre el derecho de Carter a residir en el Reino Unido.

La celebración del pub parece muy divertida, sin embargo: cincuenta o sesenta personas, amigos de ella, algunos desconocidos, besos, confeti. De eso hace más de año y medio y siguen juntos.

La segunda noche él vuelve tarde porque, inexplicablemente, está jugando al béisbol (¡en Londres!; Lauren ni siquiera sabía que algo así fuera posible). Llega a casa antes de que ella se vaya a la cama, mojado por un chaparrón, con el pelo ondulado pegado a la cabeza.

—No me abraces, estoy chorreando. Se ha puesto a llover justo al bajarme del tren —dice y se saca la camiseta por la cabeza.

Cuando su cara reaparece, la camiseta le ha despeinado el pelo mojado.

De pijama usa un pantalón corto y una camiseta de cuello de pico y se ofrece a preparar un chocolate caliente a Lauren.

Se sientan en el sofá con la ventana abierta mientras Lauren se bebe el chocolate y escuchan las gotas de lluvia golpear despacio en el cristal.

—Espera —dice el marido—, seguro que arrecia otra vez.

Pero no es así: abren también un poco la ventana del dormitorio y Lauren se queda dormida al lado de este marido, esperando una tormenta que nunca llega.

El martes va a trabajar al ayuntamiento. Empieza a gustarle este marido, y, si decide quedárselo después de la boda en lugar de mandarlo con viento fresco, será mejor que no agote sus días de permiso por enfermedad.

Es la primera vez que va a trabajar desde que aparecieron los maridos, aparte de la visita a la ferretería, y está nerviosa. Pero, cuando entra, nadie la mira siquiera. Primera tarea del día: una reunión por Teams con un vecino del distrito con un plan de negocio para una panadería nueva que conserva el pésimo nombre de la original haciendo un juego de palabras con *love*, amor, y *loaf*, rebanada: Somebody to Loaf. Lauren le explica los distintos formularios e intenta convencerlo de que considere otros nombres, sin éxito.

—No es que los juegos de palabras en sí sean mala idea —le explica a Zarah mientras preparan café y recuerda la fotografía de la Fishcotheque que ha tenido en su teléfono en al menos dos versiones del mundo.

—Cerca de Farringdon hay una barbería que se llama Barbero Streisand —dice Zarah—. Y a mi madre le gusta, dice que juega con el nombre de una vieja gloria de la canción.

Zarah es la persona más joven de la oficina, se lleva al menos una década con sus compañeros y le encanta horrorizarlos con ese hecho. Pero Lauren no muerde el anzuelo.

—Sé perfectamente que conoces a Barbra Streisand —dice.

El día entero resulta sorprendentemente normal. Contesta su

parte correspondiente de la avalancha perpetua de consultas por correo electrónico sobre tasas municipales para negocios, IVA y alquiler de espacios para oficinas. Actualiza unas diapositivas para un webinario de su jefe. La oficina es tan parecida a como la recordaba que no hace más que tocarse el anillo de casada. Nerviosa, le manda un mensaje al marido: «¿Qué tal tu día?», y este responde al cabo de unos minutos con una foto de un caballo en una parada de autobús. «No me quejo», escribe. ¿Qué clase de profesión puede requerir estar con un caballo en Londres a las diez y media de la mañana? ¿Profesor de equitación? ¿Corredor de apuestas hípicas? ¿Vaquero en la acepción literal del término? Googlea su nombre; Carter trabaja en el departamento de producción audiovisual de una agencia de marketing. Eso ya tiene más sentido.

Zarah y ella se compran la comida en un puesto de falafel que hay en la esquina. Las atiende el tipo de siempre, que se acuerda de lo que acostumbra a pedir Lauren. La duda y el pánico se apoderan otra vez de ella cuando piensa en lo imposible de la situación en que se encuentra. A las dos y cuarto no lo soporta más y, antes de la reunión semanal, sale un momento a la escalera y llama por teléfono a Carter.

Este no contesta. Lauren espera cinco minutos y lo intenta de nuevo.

—Hola —dice Carter—. ¿Todo bien?

Incluso ahora, preocupado, habla despacio y con voz suave.

—Sí, perdona. Es que... había pensado que igual podíamos quedar para cenar esta noche en el centro.

Es una sugerencia perfectamente esperable de una persona casada, ¿no?

—Ah —dice Carter—. Vale, aunque no termino hasta las ocho, ¿puedes acercarte tú a esta zona?

—Claro. Mándame un mensaje y dime dónde quedamos.

Así tendrá otra prueba más de que existe, piensa Lauren. A las cuatro de la tarde recibe el mensaje: un restaurante italiano en Pimlico.

Llega antes que él. Él lo hace cinco minutos después; Lauren se levanta y él le da un beso ligero en los labios y, una vez más, se comporta como si no fuera de este mundo. Come los espaguetis a la perfección: hunde el tenedor, los enrosca hasta formar un paquetito que se lleva a la boca, antes de succionar eficazmente uno suelto con los labios separados de manera que ni dejan ver la comida en la boca ni que la salsa le manche las comisuras. El acompañante perfecto para una boda. Le ofrece un poco de su pasta y Lauren piensa: «No, en las citas no se comen espaguetis», pero están casados. No pasa nada. Puede probar la pasta.

—¿Qué tal el caballo? —pregunta.

—Enorme. Un poco divo. ¿Qué ha pasado con tu panadero? Era hoy, ¿no?

Lauren se pregunta cómo será su matrimonio, si le habla al marido de sus prosaicas videollamadas. ¿Es buena señal que se cuenten tantas cosas? ¿O es malo que no tengan nada verdaderamente interesante de que hablar?

El camarero les trae la carta de postres y Carter se inclina hacia delante.

—¿Qué es *maritozzi*?

—No sé —dice Lauren—. Pídelo a ver.

Pero Carter pide el tiramisú y, en respuesta, pide ella *maritozzi*, que resultan ser unos bollitos.

—¿Me dejas probar? —dice él.

—Nop.

Lauren se mete un bollito en la boca y a continuación accede.

—Tampoco son nada del otro mundo, ¿no? —dice Carter después de comerse uno—. Pero te quiero por haber tenido ganas de probarlos.

Al oír las palabras «te quiero», Lauren siente algo inesperado, una sensación como de pisar un adoquín y notar que se mueve.

Después de cenar, dan un paseo hasta el río y se asoman a mirarlo cerca de un trozo triangular de césped. Hay marea baja y los márgenes verdes de los terraplenes del Támesis están al descubierto. A su espalda, edificios blancos históricos; a un lado, bulbosos apartamentos modernos; entre la hierba rala asoma el suelo de tierra. Torres de cristal vacías y grúas para construir más. En el muro hay posada una gaviota que los mira y Lauren no sabe si ha visto alguna vez una gaviota despierta a estas horas de la noche. Agita los brazos para espantarla: el ave ni se inmuta.

—Huy, no —dice Carter—. Pensé que sería romántico mirar el río, pero en absoluto. Perdóname, por favor, te he traído al peor sitio de Londres.

—Para nada —contesta Lauren—. El peor sitio es Cable Street. Dijeron que iban a hacer un museo de la historia de la mujer y han abierto uno sobre Jack el Destripador.

—Pensaba que había cerrado.

—Ah, ¿sí? —Lauren mira a su alrededor—. Entonces este es el peor sitio de Londres, sí.

Ríe y le da un besito conyugal que, por supuesto, no tiene nada de especial para él porque es algo que han hecho muchas veces. Pero para Lauren resulta nuevo y es muy consciente de sus brazos, sus hombros, de la respiración de él cerca de la suya y de cómo la mira, atento a su reacción.

—Hola —dice Carter y se echa a reír.

—Hola —dice Lauren.

Entonces un hombre se detiene junto al muro al lado de ellos, justo donde están, a menos de un metro en una calle casi desierta, mientras habla por teléfono a voces y la gaviota noctámbula chilla y se aleja volando. «Sí —dice el hombre—, lo dejé en la papelera, ¡pero para guardarlo y que no se perdiera! Puse una hoja encima de la papelera, lo que indica claramente que no quería que la vaciaran, es como cuando pones un posavasos encima de una pinta de cerveza, ¿entiende? ¡Exacto! Y, lo siento mucho, pero no es culpa mía si usted no entiende los símbolos de comunicación británicos universales y el documento se ha perdido».

Lauren y Carter se separan.

—El peor sitio de Londres —dice Carter solo moviendo los labios y, a continuación, en voz alta—: ¿Nos vamos a casa?

Lauren nota el cuerpo de él junto al suyo en el tren, pero, cuando llegan al apartamento, Carter descubre una llamada perdida sobre el caballo y tiene que devolverla.

—Perdona, necesito diez minutos.

Que se convierten en media hora. Y, para cuando ha terminado, tiene que hacer la maleta para su viaje de trabajo y luego se ha hecho tarde y Lauren deja que el momento escape. Ha descubierto que con este marido no quiere precipitarse.

Carter regresa el viernes a mediodía y Lauren cambia sus días de teletrabajo para estar en casa cuando llegue. Y, en cuanto pone un pie en el apartamento, Lauren vuelve a sentir que todo está bien. Se van a la cama a las diez porque es el día antes de la boda y tienen que madrugar, y Lauren siente una timidez inesperada cuando se acurruca junto a él con la cabeza en su hombro, consciente de su brazo alrededor de los hombros, de su respiración, del latido de su corazón. Y, cuando llevan así diez minutos, Carter dice: «Me toca», y ahora es él quien apoya la cabeza en el hombro de Lauren, quien se acurruca en el hueco entre su brazo y su cuerpo.

Sábado: es el día que se casa Elena y Lauren abre los ojos antes de que le suene el despertador, se levanta de la cama en la que ha dormido con Carter y va a echarse agua a la cara.

Cuando abre las ventanas de la cocina, el aire huele a que va a ser un día caluroso.

La espera un viaje complicado antes incluso de subir al tren, con la dificultad añadida de tener que llevar el vestido y los zapatos en una bolsa y dar un rodeo para comprar el *bagel* con queso crema preferido de Elena.

—La tienda y el regalo están en el rellano —le dice a Carter—. ¿No te importa llevarlos?

—Claro que no —contesta Carter adormilado y le da una palmadita en el culo cuando Lauren pasa a su lado—. Espera, ven aquí un momento, se me ha olvidado una cosa —añade y, cuando Lauren obedece, se endereza y le da un azotito en la otra nalga—. Eso es —dice con voz de satisfacción.

—Vale —dice Lauren riendo—. Luego nos vemos.

Cuando Lauren llega a Aldgate, los folletos que revolotean sobre las escaleras se pegan a la funda de cremallera con el vestido. En la calle hay dos tiendas casi idénticas de *bagels* (por suerte, la que Elena considera moralmente superior por algún motivo indeterminado es la que tiene menos cola). Atraviesa al gentío hasta llegar a la calma de los fines de semana en la City y subirse a un tren en Fenchurch Street, cuyo vagón lento y desvencijado va casi vacío.

Llama a su madre, quien no coge el teléfono, pero le devuelve la llamada diez minutos después.

—Hola —saluda Lauren—. Todavía no he podido mandarte el Marmite, perdona.

—¿Qué? No, no me mandes, cariño. Tengo doce frascos en la nevera. Mándame un Twix.

Lo del Marmite debía de ser con otro marido.

—¿No tienen Twix en España?

—Son raros. Dice Natalie que le ponen un ingrediente especial al chocolate para que el calor no lo derrita, lo que está muy bien pensado, pero estropea el sabor.

—Ah, vale —dice Lauren.

—Y luego que no se puede hacer bien todo —añade la madre—. Los españoles tienen buen mar y buenos bares para tomar vino. Y esa fiesta con los tomates. Y el aceite de oliva... Don Quijote. Así que no se les puede exigir que encima hagan bien el Twix.

—Supongo que no.

—Picasso... El jamón. Ya sé que tú no lo comes, pero, si algún día cambias de opinión, los españoles lo hacen buenísimo. En fin, cariño, ¿qué querías? ¿Me has llamado solo por los Twix?

—No —dice Lauren—. Es por Carter.

—¡Carter! ¡Qué encanto de hombre! —dice su madre—. Por cierto, han abierto un bar americano cerca de la playa. Parece muy auténtico, ponen baloncesto en la tele y hay que dar propina al barman. La próxima vez que vengas, tráetelo.

—Muy bien.

—¿Eso era de lo que querías hablar? ¿De que vais a venir? Me encantaría veros, pero no en agosto, claro, porque está todo carísimo y tú tampoco estás hecha para el calor, se te pone la cara roja y el pelo totalmente lacio.

—No —dice Lauren—. Bueno, puede ser. Pero quería saber si te gusta Carter.

Hay un momento de silencio.

—Sí, claro, por supuesto —dice la madre—. No voy a mentir diciendo que en su momento no me preocupó la boda, pero al final ha salido bien para todos.

—Vale. Gracias. Me alegra saberlo.

Se apea en la estación de la campiña y pide un taxi por teléfono. La carretera serpentea entre setos y vacas hacia la granja, que está toda decorada con banderines desvaídos por el sol. Cuando baja del taxi, se cruza con un conejo dando saltitos, un ave sobrevuela en círculos y una mujer con delantal la hace pasar a la enorme casa. Es todo de lo más bucólico, aunque ya aprieta el calor.

Dentro, la madrina de Elena, Noemi —vestida solo con un albornoz blanco y bragas y derrochando glamour natural o quizá, piensa Lauren, es un glamour artificial, pero, sea como sea, funciona—, sorbe un café. Elena está echada en un sofá, con la cabeza en uno de los reposabrazos y la piernas contra la pared. Tiene los ojos cerrados y la melena le cuelga hacia el suelo.

—Hola —saluda Lauren.

—Ayyy —dice Elena después de incorporarse y abrir los ojos—. Vamos a llegar a los treinta y tres grados, ¿lo has visto? Hace demasiado calor. ¿Puedes preguntar si nos dejan usar el estanque? ¿Existen las bodas submarinas?

—Deja de agobiarte y cómete esto.

Lauren le da la bolsa de papel grasiento. Elena saca el *bagel*, se lo lleva a la boca y arranca un trozo con los dientes.

—*Fuftoloquesería* —dice. A continuación traga y repite—: Justo lo que quería.

—¿Qué tal va todo?

Elena traga otro bocado.

—Fatal. ¿Por qué me estoy casando? Y, si tengo que casarme, ¿por qué con un contable que ni siquiera sabe hacer una tortilla francesa? Qué desastre. ¿Dónde está mi piloto de helicóptero, mi chef, mi director de una compañía revolucionaria de *street dance*?

—Creo recordar —dice Lauren— que el piloto de helicóptero con el que saliste una temporada resultó ser estudiante de contabilidad y un mentiroso, así que los contables deben de ser lo tuyo.

—Eso sin duda —dice Noemi—. ¿Te acuerdas cuando te masturbabas cada vez que salía el conde Draco explicando cosas en *Barrio Sésamo*?

—No me masturbaba —dice Elena—. Tenía cuatro años. Ni siquiera sabía lo que era masturbarse.

—Las palomas no saben lo que es cagar y eso no les impide hacerlo —dice Noemi.

—Solo me restregaba un poco.

—No es así como lo voy a contar en mi discurso.

Noemi sirve tres cafés.

—Y tampoco quieres a alguien que sepa hacer una tortilla francesa. Odias cuando la gente cocina —dice Lauren—. ¿Te acuerdas de cuando te invité a cenar a casa y trajiste una olla con sopa en el autobús, solo por si acaso?

—No es culpa mía si desconfío de la cocina inglesa —continúa Elena—. Y esa es otra. ¿Por qué me caso con un inglés?

—Porque tú también lo eres —señala Lauren—. Inglesa.

La madre de Elena es de Turín, pero Elena nació en Croydon y ni siquiera ha llegado a solicitar un pasaporte italiano.

—No es lo mismo.

Lauren está convencida de que Elena está pensando en voz alta, probando a soltar las cosas más negativas que se le ocurren para no decirlas más tarde.

—Sí —dice—. Igual tienes razón y es una equivocación. Devuélvelo, cámbialo por otro.

Noemi se quita el albornoz y empieza a bajar la cremallera de su funda de ropa.

—No te cases y punto. Gástate el dinero en clases de vuelo. Así serás tú la piloto de helicóptero. —Mira a Lauren y le dice moviendo los labios: «No pasa nada», y esta asiente.

Elena gime.

—Es demasiado tarde.

—Nunca es demasiado tarde —dice Lauren—. ¿Nos largamos?

—Si te vas, nos vamos contigo —dice Noemi—. Pero el martes tengo una cosa de trabajo importante, así que no creo que pueda viajar a Perú. Pero al spa de Leamington igual sí.

Elena se incorpora y se sienta recta.

—Se os dan fatal los discursos motivacionales, que lo sepáis.

—Eso es verdad —dice Lauren.

Estos días ha tenido una colección de maridos y no todos eran buenos. Prueba con otro argumento:

—No sé, evidentemente Rob no es perfecto, pero tampoco es que exista una versión mágica del mundo en la que no estarías un poco nerviosa ahora mismo. Vas a casarte. Es algo importante. Que estés nerviosa no significa que te estés equivocando de hombre. Estar nerviosa es parte del proceso. La cuestión es si, a pesar de ello, quieres hacerlo. Y, si no quieres, pues no pasa nada, salimos y decimos a la gente que no hay boda. Bueno, saldrá Noemi, a mí no me gusta hablar en público.

—Eso —dice Noemi—. A mí se me daría genial cancelar una boda. Lo haría que te cagas.

—Ay, Dios mío —dice Elena—. Vale, muy bien, os felicito, me habéis pillado. Me gusta Rob y quiero casarme con él.

—Bien —dice Noemi—. Pues es hora de ponerte este puto vestido de novia.

13

Lauren cree que nunca ha tenido especiales deseos de celebrar su boda, nunca la ha planeado ni imaginado, jamás ha guardado fotografías de vestidos de novia en una carpeta secreta. Durante un tiempo, cuando estaba con Amos, sí deseó estar casada, pero no por la boda, sino por la seguridad. Por la sensación de haber elegido. Asegurarse de que, si algo salía mal, su primer pensamiento sería: «¿Cómo puedo arreglar esto?», y no: «¿Debería dejar esta relación?».

Cuando Elena se comprometió eso no la hizo ansiar desesperadamente su propio «gran día»; solo la llevó a pensar: «Dios, tiene que ser un alivio poder tachar eso de la lista».

Ha visto muchas fotos de sus propias bodas y en todas parece feliz. Pero las bodas en sí han sido de lo más distintas. Lauren se ha visto con vestido de novia, con un mono blanco, con sari, con un vestido playero, en una iglesia, en un quiosco de música, en un centro social. Ha visto cuberterías finas en mesas de hotel, un gigantesco bufet con platos apilados, una gastroneta de burritos. Que ella sepa, no hay algo que se repita en todas las fotografías, nada que las distintas versiones de sus yos pasados hayan querido.

Pero la boda de Elena y Rob es bonita. La ceremonia se celebra en un porche que sobresale de la fachada principal; a efectos legales, cuenta como si fuera un interior, con sillas formando un semicírculo en el césped alrededor. Deambulan gallinas pintorescas. La brisa agita las hojas de los árboles. Lauren suelta unas lágrimas durante la ceremonia y en parte puede deberse a la confusión de sus bodas perdidas, pero sobre todo es por lo de siempre: Elena y Rob parecen seguros y felices y han tomado una decisión, a pesar de que las certezas no existen y el mundo entero se desmorona.

Carter es el acompañante perfecto. Durante la ceremonia lo busca con la mirada: está en la parte de atrás, a la izquierda. Después de los votos y las firmas, Lauren va a reunirse con él. Está hablando con un hombre mayor que él, un tío quizá; asiente con la cabeza y se vuelve cuando Lauren se acerca.

—Hola —dice—. Estoy aprendiendo cosas sobre el pájaro carpintero.

Y sigue hablando con el posible tío, pero incluyendo a Lauren en la conversación.

Esta le coge la mano y se siente reconfortada.

Solo pasa diez minutos a solas con Carter antes de la sesión de fotos, que dura casi una hora, con familiares y amigos formando encantadoras coreografías a cual más pastoril: debajo de un árbol, delante de un rosal, al lado de una cabra (que intenta sin éxito comerse el ramo de novia). Ahora solo la familia del novio. Ahora la de la novia.

Habla un momento con Elena mientras Rob posa con sus hermanos.

—Enhorabuena —dice.

—Gracias —contesta Elena—. Me alegro de no haberme echado atrás.

Por un instante Lauren percibe un eco de sentimientos pasados: una pizca de envidia de la seguridad de Elena, una leve preocupación por quedarse atrás. Debe de ser agradable estar tan convencida de algo, arriesgarse a cometer un error, celebrar por todo lo alto.

Entonces cae en la cuenta: en esta versión del mundo, ella también lo ha hecho.

En el césped, los camareros trazan círculos alrededor de los invitados con botellas de champán y esquivan los pollos pintorescos. Cada vez que describen su órbita, los invitados les piden que les rellenen la copa, como si pensaran que es la última oportunidad que tienen, cosa que no es cierta. ¡Lo que ha debido de costar esta boda! Y cómo pega el sol.

—¿Tengo el pelo lacio? —pregunta Lauren a Carter al recordar la conversación con su madre en el tren.

—¿Qué?

—Con el calor. ¿Se me ve lacio el pelo? ¿Y tengo la cara roja?

—No —dice Carter—. ¿De qué hablas? Estás guapísima. Esos perifollos..., lo que lleváis las damas de honor en el pelo, no sé cómo se llaman. Espera —pregunta—. ¿Yo estoy bien?

Baja la vista y se estira la chaqueta.

Lauren está a punto de reírse de él hasta que entiende que la pregunta va en serio.

—Sí —dice—. Estás perfecto, como siempre.

Para cuando se reúnen bajo la carpa para comer, la mitad de los invitados empiezan a estar borrachos.

La disposición de las mesas es casi la misma que vio Lauren en casa de Elena aquella noche, a pesar del cambio de marido. Entonces su preocupación principal había sido Amos, pero coincidir en la mesa con Toby y Maryam, piensa, va a ser un poco raro después de lo de Rohan.

Ha estado evitándolos; tienen un paquete suyo que todavía no ha recogido y tampoco ha contestado a dos mensajes que le han mandado. Pero no saben lo del intercambio de parejas. Lauren mira primero tensa a Maryam (ay, el beso) y, a continuación y tras armarse de valor, a Toby (en este mundo se ha acostado ya con él; no le hacía gracia cuando la disparidad de experiencias iba en su contra, pero esta situación no es mucho mejor). Se dice a sí misma que no pasa nada. Que se encuentra perfectamente.

Ya sentada, coge la bolsita de almendras y empieza a deshacer el lazo. Sabe que las almendras no son para comer, sino para guardarlas de recuerdo y, diez años más tarde, tirarlas y que sobrevivan durante siglos en un vertedero, inmaculadas, la última cosa en la tierra. Pero necesita hacer algo con las manos.

—Qué alegría veros —les dice a Toby y a Maryam, tiene la impresión de que con voz rara, y a Amos, que acaba de llegar a la mesa—: ¡Hola! Qué bien verte.

—Buenas —dice Amos—. Lo mismo digo. Conoces a Taj, ¿no?

Lauren tenía entendido que Amos estaba casado con Lily, pero decide que es lógico que un cambio en su pasado afecte al de Amos.

—Taj —dice—. Hola.

Taj es bajita, gorda y bonita, con una melena cortada a pico, y lleva un mono gris que tal vez, solo tal vez, no es lo bastante claro para una boda de verano. Su expresión es la de alguien a quien no le hace ninguna gracia estar en un banquete en el que conoce a los novios, a su marido, a la expareja de su marido y a nadie más. Amos le susurra algo al oído y ríe un poco.

Los últimos dos sitios de la mesa los ocupan una antigua compañera de piso, Parris, a la que Lauren lleva al menos un año sin ver, y su nueva novia, Tabitha, quien resulta que salió con Rob durante la universidad y ahora está tan contenta de verlo feliz con Elena, pero tan contenta... ¡Es que no te imaginas cuánto!

La cena es un poco extraña, pero en general agradable.

Tabitha da más detalles sobre lo bien que le cae Elena y lo idónea que le parece para Rob, son perfectos, qué buena pareja hacen. Maryam parece encantada con ella y no se pega a Carter, tampoco lo mira entornando los ojos ni interactúa con él más allá de lo que exigen las reglas de cortesía; sobre gustos no hay nada escrito. Carter, por su parte, está maravilloso, esforzándose por incluir a toda la mesa en las conversaciones.

—Han tenido suerte con el tiempo —dice Taj y Lauren mira al cielo, donde un pájaro planea aún en la brisa inmaculada.

—La suerte la tenemos nosotros —dice Amos—. Imagínate si tenemos que montar las tiendas en el barro. A ellos les da igual, van a dormir en la granja.

Carter se habrá acordado de traer la tienda, ¿verdad? Lauren lo mira.

—Ya está montada —dice Carter—. Ha sido facilísimo.

¡Qué eficacia! Y, durante el plato principal, mientras Maryam sirve otra botella de vino, Carter acerca la cabeza a Lauren y dice:

—Esta boda está bien, pero la nuestra fue mejor.

Vaya por Dios. Cómo siente habérsela perdido.

—¿Creéis que van a tener hijos? —pregunta Maryam mirando hacia Rob y Elena en la mesa presidencial.

—No sé —dice Lauren, aunque sabe que a Elena le gustaría.

—Rob siempre ha querido tener hijos —dice Tabitha—. Desde que estábamos en la universidad. Va a ser un padre buenísimo, tiene todas las cualidades necesarias.

Alguien ha cogido un micrófono; alguien da golpecitos a una copa de champán antes de tiempo. Están a punto de empezar los discursos. Maryam coge su copa y una botella de vino medio llena.

—Esto va a ser interminable. ¿Alguien se apunta a huir?

Señala con la cabeza los árboles y el granero.

—Soy dama de honor —dice Lauren—, así que mejor me quedo.

—Sí, claro. ¿Nadie, entonces? ¿Tabitha? Venga, Tabitha, vámonos.

Maryam y Tabitha se escabullen y Lauren piensa: mira qué bien. Así no tendrán que oír cuchichear a Tabitha durante los discursos. Bien hecho, Maryam. Coge una copa para el brindis (el champán, recuerda, era la única bebida con burbujas que Amos no consideraba «infantil») y se dispone a escuchar.

Los discursos son largos y la lista de agradecimientos de Rob se hace eterna, con alusiones específicas a su padre y a su madre, a cada uno de sus hermanos y a sus contribuciones a la boda. «A Noemi por evitar que Elena me plantara en el altar esta mañana. ¡Ha tenido que ser un trabajo duro! A Lauren por ser tan buena amiga de ambos todos estos años y por tu impecable trabajo con las almendras». Pero también hay momentos bonitos. Y es agradable tener a Carter y poder mirarlo de vez en cuando; es la tranquilidad que da tener alguien de tu equipo, tu acompañante por defecto.

Incluso Amos resulta casi soportable. Es más fácil sobrellevarlo con Carter al lado. Y, cuando llega la tarta y a Lauren le sirven una esquina con glaseado en tres lados, demasiado dulce para ella, Amos la mira y levanta su plato con un trozo del centro y glaseado solo por encima y se lo enseña arqueando las cejas, un ofrecimiento. Lauren asiente, se intercambian los platos y ninguno de los dos dice nada, pero es bonito que la recuerden de esa manera, que se conozcan y respeten los gustos respectivos. Es un poco como «tener una relación cordial», algo que Amos y ella nunca habían conseguido.

Aún es de día cuando les hacen pasar al granero para el primer baile. Carter y Lauren son de los últimos en cruzar las enormes puertas. Lauren busca caras conocidas. Ve a Maryam y Toby y Tabitha y Parris en los montones de heno del fondo; Amos y Taj están junto a una pared, probablemente enumerando los defectos de todos los presentes. Noemi está hablando con su testigo del novio preferido. Los padres de Elena. Elena y Rob en medio del círculo.

Fuera hay un pájaro que sigue volando en círculos y la luz del sol cae dorada y densa. Qué preciosidad. Entonces empieza la música y el pájaro baja en picado. Es como si quisiera bendecir el baile, piensa por un instante Lauren avergonzada de su cursilería, hasta que se da cuenta de que el pájaro se acerca cada vez más y va derecho hacia los pollos pintorescos.

Los pollos pían y echan a correr.

Corren en dirección al granero, donde Rob y Elena están abriendo el baile.

Lauren coge el brazo a Carter y este se gira.

—Un halcón —dice Lauren.

Carter tarda un segundo en reaccionar. Dice:

—La falda.

Lauren extiende la falda todo lo que puede con los dos brazos y la sacude en dirección contraria a la pista de baile. Los pollos se vuelven, pero al momento reanudan la carrera hacia el granero. Por suerte, ahí está Carter sacudiendo su chaqueta. El grueso de las aves echa a correr de nuevo, cacareando aún, pero esta vez en dirección contraria al vals de Rob y Elena.

En el cielo, el halcón sobrevuela de nuevo en círculos.

Los pollos se arremolinan debajo de un árbol, nerviosos, estridentes. Lauren vuelve la vista a la pista de baile. En la puerta hay varios curiosos.

—¿Qué hacemos? ¿Los dejamos aquí y cruzamos los dedos para que el halcón no regrese?

—No —dice Carter—, espera un momento. He perdido la práctica, pero podemos hacerlo.

¿El qué?, se pregunta Lauren. Mira a Carter dejar la chaqueta en una silla cercana, ir hasta uno de los pollos y agacharse. No puede ser. ¡Es imposible! Pero Carter lo coge, le sujeta las alas con la mano y el pollo pía una vez, pero ni siquiera intenta batir las alas, se abandona a su mano.

Carter va hasta Lauren con expresión triunfal.

—Quien tuvo, retuvo —dice—. Intenta que no entren en el granero si vuelve el halcón mientras los voy llevando al gallinero.

Y eso hace. Durante el primer y segundo baile, va cogiendo polluelos, primero uno a uno y después, a medida que se siente más seguro y Lauren está más impresionada, de dos en dos, uno debajo de cada brazo. Es espectacular.

—¿Quieres llevar tú el último? —pregunta Carter.

—¿Qué?

—Como si fuera una pelota. O una hogaza de pan. Despacio. Cógelo. Sin miedo, hazlo y ya está.

El pollo picotea la hierba allí donde un niño ha tirado antes una bolsa de patatas fritas.

—Vale.

—Confío en ti —dice Carter.

Lauren camina a paso firme, se agacha, pone una mano en cada una de las alas del pollo, nota las suaves plumas. Siente un aleteo, pero agarra el animal y lo levanta. Lo ha conseguido. El pollo protesta, pero no se resiste y Lauren lo ha conseguido. Tiene un pollo en la mano.

—Ay, madre —dice—. ¿Y ahora qué hago?

—Ahora echamos a correr. Nos fugamos con nuestro pollo gratis.

Carter la acompaña al gallinero, abre la puerta y Lauren mete al polluelo, lo suelta y este mueve las alas, agita la cola y se aleja corriendo con un último e indignado cacareo.

—Es lo mejor que he hecho en mi vida —dice Lauren.

—Eres un hacha para las gallinas. —Carter le coge la mano y la hace girar al son de la música del granero—. Se te da genial probar cosas nuevas —dice—. *Maritozzi*, coger pollos, bañarte en un lago, el batido de tofu morado en aquel restaurante. Casarte conmigo. Dispuesta en todo momento a vivir una pequeña aventura.

Lauren siempre ha visto su buena disposición a seguir la corriente, su facilidad para adaptarse a los amigos y a las circunstancias como síntomas de pasividad, no de valentía. Pero ahora, al sentirse observada y descrita por este hombre que tanto le gusta, casi es capaz de creerse un espíritu audaz.

—¿Qué es lo que más te gustó de nuestra boda? —pregunta.

—La tarta estaba riquísima —dice Carter—. También me gustó que ya no pudieran echarme del país. Pero quizá lo del final, cuando ya todo había pasado y pudimos relajarnos en plan: «Nos hemos casado».

—Buena elección.

Lauren lo atrae hacia sí, levanta el teléfono y saca una foto. No es muy buena: solo salen la mitad de sus caras, oscurecidas y con el foco en la pared del granero a su espalda.

—Somos una pareja borrosa —dice Carter.

De vuelta al granero, se unen al baile y, más tarde, a una conga un tanto caótica. Más tarde, cuando oscurece, las luces festivas y cálidas brillan junto a la barra de la carpa. Murmullo de conversaciones bajo los árboles rivalizando con el canto de los grillos.

Carter sigue borroso esa noche en la tienda de campaña. Están tumbados en el colchón hinchable y escuchan a gente cantar, discutir, a alguien haciendo pis demasiado cerca, una oveja enfadada. Se dan calor mutuamente en la noche cálida y Lauren duerme como no ha dormido desde que empezó lo de los maridos.

Durante la boda casi no bebió, en atención a sus responsabilidades como dama de honor, pero por la mañana sirven bocadillos y cócteles mimosa en la carpa y se toma dos de cada, y a continuación una tercera mimosa. El día ha amanecido nublado y frío y los invitados van vestidos con una poco favorecedora combinación de ropa de acampada y atuendos de fiesta arrugados. Lauren lleva su vestido de dama de honor sin la enagua, zapatillas de deporte para estar cómoda y una chaqueta de punto gris para protegerse del frío. Carter se ha traído una muda de camisa, pero es naranja; no esperaba que hiciera tanto frío como para tener que llevar encima la americana azul claro, explica. Están ridículos. A Lauren le importa un comino.

En el tren de regreso a Londres, Carter saca una botella de

prosecco y otra de zumo de naranja que ha birlado de la granja. Se preparan una mimosa en una botella de agua vacía y se turnan para beber a morro.

Cuando cogen un taxi en Fenchurch Street, los dos están algo borrachos, pero no demasiado. Lo justo.

—Oye —dice Carter en tono serio—, me gustas mucho.

Lauren ríe.

—Tú a mí también. Eres muy guapo.

—Ya lo sé —dice Carter, solemne—. Es por la simetría. Tengo mucha simetría... en la cara.

Cuando llegan a casa, se besan en las escaleras. Lauren toca a Carter el pómulo, el lóbulo de la oreja y el arco de una ceja. Se acerca a él, le rodea la cintura con los brazos y le coge la camisa arrugada con las dos manos para atraerlo hacia ella, pero los escalones son estrechos y aún lleva las bolsas al hombro y Carter la tienda de campaña, que se interpone entre los dos y choca con la pared, de manera que suben entre risas, no hay prisa, y Lauren va a hacer café mientras Carter trastea en el salón.

—Oye —pregunta—, ¿sabes dónde están nuestras fotos de boda?

—Qué va —contesta Lauren—. Mira en las estanterías —dice, porque le parece una posibilidad sensata.

También tiene fotos de la boda en el teléfono. Se pone a buscarlas, pero se distrae con las que hizo la noche anterior, en especial con el selfi de ella y Carter delante del granero, en la oscuridad. No es una buena fotografía, pero al menos recoge algo que recuerda, a pesar de que ocurrió el día anterior. Sería agradable recordar su propia boda, pero se conforma con recordar la de Elena. Flores en las mesas; pollos malhumorados en el gallinero; la cabra; el discurso de Noemi. El café burbujea en la cafetera, pero Carter sigue trasteando. Lauren confía en que encuentre las fotos, le gustaría ver algo físico, tocar un objeto del día de su boda. Después volverán a besarse y se irán a la cama. Siente un cosquilleo de nervios y excitación en el pecho y entre las piernas, mientras se pregunta qué tal será. Pero: estará bien. Vaya como vaya, estará bien. Porque Carter le gusta mucho. ¿Será amor? Quizá es la fase inicial del enamoramiento.

La cafetera silba y gotea. Zumbido. Salpicaduras.

Mientras espera, Lauren mira más fotos, retrocede en el tiempo: ella y Carter de pícnic, en el muelle de Brighton, en el jardín trasero. En muchas de ellas Carter mira a la cámara con sonrisa fotogénica, pero hay alguna que otra en la que sale riendo y desprevenido, o en la que están apretados juntos en el plano y él la mira.

El café empieza a pasar a través del filtro de papel.

—Oye —dice Lauren saliendo de la cocina.

Es entonces cuando ve la escalerilla del desván en el rellano.

El calor que sentía por dentro se esfuma y cierra los ojos, repentinamente sobria; adiós a las mimosas furtivas en el tren, adiós a las risas en la escalera, la mañana juntos se ha esfumado y también Carter.

Ay, cuánto le gustaban su acento, sus camisetas interiores y su cara, su entusiasmo solemne, su olor.

Le gustaba estar casada con él.

Y nunca sabrá cuánto tiempo habrían durado, nunca lo verá montar a caballo, algo que está segura que sabía hacer aunque no llegaran a hablar del tema, nunca se tumbará a su lado en la cama a escuchar una lluvia que no acaba de caer. Y todo porque él se puso a buscar las fotos de boda. Porque a él también le gustaba Lauren.

Mira las fotos del móvil: han desaparecido las caras borrosas en la oscuridad. Están las flores, una fotografía de Elena, una de Toby y Maryam. Y una de ella con un tipo, a saber quién, un marido cualquiera.

—Ya está —dice el hombre que baja del desván con una almohada.

Vete, piensa Lauren. Vuelve al desván. Vete, por favor.

14

El marido nuevo sonríe, pero Lauren lo odia directamente, odia su cara, su barba, lo aparta y sube al desván para intentar recuperar a Carter. La bombilla se enciende y zumba, un robot de cocina en una silla en un rincón chispea y Carter no está, se ha ido, y Lauren baja y echa al marido, llega el siguiente y ese reseteo le enjuga las lágrimas, vuelve a tener la cara seca. Pero también odia a este marido. Siente nuevas ganas de llorar y en su cuerpo se producen respuestas neuroquímicas. Si se da prisa suficiente en cambiar de maridos, es posible que el desván cree otro Carter.

Un marido más y, de nuevo y por un instante, la garganta de Lauren parece funcionar con normalidad, su cuerpo recién reiniciado va con retraso respecto a las novedades; pero no puede cambiar lo sucedido y, al cabo de un par de segundos, la fisiología de la angustia se restablece y vuelve a sentirse igual que antes. Entonces llega otro marido, y otro más, y Lauren no consigue llorar a gusto, cada nuevo marido lo resetea todo, son diez, quince, es como romper platos, como desechar ladrillos. Este no, este no... Así hasta quedarse sin energías...

... con un marido que resulta llamarse Pete y que parece... normal.

—¿Estás bien? —le pregunta cuando Lauren se ducha, se pone el pijama y le dice que va a echarse una siesta, tocándola con suavidad en el hombro.

No se lo va a quedar: esta no es manera de empezar una relación, que te cambien al marido que de verdad te gustaba por un tipo con un bigote no lo bastante cuidado. Lauren se mete en la cama y trata primero de pensar y después de no pensar. Se levanta a última hora de la tarde con el estómago revuelto. La tormenta no ha estallado aún.

Quiere que vuelva Carter.

Echa a Pete y recibe a cambio un marido con unos codos muy raros. El que sigue habla con un acento que le recuerda a Carter, lo que no parece buena idea. Después llega un hombre con ojos rojos y una resaca que pretende combatir mezclando dos cervezas distintas. Lo sigue otro que le saca a Lauren por lo menos diez años y lo cierto es que con él la casa parece demasiado limpia, las estanterías están vacías. ¿Dónde están sus libros? ¿Dónde está la maceta con el cactus que hizo con Elena?

Se da cuenta de que está siendo injusta.

Vale. Le dice al marido relimpio que sale a dar un paseo, deja atrás la estación de tren, sube hasta el parque, donde esquiva familias felices y paseadores de perros, llega hasta el lago y se pone a mirar a los patos. Desconoce los detalles del apareamiento de los ánades, pero sí sabe que es desagradable e incluye un pene en forma de sacacorchos, así que, ciertamente, las cosas podrían ser peores.

Debajo de un árbol, a salvo de la llovizna, intenta animarse: casi no conocía a Carter, esto no es un divorcio, es como tener una tercera cita con alguien que después no contesta a tus mensajes. Pero incluso si no lo conocía bien... estaban casados. La tercera cita se convertía en la número treinta y después en la trescientos, en una vida entera.

Tal vez debería cogerse una semana de vacaciones, irse a Milán o a Nueva York, tirar de tarjeta de crédito para pagarse un hotel bueno y pedir tortitas al servicio de habitaciones. Luego, volver a casa y confiar en que el marido siga allí para poder resetearlo todo.

La llovizna va a más, está dando paso a esa tormenta que Lauren esperó con Carter y no llegó nunca.

Le suena el teléfono y es Felix, su supuesto marido.

—Oye —dice—, está jarreando, ¿dónde estás? ¿Voy a buscarte en coche?

En coche ha dicho. Viven en Londres, ¿para qué quieren un coche? Es absurdo. Por eso igual no había libros en el apartamento, han tenido que venderlos para pagar la gasolina.

Aun así, llueve a mares.

—Sí —dice Lauren y se refugia mejor bajo el árbol mientras mira chapotear a los patos—. Estaría genial. Estoy en el parque, puedo acercarme hasta la verja grande.

—Salgo ahora. De todas maneras tenemos que irnos enseguida.

¡Irnos! Lo último que le apetece en un día como hoy, mojada y de mal humor, es una excursión. ¿Cómo han podido organizar nada para el día después de la boda? ¿Qué será? ¿Una visita a la suegra? ¿Un brunch de esos de bufet libre? ¿Una visita a IKEA? Se hará la enferma y mandará a Felix solo; así dispondrá de unas horas de soledad, piensa. Y, en cuanto vuelva, lo cambiará por otro marido.

El coche que se detiene... es bonito. Verde oscuro, y Lauren no entiende de coches, pero este parece nuevo. Porque este es el coche, ¿no? En casa no prestó demasiada atención al marido, pero antes de subirse se ha agachado para verle la cara y es él, ¿verdad? ¿No se estará subiendo al coche de un desconocido?

Pues sí, solo que en este caso el desconocido es su marido.

—Menudo aguacero de repente —dice el marido.

—Desde luego —dice Lauren—. Supongo que ha esperado hasta que pasara la boda.

—Qué considerado.

El marido es blanco, tiene ojos grises y un leve acento que Lauren no logra identificar. Quizá sueco, o noruego. Es mayor de lo que le había parecido al principio; pensó que le sacaba unos diez años, pero es probable que sean al menos quince. Eso sí, tiene buen pelo y semblante tranquilo.

Y además del semblante tranquilo tiene, acaba de descubrir Lauren, una casa en el campo.

Sucede así:

—Ah, ¿puedes subir luego al desván un momento? —le pregunta Lauren mientras esperan delante de un paso de cebra—. Estoy buscando la manta roja grande. Quiero mandársela a Elena cuando vuelva de la luna de miel, le encantaba usarla cuando vivía aquí. Yo no la he encontrado, pero igual he mirado mal.

—Yo la busco —dice Felix—, pero a lo mejor está en casa. ¿No nos llevamos esas cajas?

—Ah —dice Lauren—. Puede que sí. No pasa nada.

—Pero lo miro.

—No —dice Lauren—. Tienes razón.

No quiere que desaparezca antes de que le dé tiempo a averiguar qué ha querido decir con eso de «en casa».

De vuelta en el apartamento, tiene que dejar que el marido pase primero porque resulta que, en lugar de llaves, tienen un teclado numérico y una combinación. Las sospechas de Lauren aumentan cuando se pone a preparar cafés, esta vez con una máquina de cápsulas y, después de decidir que Felix lo tomará con leche y sin azúcar, comprueba que la nevera está casi vacía: leche, un poco de mantequilla, tarritos de encurtidos y de mermelada al fondo.

No viven aquí.

En el teléfono encuentra un mapa de fotografías dispuestas geográficamente. Se concentran en el sur de Londres, pero también cerca de un pueblo del sudoeste, en dirección opuesta a la granja en la que se casó Elena ayer. En realidad no está lejos de donde crecieron Nat y ella, pero esa no puede ser la razón por la que pasan tanto tiempo allí. Estudia las imágenes. Prados; una oveja; un invernadero de cristal con mobiliario de mimbre; flores y más flores, árboles y más flores.

Revisa su correo de trabajo y descubre que en realidad no tiene un correo de trabajo, al menos no en su teléfono. No está segura de si esto significa que no trabaja, pero en el calendario no hay anotaciones de reuniones: solo hay marcados una cena, un café, «las chicas». ¿Es una de esas mujeres entregadas a la gran vida?

Después de los cafés, Felix dice que tiene que hacer unas cosas y abre un portátil que está encima de la mesa. Lauren aprovecha para inspeccionar su armario, que encuentra casi vacío. Un traje de hombre, un vestido y un mono que, al igual que el coche, son... bonitos. El mono es de TOAST, una tienda cuya existencia conoce pero en la que nunca piensa porque —y una búsqueda en internet se lo confirma— todo tiene unos precios ridículos; este mono en concreto, cuatrocientas sesenta y cinco libras. El vestido es asimétrico, con un cuello que Lauren no entiende, pero aspecto de ser una adquisición reciente al módico precio de mil ciento veinticinco libras.

Esto no es ser lo bastante rica para coger un taxi hasta la zona 4 de Londres. Esto es ser rica de verdad.

—Oye —la llama Felix—, voy a tardar un poco más de lo que pensaba. ¿Te ocupas tú de comprobar si está todo preparado para los huéspedes? Si conseguimos salir antes de una hora, podemos parar en el Shepherd.

Lauren empieza a entenderlo: viven en otro sitio pero el apartamento sigue siendo suyo; es un Airbnb. Su Airbnb, lo que equivale a decir que lo gestiona ella, algo que confirma después de abrir la app y leer la parte de mensajes del anfitrión. Anoche no acamparon en la granja porque tienen coche, así que vinieron aquí, una práctica parada a medio camino entre la boda y la casa en la que en realidad viven.

Nunca pensó que se casaría por dinero, pero Felix es atractivo a su manera algo profesoril, y se ha molestado en ir a buscarla en coche al parque. Aun así, piensa, no está lo bastante bien de ánimo para darle una oportunidad justa. Sí tiene ánimos, en cambio, para unas vacaciones.

En el campo, lejos de Londres, será logísticamente complicado cambiarlo por otro marido, pero oye, piensa Lauren, vámonos. Ha estado concentrándose exclusivamente en la boda y el marido perfecto. Pues bien, la boda ya ha sido y el marido perfecto ha desaparecido de la memoria de todos menos de la suya. Así que ¿por qué no largarse una semana a llevar una vida de lujo?

15

Lauren no está segura de en qué consiste prepararlo todo para los huéspedes. Da la impresión de que la cama ya está hecha y las sábanas sucias forman un montón cerca de la puerta. Tira la leche por el fregadero y saca el envase al cubo de reciclaje (ha encontrado las claves para acceder a sus mensajes enviados de Airbnb). De vuelta al apartamento, encuentra un armario en la cocina con un candado abierto; dentro hay papel higiénico, envases de leche UHT (mete uno en la nevera), botecitos de champú, acondicionador y gel de ducha, ocho botellas de vino idénticas y un montón de bolsas de papel con una tarjeta grabada en cada una que dice BIENVENIDOS en caligrafía florida. Deja vino y una bolsa en el distribuidor y da un paso atrás. ¿Queda acogedor? Cierra el armario y echa el candado. ¿Está bien así? Desde la ventana de la cocina ve el jardín trasero: muebles de exterior nuevos y unas pocas macetas con plantas de aspecto alicaído. Quizá debería regarlas; o igual la tormenta ya las ha regado demasiado. Baja y va hasta el jardín para echar un vistazo.

Maryam abre la puerta de su cocina.

—¿Os vais ya?

—Sí, creo que sí.

—La próxima vez que tengáis huéspedes como estos últimos

voy a poner una queja a nuestro casero y al Ayuntamiento por contaminación acústica —dice Maryam.

—Ah, vale —contesta Lauren. No sabe muy bien cómo seguir—. Lo siento mucho, no volverá a pasar.

—Lo más probable es que sí —dice Maryam mirándola con una atención que es cualquier cosa menos agradable—. Solo te estoy avisando de lo que haré cuando pase.

Y cierra la puerta.

Bueno, si Maryam está cabreada con ella y con el marido, al menos no intentará follar con ellos. Lauren comprueba sus mensajes para averiguar si por lo menos se lleva bien con Toby y resulta que no solo no se lleva bien, sino que no hablan demasiado. Le basta retroceder un par de pantallas para encontrar «Quería informarte de que tus huéspedes han tenido invitados este fin de semana y la moqueta no ha servido para amortiguar el ruido», algo que para Toby equivale a una furiosa diatriba. Lauren también se ha fijado en que en el armario no había ningún vestido de dama de honor, aunque no sabe si se debe a que ayer no hizo de dama de honor o a que ya lo ha mandado a la tintorería.

Sí encuentra la fotografía que le mandó Elena de las dos, igual que la noche en que cambió todo, de manera que siguen siendo amigas. Y también está en contacto con Nat, quien tiene a sus dos hijos. Hay un grupo de chat con nombres que no reconoce; en ese momento le llega un mensaje nuevo y desactiva las notificaciones.

Cuando entra en la casa, Felix está cerrando su portátil. Después abre una caja fuerte que hay en el dormitorio y dice:

—Huy, casi me olvido de esto.

Tiene en la mano lo que Lauren supone son dos joyeros. Pues muy bien. Salta a la vista que el coche también es de lujo, ahora que lo ve sin que llueva tanto, aunque, gracias a Dios, no es de esos deportivos que habría cabido esperar dadas la edad de Felix y la suya (aunque, bien pensado, ella tiene treinta y un años y un coche deportivo le pega más a alguien de veintidós).

Viajan en dirección sudoeste. Cuando llevan diez minutos de trayecto, Felix pone un pódcast. Es sobre lo que pueden aprender los economistas sobre herencia genética de las serpientes. Es muy, pero que muy aburrido, lo hacen tres hombres de voces casi idénticas, dos de ellos llamados Matt, y a Lauren le resulta calmante guardar silencio y mirar por la ventana. Se dejará llevar. Está de vacaciones. Se está concediendo algo de tiempo. Los Matt entrevistan a una mujer llamada Maddie, que es economista y posiblemente también criadora de serpientes.

El Shepherd resulta ser un pub que sirve asados dominicales hasta las ocho de la tarde; llegan justo a tiempo. Lauren elige el Wellington de champiñones. Cuesta veinte libras y el hojaldre está reblandecido, pero la salsa es excelente.
—La boda de ayer fue muy bonita —dice el marido.
—Ah —dice Lauren—. Pues sí. —Y al cabo de un momento—: ¿Podrías explicarme eso de la economía y la herencia genética? No me he enterado bien con el pódcast.
No tiene ganas de hablar de la boda que ha vivido con este señor, de comprobar de qué manera fue distinta, descubrir si los pollos se metieron o no en el granero, permitir que la versión de Felix de ese día borre los recuerdos que tiene de él con Carter.

Es de noche cuando salen del pub. Lauren se siente como una niña a la que llevan en coche a alguna parte. Un muro bajo. Un desvío desde la carretera cruzando un prado. Nada más terminarse los árboles, aparece una casa de piedra gris con tres hileras de ventanas unas sobre otras, tejados apuntados.
Cuando se acercan, se encienden luces. Aparcan y Felix saca las dos maletitas del maletero.
Incluso la puerta es enorme.
Felix la abre con una combinación y entran en un amplio re-

cibidor que da paso a un vestíbulo del tamaño del salón de Lauren, con suelo de baldosa y escaleras que arrancan a ambos lados. No distingue detalles, solo las formas tenues de puertas en las paredes. La casa está en silencio, no se oye tráfico ni a vecinos del piso de abajo, y es demasiado tarde para los pájaros.

—¡Luces! —dice Felix al silencio y las luces se encienden.

Las formas tenues cobran nitidez. Están rodeados de varias puertas cerradas y unas dobles, abiertas, que dan paso a un salón lleno de maderas oscuras, enormes sofás y una alfombra de intricado dibujo que cubre casi todo el suelo. Es una habitación tan grande que la luz del vestíbulo ilumina solo una pequeña parte y al principio a Lauren casi le pasa desapercibido un piano color amarillo neón.

Felix abre una puerta que hay a la izquierda y Lauren lo sigue hasta otro vestíbulo, que se ilumina gradualmente a medida que lo atraviesan. Más puertas cerradas. Lauren se mantiene cerca del marido, algo intimidada por las dimensiones, por la extrañeza. El marido va hasta un rincón de un gigantesco comedor, con al menos veinte sillas alrededor de una mesa, y de ahí hasta la cocina, amplia, con otra mesa de comedor para ocho personas en el centro.

Felix abre la nevera y saca una botella de agua, de esas que parecen cilindros. Lauren intenta dar una luz para ver mejor, pero en el panel hay seis interruptores. Prueba con el de arriba a la izquierda. Bajan unas persianas. Lo pulsa otra vez y las persianas se detienen. Prueba con otro interruptor y siguen cerrándose.

—¿Todo bien? —pregunta Felix.

Lauren no quiere probar a decir «¡Luces!» delante de él por si no funciona. Se aleja de los interruptores.

—Sí.

Felix cierra la nevera y sale por otra puerta. Lauren hace ademán de seguirlo, hasta que Felix la cierra y cae en la cuenta. Es un cuarto de baño. Vale.

Está sola y la noche al otro lado de la ventana parece más

cerrada y densa que en Londres; no hay coches, no hay luces, solo oscuridad.

Había supuesto que Felix era abogado o algo así. Pero ¿puede un abogado hacerse tan rico? Ignora su apellido, en su teléfono figura solo como «Felix B.», y en la entrada no hay facturas ni cartas sin abrir que pueda consultar. Claro que habla con un ligero acento. Prueba a buscar «Felix abogado Londres», «Felix banquero Londres», «Felix Noruega petróleo Londres», «Felix magnate tecnológico Londres» y, cuando no obtiene nada que indique que ese Felix existe, escribe «Felix escandinavo lord Londres» y «Felix Londres crimen organizado».

Se abre la puerta y sale el marido.

—Oye —dice—, quiero trabajar un poco más antes de empezar la semana. ¿Te parece bien?

—Claro —dice Lauren—. Perfecto. Sí. Muy bien.

—Estaré una hora más o menos.

—Vale —contesta Lauren y siente el apremio de preguntar: «¿Te importa si echo un vistazo a la casa?», o: «¿Cómo funcionan las luces?», o: «¿Dónde te espero?», pero este señor es su marido. Es su marido y Lauren está en su casa.

Felix saca su portátil, lo pone encima de la mesa y fin de la conversación. Está concentrado en el ordenador y Lauren tiene que arreglárselas sola.

La puerta que había creído de un cuarto de baño en realidad conduce a una enorme despensa con un cuarto de lavadoras a un lado y un baño al otro, así como un portón con un teclado numérico. Lauren lo empuja y se asoma a la noche, cerrada y sorprendentemente fría; además, si sale, no sabrá la combinación para entrar. De manera que vuelve a la cocina, donde Felix está absorto en su trabajo. Cuando cruza el comedor alargado y en penumbra, se fija en la tapicería: sillas de madera clásicas pero vestidas de tela *tie-dye*, rugosa al tacto. De ahí al vestíbulo de entrada.

Más puertas dobles. Lauren las abre y encuentra otro salón, visible a medias, con sombras oscuras que cuelgan del techo. Prueba a decir «Luces» en voz baja y no ocurre nada. Entonces se arma de valor, lo dice en voz alta y la habitación obedece. Las sombras oscuras resultan ser aves disecadas que penden del techo con las alas extendidas. Un pavo real. Tres urracas. Quince o treinta gorrioncitos color pardo. Docenas de pájaros suspendidos a distintas alturas pero todos mirando hacia Lauren y hacia la puerta, detenidos en pleno vuelo. Joder.

Pero es que además este salón está contiguo al primero, el del piano amarillo, literalmente al lado.

El primer impulso de Lauren es hacer una foto y mandársela a Elena, pero lo más probable es que ya lo hiciera la primera vez que estuvo en la casa, a no ser que, en este mundo, tener una habitación llena de pájaros muertos le parezca algo elegante y acogedor. Sale y cierra la puerta. No, gracias. A continuación y con cautela, abre las últimas puertas que hay en el vestíbulo. Un invernadero atestado de plantas. Seguramente le gustaría, pero las paredes son acristaladas del suelo al techo y la noche acecha. No.

Las escaleras que rodean el vestíbulo son de madera con el borde de cada escalón pintado de un color distinto. El diseño de esta mansión es un despropósito, medio casa solariega, medio alucinación. Al subir comprueba que todos los escalones sin excepción crujen. Va a resultar que el dinero no lo compra todo.

Al final de la escalera hay una habitación amplia y oscura. Prueba a decir un nítido «¡Luces!» y estas se encienden. Otro salón más, aunque en este hay una mesa de billar, tres máquinas de pinball y un videojuego controlado desde una motocicleta falsa de tamaño natural, así que deduce que se trata de una sala de juegos. Tira del émbolo de una de las máquinas de pinball y lo suelta, pero la máquina está apagada, no hay bolas con las que jugar y solo resuena un fuerte clac.

Es la habitación más grande de las que ha visto, con tres juegos de ventanas. El mundo exterior es como si no existiera, pues

Lauren no lo atisba ni siquiera cuando se pega al cristal con las manos en forma de visera para protegerse de la luz.

Un pasillo. Un baño. Un dormitorio: vacío. Otro dormitorio: vacío. Otro más. Un despacho, supone que de Felix, con hileras de carpetas en un armario de puertas de cristal. En algunas de las habitaciones no funciona el truco de «¡Luces!», así que prueba un par de interruptores y termina subiendo más persianas y, en una ocasión, provocando que la cama zumbe, chirríe y el respaldo se eleve.

Solo hay un dormitorio con pinta de estar habitado: es un cuarto infantil, con pósters de videojuegos en la pared, enmarcados y colgados de un riel para cuadros. Un escritorio con un par de cuadernos de ejercicios y un ordenador de gran tamaño. Así que hay un hijastro. Tiene sentido; su sensación es de segunda esposa, quizá incluso tercera. Vuelve al pasillo, dobla otra esquina y llega de nuevo al cuarto de juegos.

Sube las escaleras hasta el último piso. Arriba hay solo dos puertas. Una es de otro dormitorio vacío, con paredes color naranja en la parte inferior y rosa en la superior. Le gusta y le horroriza al mismo tiempo. Hay alguien en esta casa con un gusto espantoso y empieza a sospechar que ese alguien es ella.

La otra puerta es de una habitación que, supone, es la matrimonial. Un dormitorio inmenso, una cama enorme, tan ancha como larga. Más puertas (cae en la cuenta de que al salir no ha cerrado casi ninguna, pero eso es bueno; de lo contrario se perdería). Un cuarto de baño. Un vestidor lleno de ropa de hombre y de espejos. Otro: el suyo, con más vestidos asimétricos, cuellos altos, cinturas inesperadas, dos cajones solo para pijamas. Y una última puerta que, por supuesto, da a un último salón. Un sofá en forma de ele, dos butacas, una cocina americana en un rincón, una librería de forma irregular llena de objetos que uno compra cuando tiene una librería de forma irregular que necesita llenar con algo: un pez de porcelana, un reloj de arena, una regla de cálculo, un frasco lleno de pequeñas piñas de cerámica.

Es la habitación más normal que ha visto, aunque fuera sigue tan oscuro que Lauren abre una ventana y enciende la linterna del móvil solo para confirmar que el mundo exterior sigue ahí. Árboles, un trozo de otro edificio, abajo, el muro que rodea la casa. Parte de la extrañeza del lugar, decide, se debe al silencio; supone que las ventanas están insonorizadas, pero con esta abierta se oye el viento, algún repiqueteo y el aullido de un animal lejano.

Se sienta en el casi normal sofá, que cede bajo su peso igual que una cama, y empieza a investigar. Encuentra al marido en sus correos electrónicos. Se llama Felix Bakker, es holandés y director financiero. En teoría parece lógico, puesto que Lauren trabaja apoyando a empresas; quizá así se conocieron, quizá la compañía de él es una de las grandes multinacionales que han estado cortejando desde el Ayuntamiento para que se establezcan en Croydon. Pero después de unos minutos más de búsquedas, Lauren sigue sin saber cuál es su trabajo. De sus correos electrónicos sí queda claro lo que ella hace: casi nada.

Busca su boda preparándose para lo peor, imaginando castillos, catedrales, candelabros de doce brazos. Pero lo que encuentra son unas cuarenta personas en una villa en Italia. Nat (embarazadísima de, supone, Magda), Adele, Caleb, su madre, Elena. Hay un niño que parece tener diez u once años y que Lauren imagina es el habitante de la habitación con los videojuegos.

Todo es sorprendentemente discreto.

Sigue mirando fotos cuando llega Felix.

—Perdona, me he entretenido.

—No pasa nada.

Ha venido aquí para olvidar a un hombre que ya no existe. No tiene prisa. Puede sentarse en los salones que haga falta, echarse siestas, bañarse en alguna de las gigantescas bañeras, ducharse con agua que cae directamente del techo, meterse en el jacuzzi al aire libre que ha visto en un par de fotografías de su teléfono. Se pondrá a remojo de todas las maneras posibles.

Además, ¡aquí no hay televisión! De hecho, no recuerda haber visto ningún aparato en ninguno de los cuatro salones. ¿Igual es que no tienen? Igual por fin le ha tocado un marido con el que no tendrá que ver...

—¿*Mindhunter*? —pregunta Felix y, a continuación, dice—: ¡Encender proyector!

En la pared que hay frente al sofá se ilumina un cuadrado.

16

La alarma de Felix salta a las siete. Lauren se levanta con él. Le cuesta trabajo despegarse del colchón, que es firme y blando a la vez, pero le parece de buena educación. Las ventanas, ahora que es de día, dejan ver colinas lejanas, árboles, campos de cultivo. De camino al piso de abajo, ve una mancha en el cristal de la ventana del cuarto de juegos por la que estuvo mirando la noche anterior.

—¿Qué tienes hoy? —pregunta a Felix.

—Solo reuniones —contesta él—. Ah, y esta noche he quedado con los canadienses en el campo de tiro. ¿Sigue en pie lo de recoger a Vardon y acostarlo?

Vardon debe de ser el hijo.

—Sí, ¿a qué hora era?

—A la de siempre —es la única respuesta que recibe.

Cuando Felix se va a trabajar, Lauren intenta hacerse un café. En el aparador de la cocina hay una máquina de esas con toma de agua propia. Pulsa el botón más grande que encuentra y de un agujero sale una nubecilla de vapor.

—Encender cafetera —dice con voz firme.

Nada.

—Hacer café.

Nada.

Pulsa el botón pequeño. Parpadea una luz roja.

—¡Café! —se apresura a decir, por si acaso.

La luz se pone verde, de nuevo roja y se apaga con un chasquido.

Pues vale. No puede ir al pub ni a la gasolinera a tomarse un café porque está rodeada de enormes prados. No puede pedir que le traiga un café un repartidor en bicicleta porque está rodeada de enormes prados. Ni siquiera puede improvisar algo usando un cazo, un colador y una media porque cuando consigue levantar la tapa de la cafetera, comprueba que funciona con granos enteros.

De manera que se hace un té.

Vestida aún con el pijama de seda brillante que encontró la noche anterior en su vestidor y la taza de té en la mano, va hasta el vestíbulo de entrada. ¿Existía ya esta casa o fue creada con el marido? Que el desván haya tenido que conjurar todo esto de la nada explicaría determinadas decisiones arquitectónicas.

A la luz del día el lugar impone menos, pero es igual de peculiar. Lauren vuelve a la siniestra habitación de los pájaros y aprecia nuevos detalles. Sobre una columna baja en un rincón hay otro pájaro, un esqueleto esta vez, con las alas huesudas desplegadas. En la pared hay una vitrina con un colmillo de narval y tres escopetas. Eso explica la alusión anterior de Felix al campo de tiro. Sobre la repisa de la chimenea hay una corona hecha, casi con seguridad, de cabello humano, una mezcla de colores naturales y tintes pastel. Levanta un brazo y toca uno de los pájaros que está colgado más abajo; tiene plumas suaves y cuando lo empuja se balancea.

El invernadero parecía más agradable. A ver qué tal.

Pero, cuando entra, repara en algo que no había visto en la oscuridad. Al fondo del todo hay una puerta de cristal que da al jardín. Y justo al lado, en un soporte con media docena de plantas, una regadera y un atomizador de cobre, está la suculenta en la maceta mal pintada que decoró con Elena, su plantita, la primera cosa de esta casa que reconoce, y necesita sentarse un momento en una silla de mimbre.

En el soporte para macetas hay unos chanclos que resultan ser de su número. Ha debido de ponérselos cientos de veces para hacer el mismo trayecto breve: abrir la puerta del invernadero, salir al camino de baldosas. Para entrar hace falta otra combinación, así que arrastra un helecho grande para evitar que se cierre la puerta.

El aire de la mañana es todavía fresco (no pueden ser más de las ocho): hay rocío en la hierba, flores que se abren bajo un cielo despejado. Parterres, un banco, enredaderas bajo arcos. Una retícula de árboles con muchas hojas y ramas cargadas de manzanas verdes y casi rojas.

Encuentra una mala hierba entre flores blancas, o al menos cree que es una mala hierba, basándose en lo que aprendió de Jason, de manera que se agacha y la arranca; ahora tiene la hierba en una mano y la taza de té en la otra. La hierba pincha; ha arrancado unas cuantas hojas verdes, pero la raíz sigue enterrada. No encuentra donde tirarla, no hay un bidón, un montón de maleza o una carretilla, así que se acuclilla y deja la hierba donde estaba con una palmadita cariñosa.

Para las diez y cuarto ha explorado la casa otra vez, humedecido todas las plantas del invernadero con el miniatomizador de cobre y se ha recortado el sorprendentemente abundante vello púbico (supone que Felix lo prefiere así, pero decide dar prioridad a sus escasas ganas de tener que desenredar mechones de pelo del pubis). Encuentra una colección de mascarillas faciales con ingredientes que incluyen jalea real, oro y ópalo pulverizados. Cuando se mira de cerca en el espejo, comprueba que tiene buen aspecto. Le brilla el pelo. Lleva los dientes inmaculados. La arruga solitaria que tiene encima de las cejas desde los veinte años parece haber menguado. ¿Quizá el secreto es el ópalo pulverizado? Aunque lo más probable es que se ponga bótox. Sea lo que sea, funciona.

Se embadurna las mejillas con una de las cremas. Está fría y rugosa al contacto con la piel (las instrucciones dicen que hay que dejársela una hora: qué de tiempo libre deben de tener los ricos). Luego vuelve a la cocina, donde encuentra y revisa la vinoteca y, llevada por un espíritu aventurero y la conciencia de ser increíblemente rica, descorcha una botella de champán. Está amargo; lo mezcla con zumo de naranja y se pone a pensar en Carter y en las mimosas del tren, hasta que se obliga a parar, pero para entonces se le han quitado las ganas del champán y lo tira. Quizá otra taza de té; se la lleva al invernadero junto con un iPad que encuentra en una librería que abre con la huella de su pulgar.

Lleva diez minutos en el invernadero, en teoría documentándose pero en realidad mirando las flores, cuando oye un coche.

¿Ha vuelto Felix? ¿Tiene visita? Abre la puerta del invernadero, sale, se sube a un banco y mira por encima de la valla el camino de entrada. Está entrando una furgoneta blanca con un árbol pintado en uno de los costados.

Y Jason se baja de ella.

Jason, su exmarido.

Que existe aquí. En este mundo.

¿Cómo es que está aquí? ¿Qué está pasando? ¿La... la habrá encontrado? ¿Le va a pedir que vuelva a casa? Si los maridos siguen en el mundo después de irse, ¿saben lo que les ha ocurrido? ¿Lo recuerdan?

A Lauren no se le había pasado por la cabeza que los maridos pudieran seguir existiendo con independencia del papel que tuvieran en su vida. Había dado por hecho que ella los hace aparecer, que son, en cierta manera, manifestaciones de deseos secretos o de decisiones no tomadas, que el desván los crea para ella a partir de la nada.

Jason abre la puerta trasera de la furgoneta y saca un mandil y unos guantes de jardinería. Se pone el mandil y se guarda los guantes en el bolsillo.

Un sombrero. Una bandeja con plantas. Otra más.

No tiene aspecto de hombre que busca desesperadamente a su mujer desaparecida.

No ha venido a buscar a Lauren. Ha venido a trabajar.

Lauren ha debido de hacer ruido, porque Jason la mira desde el otro lado de la valla y saluda con la mano.

—Soy yo —dice—. ¡Tengo que podar y plantar unos parterres, como quedamos!

—¡Sí! —dice Lauren—. Hola. Voy…, ahora doy la vuelta y…

—No hay prisa. Tengo tarea de sobra aquí.

Lauren se baja del banco.

Jason existe y ha venido a ocuparse del jardín. Lauren cruza corriendo el invernadero y la biblioteca. ¿Por qué está su dormitorio en el último piso? Dos tramos de escaleras antes de poder limpiarse el ópalo pulverizado de la cara, quitarse el pijama y vestirse de persona.

Se cepilla el pelo y busca en el vestidor, lleno de vestidos y de pantalones anchos. Nada, no hay una sola prenda que reconozca. Vale, una camisa y unos vaqueros. Madre mía, qué bien sientan estos vaqueros.

Baja las escaleras, ahora calzada con sandalias, tap, tap, que resuenan en la casa vacía. Pero, cuando abre la puerta principal y sale, ahí está Jason, con una carretilla y agachado sobre los parterres del camino de entrada, guantes, pala, la furgoneta. Lauren recuerda justo a tiempo impedir que se cierre la puerta y la sujeta con la espalda.

—Jason —dice. ¿Cómo puede ser esto?—. Hola.

Jason se incorpora y se acerca con una sonrisa. Es su marido de hace dos o tres semanas. No hay nada inapropiado en su manera de acercarse a ella, pero sus ojos la miran de arriba abajo, sin detenerse en ningún sitio en particular, solo para verla por completo, para darse por enterado de su presencia física, corpórea.

—Hola —dice—. Solo vengo a repasar los parterres y a preparar las perennes para el año que viene, aunque también habría que echar un vistazo a los frutales.

—Genial. Perfecto.

Lauren sigue con la mosca detrás de la oreja.

—He traído varias opciones para la pared del fondo, no sé si tienes tiempo. Creo que debemos superar ya el luto por la glicinia.

—Sí —dice Lauren—. Por supuesto. Eh..., ¿quieres beber algo? ¿Agua? ¿Zumo?

—Quizá luego. Ahora quiero ponerme con esto. Sabes que siempre termino sudando.

¿Está coqueteando? Lleva puestos los guantes de jardinería, así que no ve si está casado. Si lo está, entonces su comportamiento es inapropiado. ¿O quizá forma parte del trabajo? Por un momento, Lauren se siente ofendida en nombre de la hipotética esposa, que no es ella.

Nota moverse la grava bajo sus pies.

—Está todo muy bonito —dice—. Antes he arrancado alguna mala hierba.

—Sí, con la lluvia y el sol crecen como locas.

Lauren le ha oído antes hablar así de las malas hierbas.

—Bueno —dice—. Dejo abierto el invernadero por si necesitas pasar al baño. Yo tengo que trabajar un rato... —Mierda, no tiene trabajo, ¿o sí? ¿Lo sabe él?—. Pero dentro de una hora o así te traigo un café. —Entonces se acuerda de la máquina—. Un té.

—Perfecto.

Jason Paraskevopoulos. En el jardín de su marido.

17

No consigue encajar esta información. La desborda. Necesita papel, una pizarra.

Vale.

Prioridades: en algún momento de hoy necesita averiguar el nombre. Del niño. Victor, Vander. A juzgar por su habitación y por las fotografías de boda debe de tener unos doce años, así que tendrá que recogerlo... ¿cuando termine el colegio? ¿Sobre las tres? Hasta el momento no se ha apresurado por saber estas cosas, pero, ahora que demasiados pensamientos le inundan la cabeza, necesita empezar a responder preguntas y esta es la más sencilla.

El niño se llama Vardon, le dicen sus correos electrónicos, y también le confirman que es hijo de Felix e hijastro suyo. Los correos son entre Felix y Alicia, que probablemente es la madre; Lauren y una misteriosa Delphine están en copia. Una nueva búsqueda le confirma que Delphine es la niñera.

Los correos mencionan el colegio de Vardon y entra en la página web, que no dice a qué hora terminan las clases, pero sí dónde está: a unos veinte minutos en coche.

Se pone una alarma a las dos y media y despeja ese rincón de su cerebro.

Está otra vez en el invernadero, con la puerta abierta, y de cuando en cuando oye ruidos de jardinería lejanos. Las pisadas de Jason en la grava. La puerta de la furgoneta que se abre y se cierra.

Localiza el sitio web de Jason: jardinería y paisajismo, sur de Londres y Sussex. Hay una foto de los parterres junto al invernadero y de los frutales que hay detrás con el pie de foto: «Jardín privado, Sussex occidental». Las fotografías son primaverales, con narcisos y flores rosas y blancas en los árboles, que ahora están cargados de hojas. Más jardines: un patio con setos bajos; un camino flanqueado de árboles jóvenes y arcos, y otra imagen del mismo camino con el pie de foto: «Cinco años después». Le va bien.

De acuerdo. ¿Y qué hay de los otros maridos? Si Jason es real, entonces los otros también deben de serlo.

Tiene una pregunta en la cabeza, pero no se atreve a plantearla directamente. La aborda de refilón, se ocupa primero de los otros maridos.

Michael..., ¿cómo se apellidaba el Marido Número Uno? Callebaut. Michael Callebaut. Tiene un hijo, una niña; hay fotos de ella en su Instagram, donde aparece subida a bancos, correteando por parques o con un gorrito de chef removiendo algo en un cuenco. Ni rastro de una madre hasta que retrocede y encuentra una publicación de aniversario: «Hace dos años que nos dejó Maeve». Una fotografía de campanillas en un bosque. «Sus favoritas. Siempre te echaremos de menos».

Vaya por Dios. Pobre hombre. Pobre mujer.

Kieran, cuyo apellido no cree saber. Aun así hace unas cuantas búsquedas, también en las noticias, por si resulta ser un asesino en lugar de solo un marido colérico, pero no encuentra nada.

Después de Kieran vino Jason, quien..., sí, asoma detrás de los árboles, siguiendo un camino que Lauren no ha explorado aún, con una carretilla y unos esquejes. Mueve la pantalla para que no se vea desde el exterior. Después de Jason y de unos cuantos señores poco memorables llegaron Ben, que ahora vive en Dublín, y Rohan, el *swinger*, quien resulta que actúa esta misma noche en una producción de una compañía aficionada de *Los piratas de Penzance* en Richmond, lo suficientemente lejos de la felicidad conyugal de Toby y Maryam. Menos mal.

Fuera, el sol se nubla y enseguida vuelve a brillar.

Se está yendo por las ramas. Rohan. Iain, el pintor. Normo, el consultor de informes periciales. Intenta ponerlos en orden cronológico, no perder la calma.

Entonces le llega el turno a él.

A Carter.

A Lauren siempre se le ha dado bien resistir la tentación de googlear a sus exparejas. Pero ahora…

Ha vuelto a Estados Unidos.

Ha vuelto a Estados Unidos y eso está muy lejos, pero significa, tiene que significar, que no buscaba casarse con cualquiera, que no estaba tan desesperado por quedarse en Inglaterra; significa que ella le gustaba, ella como persona y no como pasaporte. Que lo que tenían era real.

Carter sale con alguien. Es lógico que haya encontrado pareja, no va a llevar una existencia eternamente truncada sin ella, lo normal es que sea feliz con otra, y Lauren siente presión en el estómago, en la entrepierna, en el pecho y detrás de las rodillas conforme va pasando fotografías: Carter con la mujer risueña, la enorme pamela de esta, sus cejas perfectas, una taza de café, los dos en una fiesta en un barco con amigos, abrigados en invierno (qué bien le sienta el abrigo a Carter). Cuando sigue bajando, los encuentra disfrazados para Halloween y están absolutamente adorables, nada de esos disfraces mal hechos o ropa sexy que le habrían permitido sentirse superior; él va de señor Tumnus, con pantalones peludos y pezuñas de cartón, ella de Bruja Blanca con un vestido de novia de mercadillo para el que no se han escatimado lentejuelas.

Joder.

Podría coger un avión. Le sobra el dinero. Podría reservar un billete, probablemente de primera clase, sería como sentarse en otro nuevo salón mientras le sirven vino. Aterrizaría y buscaría a Carter. Y después ¿qué? ¿Se colocaría a su lado y lo miraría pedirse un café? ¿Concertaría un encuentro? ¿Lo contrataría para hacer lo que sea que haga usando más dinero de su marido? ¿Intentaría separarlo de una mujer que, salta a la vista, está tan enamorada de él como él de ella? La felicidad que siente Carter al lado de esa mujer es visible en las fotografías; Lauren la reconoce de cuando estaba con ella, cuando la miraba encantado de la vida. A ella, no a la intrusa.

Aun suponiendo que pudiera hacer todas esas cosas, continuaría atrapada en este mundo: devolver a Felix al desván lo resetearía todo y devolvería a Carter al olvido. De manera que, en el mejor de los casos: coge un avión a Estados Unidos, destruye una relación, recupera a un ex que no se acuerda de ella, se divorcia de Felix y durante el resto de su vida es una persona que usó el dinero de su marido para cazar a un hombre al cual, en este mundo, ni siquiera ha conocido.

Debería pensar en las repercusiones a largo plazo de los maridos, de que continúen existiendo, de su vida en el mundo sin ella, pero es demasiado inabarcable, se siente incapaz de descifrar lo que eso significa. ¿Se quedará sin maridos si estos proceden de una reserva de hombres con los que se podría haber casado en lugar de generarse cada vez de cero? ¿Está yendo del marido más duradero al menos duradero? ¿O al revés?

Prueba a abordar la situación desde un nuevo ángulo.

Empieza por lo pequeño. La situación actual, esta casa, Felix. Si manda a Felix al desván, esta casa no se desvanecerá, sino que seguirá allí y ella será reemplazada por, imagina, otra mujer morena quince años más joven que Felix.

Mira los mensajes de este, dedica minutos a leer todos los que le ha enviado. Recientemente: afecto cuando uno de los dos está fuera. Información práctica sobre horas y lugares de encuentro. Antes de eso, coqueteos, fotografías, disculpas por llegar cinco minutos tarde y bromas: «hoy voy a repudiar las mayúsculas como si fuera joven; ya te dije que soy una persona flexible. mira: ni siquiera voy a poner un punto» y a Lauren le parece imaginar cómo fue progresando la relación. Antes de eso, mucho antes: «Me ha encantado verte» y «Gracias por una velada encantadora». El adjetivo «encantador» se usa repetidamente: encantador, encantador, encantadora.

Por si acaso, busca mensajes de Carter; en su teléfono no hay nadie con ese nombre.

A continuación busca a Jason.

Tiene su número puesto que es su jardinero; por un momento, presa del pánico, cree que lo ha llamado sin querer, pero no, se abren los mensajes: fotografías del jardín, notas, preguntas. «¿Te gustan estos para el patio?», acompañado de la fotografía de un cactus decorado con bolas de Navidad, pero en su mayoría son serios: «Quizá estas», y varias fotos y nombres de flores, enredaderas con bolas brillantes de distintos colores pastel, una flor blanca con forma de estrella que cree recordar estaba en el jardín de Norwood Junction.

Los mensajes se vuelven más formales a medida que retrocede; Jason escribe: «Sí, llámame y lo hablamos», y ella: «Hola, perdona que te escriba de repente, pero ¿sigues haciendo jardines en Sussex? Estoy buscando a alguien»... Años antes de eso, un mensaje de ella: «No te preocupes, yo también tengo mucho encima ahora mismo. Me ha encantado conocerte un poco mejor, ¡escribe de vez en cuando!», y de él: «Hola, me lo he pasado genial contigo, pero me he dado cuenta de que ahora mismo no estoy preparado para una relación».

Levanta la vista. Jason está en el patio plantando flores blancas y amarillas. Así que hace años tuvieron una cita, quizá poco después de que ella rompiera con Amos (si es que en esta versión del mundo tuvo una relación con Amos). Y él le dio calabazas pero con bastante educación, se molestó en mandarle un mensaje, que sabe que se supone debe agradecer, aunque lo cierto es que Lauren siempre ha preferido un discreto «fantasmeo».

Y, tres años después, le escribió para que le «hiciera el jardín» y coqueteara con ella en la ridícula mansión campestre de su marido, donde ejerce, por lo que ha podido ver, de señora ociosa y anfitriona ocasional de Airbnb.

El tono de los mensajes parece de lo más correcto, propio de alguien que únicamente busca ayuda con los jardines, pero Lauren está convencida de que su intención fue restregárselo a la cara: oye, que tú me rechazaste, pero otro hombre no lo hizo y mira cuánto dinero tengo. Mira si me importó poco tu desplante que disfruto de que cuides mi enorme jardín, porque lo cierto es que es enorme. Porque habría sido fácil —y esto lo supone, aunque evidentemente nunca lo ha hecho— googlear «jardinero cerca de mí» y encontrar uno. Imagina que la gente que necesita jardineros no los consigue saliendo a cenar con alguien y mandándole un mensaje años después.

Con este panorama le está costando trabajo verse a sí misma como una persona agradable y con buenas intenciones.

Mira otra vez hacia el jardín. Jason se ha acercado, ahora está donde los árboles frutales.

¿Su destino es estar con Jason? ¿Por eso ha vuelto? ¿Seguirá atrapada con maridos renovables hasta que haga la elección adecuada? Es difícil saberlo con seguridad cuando no tiene una línea de comunicación con el desván más allá de mandarle maridos y esperar a ver qué pasa.

Se levanta y se asoma a la puerta.

—Oye —dice—, ¿seguro que no te apetece un té?

Después del té, cruzan el jardín hasta la valla en cuestión.

—Bueno —dice Jason—, habíamos dicho verde y blanco, así que lo lógico sería plantar jazmín y ver qué tal va, ¿te parece?

—Sí —dice Lauren.

Corta una flor de un arbusto de gran tamaño, docenas de pétalos apretados que empieza a arrancar mientras hablan.

—Pero creo que sería mejor elegir algo a largo plazo, aunque no dé resultado hasta dentro de unos años. Había pensado en rosales trepadores de los de toda la vida. Podríamos plantar la Pierre de Ronsard, que empieza con un rosa pálido que le da un poco de textura y al abrirse es blanca. O la Lamarque, que es una versión más refinada de la Iceberg clásica.

Le enseña fotografías en una tablet.

—Sí, me parece bien —dice Lauren.

Le intriga saber cuánto entiende de plantas esta versión de ella. Ni siquiera cuando estaba casada con Jason habrían mantenido una conversación de este estilo. Él se habría ocupado del jardín y ella se lo habría agradecido. Deja caer el último pétalo.

—Sabes que deberías empezar siempre con la respuesta que quieres, ¿verdad?

—¿Cómo?

Jason señala con la cabeza las manos de Lauren, el tallo desnudo.

—No es infalible, pero las rosas suelen tener un número impar de pétalos. Por eso se empieza por «Me quiere». Así, empieces como empieces, esa será la respuesta que te salga.

—No lo sabía —dice Lauren.

¿Se casaría con este hombre? En realidad ya lo hizo una vez.

—En fin, tengo que seguir con la faena —dice Jason—, pero te mandaré las imágenes para que las veas y me digas lo que te parece.

—Fenomenal —contesta Lauren.

Se siente capacitada para opinar de rosas. Aunque no vaya a darle tiempo de verlas florecer.

18

Pasa lo que queda de mañana en un rincón del invernadero tratando de encontrar más información sobre Carter, como si los términos de búsqueda adecuados fueran a abrir una base de datos sobre todas sus posibles vidas. Prueba con «mundos paralelos» y «maridos alternativos», que no la llevan a ninguna parte. Hace un descanso para pelearse con la máquina de café, que sigue de lo menos colaboradora.

Sí encuentra, en un recoveco de la cocina, una pantalla que muestra imágenes de una docena de cámaras de seguridad de la casa: puerta principal, vestíbulo principal, dos de los salones, el camino de entrada donde mira a Jason arrancar maleza y consultar su teléfono. La cocina: se ve de pie, atenta a la pantalla, con la espalda rígida cuando se gira. Encima de los armarios hay un pequeño cilindro gris discretamente colocado. Lauren tiene que obligarse a darle la espalda y revisar el resto de las pantallas: también sale en la del invernadero, aunque el ángulo no permite ver lo que ha estado googleando, gracias a Dios. Un cobertizo. Un cuarto con una bicicleta, una cinta de correr y una máquina de pesas que no ha visto en la casa, quizá sea una construcción anexa. En los dormitorios no sale nada. Pero aun así no se queda tranquila.

Se inquieta más aún cuando descubre un menú desplegable que le permite seleccionar «otras propiedades» y encuentra una casita de campo en alguna parte y, a continuación, la escalera de su apartamento y su salón, casi vacío, con dos desconocidos sentados en el sofá. Tiene que parar; nota un hueco en el estómago y un zumbido en las sienes.

Jason llama a la puerta del invernadero para despedirse. Las nubes se condensan y, cuando Lauren abre la puerta, el aire es cálido y se mezcla con el frescor del interior. Media hora después vuelve la lluvia. Golpea el techo del invernadero, primero una gota, luego otra y después centenares, irregulares y raudas, antes de escampar.

Le salta la alarma del móvil. Mierda, es verdad, tiene que ir a recoger a Vardon. Menudo nombre, Vardon. Se siente liviana, desmadejada, como si todas las emociones dentro de su cuerpo se hubieran disgregado y flotaran dentro de ella, inconexas.

Aparca a un par de minutos andando del..., bueno, del lugar al que, según su teléfono, va muchos días a las 15.20. En las inmediaciones hay mujeres arremolinadas y un único hombre. No, hay dos más junto a la puerta. La mayoría viste de ropa de sport cara, o la mitad superior de un traje para trabajar por Zoom desde casa y leggins. Lauren decide que, si va a tener que hacer esto más veces, tendrá que comprarse unas mallas de yoga último modelo. Quizá incluso hacer algo de ejercicio.

Pasados un par de minutos, el niño de la fotografía se acerca a ella con expresión mohína.

—Vardon —dice Lauren.

El niño la fulmina con la mirada.

—Ya te he dicho que me llames Mikey.

Es lógico; si ella fuera un niño llamado Vardon, sin duda querría que la llamaran Mikey.

—Perdona, Mikey —rectifica. El niño no parece aplacado—. ¿Qué tal el día?

—¿Nos podemos ir ya? No quiero que me vean contigo.

Sigue con cara de furia mientras van hasta el coche y se sienta en el asiento trasero. La está tratando, decide Lauren, como si fuera el chófer y así dejar clara su furia preadolescente. Algo que le dolería, decide Lauren, si estuviera haciendo un esfuerzo real por llevarse bien con él.

—¿Tienes… algún Pokémon? —prueba a preguntar.

El niño pone cara de impaciencia y suelta un «puaj».

—Pues no sé. A ver…, ¿deberes tienes?

—Tengo doce años.

¿Qué conclusión se supone que debe extraer de eso? ¿Que es demasiado mayor para jugar con Pokémon? ¿Demasiado pequeño para tener deberes? ¿Al revés?

—Ya lo sé —es lo que dice.

—Quiero ir a McDonald's —dice el niño.

—¿Lo dices en serio?

—¡Sí!

Lauren para el coche y busca en el teléfono; hay un McAuto a veinte minutos de allí.

—Tardaríamos media hora. ¿De verdad quieres pasarte una hora en el coche conmigo solo por una hamburguesa?

El niño golpea el respaldo del asiento con la espalda y suelta un suspiro de desesperación.

—Llévame a casa y ya está.

En la puerta principal, Lauren cae en la cuenta de que sigue sin saber la combinación para entrar, pero Mikey se adelanta y la mete. Se enciende una lucecita verde.

En cuanto está dentro, Mikey echa a correr escaleras arriba. ¡Pues muy bien!, no tienen ninguna necesidad de pasar tiempo juntos. Dentro de una semana tendrá una madrastra nueva.

Lauren se dedica a sacar cajones de su vestidor hasta encontrar ropa deportiva cara. Quizá la ayude a no sentirse tanto al borde de la no existencia, a punto de disolverse en el aire.

Encuentra a Mikey en su habitación.

—Estaré en el gimnasio —le dice.

El niño la mira impasible antes de ponerse otra vez los auriculares y volver a su juego.

—¿Cuál es la combinación para entrar? Se me ha olvidado.

—Es caca culo pedo pis.

Pues muy bien.

—Si no quieres que vaya al gimnasio, puedo quedarme aquí y hacerme amiga tuya.

Mikey medio gruñe, medio gime.

—No me sé la combinación del gimnasio. No me dejáis entrar por si me ahogo. Mírala en tu teléfono.

—Ah —dice Lauren—. Vale.

Empieza por buscar una app especial, y la encuentra: un icono con una cámara y un dial que abre una interfaz con el sistema del circuito de videovigilancia. Se apresura a cerrarla. Las combinaciones de entrada están en una carpeta de notas, sin encriptar. A Felix seguramente le parecería mal. Nueve dígitos para la casa; ocho dígitos para los edificios anexos.

Fuera sigue haciendo calor. Lauren dobla esquinas, abre puertas, encuentra un cobertizo que resulta estar lleno de rastrillos y tierra, y otro que no salía en las cámaras y para el que no tiene código, antes de localizar el gimnasio.

Dentro hay equipamiento deportivo, raquetas de tenis, pelotas. Máquinas de entrenar, pesas. Una cinta de correr.

Y algo más: olor a cloro.

Mikey habló de ahogarse. Y sí. La puerta del fondo da a una zona de piscina: la piscina en sí, de diez o doce metros de largo; sillas de mimbre; tres plantas medio vivas; paredes acristaladas que dan a campos que empiezan a agostarse.

En el panel junto a la puerta hay media docena de botones y dos de ellos son para encender y apagar las luces, otro parece crear un suave oleaje en la piscina, pero esta tiene la cubierta puesta, así que Lauren lo apaga. Pulsa otro botón y la cubierta se retrae, descubriendo poco a poco un rectángulo de color azul.

Se quita las mallas de yoga y se mete. El agua que le llega a los tobillos está primero fría y, a continuación, perfecta. La cubierta sigue replegándose y Lauren la sigue y va entrando en el agua, hasta que le llega a las rodillas. Entonces se quita la camiseta, la tira a un lado y, tras pensárselo un momento y asegurarse de que no hay cámaras de seguridad, hace lo mismo con el sujetador. Se sumerge hasta las rodillas, la cintura, se tumba de espaldas, flota con el pelo desplegado alrededor de la cabeza. La tensión bajo la piel cede. Se incorpora y se deja caer de nuevo y las emociones desordenadas en su interior flotan y se ordenan solo un poco.

Dentro de una piscina no puede investigar maridos, no puede tomar notas. No puede buscar pruebas, localizar su antiguo lugar de trabajo ni mirar un álbum de boda. Solo habitar su cuerpo.

Se queda flotando en la piscina cerca de una hora; tiene los dedos arrugados y no le apetece salir, pero puede volver luego con bañador y gafas, y seguramente no debería dejar tanto tiempo solo al niño (si le pasa algo, siempre puede reiniciar el mundo, pero aun así). Además cae en la cuenta de que tiene hambre, un hambre física y sin complicaciones que no siente desde que empezaron a llegar los maridos.

En el congelador hay envases y más envases de platos preparados de alta cocina. Lauren llama al niño.

—A ver qué te apetece.

El niño echa un vistazo, arruga la nariz y pide hamburguesa, que no hay, o helado, que sí.

—Adelante. —Lauren le da un envase y una cuchara.

¡Qué fácil es hacer de madre! Al menos si no tienes que tomar decisiones cuyas ramificaciones duren más de una semana. Ella coge un tayín de garbanzos y albaricoque porque es lo que menos tiempo de horno necesita y, mientras espera que se cocine, arranca un trozo a un queso y se lo come tal cual.

Después de cenar se sienta en el siniestro salón de los muertos vivientes, en el que no hay cámara, presumiblemente porque los pájaros que cuelgan del techo taparían la vista. Mira fotografías de Carter en Denver con otra mujer, cierra la página y vuelve a abrirla. Llama a Natalie, quien no contesta, y a su madre, que sí contesta pero solo puede hablar unos minutos porque llega tarde a la reunión de vecinos y entonces Sonia se saldrá con la suya con lo del eucalipto y eso será el principio del fin.

Le entra un mensaje: es un grupo de chat sobre el niño. Su madre les recuerda a Felix y a ella que no puede tomar solanáceas. Lauren decide que no pasa nada; está segura de que el helado no las tiene.

Justo antes de las ocho, el niño baja con un arma de juguete larga y de aspecto amenazador y colores de camuflaje y le comunica a Lauren que se va a matar ardillas.

—¿Cómo?

—Me mantiene activo.

—Eh... No me parece buena idea.

El gemido del niño revela más asco que nunca.

—Vale, pues entonces voy a tirar a la diana en el granero.

—No me... Tienes doce años —dice Lauren—. No creo que te dejen tener un arma.

¡Pero si ni siquiera puede ir solo a la piscina!

—Ya te lo he dicho. Es de aire comprimido.

—Creo... Déjame que le pregunte a tu padre.

Esto no es normal, ¿verdad?

—¿Y qué quieres que haga entonces?

¿Para qué están los dibujos animados? Lauren consigue que vuelva a su cuarto prometiéndole que, si no sale de allí, no se meterá en lo que haga. El niño accede de mala gana; se niega en redondo a lavarse los dientes. También a darle a Lauren la escopeta de aire comprimido.

—Es mía —dice—. Fue un regalo de cumpleaños.

Vuelve a llamar a Nat, que esta vez contesta.

—Oye —dice Lauren—. Ya conoces a Vardon. A Mikey.

—Claro —dice Nat—. Escucha, ya sé que ese niño está muy solo, pero me parece que Caleb no se lo pasó muy bien con él cuando los juntamos. Además, cuatro años de diferencia es mucho a esas edades y Vardon hace muchas cosas que Caleb tiene prohibidas.

—No te llamo por eso. O quizá un poco sí. Resulta que tiene una escopeta de aire comprimido. ¿Es normal eso en un niño de doce años?

—Pues no me sorprende —dice Nat—, pero legal no es.

—No sé —dice Lauren—, ¿será que a su madre le parece bien? ¿Tengo que dejarle hacer lo que quiera?

—Sinceramente —contesta Nat con un suspiro—, no sé qué decirte.

Cuando vuelve Felix, Mikey duerme con aspecto angelical. Lauren prepara una infusión de frambuesa con unas bolsas grandes de forma piramidal en la cocinita del piso de arriba.

Saca el tema de la escopeta de aire comprimido y Felix se ríe.

—Así descansa de los videojuegos —dice—. Ya sé que no te gusta, pero Alicia y yo cazamos desde pequeños. En el campo es algo normal. Y no es más que una escopeta de aire comprimido.

Da la impresión de que ya han hablado de esto antes.

—Ah, te he comprado una cosa —dice Felix.

¿Un coche deportivo? ¿Entradas para Coachella? ¿Uno de esos sistemas solares giratorios con planetas incrustados con piedras preciosas? Pero no: es un paquete de M&M's con sabor a *pretzel*, que Lauren nunca ha probado pero supone que en este mundo le gustan. Se come uno y sí, tiene algo, no sabe si es el crujiente o el contraste de texturas.

—Gracias —dice.
—Venga, dame un par.
Felix se acerca a ella.
—Tres y ya —dice Lauren.
Él acepta dos y la mira desde debajo de sus sorprendentemente espesas pestañas encima de las que sobresalen cejas entrecanas; sonríe cariñoso, contento de verla. Ya en la cama, se tumba boca arriba y le pone una mano en el costado a Lauren mientras se quedan dormidos en las increíblemente agradables sábanas.

Ser tan rica, decide Lauren a la mañana siguiente después de encontrar un cajón lleno de bañadores y pasar un rato flotando en la piscina, es una auténtica maravilla. Después de compartir su casa de tamaño mediano con tanto marido inesperado, le resulta mágico disponer de semejante espacio, vivir rodeada de colinas, de árboles, de bruma estival. De aire acondicionado; hoy también va a hacer calor, y en su casa estaría metiéndose cubitos de hielo por el cuello de la camiseta para refrescarse. Aquí en cambio incluso disfruta del corto paseo de la casa a la piscina.

¿A qué dedica los días? A lavar sábanas o fregar suelos no parece; ahora mismo está en la piscina, de hecho, porque en la casa principal hay una mujer desconocida limpiando, ordenando, lavando las tazas de la infusión de frambuesa de la noche anterior.

Quizá la respuesta sea: a nada en particular.

Por supuesto, no puede quedarse.
Bueno, eso es lo que supone.
Porque está claro que una versión de ella decidió que sí podía.
Una no debe quedarse un marido solo porque tenga una mansión en el campo, eso es cierto, pero tampoco debe descartar un marido potencial solo porque tenga una casa demasiado lujosa.

De hecho, despreciar a un marido por su riqueza sería malo para el mundo, porque, a través de este marido en concreto, Lauren tiene acceso a dinero y a poder. Podría donar, por ejemplo, hasta la mitad de su altísimo presupuesto para ropa y ayudar así a mucha gente. ¡O parte de su presupuesto para viajes! Ha revisado su agenda y su correo electrónico en busca de vuelos y encontrado una colección de billetes de clases business y primera remitidos nada menos que por un agente de viajes, una profesión que por lo visto aún existe. Si viajara en turista prémium, podría donar la diferencia a buenas causas y ayudar más al prójimo de lo que habría jamás soñado en su vida anterior. Explicado así, habrá incluso quien piense que tiene la obligación moral de quedarse.

No lo va a hacer, decide mientras se impulsa de espaldas desde el borde de la piscina, abre los brazos y deja que el agua la envuelva. Pero entiende que en el pasado podría haberlo hecho. En teoría.

19

Decide que sus vacaciones durarán una semana exacta. Llegó un domingo; se irá el domingo que viene, o el lunes, puesto que Felix viaja a Suiza el viernes y no regresará hasta el domingo por la noche.

El miércoles tienen relaciones sexuales iniciadas por él. La experiencia le resulta a Lauren menos extraña que con Jason y muchísimo menos que con Toby. Los gustos de Felix tienen mucho de perezosos: la invita a ella a hacer todo el trabajo, a retorcerse, lamer y contonearse mientras él se tumba de espaldas encantado de la vida. No es el enfoque que suele dar Lauren al sexo, pero agradece la transparencia de los deseos de Felix y, al fin y al cabo, es mayor que ella, tiene gris el pelo del pecho, es probablemente el hombre de más edad con el que se ha acostado. Así que, comparada con él, se siente joven, disfruta de ser objeto estético de su relajada admiración sin las inseguridades que podría haber sentido a horcajadas de un hombre más joven. Se mueve, se enrosca y observa las reacciones de él, las pequeñas alteraciones en su expresión, los cambios mínimos en su respiración. Se sorprende a sí misma disfrutando de la experiencia y sugiriendo repetirla el jueves.

El resto del tiempo circulan cada uno en su órbita, con solo breves intersecciones. Lauren se inventa una regla mnemotécnica para la puerta principal y así poder entrar y salir de la casa con tranquilidad: 347226265, contar las letras de «hay doce hombres en el cuarto de arriba, pulpo» (las reglas mnemotécnicas nunca han sido su fuerte). Felix busca agradarla con nuevos pequeños detalles similares a los M&M's o el mensaje en minúsculas: le sirve un gin-tonic en el que ha puesto una florecita («de las que se comen»), le lleva un chal cuando Lauren está sentada en el jardín y empieza a refrescar. Cada vez que hace estas cosas, espera que Lauren se lo reconozca y, cuando esta le da las gracias por su amabilidad, sonríe satisfecho y sigue con lo que estaba. A cambio, ella le lleva una galleta al despacho una vez que está trabajando, pero Felix no se muestra ni la mitad de complacido que cuando el detalle lo tiene él.

A veces se siente un poco sola.

Manda mensajes a Toby, quien tarda en contestar, y entonces Lauren recuerda la tensión por lo del Airbnb.

Escribe otro correo a Carter, que por supuesto no envía, ni siquiera desde la dirección falsa que se ha creado por si acaso. Dios, si hubiera dispuesto de más tiempo con él, si conociera sus secretos, su vida, detalles suficientes para ponerlos en un correo y decir: «Sé que te va a extrañar mi pregunta, pero necesito saber de qué sabor era el chicle que robaste cuando tenías seis años». Pero solo tiene los días que pasaron juntos.

Llama a su madre, quien prácticamente solo quiere hablar de casas en España cerca de la suya que Lauren debería comprar.

—Lo lógico sería que tuvierais una casa aquí, y así además Natalie y su amiga y los niños tendrían dónde quedarse, porque sé que les gustaría venir más a menudo, pero en mi casita no hay sitio para todos.

—Muy bien —dice Lauren—, mándame enlaces.

¿Por qué no fingir que se va a comprar una casa de campo en España?

Ha intentado no molestar a Elena durante su luna de miel, pero, después de dedicar veinte minutos a tratar de averiguar cómo funcionan las máquinas de pinball, se rinde. Se desploma en el sofá del cuarto de juegos y escribe: «¿Qué tal la vida de casada?».

«Maravillosa —contesta Elena minutos después—. Madre mía, pensar que dentro de una semana tengo que volver al trabajo. Qué asco».

«Tú di que has decidido quedarte a vivir en islas para siempre», contesta Lauren.

«No todas podemos casarnos con un millonario malvado», es la respuesta de Elena.

Por supuesto es una broma, piensa Lauren. Es improbable que Felix sea malvado. Ha buscado la empresa de la que es director financiero, Wardrell Stern, y es una compañía de tecnología genérica que ofrece «soluciones».

Pero, por si acaso, hace una búsqueda escribiendo el nombre de la compañía y «malvada».

Vaya, vaya.

Encuentra... mucha información. Parte es directamente basura de internet: alguien que piensa que Wardrell Stern amañó las elecciones de Nueva Zelanda y está creando estelas químicas (por lo que Lauren consigue averiguar, Wardrell Stern no tiene presencia en Nueva Zelanda y mucho menos en la alta atmósfera), alambicadas teorías antisemitas basadas en el hecho de que uno de los fundadores de la compañía se llama Elijah Wardrell (y que parece no ser en realidad judío).

Pero también averigua que:

Hay grabaciones de las cámaras de la casa almacenadas en unas oficinas centrales y a las que ha tenido acceso la policía.

Las cámaras de vigilancia y el software de reconocimiento facial de Wardrell Stern se han utilizado en eventos multitudinarios para identificar a personas sin una orden judicial previa.

Los drones de Wardrell Stern se han usado para patrullar fronteras nacionales.

Las soluciones de análisis de microexpresiones de Wardrell Stern se han utilizado para informar a los empleadores de Wardrell Stern de si sus empleados fingen estar enfermos, faltan a la verdad en procesos de selección de personal o se distraen durante sesiones videovigiladas de teletrabajo. Wardrell Stern participa en un programa piloto que recurre al análisis de microexpresiones para valorar a demandantes de prestaciones o de pago de seguros y asistir en interrogatorios de controles fronterizos.

Wardrell Stern... puede no ser trigo limpio.

Debería haber sospechado algo cuando encontró esas cámaras siniestras.

Deja de mirar el teléfono. Por supuesto —¡por supuestísimo!— que lo de quedarse a vivir en un castillo en el campo para siempre jamás era demasiado bonito para ser verdad. Porque pensaba quedarse, se da cuenta ahora, pues claro que lo pensaba, una semana primero y después indefinidamente, y ahora no puede, tiene que devolver a Felix antes de pasar por ese retorcido proceso mental, fuera cual fuera, que en el pasado la llevó a creerse capaz de ignorar Wardrell Stern y las cámaras de seguridad de cada habitación, de bromear con Elena sobre millonarios malvados.

Y está a punto de llegar a él, lo percibe en la periferia de sus pensamientos: «Si decidiera quedarme, no sería tan malo, seguro que es algo más complejo de como lo explica un tipo cualquiera en internet». Basta. Felix debe subir al desván. Lauren va a tener que regresar a su apartamento, que ahora mismo la horroriza, con sus pequeñas dimensiones, el calor, la proximidad constante de los maridos; ¿cómo han podido cinco días en una mansión llevarla a un punto en el que el apartamento que tiene a medias con su hermana le parezca una ratonera? Necesita volver a pensar en estos días como las vacaciones que siempre debieron ser. Nadar. Comer bien. Un marido agradable y distante con el que no está obligada a pasar demasiado tiempo. Y luego volver a casa.

Preferiría tener a Carter que esta mansión, se dice, y tarda un momento en creérselo, pero es así. Recupera las fotografías en que sale con su guapa novia. Hay una nueva; están a orillas de un lago. Lauren nunca ha ido a Estados Unidos, pero tiene la impresión de que existe allí una gran afición por los lagos.

Felix no ha vuelto aún de trabajar, así que no tiene nada que hacer; deambula por la casa de habitación en habitación vigilada por las cámaras. Tapa una de ellas con un trapo de cocina y, diez segundos después, recibe una notificación en el teléfono: «Cámara obstruida».

Pasa la tarde del sábado sentada en el jardín, evitando la casa, su magnetismo y su amenaza. Felix le manda un mensaje alrededor de medianoche: «Hola, preciosa! ¿Estás por ahí de juerga? Esta noche no te he visto en la casa».

La madre que lo parió. Bastante malo era que haya cámaras en toda la casa sin saber que Felix las mira. Lauren entra en el invernadero y saluda con la mano. «¡Estoy aquí! ¡Disfrutando del jardín!».

El domingo intenta saborear lo que le queda de vacaciones, pero después de abrir la botella más cara de vino que encuentra y darle sorbos mientras flota en la piscina, comprueba, una vez más, que no tiene ganas de beberse el resto. Igual podría leer un rato. O dar un paseo. Llamar otra vez a su madre para seguir hablando de la casa en España que no se va a comprar, apuntarse ese tanto, aunque poco sentido tiene, si, total, va a haber borrón y cuenta nueva. Termina cogiendo el coche y visitando una tienda de productos agrícolas, donde se dedica a mirar polluelos en un gallinero y a preguntarse si le permitirían cogerlos.

Se supone que Felix vuelve a las ocho. Lauren le promete que tendrá la cena preparada. Una última velada agradable, unas pocas y gratas horas que borren la extrañeza. Encuentra una receta de *dal* para la que cree tener todos los ingredientes, aunque salta a la vista que la cocina no es de esas en las que se guisa a diario.

—Guau —dice Felix cuando llega a casa y la encuentra con un delantal puesto y frente a una cazuela que borbotea—. Qué buena pinta.

—Mejor sabrá.

Lo ha probado varias veces y, al comprobar que no sabía bien, ha descongelado en el microondas un *dal* y lo ha añadido cuidándose de estar fuera de cámara. Está casi segura de haber enterrado el envase en el fondo del cubo de la basura.

—Te he echado de menos —dice Felix y se dan un beso suave.

—Tengo que darle vueltas —dice Lauren y blande el cucharón de madera.

Ya casi es la hora.

Comen en uno de los extremos de la larga mesa de comedor puesto que, después de todo, Lauren ha cocinado. Felix incluso enciende un candelabro, que parpadea e ilumina las sillas con tapicería *tie-dye* que se suceden hasta el fondo de la habitación.

—Ah —dice Lauren con tono estudiadamente despreocupado—. Creo que tengo unos papeles en el apartamento de Londres. En el desván. Ya sé que nos trajimos casi todas mis cosas, pero he buscado bien y estoy casi segura de que se nos quedó una caja. Sé que es una pesadez, pero ahora mismo no hay huéspedes. Si mañana vas a Londres, ¿podrías pasarte de camino aquí y cogerla?

20

A la mañana siguiente se levanta otra vez con Felix. Ya sabe hacer cafés: pulsa el tercer botón desde la izquierda y a continuación dice «flat white» y «macchiato».

Felix anuncia que volverá tarde, sobre las nueve o nueve y media. Le traerá la caja con los papeles.

Así que dispone de doce horas para preparar la operación retorno.

Decide dedicar su último día de vida lujosa a labores de documentación o, lo que es lo mismo, a holgazanear en la piscina y ver películas con personajes atrapados en el tiempo en el portátil (ha caído en la cuenta, un poco tarde, de que no pasa nada si se le moja).

Aunque no es que ella se encuentre atrapada en el tiempo exactamente. En un bucle temporal, la pesadilla consiste en que las cosas no avanzan, solo hay un constante e incontrolable reinicio; no tiene sentido hacer nada porque sus efectos no perduran. A cambio está la ventaja de la infinitud del tiempo: no se envejece, meter la pata no acarrea consecuencias a largo plazo, no existe la muerte y sí el regalo (o, según se mire, la maldición) de disponer de años, décadas, siglos por delante. Tiempo de sobra para aprender física teórica, convertirse en un virtuoso del piano o reconciliarse con la propia infancia, para convertirse en una persona mejor.

Lauren no está ganando tiempo, en realidad no. Tampoco el milagro que supondría no envejecer. Cada nuevo marido no reinicia el calendario; el tiempo avanza como siempre lo ha hecho, y supone que ella también.

Solo han transcurrido tres semanas desde que llegó el primer marido, pero los detalles de su antigua vida se reducen a semanas remotas e irreales en las que nada cambiaba, a días que se fundían los unos con los otros. ¿Qué hacía? ¿Cómo era todo? Anotaba cosas en el calendario y, cuando tocaba hacerlas, las hacía. Los jueves, una copa después del trabajo. Los martes, natación antes de ir a trabajar. Un té con Toby a media mañana si los dos trabajaban desde casa. Ir al cine quizá una vez al mes. Antes del cambio, Lauren se había aficionado a hacer *frittata*, de eso se acuerda; había perdido la costumbre de leer: en ocasiones daba un paseo hasta el parque más alejado de su casa para ver a los patinadores. Elena y ella pasaron un fin de semana de abril en Florencia. A veces consideraba ponerse a buscar pareja, pero entonces pensaba en el largo proceso necesario para ello y decidía que no. Había sido razonablemente feliz, piensa, con su vida, sus hábitos, sus amistades y esos pedidos periódicos al supermercado que le permitían pasar de una semana a otra sin que nada se torciera.

Tiene que ponerse en marcha. No es buena idea seguir en la casa llena de cámaras de seguridad de Felix cuando este deje de ser su marido.

A las cuatro entra en el dormitorio, saca un vestido de seda de corte asimétrico sin estrenar y da una última vuelta por la ridícula casa. Pasea por el jardín. Arranca un capullo de rosa entreabierto del rosal y se lo sujeta detrás de la oreja.

No se atreve a coger el coche por si Felix sube al desván en mitad del trayecto y el vehículo desaparece mientras conduce a ciento treinta por hora, o de pronto pasa a ser propiedad de alguien que ha denunciado su desaparición. De modo que camina hasta la estación, lo que le lleva casi una hora. Reconoce, no sin irritación, que sus carísimos zapatos siguen siendo comodísimos incluso después de una caminata por caminos rurales.

El tren está fresco y agradable y, para ser las cinco, no va demasiado lleno. Lauren viaja en sentido contrario a la marcha, de manera que los edificios parecen alejarse de ella, lo mismo que los jardines con camas elásticas y, por fin, cuando el tren circula por la campiña, los campos y las ovejas de gran tamaño.

Está casi relajada, arrullada por el balanceo del tren, cuando recibe un mensaje de Felix. «No he encontrado la caja, que Nia busque mañana en el guardamuebles. Ya estoy de camino, te veo en casa».

Lo lee otra vez.

Y otra.

Felix ha buscado la caja (y, por supuesto, no la ha encontrado, lo más seguro es que no haya ninguna caja, Lauren ignora el contenido del desván). Y, sin embargo, le ha mandado un mensaje a ella y no a su nueva mujer del universo alternativo.

Sigue conociéndola.

Siguen casados.

Felix no ha cambiado.

Debería haber imaginado que no podía confiar en el desván para siempre. Quizá permite un número limitado de cambios y ella los ha agotado. Quizá está demasiado lejos de él y solo funciona cuando se encuentra dentro de un radio de diez kilómetros. Quizá necesita desconectarlo y conectarlo otra vez.

Mierda. ¡Mierda!

Vale. Comprueba su teléfono en busca de más novedades raras, manchas solares, auroras boreales. Bien visto, es normal que un desván no transforme a tu marido en otro distinto, así que se trata de un problema de difícil solución.

El tren sigue camino, Lauren está cada vez más cerca de su antigua casa. Se pregunta ¿y si me he quedado atrapada para siempre con Felix?

¿Tan malo sería?

Con excepción del detalle de la vigilancia ilegal, es un buen marido. Es amable, considerado, le deja mucho tiempo libre. Mantiene un grado de distancia que le resulta reconfortante: nada de pedos ni de risitas después de los pedos. Nada de hacer pis con la puerta abierta, de hablar de sentimientos, nada parecido a cuando Jason salió del cuarto de baño con un bastoncillo en una mano y le enseñó un pegote de cerumen brillante, un montículo irregular, con los ojos abiertos de felicidad. Lauren sabe que hay quienes consideran saludables estas costumbres, pero aterrizar a la fuerza en una, que te inviten a apretar la espinilla del culo de un desconocido o a ver la maravillosa película porno que han descubierto mientras tú no estabas le resulta excesivo. Valora el afecto distante que tiene con Felix. El espacio entre los dos le resulta liberador, nada intimidatorio.

Lo del hijastro no es ideal; lo de disparar ardillas está decididamente feo. Pero Felix lo hacía y ha salido bien, ¿no? ¿Aparte de ser malvado, quizá? Y, además, el niño solo pasa en la casa una o dos noches a la semana.

Si se queda, piensa, sabrá aprovechar mejor que la mayoría de la gente el milagro de tener dinero. Será de esas personas ricas a las que nadie odia, de las que dan buenas propinas y se muestran educadas y cordiales, de las que se comenta: «La verdad es que es sorprendentemente buena persona». Valorará todo lo que tiene: el jardín, el servicio doméstico, la piscina, la ropa, poder pedir comidas guiándose únicamente por la apetencia o el valor nutricional y en absoluto por el precio. Es una vida que no ha escogido, pero eso no quiere decir que no pueda sacarle provecho.

Y, si ha perdido la opción de irse, también ha perdido la obligación.

Además, si el plan a largo plazo no la convence, piensa, siempre puede divorciarse de Felix y salir beneficiada; en ninguna parte está escrito que, una vez te has casado con alguien, tengas que seguir casado para siempre. Si exceptuamos los votos matrimoniales, claro. Busca «divorcio fácil en el RU» y encuentra que el divorcio se considera una de las cinco experiencias más estresantes que existen, pero sospecha que quienes confeccionaron la lista no han tenido maridos que cambian continuamente.

Debería echar un vistazo a su antigua casa. La app de videovigilancia de su teléfono se abre con una vista de la casa de campo. Pero cuando pincha en «otras propiedades», encuentra un globito rojo de notificación, «actividad de hoy», y supone que será Felix buscando una caja que no existe, pero no.

Es un marido.

Un marido distinto.

Un plano de las escaleras y un hombre distinto: pelo pulcro, gafas, joven. Sube las escaleras y desaparece. Lo ve en el salón con un vaso de agua.

Hay un hombre en su casa. Y no es Felix.

Se supone que no puede tener dos maridos a la vez. Ni siquiera tiene sentido: ¿cómo pueden recoger las cámaras del marido anterior imágenes del nuevo? Pero las reglas se han vuelto locas.

Llama a Felix y le sale el buzón. «Llámame», dice. Luego busca en su teléfono fotografías del marido nuevo, pero no hay ninguna. Tampoco mensajes de nadie que pueda ser él.

Se está quedando sin batería en el teléfono, tiene menos del veinte por ciento. No pensó que la necesitaría; contaba con ser propulsada a otro mundo. Ni siquiera se ha traído un cargador. Date prisa, tren, piensa, mientras se acerca a Londres y llama a Felix otra vez, y otra, y otra más.

Ya casi ha llegado a su antigua casa desde Norwood Junction con un seis por ciento de batería en el teléfono, cuando por fin la llama.

21

—Hola —dice Felix—. ¿Dónde estás? En la app me sale que en Londres.

Por supuesto la puta app la tiene localizada.

—La caja —contesta Lauren—. Perdona, pero es importante. ¿Había alguien en la casa cuando fuiste a buscarla?

Debe de estar a unos dos minutos de doblar la esquina de su calle. Nota los dedos resbaladizos en contacto con el teléfono.

—¿Qué? Espera, déjame ver. —Oye un susurro y de nuevo a Felix, esta vez con más nitidez, quizá se ha desconectado de un altavoz—. No, a ver, mandé a un becario, pero no comentó nada. ¿Has mirado las cámaras?

Lauren tarda un momento en asimilar la frase, en comprender la situación.

Cuando lo hace está doblando la esquina y ve su casa, al tiempo que tiene una revelación sobrecogedora: el desván sigue funcionando.

—Felix, ahora te llamo.

El hombre que mostraba la cámara no era un marido. Por supuesto que Felix no ha cogido un tren, un taxi o un coche de empresa y viajado una hora hasta el apartamento de Lauren. Por supuesto que ha mandado a un empleado. No podía ser de otra manera.

Lauren se detiene en mitad de la calle para abandonarse al alivio que siente, cerrar los ojos y notar que la envuelve igual que el agua de la piscina.

Ya está harta de esto. No quiere saber nada más. Quiere pasar a la vida siguiente.

Y como se alegra tanto de abandonar la vida que tiene ahora, le da igual el revuelo que arme al salir.

De manera que aprieta el paso, abre la puerta con las combinaciones de sus mensajes de Airbnb, una para la puerta de la calle y otra para la del apartamento, y sube las escaleras que tan bien conoce.

Encuentra la casa igual de extraña y vacía que cuando la dejó una semana atrás. Mira en los armarios de la cocina en busca de un cargador, pero solo encuentra cuatro tarros vacíos de hierbas color verde grisáceo y una colección de libros de cocina que jamás han sido abiertos.

La limpiadora, es de suponer, ha dejado un pack de bienvenida en la mesa de la entrada en una de las bolsas que hay dobladas. Lauren la abre. Dentro hay té y galletas de mantequilla con pepitas de chocolate. La botella de vino tinto que hay al lado cuesta (lo busca) 5,49 libras. El tapón es de rosca y mucho más fácil de abrir que la mayoría de las botellas de cien libras que ha estado bebiendo esta semana, así que da un sorbo. Sabe bien, pero tiene que reconocer, muy a su pesar, que los vinos carísimos eran bastante mejores.

«Estoy en casa —escribe a Felix—. Mi casa de antes. Me voy a quedar aquí».

Enseguida le suena el teléfono. Rechaza la llamada.

Suena otra vez. Vuelve a rechazar la llamada y escribe: «Estoy en el apartamento y no pienso irme hasta que vengas. Luego te lo explico». A continuación pone el teléfono en modo avión para ahorrar batería y discusiones.

Lo siguiente es comprobar si el desván sigue funcionando. Tira de la escalerilla, que a medio camino se desvía a la izquierda, como siempre; en ninguno de los mundos ni el marido ni ella la han arreglado. Sube dos peldaños, los suficientes para meter la mano en el desván. Ahí está la luz cálida. El chisporroteo. El desván sigue haciendo cosas raras.

No quiere irse al salón, a que la cámara la vigile. Así que coge un libro de recetas de la cocina para tener lectura mientras espera, entra en el dormitorio y se deja caer en lo que está bastante segura que es su cama de siempre. Bizcochos Bonitos. Tartas Tentadoras. Pudines Perfectos.

Está leyendo Pastelitos Primorosos cuando oye un pitido que indica que alguien está abriendo la puerta principal, seguido de pisadas en la escalera. No puede ser Felix, ¿verdad? Es pronto. No: es una mujer con traje de chaqueta.

—¿Lauren? —llama la mujer desde el pasillo antes de encender la luz. Está oscureciendo.

—Hola —dice Lauren desde la puerta del dormitorio—. ¿No tendrás un cargador de móvil por casualidad?

La mujer mira en su bolso.

—No, lo siento.

—No pasa nada —dice Lauren—. ¿Te ha mandado Felix?

—Sí, soy... Soy Siobhan, nos conocimos en la fiesta de verano.

—Pues claro que sí —dice Lauren con un aspaviento—. Bienvenida. No me queda casi batería, así que no puedo llamar a Felix, pero te agradecería que lo llamaras tú y le dijeras que estoy bien, pero que pienso quedarme aquí hasta que venga.

—Pero ¿pasa algo...? ¿Está usted bien?

—Perfectamente, gracias. ¿Y tú?

—Estoy bien.

Siobhan es joven, no puede llevar más de dos años en el puesto. Ha estado feo por parte de Felix, piensa Lauren, mandarla en busca de su mujer.

Siobhan sigue hablando.

—¿Quiere que llame a alguien? ¿Está segura de que quiere que venga Felix? ¿O hay algo...? He localizado un par de organizaciones.

Lauren tarda un momento en comprender.

—Ah —dice—. Dios, no. Yo creo que... No, estoy segura.

Mira a Siobhan. Se imagina tener... ¿qué?, ¿veintidós años?, que tu jefe te mande a gestionar el ataque de nervios de su mujer y mostrar la fortaleza moral necesaria para averiguar si la esposa sufre maltrato. Esto no es lo que buscaba Lauren, que obligaran a una subalterna a ir a su apartamento después de una larga jornada de trabajo. Hasta que recuerda que no habrá repercusiones. Cuando llegue Felix, Siobhan regresará a su tarde normal.

—¿Te apetece un poco de vino? —pregunta—. ¿O unas galletas?

—No —dice Siobhan—. Gracias. ¿Igual un poco de agua?

—Claro. —Lauren va a la cocina y abre armarios en busca de vasos—. Siéntate —añade y Siobhan se sienta en un taburete.

Entonces suena el timbre.

Siobhan se pone de pie.

—No seas boba —dice Lauren—. Siéntate. Este no es tu trabajo. Me deja de piedra que Felix te mande aquí a resolver sus problemas. Personales. Espero que cobres las horas extra.

De pronto arde en ella un deseo de justicia.

—No me importa.

—Pensándolo bien —dice Lauren—, ¿te importaría abrir tú la puerta?

Se le ha ocurrido que, aunque no puede ser Felix, el cual entraría con la combinación, no es imposible que haya enviado algún tipo de servicio de emergencias para gente rica. Quizá hay ambulancias privadas que recogen a esposas recalcitrantes y las llevan a alguna clase de centro de internamiento de lujo. Coge la botella de vino y las galletas, vuelve al dormitorio y cierra la puerta. De aquella primera noche ha aprendido que encajar una silla contra la puerta no sirve de nada, así que arrastra la cómoda para bloquear la entrada del todo. Buf.

Oye una voz en el rellano, con Siobhan: vale, no son paramédicos deluxe. Es Toby.

—Ah, hola —saluda Lauren desde dentro de la habitación.

—Hola. Oye —dice Toby—, ¿estás bien? Me ha llamado Felix.

Este Felix debería aprender a ocuparse de sus propios problemas.

—Estoy perfectamente —contesta Lauren—. Solo que no pienso irme hasta que venga. Se lo he dejado bien claro.

—Vale —dice Toby al cabo de un momento; Lauren oye que Siobhan le murmura algo que no logra descifrar—. ¿Puedo pasar?

—Prefiero que no lo hagas —contesta Lauren. La última vez que estuvo en ese dormitorio con Toby fue de lo más incómodo—. Escucha, ¿y si me haces un té?

No le apetece un té y no piensa mover la cómoda para dejar entrar a Toby, pero así lo tendrá ocupado un rato.

Se está esforzando al máximo por hacer las cosas bien.

Ahora solo necesita que Felix haga su parte.

Unos minutos después, llaman a la puerta.

—Soy yo —dice Toby.

El pomo gira y la puerta se abre en silencio hacia fuera. Vaya por Dios.

Toby mira la cómoda y deja encima la taza de té.

—Te he traído el té.

—Siento lo de los huéspedes ruidosos —dice Lauren—. Por favor, díselo a Maryam. Eso se va a terminar.

—Vale —dice Toby—. Lo importante es que tú estés bien. ¿Seguro que no quieres que entre?

—Seguro —dice Lauren, de pie detrás de la cómoda como si fuera el mostrador de una tienda.

Toby espera.

—¿Te importa cerrar la puerta? —pregunta Lauren.

Toby vacila un instante y a continuación la cierra con suavidad.

Lauren entra en el perfil de Carter. Le queda un tres por ciento de batería y es absurdo gastarla en esto, pero hay una fotografía nueva de él con la mujer. No puede ser tan feliz como parece, ¿verdad? No puede haber montado tiendas de campaña y cazado pollos para ella y después entrado en una vida paralela con la que parece igual de encantado.

La batería mengua; el teléfono de Lauren se apaga sin hacer ruido y se queda sola en la cama. Oye otra vez la puerta principal. Debe de ser Toby, que se va.

Acto seguido: más revuelo en el rellano. Pero esta vez, por fin, es Felix.

—Gracias —le oye decir a Siobhan. A continuación, Felix llama a la puerta y la entreabre—. Hola.

—Hola —contesta Lauren—. Te juro que creía que la puerta se abría hacia dentro —añade señalando la cómoda.

Hay un instante de silencio.

—Siobhan —dice Felix—, gracias, ya me ocupo yo.

Siobhan coge su bolso.

—De acuerdo. Encantada de haber sido de ayuda —dice en un tono casi convincente.

Lauren se da cuenta de que Felix está esperando a que se cierre la puerta de la calle.

—Dime, ¿qué es lo que pasa?

Lauren esperaba que sonara o preocupado o enfadado, pero su tono es otro, cuidadosamente neutral, calculador.

—Te lo explico si subes al desván —dice—. Dentro hay una cosa que quiero que veas.

En el rellano, detrás de Felix, la escalerilla sigue bajada.

—No sé si quiero hacer lo que me pides —dice Felix—. A no ser que me lo expliques un poco mejor. Supongo que te das cuenta de lo raro que es todo esto, ¿verdad?

—Te prometo que no te vas a arrepentir —contesta Lauren—, no es nada peligroso ni asqueroso. No sé explicártelo bien. Pero te pido que confíes en mí. Como esposa tuya que soy.

Felix tarda un momento en contestar.

—Voy a necesitar algo más que eso —dice.

Él se lo ha buscado.

—No me gusta tener que hacer esto —dice Lauren—, pero, en cuanto lo veas, lo entenderás. Te voy a pedir una vez más que subas al desván. Es tan fácil como eso, hacer lo que te pido, porque me quieres y porque confías en mí.

Felix mira la escalerilla y a continuación a Lauren.

—Y, si no lo haces —prosigue esta—, entonces me temo que voy a tener que contarle tu secreto a todo el mundo.

Es de suponer que tendrá algún secreto, decide. Igual que hizo con Jason y su plato preferido.

Felix abre un poco los ojos.

—Mi...

—Ya sabes a qué me refiero —dice Lauren. Este hombre es multimillonario, director financiero de una compañía claramente malvada, se ha divorciado dos veces y casado tres, deja que su hijo use una escopeta de aire comprimido y tiene una habitación llena de pájaros muertos. Lauren no sabe qué secreto oculta, pero sí que alguno tiene—. No era mi intención llegar a esto —añade.

Entonces la cara de Felix cambia y, por un momento, Lauren se pregunta si no ha cometido una equivocación, si no sabrá Siobhan algo que ella ignora, si ha hecho bien en amenazar a un hombre rico y poderoso estando a solas con él. Considera llamar a Toby a gritos o saltar por encima de la cómoda y correr al salón para estar bajo el ojo atento de la cámara de seguridad, pero justo en ese momento Felix dice: «Lauren» y «no sé de qué estás hablando», pero está claro que sí lo sabe y Lauren ni conoce ni le importa el secreto, pero contesta:

—Vale, tranquilo, no se lo voy a contar a nadie. Te quiero, no es tan grave, solo necesito que te asomes un momento al desván, diez segundos solo. Cinco. Te prometo que en cuanto estés arriba lo entenderás.

Y siente remordimientos, no está acostumbrada a ver a Felix experimentando emociones intensas, pero pronto se sentirá mejor.

Felix sube por la escalerilla. Su cara desaparece en la oscuridad, seguida de su torso. Lauren ve la luz que parpadea y oye el zumbido.

Lo primero que nota es que la presión en la vejiga, que tenía contraída sin casi darse cuenta, ha desaparecido en este mundo nuevo. Todo su cuerpo se relaja al entrar en una vida en la que no está refugiada en su dormitorio.

El desván ha funcionado.

Sale al rellano, que segundos antes estaba obstruido por una cómoda, y espera a que baje el marido siguiente. Todo vuelve a ser nuevo; todo ha vuelto a la normalidad y, por tanto, todo es distinto.

22

Al marido nuevo le gusta encajar la punta de la nariz en el hueco del ojo cerrado de Lauren y empujar. El siguiente es aficionado a lamerle las orejas, meter la lengua debajo de los pliegues. El que lo sigue simula tocar música con sus dedos de los pies. Uno se encaja una funda para huevos de ganchillo (es un mundo en el que Lauren usa fundas para huevos hechas de ganchillo) en la punta del pene.

Los deja ir igual que hojas flotando en el viento calle abajo. Entran en su vida, pasa un día o dos con ellos y los manda de vuelta.

Al principio se obliga a documentarse cada vez que llega uno nuevo. Comprueba dónde trabaja, que sus amigos, sus maridos favoritos —Carter y Jason y en ocasiones incluso Rohan y Felix— están bien (una de las veces descubre sorprendida que Felix está en la cárcel, pero solo por mentir sobre los beneficios de su compañía, cosa que Lauren ni siquiera sabía que fuera delito). Una parte de ella siempre tiene la esperanza de encontrar a Carter solo y abatido, pero nunca ocurre. Siempre está con la misma mujer alegre divirtiéndose en los mismos bares de Denver.

Con el tiempo, deja de buscar. En cualquier caso, el mundo no tardará en cambiar. Empieza a dedicar sus días de baja, renovados cada vez que cambia el mundo, a hornear, a pasear o a leer libros. Visita a Elena, ya de vuelta de su luna de miel, a la hora del almuerzo o se toma un café con Toby, con el que casi tiene buena relación de nuevo. A veces se coge un día libre, va a la ciudad y se gasta dinero que no tiene en menús degustación, en complejos diseños de uñas; ojea los bolsos de marca en Selfridges, compra uno y a continuación lo usa para meter de tapadillo una hamburguesa en el cine. En una ocasión se inventa un viaje de trabajo inesperado con noche incluida y va a Alton Towers a montar en las montañas rusas y comprobar si Amos tenía razón e ir a un parque de atracciones después de una ruptura la ayuda a olvidar a Carter, y, aunque descubre que no es especialmente el caso, lo pasa bien.

Con el tiempo, incluso va a trabajar, al menos cuando es en el ayuntamiento, para así charlar con Zarah y salir un rato de casa. Tiene otra videollamada con el señor de la panadería. Esta vez quiere llamarla All You Need is Loaf, algo que Lauren cree que podría acabar metiéndole en líos legales con los Beatles, aunque no está segura. Por lo menos es mejor que el primer nombre, Somebody to Loaf. Así que, después de pensarlo un momento, dice: ¿por qué no?

—¿We Found Loaf? —sugiere Zarah en alusión a la canción de Rihanna,* cuando hablan después de la videollamada.

—¿En un lugar sin esperanza? No me parece un mensaje que quiera transmitir el Ayuntamiento. ¿Qué te parece Tainted Loaf?

Zarah pone cara de no entender.

—Sí, mujer. *Tainted Love,* amor tóxico. Esa canción que empieza: ta chan chan. Has tenido que oírla. —Lauren saca el teléfono y reproduce los primeros treinta segundos del tema de Soft Cell—. ¿En serio no te suena?

Zarah se encoge de hombros.

---

* *We found love in a hopeless place.* «Encontramos el amor en un lugar sin esperanza». *(N. de la T.).*

—Lo siento. Nací en este siglo.
—Es muy famosa —dice Lauren—. Si hasta suena un poquito en no sé qué tema de Rihanna.
—No tengo ni idea de qué canción me hablas.
—Solo te saco ocho años.
—Así me gusta —dice Zarah—. Uno tiene la edad que siente.

Incluso cuando va a trabajar, dispone de mucho tiempo libre. Hacer ejercicio no tiene sentido: la musculatura que consiga se esfumará en cuanto mande un marido al desván. Pero sí puede aprender cosas, descubre, de manera que durante un par de días se dedica a estudiar flores y se retrotrae a aquella versión de sí misma en casa de Felix que tan bien las distinguía: hortensia, glicinia, áster, azalea. Consulta variedades de rosales trepadores hasta localizar el que eligió para la valla roja. A continuación averigua cómo cuidar mejor de su pequeña suculenta, aunque luego resulta que lo que debe hacer principalmente es dejarla tranquila.

Después de eso decide que está aburrida de dedicarse al crecimiento personal, pero es bueno saber que está ahí.

A lo que se dedica entonces es a invocar más maridos, y, después de esos, a más aún.

En ocasiones tiene la sensación de que existe un patrón, algo que debería ser capaz de identificar. Tres Tom de raza blanca seguidos, cada uno más alto que el anterior. Cinco calvos con barba. Cuatro procedentes de los cuatro países que han ganado los últimos mundiales de fútbol. Pero el patrón siempre termina por desaparecer y el denominador común vuelve a ser únicamente: hombres que podrían haberle gustado y a los que podría haber gustado. Está convencida de que cada marido es alguien a quien podría haber conocido en alguna parte, en alguna circunstancia, de haber hecho alguna cosa de manera distinta. Cada marido es alguien con quien —de haber sido las cosas un poco distintas, de haber ido a una fiesta en particular o haberse puesto un determinado abrigo o mirado en una dirección concreta— podría haberse casado.

Lo que no equivale a decir que casarse con cualquiera de estos hombres hubiera sido buena idea.

Hay un marido cuya afición a la libertad de expresión resulta agotadora. Otro que sigue saliendo a correr cuatro días a la semana con su exmujer. Uno que afirma no ser susceptible a las ilusiones ópticas: mira la luna gigante en el horizonte y afirma que a él le parece una lunita normal y corriente, estudia líneas terminadas en puntas de flecha y asegura que todas tienen la misma longitud.

Algunos de los maridos hacen ruidos. Repiten palabras una y otra vez. Uno le pone la mano a Lauren en la frente mientras está tumbada en la cama, abre los dedos y presiona. La presión parece apaciguar todos sus pensamientos rebeldes y, cuando se va, Lauren lo echa de menos, intenta explicarle cómo se hace al marido siguiente, pero este no lo consigue. Un marido hace cuarenta flexiones cada mañana y, cuando Lauren le pregunta por el día que ha tenido, se encoge de hombros y contesta: «Por lo menos he hecho cuarenta flexiones». Uno de ellos se cepilla los dientes a la pata coja, Lauren nunca llega a descubrir por qué. Y hay otro que guarda los recortes de las uñas de los pies en un frasquito de cristal y bromea (al menos Lauren piensa que es broma, pero no tiene ocasión de comprobarlo) con hacer gelatina cuando tenga suficientes.

Su sobrino, Caleb, se queda a dormir en su casa una noche; Nat nunca lo ha permitido antes y Lauren se pregunta si se debe a que ahora es más respetable, una mujer casada a la que se puede confiar un niño pequeño, o simplemente a que Caleb ya es algo más mayor. Después de todo, el tiempo pasa.

—Ya soy mayor para palitos de pescado —anuncia Caleb solemne como para confirmar esta teoría—. Quiero una salchicha.

—Y echa a correr por todas las habitaciones y escaleras abajo hasta la puerta para subir otra vez imitando un zumbido—. ¡Con kétchup! —grita.

Un marido desayuna dos higos enteros cada mañana; solo deja los rabitos, que sujeta con las puntas de los dedos de cada mano.

El tiempo es cada vez más frío, pero las ocasionales horas de sol hacen creer a Lauren que aún vendrán días cálidos y, en cualquier caso, le resulta más fácil querer a los maridos en invierno. Le gusta la vida hogareña. Tomar chocolate caliente. Ver películas en el sofá. Hombres con chaquetas de punto o bufandas igual que osos de peluche, forrados de ropa, adorables. Los maridos de verano vestían peor, olían más, se emborrachaban más a menudo (para ser justos, igual que ella), chamuscaban cosas en la barbacoa o se empeñaban en hacer pequeñas tareas de bricolaje que luego abandonaban a la mitad. A los maridos otoñales les coge cariño con más facilidad. Empieza a quedárselos tres o cuatro días, e incluso sueña despierta con encontrar uno que quiera quedarse para siempre. Aún no, aún no, no está preparada. Todavía no ha superado lo de Carter y necesita aprovechar al máximo el desván y sus reseteos. Pero es posible que pronto.

Los martes llama a su madre por teléfono. Aparte de eso, se atiene a lo que encuentra en su agenda. Hacer de canguro de Magda, quien le vuelca un cartón entero de leche en el bolso. Una excursión de un día a ver a su vieja amiga Parris en Hastings, que es una ciudad agradable con una librería excelente, aunque Parris no hace más que insistir en lo baratas que son allí las pintas de cerveza y las casas. «¡Pero no corras la voz, no sea que empiece a venir la gente y nos lo estropee!», dice de lo menos convincente. Una tarde de recoger basura en el Támesis con un amigo que no conocía; antes reciben una charla introductoria que incluye la advertencia de que deberán ir al médico si después experimentan fiebre o náuseas, pues es posible que haya en el agua una enfermedad propagada por la orina de rata. Londres es así.

Una representación de *Antígona* en un aparcamiento de varias plantas en Peckham, con Rob, Elena y el marido; se invita al público a perseguir a los actores escaleras abajo y por misteriosos pasadizos y Rob y ella terminan atrapados con uno de los protagonistas en un ascensor. El actor tiene un walkie-talkie y hace un gran papel avisando al personal de producción sin salirse de su personaje.

El marido, que fue quien sacó las entradas, se irrita al saber que se ha perdido esta experiencia individualizada tan especial.

—No creo que estuviera en el guion —arguye Lauren—. Creo que el ascensor se estropeó.

Y, cuando esto no parece animar al marido, lo manda al desván.

Mientras espera, Lauren entra en el cuarto de baño a ahuecarse el pelo y darse un poco de pintalabios antes de recibir al nuevo marido. Oye repiqueteos, zumbidos y chisporroteos; sale al rellano, ve unas piernas que asoman y a continuación a un marido que se da media vuelta y sonríe.

Es de los guapos. Lauren le devuelve la sonrisa.

—Hola, bienvenido al rellano.

Ha aprendido que una puede decirle eso a los maridos y que suelen aceptarlo.

—Yo también me alegro de verte —dice el marido.

Es más robusto que delgado; parece del sudeste asiático y de más o menos su edad. Habla con acento… ¿australiano quizá?

La casa parece más ordenada que de costumbre, y más alegre. Un cartel de geología antiguo enmarcado. Un jarrón amarillo nuevo con flores que Lauren reconoce de sus dos días de crecimiento personal: son dalias.

El marido también inspecciona el rellano.

—Oye, después de todo lo que he trabajado en el desván, me tomaría un té.

—Te lo llevo al salón —dice Lauren.

Perfecto. Así podrá consultar su teléfono, fisgar la cocina, averiguar cosas sobre el marido. Mira unas cartas que hay sobre una mesa en el vestíbulo y descubre que el marido se llama Bohai

Strickland Zhang y que ella es Lauren Zhang Strickland. Pues no está mal.

El marido está detrás de ella; coge una de las cartas, entra un momento en el cuarto de invitados y se va al salón.

En el teléfono: una mezcla de mensajes logísticos y afectuosos a Bohai. Toby, Nat y Elena: sí, todo parece en orden, aunque el último mensaje que ha recibido de Elena dice solo «BARRY SPILES», lo que resulta un tanto desconcertante. Su trabajo es el de siempre.

El agua en el hervidor (nuevo) ya hierve. Las bolsitas de té (marca Yorkshire) están en la encimera. En la nevera hay solo leche de almendras. Se decide por té con leche y sin azúcar.

Cuando lleva las tazas al salón, Bohai está junto a la ventana mirando cosas en su teléfono.

—El té —dice Lauren.

El marido la mira y sonríe. Tiene una cualidad que pocos maridos compartían, parece mirarla con atención renovada cada vez y no como si formara parte del paisaje. Quizá están recién casados.

—Bueno —dice el marido recostándose en la butaca mientras Lauren toma asiento en el sofá—, ¿qué planes tienes para esta semana?

—Nada especial. —Lauren saca su calendario. Aparte de una cena con Rob y Elena, poco más—. ¿Y tú?

—Lo mismo. Nada especial.

El marido da un sorbo al té y Lauren lo imita y mira a su alrededor. Las ventanas parecen más transparentes que de costumbre, casi como si... Ah, un momento. Consulta de nuevo el calendario. En los últimos ocho días pone: «SHAN».

Por eso está todo tan limpio. Han tenido visita. Las fotografías de su teléfono muestran al marido con una mujer mayor en el parque, debajo de un paraguas. ¿Su madre?

—¿Llegó bien Shan a casa? —pregunta Lauren como quien no quiere la cosa.

El marido da otro sorbo de té.

—Pues imagino que sí. Si no, nos lo habría dicho, ¿no?

Guardan silencio otra vez, pero no es un silencio agradable; tampoco tenso, solo algo incómodo. Igual han tenido una pelea gorda y ambos están haciendo un esfuerzo, quizá ha ocurrido algo con la probable suegra, lo mismo tienen que tomar una decisión importante y lo están postergando.

—¿Pongo la tele? —pregunta el marido.

Lauren dice sí casi antes de que termine la frase. Incluso está dispuesta a ver *Mindhunter*.

Pero en el menú de Netflix de «Seguir viendo» solo hay un documental sobre focas, otro sobre fingir que se vive en el siglo xix y *Friends*. El marido vacila, a continuación le da al Play.

Parece un capítulo de la mitad de alguna temporada, pero es difícil saberlo porque está doblado al francés.

No es la primera vez que pasa. Lauren ha tenido maridos con los que ha aprendido un poco de alemán, árabe o rumano: en ocasiones como pasatiempo compartido, otras para poder saludar a la familia política y charlar dos minutos con ella. Su vocabulario francés se limita a: *le train, le billet, la baguette, bonjour* y contar hasta veinte. Este marido no va a quedarse mucho tiempo, decide.

Pero la casa está tan limpia que, aunque solo sea porque han tenido visita, cambiarla ahora parece un desperdicio. Puede hacer un esfuerzo y ver veinte minutos de una sitcom en un idioma que desconoce. Por su marido.

Mientras los personajes de *Friends* hacen el ganso, Lauren busca en su teléfono. No puede localizar fotografías de boda, al menos con facilidad —deben de llevar mucho tiempo casados—, y tampoco encuentra mensajes que expliquen la tensión entre ellos.

—Ey —dice el marido, Bohai, al cabo de unos minutos—, ¿has oído eso?

Lauren presta atención.

—¿El qué?
—Pues no sé, un golpe. En el desván.
¿Puede haber otro marido? Es imposible.
—No he oído nada.
—Debería ir a mirar —dice el marido—. Igual se ha caído algo.

Qué pena, piensa Lauren. Está cansada. Habría estado bien irse a la cama, dormir unas cuantas horas y ver cómo amanecían las cosas en lugar de enfrentarse ahora a otro marido. En fin. Algunos matrimonios simplemente no funcionan.

—Vale —dice.

No sabe si tomarse la molestia de pintarse otra vez los labios para el nuevo marido. Se queda en el sofá y oye a Bohai bajar la escalerilla y forcejear un momento con el trozo que siempre se resiste a desplegarse.

Parece muy atascada.

—Tira hacia la izquierda —dice Lauren.

—Ah, vale —contesta el marido.

Lauren oye abrirse la escalerilla.

Ajá.

—Gracias —añade el marido.

Lauren no ha entendido aún lo que pasa, no consigue pensar a la velocidad suficiente.

—Oye —dice.

—Sí, un segundo —oye decir al marido.

Lauren se pone de pie, todavía enredada en la manta. La deja caer y sale del salón. El marido solo ha subido dos peldaños; su cabeza está a punto de desaparecer por el agujero del desván.

—No —dice Lauren.

—Solo voy a...

Lauren le coge de la camiseta sin llegar a meter la mano en el desván. El marido la mira con la cara silueteada en el cuadrado de oscuridad detrás de él.

—Enseguida bajo —dice, irritado.

—Creo que no deberías subir.

—He oído el ruido otra vez.

Lauren ya ha tenido esta conversación. Pero siempre desde el otro lado.

¿Es esto lo que parece? No puede ser.

Pero lo es. Lauren lo sabe por la escalerilla; si el marido viviera allí, sabría cómo hay que tirar de ella. Y no lo sabe.

—Ahora mismo vuelvo —dice el marido.

Libera su camiseta y sube otro peldaño. Lauren solo dispone de un momento antes de que desaparezca para siempre, así que vuelve a agarrarlo cuando ha subido dos peldaños más y le dice:

—No, ¿vale? No vas a volver.

El marido la mira. Ya tiene la cabeza metida en el hueco y la luz parpadea alrededor de él.

Lauren sigue hablando:

—¿A que no? Aparecerás en otro desván, en otra casa, ¿verdad?

El marido deja de intentar liberarse; Lauren sigue aferrada a la tela de la camiseta y lo mira.

—Ah —dice el marido.

Lauren lo suelta. El marido baja un peldaño y a continuación al suelo.

—No soy tu primera mujer.

—No —dice el marido, cauto.

Lauren asiente.

—Tú tampoco eres mi primer marido.

—¿Cómo...? ¿Cuántos has tenido?

Lauren piensa.

—Ciento sesenta.

Ambos callan.

—¿Y tú? —pregunta Lauren—. ¿Cuántas mujeres?

El marido asiente con la cabeza sin bajar de la escalera.

—No... No lo sé exactamente. Pero llevo así cuatro años. Igual unas cuatrocientas. Más o menos.

—Ah —dice Lauren.
Mira otra vez hacia el desván y después al marido.
—Si hago más té, ¿te apetece quedarte a tomarlo?
El marido sigue mirándola. Entonces baja de la escalera y la abraza. Lauren corresponde al abrazo y se echa a reír, a llorar incluso, y qué alivio, qué alivio no estar sola en esto, es asombroso. Mira al marido a la cara con la vista nublada por las lágrimas y la cercanía y comprueba que él también la está mirando.

23

Van a sentarse al salón quitándose la palabra el uno al otro.
—Llevo años...
—Yo empecé este verano...
—De repente...
—Directa de un matrimonio a otro...
Guardan silencio un momento y vuelven a empezar.
—Creía que me pasaba algo, no hacía más que ir al hospital.
—Es complicadísimo llevar la cuenta...
De nuevo callan. Bohai mira la habitación y a continuación a Lauren.
—A ver si lo he entendido —dice Lauren—. Te has pasado los últimos cuatro años subiendo a desvanes y, cada vez que bajabas, te encontrabas casado con una mujer diferente en una casa distinta.
Bohai asiente con la cabeza.
—No siempre es un desván. Pueden ser cobertizos, armarios. O un vestidor, una despensa, ya me entiendes. Y... no siempre son mujeres. Pero sí.
—Pero físicamente ¿cómo funciona? O sea, ¿tú te enteras del cambio? ¿Empieza cuando entras o cuando sales? ¿Te pasa lo de la electricidad? Yo con los maridos siempre oigo un chisporroteo

y se enciende la luz. Pero, si sube cualquier otra persona al desván, no pasa nada.

—¡Sí! Yo igual. Cualquier aparato electrónico, luces de Navidad, teléfonos, discos duros viejos, todo se activa. Una vez hubo un pequeño incendio, que me asustó muchísimo, me marché corriendo a otra vida y no sabía en qué país había estado, así que ni siquiera podía consultar las noticias para saber si había quemado la casa entera.

—Espera —dice Lauren, empezando a asimilar algunas de las cosas que ha dicho Bohai—. Entonces ¿no son siempre mujeres? ¿También hay novias? ¿Prometidas?

—No. A ver, pueden ser maridos.

—¡Ah! Ostras, claro, perdona.

¿Debería dejar de interrogarlo? ¿Está siendo maleducada? En este caso concreto, probablemente tiene excusa.

Bohai sigue hablando:

—O sea, que a ti te salen maridos nuevos del desván. ¿Siempre del desván? ¿Siempre maridos?

—Sí —contesta Lauren—. Cuando sube uno, baja otro. Espera, entonces ¿todos mis maridos sabían lo que pasaba? ¿Estaban fingiendo?

—Qué va. Desde luego mis parejas no —dice Bohai—. He intentado explicárselo varias veces. Cuando me llevaba muy bien con alguna, o cuando era muy aficionada a la ciencia ficción y pensé que podría entenderlo.

—¿Y nada?

Bohai niega con la cabeza.

—Te comprendo —dice Lauren—. Yo he intentado contárselo a un par de personas y no fue precisamente un éxito.

—Tampoco puedes culparlas.

—Dios —dice Lauren—. Es que no sé ni por dónde empezar. Espera, ¿por qué tenías tanta prisa por volver al desván?

Está acostumbrada a devolver ella al marido y le resulta algo humillante que el primero que le toca con poder de elección estuviera tan deseoso de cambiarla a ella.

—Me pareció todo raro. Cuando presiento que la cosa no va a funcionar, intento quedarme poco tiempo.

No se equivoca. Para Lauren también ha sido raro.

—Experiencia no te falta —dice—. Después de cuatro años...

—Bueno, más bien cuatro y medio.

—¿Y cuatrocientas esposas? Perdón, parejas. ¿A una a la semana?

—En realidad no. Suelo quedarme un día y después paso a la siguiente. Pero con una estuve dos años.

¡Años! La verdad es que Lauren no se imagina quedándose tanto tiempo con un marido y luego yéndose sin más. Quiere conocer detalles, pero Bohai ha empezado a hablar otra vez.

—Perdona, ¿te importa si echo un vistazo a la casa?

—Ah. No, claro.

Bohai mira en la cocina, el dormitorio y el cuarto de invitados. La escalera. Vuelve al salón.

Camina hasta la ventana y pregunta:

—¿Esto es Inglaterra?

—Norwood Junction. Sur de Londres. ¿No estás siempre en Londres?

Bohai se apresura a negar con la cabeza.

—No, joder, qué va. Igual una vez de cada cinco. Sobre todo me toca Sídney. O, no sé por qué razón, Burdeos. La verdad es que en parte me gusta, pero también me estresa porque la versión de mí que vive allí tiene que hablar francés, algo que mi verdadero cerebro es totalmente incapaz de hacer.

—O sea, que no estabas entendiendo la...

—¿La tele? Para nada. ¿Tú?

—Ni una palabra.

Ríen.

—Hay veces que al llegar me encuentro a alguien que me habla en francés y me voy derechito al desván. Reconozco que debería estudiarlo, y lo he intentado, pero, cada vez que cambio de mundo, mi progreso en Duolingo desaparece.

—¿Y las ciudades son aleatorias?

—Tienen que ser sitios en los que podría haber terminado viviendo, creo. O sitios que me gustan, quizá. A ver, a veces me tocan Melbourne o Brighton y son un asco, pero supongo que terminé en ellas por amor o algo así. Singapur, alguna vez. También aparecí en Perth en dos ocasiones en 2020 y me quedé una temporada; la ciudad no me volvía loco pero era difícil no agradecer lo de: «¡Ahí va!, nadie tiene COVID y está todo abierto, vamos a tomar un brunch». Una vez me tocó Nueva York, que es una puta pasada de ciudad; los que viven allí se creen que es el centro del mundo y no lo es, pero están tan convencidos... Me encantó, me quedé varios meses, pero mi marido era un capullo y teníamos cucarachas en la cocina, así que... San Francisco la odié, Los Ángeles me encantó, siempre tengo la esperanza de aparecer en Buenos Aires o en Tokio, o en algún sitio que sea muy distinto, pero nada. Al menos de momento.

—Yo siempre estoy aquí.

En su casa, esperando a que baje alguien del desván.

—Es lógico, ¿no? No vas a despertarte una mañana y encontrarte con que el desván está en Bucarest, ¿no?

—Sí, pero... me gustaría un cambio, para variar.

Se lo imagina: cosas nuevas, mundos nuevos, elegir entrar en una vida diferente siempre que así lo decides, en lugar de tener que engañar a alguien para que lo haga por ti.

—¿Y qué pasa si subes sola? —pregunta Bohai.

—¿Sabes qué? —contesta Lauren—. Que no lo he comprobado. Siempre me ha parecido demasiado peligroso. Pero, si meto la cabeza, la luz se enciende y eso solo pasa con los maridos. Dios, igual debería hacer la prueba.

—Pues no sé —dice Bohai—. A ver, está bien, obviamente. Lo de viajar sin pasar por los controles de seguridad. Pero con tu sistema al menos conservas tus cosas, ¿no? ¿Todo lo que hay aquí es tuyo?

Señala la casa con un gesto del brazo.

—Algunas cosas. Otras serán tuyas.

—Sí. Ropa, algunos libros; cuando fuimos a la cocina vi una olla de hierro fundido que a veces tengo. Pero no siempre puedo contar con ella. Y nunca me entero de cómo funcionan los autobuses.

A Lauren le gusta tener a Maryam y a Toby en el piso de abajo con independencia del marido que le toque; y no es que haya ido mucho al trabajo, pero la reconforta saber que está ahí.

—Dicho esto —sigue Bohai—, hace unos años aparecí en una cueva. Nunca me habían tocado formaciones naturales, suelen ser desvanes, cobertizos o armarios grandes... El caso es que era una cueva con una puta cascada que caía en una laguna azul, hacía calor y teníamos una casa sobre pilotes en un lugar perdido. Jamás habría ido a un sitio así de no ser por el..., ya sabes.

Hace un gesto simulando una varita mágica aludiendo a un desván encantado o similar.

—¿Y no te quedaste?

—Qué va. Era un poco excesivo.

—¿Qué pasa? —pregunta Lauren—. ¿Que no te sentías capaz de adaptarte a una vida demasiado idílica con unas cascadas demasiado bonitas?

—Pues sí. Pero es que además resultó que estaba liado con mi cuñada y, después de quince días, decidí que no quería seguir con ello.

Lauren se recuesta en la silla.

—¿Que estabas liado con tu cuñada?

—Ya te digo. No sé en qué coño estaría pensando, ¿verdad? Aunque fue hace bastante tiempo, yo era joven. Últimamente no tengo aventuras, así que supongo que, en líneas generales, he aprendido la lección. Y, si sospecho que estoy siendo infiel, me voy a otra vida. Es una de mis reglas.

—De aquí querías irte —dice Lauren—. ¿Me estás siendo infiel?

Parte de ella habla en broma. Pero solo parte.

—No creo. Aunque tampoco me ha dado tiempo a comprobarlo. A veces es difícil saberlo, se me da muy bien borrar mi rastro.

Bohai se encoge de hombros con expresión contrita.

A Lauren le cuesta digerir tanta información; no deja de repasar frases en su cabeza en un intento por seguir todas las pistas.

—Dices que es una de tus reglas. ¿Cuáles más tienes?

—Oye, ¿te importa si como algo? No sé si habíamos cenado ya cuando llegué, pero estoy muerto de hambre.

—Claro —dice Lauren—. Buena idea. La verdad es que yo también.

Cae en la cuenta de que es más tarde de lo que pensaba, van a dar las nueve. Investigan juntos en la cocina, abren la nevera y los armarios. Bohai levanta la tapa de una gran olla esmaltada en el horno y vuelve a ponerla, le da unas palmaditas cariñosas. En un recipiente dentro de la nevera hay media *frittata*. Igual a Lauren le ha dado otra vez por prepararlas.

—¿Pedimos algo? —sugiere Bohai.

Lauren consulta su saldo bancario y no está del todo mal. No tienen cuenta conjunta; Bohai le hace una transferencia mensual y ella paga las facturas.

—Fenomenal.

Estudian las opciones.

—La pizza no está mal —dice Lauren—. Los *dumplings* tampoco, el sushi es malo, hay un sitio de hamburguesas que está bien.

Bohai sigue bajando.

—¿Y los burritos?

—Muy bien, pero cierran pronto, así que elige rápido.

Ha hecho esto mismo con muchos maridos, pedir comida a domicilio, conciliar los gustos de ellos y el suyo propio.

—¿Puedes conservar cosas cuando cambia el mundo? —pregunta Bohai mientras esperan a que llegue la comida—. ¿Tomar apuntes?

—Ojalá. No. Durante un tiempo hice una lista de nombres cada vez que estrenaba un marido, pero ahora me conformo con llevar la cuenta y memorizar los importantes.

Su cifra oficial es ciento sesenta, pero es probable que se haya saltado o contado a unos cuantos dos veces.

—¿Y tú?

—Ah. —A Bohai se le ilumina la cara—. Pues tengo una cancioncita y voy añadiéndole nombres. No la empecé hasta la pareja número treinta, así que el principio es algo impreciso y además hubo un mes en que iba de una pareja a otra a toda velocidad. Pero están las importantes.

—Así que una canción.

—Sí. —Se le ve encantado explicándose—. Son pareados, pero también la palabra que rima del segundo verso del pareado es la primera del siguiente, para que sea más fácil de recordar. Lo que pasa es que a veces no me sale y tengo que empezar un verso nuevo. —Carraspea—. Mierda, nunca se lo he recitado en voz alta a nadie. Canto fatal. Vale. Este es un trozo de la mitad de la canción.

> *Se llamaba Lachlan y vivía en Brizzy,*
> *Andábamos los dos siempre muy busy.*
> *Busy también con Affan el afanoso,*
> *pintando cocinas sin reposo.*
> *Desposé a Bea, joven todavía,*
> *y a Hayden III, que gruñía todo el día.*
> *Días pasé con tres o cuatro más,*
> *algunos sin nombre, Bim al final.*
> *Con Liz I quizá hubiera seguido,*
> *mas vivía en Adelaida, y eso lo ha impedido.*

—¿Cómo de larga es la canción? —pregunta Lauren.

—A ver, no tengo un verso para todas las parejas. Es más sobre el tiempo que pasé con ellas. No sé si me explico, tengo la sensación de que se lo debo.

Se encoge de hombros con expresión tímida.

Lauren empieza a pedirle detalles, pero llegan los burritos. Mientras comen, comparan sus experiencias: Bohai habla de sus peores comidas a domicilio y ella de sus maridos y las recetas culinarias menos inspiradas.

—Lechuga frita —dice en referencia a uno de los primeros maridos—. Una baguette entera rellena de queso y falso beicon calentada en el microondas; madre mía, qué asco. Ah, y luego muchos tienen una receta especial de salsa boloñesa. Que nunca es buena.

Por lo general, cuando eso ocurre, el marido ha tenido una novia italiana de la que aprendió la supuestamente auténtica y sin embargo chocante receta con un toque especial: anchoas (en dos ocasiones), salsa Worcestershire (en tres), café (en una) y suero de leche (también en una, particularmente asquerosa).

—Huy, sí, a mí también me ha pasado. Por ejemplo, la receta de una amiga del instituto llamada Maria cuya tía le ponía cilantro, o algo así.

—Escucha —Lauren se inclina hacia delante—, te vas a quedar unos días, ¿no? Puedo hacerte la cama en el cuarto de invitados y mañana llamamos al trabajo y decimos que estamos enfermos.

—Sí, por supuesto. Aunque solo sea por no tener que conocer a una esposa nueva esta noche. Tú has sido la cuarta, he tenido una mala racha. Todas tenían hijos.

—Y tú..., bueno, no importa. Vamos a prepararlo todo.

La cama del cuarto de invitados está sin sábanas supuestamente desde la visita de la madre de Bohai, pero en el armario hay ropa de cama. Lo que no encuentra Lauren es un pijama de hombre.

—La verdad es que suelo dormir desnudo —se disculpa Bohai mientras mira en los cajones—, así que puede que no tenga. Igual unos calzoncillos...

Lauren encuentra unos (al parecer, Bohai usa bóxers) y una camiseta y se los da.

—Es raro, ¿verdad? —dice Bohai—. No tengo problema para tumbarme encima de la cama desnudo al lado de una mujer a la que no he visto en mi vida, pero basta con que los dos sepamos lo que está pasando para que solo me apetezca ponerme el pijama y dormir en otra habitación.

Es cierto. Lauren ha tenido a muchos desconocidos en esta casa últimamente, pero este es consciente de serlo y eso lo cambia todo.

—Buenas noches —dice Bohai desde el cuarto de invitados con la puerta abierta—, que duermas bien.

—Tú también —contesta Lauren—. Oye, ¿has tenido más mujeres que se llamaran Lauren?

Bohai ríe.

—Creo que no. Pero sí una Laura.

—Algo es algo —contesta Lauren.

Es como tener a un amigo que ha venido a dormir, como estar de campamento. Si aguza el oído, lo oye respirar mientras se queda dormida.

24

A la mañana siguiente, Bohai llama al trabajo de Lauren y describe con todo detalle unas molestias gástricas. Lauren le devuelve el favor llamando a un colega en, por lo que deduce Bohai consultando su propio teléfono, un centro de adiestramiento de perros guía.

—Madre mía —dice Bohai—. No hay la más mínima coherencia en mis trabajos, joder. Si es que ni siquiera me gustan los perros. Con esos ojos.

—¿Me estás diciendo que no te gustan los ojos de los perros?

—Demasiado suplicantes.

Han ido a desayunar a una cafetería que está a quince minutos paseando de la casa, al final del parque. Son las once la mañana de un martes, así que hay poca gente y el tiempo es cálido para ser octubre; se sientan en una mesa de fuera, la luz del sol se cuela por entre los árboles a medida que pierden hojas. El parque se extiende delante de ellos: un lago, un niñito que corretea. Cuando apareció el primer marido de Lauren, el verano acababa de llegar.

Es mucho lo que quiere saber: ¿por dónde empezar? Entonces Bohai saca un papel.

—A ver —dice—, anoche no me podía dormir, así que apunté unas cosas.

Perfecto.

—Tú dirás.

—Vale. En primer lugar, cumplimos años, ¿verdad? —pregunta Bohai—. Para mí es difícil saberlo por lo de las vidas distintas, los estilos de vida tan diferentes. Pero, últimamente, casi siempre tengo estas. —Se inclina y se señala dos arrugas entre las cejas; son verticales, a diferencia de Lauren, que siempre tiene una horizontal—. Y también patas de gallo alrededor de los ojos, como si viviera en algún sitio con mucho sol. Es una de las ventajas de vivir en Londres. Menos exposición a rayos ultravioleta, menos patas de gallo de arrugar los ojos por el sol puesto que la puta luz del sol brilla por su ausencia.

Mientras hablan les está dando el sol, pero Lauren no quiere apartarse del tema.

—Yo también me veo cambiada a veces —explica—, pero, claro, solo llevo haciendo esto cuatro meses.

—Eso, cuéntame bien cómo empezó todo.

Lauren ha repasado innumerables veces los detalles en su cabeza: la fiesta, el autobús, Michael en las escaleras. También lo ha contado en voz alta unas cuantas veces, y siempre con malos resultados. Incluso ahora, mientras lo explica, parte de ella espera que Bohai la interrogue, le diga que se equivoca, se lo tome a broma.

Pero no.

—Sí —dice—, lo mío fue igual de raro, la verdad. Estaba en un viaje con amigos en una casa de campo, en Australia, claro. La casa era gigante, así que decidimos jugar al escondite. Y no es por presumir, pero a mí el escondite se me da de puta madre. Así que me apretujé detrás de un panel en el fondo de un armario y, cuando de pronto empezó un zumbido como de ruido estático, salí a toda prisa y me encontré con que vivía en la playa con una esposa llamada Margery.

—Vaya.

—Pues sí, fue de lo más desconcertante. He probado a alquilar esa casa un par de veces y meterme en el armario. Pero no pasaba nada. Solo que tengo que huir a un mundo nuevo antes de que mi marido o quien sea se entere de que me he gastado cuatro mil quinientos dólares de la tarjeta de crédito en unas vacaciones para mí solo en una mansión con viñedos.

La camarera les trae la comida y guardan silencio. Bohai coge sal, pimienta y kétchup de otra mesa.

—Siguiente pregunta —dice—. ¿Siempre te han tocado maridos?

—Sí. A ti en cambio las dos cosas.

—Más de la mitad han sido maridos. Lo que no…, en mi vida original salía con más mujeres que hombres, por eso me extraña que ahora sea al revés. Aunque hasta cierto punto es lógico, porque a mí el concepto de matrimonio no me entusiasma. Así probablemente me dejo llevar más en las relaciones con hombres. Hombres del tipo «nos casamos y a tomar por culo, solo para cerrar la boca a los que nos niegan, vamos a enfrentarnos a la desaprobación de las leyes establecidas y de doce de mis tíos». En cambio con las mujeres es más «el peso de la historia me conmina a casarme contigo, qué asco». No te ofendas. Porque tampoco puede decirse que no me caso lo suficiente. Cuatrocientas veces.

—Son muchas bodas para alguien a quien no le entusiasma el matrimonio —dice Lauren.

—Pues sí, creo que tengo que aceptar que el concepto de matrimonio en sí me entusiasma, pero que también me gusta ser de esas personas a las que, conceptualmente, no les entusiasma el matrimonio como concepto. Esta situación hace difícil que te engañes a ti mismo sobre tu forma de ser.

Bohai tiene unas cuantas cosas más en su lista, pero Lauren acaba de recordar algo de la noche anterior.

—Dijiste que tenías unas reglas para el matrimonio.

—Ah, ¡sí! Cuando creo que voy a durar un tiempo, hago las comprobaciones necesarias, me aseguro de que no hay infidelidades, niños o matrimonios de conveniencia. ¿Tú?

—Yo no tengo reglas aún, en realidad. Una vez me tocó un

matrimonio de conveniencia, pero él era una maravilla. De los cinco mejores maridos que he tenido. Y no quiero hijos, pero tampoco se me ha planteado la cuestión muy a menudo.

—¿No los quieres de momento o no los quieres nunca?

—Creo que nunca —contesta Lauren. Quiere a Caleb y a Magda, pero incluso dos horas con ellos le resultan agotadoras. Opina que ya hizo bastante de cuidadora durante la enfermedad de su padre. Por entonces Nat estaba en la universidad y su madre y ella tuvieron que turnarse durante seis meses antes de ingresarlo para cuidados paliativos—. Y parece que tú tampoco, ¿no?

Bohai agita la mano.

—No es eso. En realidad creo que sí quiero tener hijos. Bueno, no lo creo, los quiero. Pero también quiero poder decidir cuándo, ¿entiendes? No quiero que sea, en plan: «Ahí va, tengo tres hijos de seis años en este universo y supongo que los quiero mucho, así que debería quedarme porque, si me meto en el armario, desaparecerán». ¿No? Cuando dejas a un marido, él sigue con su vida, solo que sin estar casado contigo. Pero si tienes hijos, por lo menos biológicos, es imposible que existan si te vas, porque, si tú nunca has existido con esa pareja, ellos tampoco. Muy al principio, una de las veces que aparecí, me encontré con que mi mujer estaba embarazada, y no nos llevábamos bien, pero me sentía responsable por mi futuro hijo, en plan: «Será mejor que me quede, para que no se esfume». Pero hacíamos malísima pareja. Así que al final me marché antes de que naciera y..., no sé, no me sentí muy bien. Después busqué a la mujer y en su nueva vida tenía tres hijos, así que fenomenal para ella, pero evidentemente ninguno era mío. Así que ahora, si hay cualquier indicio de hijos, me largo lo antes posible, antes incluso de conocerlos, antes de saber si son hijastros o sobrinos o míos, o lo que sea. Si saco la cabeza y veo un Lego, la escondo inmediatamente. Supongo que así me pierdo posibles adultos aficionados al Lego, pero no se puede tener todo en esta vida, ¿no te parece?

Bohai esboza una gran sonrisa que, piensa Lauren, sabe que resulta encantadora.

—Dijiste que una vez te quedaste dos años, ¿no? —pregunta ahora.

La verdad es que no se lo imagina. Mejor dicho, no se imagina capaz de marcharse después de tanto tiempo.

Bohai asiente.

—Más bien un año y medio. Era en Sídney, lo que para mí siempre es una ventaja. Estaba casado con un tío que se llamaba Hanwen, nada menos, aunque en inglés usaba Jack. La verdad es que no he tenido demasiadas parejas chinas, supongo que por todo el tema de: «Oye, con este matrimonio desafío incluso a mi crítico interior». Pero estuvo bien.

—¿En qué trabajabas?

—Era el encargado de luz y sonido de una pequeña compañía de teatro, algo que obviamente era nuevo para mí. Pero era una época en que los teatros estaban empezando a abrir, a cerrar y a abrir otra vez, así que todo el mundo estaba desentrenado y conseguí pasar desapercibido. Luego tuve un estudiante universitario en prácticas una temporada y me ayudó mucho. Recurría a lo de: «¿Qué crees que deberíamos hacer? Dame opciones», que es algo que recomiendo muchísimo, una auténtica bendición.

—Muy inteligente por tu parte —dice Lauren.

—¿A que sí? Bueno, el caso es que estaba casado con Jack, que trabajaba en finanzas, así que yo era el marido trofeo y glamuroso, lo que, como supondrás, era buenísimo para mi ego. Teníamos una relación abierta, que no es algo que me vaya especialmente...

Lauren ríe.

—Y lo dice uno que ha tenido cien cónyuges en un año y se ha acostado con su cuñada.

—A ver, no estoy diciendo que se me dé bien siempre la monogamia, pero me gusta intentarlo. Si no, yo qué sé, me entran celos. El caso es que teníamos un piso maravilloso, en el trabajo me lo empecé a pasar bien en cuanto le cogí el tranquillo y Jack era genial, me gustaba mucho. Nos divertíamos. No discutíamos demasiado. A ver, jamás limpiaba la cocina, pero, si eso es lo peor que puedes decir de la otra persona, yo creo que el matrimonio funciona.

—¿Por qué te fuiste?

—Uf. —Bohai deja el tenedor—. Fue un poco lúgubre la cosa. Jack había quedado en recogerme después de una función y tuvo un accidente de coche. Bastante grave. Y pensé: a ver, yo soy una maravilla —hace un gesto como de admiración por sí mismo—, pero lo más probable es que, de tener que elegir, Jack prefiriera no estar al borde de la muerte. Y no sé qué habría pasado si se hubiera muerto antes de que a mí me diera tiempo a cambiar de universo. Si habría sido ya demasiado tarde. Así que decidí que era mejor resetear su vida.

—Vaya. Lo siento mucho.

—Gracias —dice Bohai—. En fin, a veces lo busco en internet y le va bien. Empecé a ir a un bar que le gustaba, hasta que un día coincidimos y pensé que sería como en los viejos tiempos, pero lo que pasó fue que me enteré de unos cuantos detalles referidos a escarceos sexuales de los que no hacía partícipe a sus maridos, eso te lo aseguro. ¿Y tú?

—Ah —dice Lauren—. Pues aún soy nueva en esto. Hubo un americano que me gustaba mucho, Carter, y creo que yo también le gustaba a él. A ver, supongo que les gustaba a todos los maridos, pero él parecía sinceramente contento de estar conmigo. Pero me despisté y subió al desván.

—Buf, madre mía, eso tiene que ser una putada —dice Bohai—. Perdón —se disculpa a una mujer que pasa en ese momento empujando un carrito con un niño de meses.

—A ver, es posible que no hubiera funcionado —dice Lauren—. Evidentemente una semana no es nada, comparada con dos años.

No quiere ni imaginar cómo se habría sentido si Carter hubiera subido al desván después de llevar dos años con ella.

—Tampoco es una competición —dice Bohai—. Si quieres, podemos estar tristes los dos por nuestros maridos.

Guardan silencio durante un minuto.

—La verdad es que no me apetece —dice Lauren.

—La verdad es que a mí tampoco.

—Dime —dice Lauren con entusiasmo renovado—. ¿Cuál es la habitación más rara en la que has aparecido?

—Huy —dice Bohai—. Pues había una llena de globos. Pero que me llegaban hasta las orejas. Y otra con ocho corgis. También hubo una en la que estaba mi mujer cortando mi ropa con unas tijeras de podar. Fue espeluznante.

—¿Pudiste averiguar por qué?

Bohai se encoge de hombros.

—Me di la vuelta directamente, pero, no sé, es probable que por una infidelidad. O por problemas de juego, me ha pasado alguna vez. Como te digo, ver la historia de tu vida cuatrocientas veces es un atajo perfecto para aprender de cuántas putas maneras puedes cagarla. Perdón —repite a la misma madre, que vuelve con su hijo.

—¿Damos un paseo por el parque? —dice Lauren.

Las mesas de alrededor se han llenado y no quiere hablar de estos temas donde puedan oírlos, incluso si Bohai no dijera tantas palabrotas.

Pasean hacia el lago con sus patos enclenques.

—¿Cómo decides cuándo quedarte?

Lo que está preguntando Lauren en realidad es: ¿cómo debería decidirlo yo?

Bohai se encoge de hombros.

—Todavía no lo sé. ¿Tú estás pensándolo? ¿Elegir uno y quedarte con él?

De forma inconsciente, Lauren ha estado en modo «tal como vienen, se van», pero estos meses de maridos efímeros se le han hecho largos. Está cansada de pasarse días saltándose el trabajo, comiendo en sitios que no puede permitirse y comprando cosas que no debería para después borrarlo todo.

—No sé —contesta—. Igual pruebo.

—En ese caso —dice Bohai—, ¿hay una papelería por aquí cerca? Porque vamos a necesitar muchos pósits.

25

Es un verdadero alivio. En varias ocasiones durante la semana siguiente, dejan lo que están haciendo para reírse o comentarlo en voz alta.

«Bonito apartamento. Me alegro de haber bajado de tu desván».

«Me encanta la enorme olla azul que has traído. Es mucho más bonita que la vajilla de cuadros del último marido».

Deducen que se conocieron por internet; no tienen amigos en común, tampoco comparten lugar de trabajo, ni vecindario ni aficiones, sus vidas casi no se han tocado.

—Pero no pasa nada, esto es más divertido —dice Lauren—. Estoy reconstruyendo a partir de mensajes de Elena, así que no te garantizo nada, pero... parece que te declaraste en ese parquecito que hay cerca de Liverpool Street, donde están todas esas placas recordando a victorianos muertos.

—Ah, claro, es lógico. Me chiflan esas cosas. «Madre, lo salvé a él, pero no me pude salvar a mí mismo». Si es que se me saltan las lágrimas. Seguro que ni lo planeé ni nada, que los pájaros cantaban y pensé: «No me creo que haya encontrado a alguien que quiera venir conmigo a ver placas heroicas».

—Madre mía —dice Lauren—. Me parece que no quiero oír el discurso que diste en la boda.

Buscan historias de desvanes y pasan la tarde leyéndose cosas en voz alta el uno al otro; a continuación hacen listas de sus requisitos a una pareja en los pósits que compró Bohai y las pegan en la ventana.

BUEN PELO, escribe Bohai en uno de los pósits, y a continuación añade: O NADA DE PELO. «Medias tintas no».

Lauren escribe BRAZOS en uno. DESTREZA INTERESANTE. QUE SEPA LO QUE QUIERE. USE PAÑUELOS AL CUELLO.

Googlean a sus exparejas más importantes. El Jack de Bohai está soltero y acaban de ascenderlo en el trabajo. Tiene una publicación reciente en su cuenta de LinkedIn sobre la importancia de la lucidez.

—«Lo que solemos olvidar sobre la lucidez —lee Lauren con voz rimbombante— es que solo se produce cuando hay precisamente eso: luz».

—Sí, ya lo sé —dice Bohai—. Evidentemente la palabrería de negocios no es algo que busque en una pareja. Pero en casa no hablaba así. Le echo de menos, echo de menos cómo sabía siempre que le estaba mintiendo, echo de menos sus trajes de chaqueta de tres mil dólares. —Coge otro pósit y escribe: QUE LE QUEDE BIEN LA ROPA DE TRABAJO—. Además —añade—, a ver si tu marido rico sale mejor parado.

Lauren busca a Felix, quien parece haberse casado con la niñera, o quizá con una mujer que se llama también Delphine. No tiene LinkedIn, lo que hace a Lauren sentirse un poco superior, y encuentra un vídeo de una charla que dio en un congreso que tiene treinta mil visualizaciones. Le da a Reproducir y es el colmo del aburrimiento, aguanta treinta segundos antes de que Bohai le pida que la silencie, pero, una vez se le quita el sonido, Felix resulta hasta cierto punto carismático, con su cara seria, gestos medidos, frecuente contacto visual, alguna que otra sonrisa profesional. Lo conectan al televisor y lo miran gesticular en silencio.

—¿Sabes qué? —dice Bohai—, que ahora sí lo entiendo.

Esta vez Michael está casado, pero no con la mujer que murió, y su hijo es un bebé diminuto de ojos enormes y rizos. Jason sigue con su negocio de jardinería; por lo que consigue averiguar Lauren, continúa soltero. Carter no está en Denver con su pareja acostumbrada, sino en Seattle con una rubia alta.

—Tú eres más guapa —dice Bohai—. Y él tampoco es tan atractivo, la verdad.

—Es que no es fotogénico —responde Lauren—. En parte es su manera de andar. La postura.

Bohai escribe QUE TENGA UNA FORMA DE ANDAR Y/O POSTURA SEDUCTORAS en un pósit y se lo enseña.

Entonces Lauren recuerda algo que leyó hace unos cuantos maridos, después de pasarse una mañana googleando: «Cómo decide la gente con quién casarse». Hace una nueva búsqueda y encuentra lo que buscaba.

—Oye —dice—, ¿has oído hablar del dilema de la secretaria?

Bohai dice que no.

—Vale —continúa Lauren—. Hace un tiempo estaba intentando decidir qué tendría que hacer si encontraba un marido que me quisiera quedar. Y resulta que hay alguien que ya ha hecho los cálculos. Unos cálculos que te dan la probabilidad más alta de encontrar tu pareja ideal o la secretaria ideal.

—Pero si son cosas distintas.

Lauren se encoge de hombros.

—Tú escúchame, empezamos por lo de la secretaria. Estás buscando la chica idónea...

Bohai levanta las cejas.

—¿Este señor de los cálculos es de 1952 por un casual?

—... y tienes un montón de entrevistas concertadas. Y, cada vez que terminas de entrevistar a una de las candidatas, decides que quieres contratarla. Pero tienes que elegir en ese momento. Si dices que no a una, no puedes recuperarla luego. Y, si no contratas a ninguna, tendrás que quedarte con la última, aunque sea horrible.

—Me parece que las entrevistas de trabajo no funcionan así, ni ahora ni en 1952.

—Ya lo sé. Pero ¿qué harías?

—Pues establecería unos criterios preliminares para contrarrestar posibles sesgos. —Bohai señala los pósits—. Llamas a quienes les han escrito las recomendaciones. O contratas por un periodo de prueba.

—Matemáticamente —explica Lauren—, deberías decir no al primer treinta y siete por ciento de candidatas, y sí a la primera que sea mejor que cualquiera de ellas.

Cuando Bohai se concentra, mueve los ojos hacia todos los lados como si mirara una lógica imaginaria.

—¿Cuál es el treinta y siete por ciento de infinito?

—Vale, es verdad. Espera, no —dice Lauren—. Tú te vas morir, ¿verdad?

—No sé por qué me dices esa grosería.

—¿Cuántos años tienes?

—Los que a ti no te importan.

—Soy tu mujer.

Bohai pone los ojos en blanco.

—Vale, tengo treinta y cinco.

—Pues digamos que vives hasta los ochenta y cinco, eso son cincuenta y cinco años de parejas.

—Dame hasta los noventa y cinco —dice Bohai—. Mi familia es superlongeva. En la mayoría de mis vidas conservo a todos mis abuelos.

Pues muy bien.

—Entonces tienes sesenta y cinco años de cónyuges a partir de cuando empezaste, y el treinta y siete por ciento de eso es… —Lauren abre la calculadora de su teléfono—, veinticuatro años. Y empezaste a los treinta, así que deberías seguir cambiando hasta…, joder, ¿hasta los cincuenta y cuatro? Luego te paras la primera vez que te toque alguien mejor que todo lo anterior.

Bohai gime.

—No pienso hacer eso. ¿Qué serían? ¿Doscientos matrimonios? Ya sé lo que dice el tipo ese de tus cálculos, pero yo ya he pasado por cuatrocientos matrimonios; puede decirse que me he hecho una idea aproximada de la clase de personas que... existen en el mundo. Emparejarme con otros seiscientos desconocidos no me va a descubrir nada nuevo.

—Vale —dice Lauren—. Entonces ¿quieres sentar ya la cabeza?

Bohai emite un ruido, puuuuf, y se sienta más recto.

—Sí —contesta—. Escucha, las cosas con Jack no terminaron bien, y solo han pasado unos meses, y estuve años en ese mundo, así que necesito la mitad de ese tiempo para recuperarme, ¿no? Creo que voy a tardar unos seis meses antes de empezar a pensar en salir con alguien en plan serio. En casarme en plan serio.

Lauren no sabía que lo de Jack fuera tan reciente.

—Pues sí —dice—. Es lógico.

—Pero claro que quiero parar otra vez —continúa Bohai—. Por supuesto. Quiero una vida en la que sepa dónde voy a estar la semana que viene. Quiero poder... reservar algo. Comprarme una mezcla de especias superexótica y tirarla a la basura tres años después porque ha caducado.

Pues claro que sí.

—Yo también —dice Lauren, mientras cae en la cuenta de que antes no estaba segura y ahora sí—. Lo que pasa es que tengo que encontrar el lugar adecuado donde parar.

Entre los pósits, las historias y el placer de poder hablar con franqueza, se olvidan de todo lo demás, incluyendo sus agendas respectivas. Así que se llevan una sorpresa cuando el domingo, a las siete y media, Rob y Elena se presentan en la puerta de la casa.

Lauren prepara una mentira, pero no necesita usarla. Bohai ya está dando explicaciones mientras ella recoge las notas pegadas en la pared.

—Perdonadme —dice Bohai—. Han operado a mi hermana de urgencia. No era más que apendicitis, pero nos hemos llevado un susto y ahora estábamos atentos a recibir más noticias y se nos olvidó que veníais. Pero justo acabamos de saber que ya ha salido de quirófano y está despierta y bien, le han quitado el apéndice. Lo único que igual ¡tenemos que pedir comida!

Es perfecto: una buena excusa, pero que no les amargará la velada. Si acaso la hará más alegre.

Lauren envía a Bohai un mensaje desde el cuarto de baño: «Rob y Elena. Elena es la de la despedida de soltera, se han casado este verano». Pero cuando sale se lo encuentra abriendo la botella de vino que ha traído Rob y riéndose de un chiste, totalmente convincente en su papel.

—Pues que sepáis que la madre de Rob —anuncia Elena durante la cena— piensa que, ahora que estamos casados, tenemos que empezar a procrear inmediatamente y cuando le dijimos que vamos a tener un perro nos miró como si la hubiéramos apuñalado. ¡Digo yo que se puede tener un perro y un hijo a la vez!

—Desde luego —está de acuerdo Lauren.

—El caso es que tenemos que ponernos las pilas, porque, si no, va a robar un óvulo y a gestarnos un bebé en el microondas, de la obsesión que tiene.

Elena mira expectante a Rob.

—Me parece… sensato —dice este.

—Y vosotros ¿tenéis novedades? —pregunta Elena.

—¿Sobre qué?

¿Tendrá Bohai que donar esperma? Pero no, Rob no tiene ese problema o Elena se lo habría contado en una de sus noches de borrachera. Elena sigue hablando:

—Sobre lo de los perros.

Ah. ¡Aaah! Lauren se acuerda del día que llegó Bohai y de cuando investigaron sobre su vida en Londres.

—Los perros guía —dice.

Bohai la mira y pestañea.

—Los que adiestras —añade Lauren— en tu trabajo.

—¿No tenéis ninguno encantador que haya suspendido? —pregunta Rob.

Lauren solo puede mirar a Bohai, pero este reacciona enseguida.

—Lo siento mucho —dice—, pero este año tenemos una cosecha extraordinaria. A veces intento enseñar mal a alguna perrita cuando los otros entrenadores no están, para ver si consigo que suspenda y podáis quedárosla, pero son todas demasiado listas.

Al final de la velada, cuando las visitas se han ido y la puerta está cerrada, Bohai se desploma en el sofá.

—Ay, Dios mío —dice—. Jodeeeer. Los perros. Se me había olvidado que tengo un trabajo aquí.

A Lauren también se le había olvidado. Se sienta en la butaca, apoya los pies en la mesa baja y busca.

—Aquí estás —dice mientras le enseña una fotografía de Bohai con tres bonitos perros en su iPad. Está ebria de victoria y de vino.

Bohai coge la tablet y encuentra otra fotografía suya con un perro.

—Desde luego no es el peor trabajo que he tenido. Una vez organizaba funerales. Y otra era vendedor de cosmética orgánica.

Lauren recupera su tablet.

—¿Cuál ha sido el universo más diferente de todos en los que has estado? —pregunta—. El cambio más drástico.

—Miro mucho las noticias —contesta Bohai—, pero nunca me he encontrado nada en plan: vuelve la megafauna, o Australia gana el Mundial, o el cambio climático se ha detenido y ya no tenemos que lavar los envases antes de reciclarlos. Lo que, por supuesto, tiene cosas buenas y malas, porque sería genial encontrarse un mundo menos jodido, pero al mismo tiempo es tranquilizador, significa que no podemos hacer nada contra las fuerzas de la historia y dedicarnos tranquilamente a ver *Mindhunter*.

—Pues sí. Pero *Mindhunter* en concreto no, por favor.

Bohai la mira pensativo.

—Oye, ¿tú crees que estamos destinados el uno al otro?

—¿Cómo? —dice Lauren como si no le entendiera, cuando lo cierto es que la idea se le ha pasado por la cabeza.

—Por lo que sabemos, somos las únicas personas en nuestra situación. Si fuéramos miles, alguien lo habría puesto por escrito, ¿no crees? Lo encontraríamos en alguna parte. Pero no, es como esa película en la que a una mujer trabajadora y de ciudad se le cae un árbol de Navidad en la cabeza y cuando se despierta está casada con un tipo de mucho mentón y descubre el verdadero significado de la Navidad y cuando vuelve a su mundo original todo es normal otra vez, pero entonces decide ir a pasar las vacaciones a casa de sus padres y se encuentra al tipo sentado a su lado en el avión y Santa Claus guiña el ojo. Ya sabes cuál.

—¿Cómo? No.

—¿En serio no la has visto? Pues luego la vemos, si quieres. Dios, me estoy liando, perdona. —Bohai deja el vaso en la mesa—. En realidad no hemos hablado de por qué estoy aquí, pero había pensado que igual estaría bien quedarme una temporada. No para siempre, no te asustes, no sé si estamos destinados a estar juntos y tampoco quiero dejarte sin tus maridos. Pero es agradable poder hablar del tema, ¿no?

Están casi seguros de que podrán seguir en contacto cuando Bohai se vaya, de que los dos se acordarán, se escribirán correos y se tomarán un café cuando Bohai pase por Londres, pero no lo sabrán con certeza hasta que lo prueben. Y estar juntos en este mundo tiene algo especial.

Sí que es agradable.

—Desde luego —dice Lauren—. Estaría genial.

Bohai parece algo nervioso, como si estuviera pidiendo demasiado.

—Igual me puedo quedar un mes o dos. Si no quieres, no pasa nada, claro, pero es que todavía estoy superando lo de Jack y esta pausa me viene fenomenal. Tampoco me quiero poner empalagoso, pero es agradable estar en un sitio donde no tengo que mentir constantemente sobre todo lo que es importante en mi vida.

—Me encantaría —contesta Lauren—. ¿Por qué no te quedas hasta Año Nuevo?

Bohai sonríe y Lauren tiene que reconocer que su sonrisa es bastante adorable.

—Perfecto.

26

Enseguida establecen una rutina. Bohai pasa mucho tiempo fuera de la casa: en parques, en bares, de fiesta con amigos a los que no conocía.

Participan en un torneo de trivia en un pub con Toby y Maryam. Toby concursa en las pruebas de banderas e historia; Maryam destaca en las preguntas de ciencias y arrasa en un test de idiomas con su combinación de farsi, alemán y términos médicos en griego y latín. Hay muchas pruebas con fotografías y, para sorpresa de Lauren, a Bohai se le da genial identificar ingredientes.

Van muy bien, pero la siguiente ronda es una lista de nombres verdaderos de cantantes y actores bajo el título: «También conocidos como…».

Estudian la lista.

—Pon Marilyn Monroe en todos —propone Bohai.

—¿También en Alphonso d'Abruzzo? —pregunta Maryam.

—A ver, una de las respuestas va a ser Marilyn Monroe seguro, y no queremos sacar un cero.

Lauren va a la barra. Es una pena que no se le den mejor los juegos de trivia, claro que al menos es capaz de llevar cuatro copas a la vez sin derramarlas. Pero, cuando llega a la mesa, las fotos han cambiado y esta vez son flores.

—Ay, espera, no, esta me la sé. Es un geranio —dice—. Capuchina. Hortensia. Esa no me la sé. Glicinia. Guisante de olor.
—Dos más que no conoce, y, a continuación—: ¡Ay, Dios mío, no puede ser!
—Es una rosa, ¿no? Hasta yo me la sé —dice Bohai.
—Es la rosa Pierre de Ronsard —dice Lauren.
Los otros tres la miran.
—Es una rosa trepadora. Al abrirse es rosa y después se vuelve color crema.
Toby tiene el lápiz en la mano.
—Igual es más seguro poner «rosa» a secas —sugiere Maryam.
—Es la rosa Pierre de Ronsard —dice Lauren con voz firme antes de coger el lápiz y escribirlo.
Resulta que tiene razón y reciben puntos extra de un admirado maestro de ceremonias, lo que no logra contrarrestar el hecho de que ninguno de los actores de la lista es Marilyn Monroe. Terminan en cuarta posición y ganan un bono de descuento del treinta por ciento en una cena de pub siempre que sea de lunes a miércoles antes de las siete. La velada es un éxito.
Bohai encaja a la perfección con los amigos de Lauren. Se apunta a grupos del barrio de los que esta no había oído hablar, visita una exposición en el centro de arte municipal, una noche se va hasta Walthamstow con Rob a avistar murciélagos en los humedales.
—¿Avistamiento de murciélagos, dices? —pregunta Lauren.
Bohai se encoge de hombros.
—Sí, creo que vamos a buscar murciélagos. ¿Quieres venir a comprobarlo?
Pues no. Lauren ni siquiera era consciente de que hubiera murciélagos en Londres, y la idea no la seduce.
Lauren trabaja casi siempre desde casa, solo va a la oficina un par de días a la semana, pero Bohai no parece tener responsabilidades diurnas. Lauren le pregunta si sigue llamando a su trabajo para decir que está enfermo.

—Qué va. Ya no. Más bien he dejado el trabajo. A ver, doy por hecho que me han despedido. No he hablado con nadie desde que llegué. Tengo algunos ahorros y, en cualquier caso, pronto me iré a otro universo. Sí cogí el teléfono cuando me llamaron y les dije: a tomar por culo, no pienso ir. Luego bloqueé el número. Creo que es bueno que sepan que los empleados pueden largarse en cualquier momento, así aprenderán a tratarlos un poco mejor.
—Desde luego —dice Lauren—. Esos perros guía son unos explotadores.

Es finales de octubre y casi todas las noches hay fuegos artificiales en el parque, en jardines, un frenesí de pop, pop, pop, bam. A Bohai le fascinan, le asombra que sea legal comprar pequeños explosivos por diversión.
—En Australia habría niños quemando bosques.
Como compañero de piso, Bohai es solo pasable, descuidado en algunas tareas y quisquilloso en otras, jamás hace el té, pero, con todo y con eso, es una delicia vivir con él. Se cuentan historias. Hacen chistes. Se gastan un dineral en un palco para un musical nuevo del West End a instancias de Bohai:
—¡Por favor! ¡Estamos en Londres! Quiero ver cómo hacen todos esos efectos de iluminación, ¡antes era mi trabajo! Y además nunca me da tiempo a sacar entradas para nada y, cuando las saco, para cuando llega el día del espectáculo yo ya no estoy.
De modo que sacan las entradas y desde luego los efectos de luz son impresionantes, pero, mediada la representación, Bohai susurra a Lauren al oído:
—Se me había olvidado que odio los musicales.
Lauren lo mira.
—Hemos pagado seiscientas libras por estas entradas.
—Ya —dice Bohai—. Igual ha sido una equivocación.
Así que una equivocación.

—¡Al desván! —susurra Lauren.
—¡Al desván! —susurra Bohai.

El jardín está hecho una pena, pero a la suculenta de la despedida de soltera de Elena le está saliendo un lóbulo y un día, a la hora de comer, Bohai recoge a Lauren en el ayuntamiento y van juntos a una floristería cara que hay cerca. Han seguido despilfarrando a lo loco y, pesar de la insistencia de Bohai, Lauren se siente incapaz de gastarse ciento ochenta libras en un árbol casi tan alto como ella; además, ¿cómo se lo va a llevar a casa? De modo que se compra una cheflera de tamaño mediano.
—¿Crees que puede ser peligroso en algún momento? —le pregunta a Bohai un día que están leyendo noticias en sus teléfonos.
—¿El qué? ¿Lo del zumbido y las luces?
—No, que te toque un marido malo. O una mujer mala.
—Ah, ya. Pues alguna vez sí. Pero es fácil huir de ellos, ¿no? Yo solo tengo que meterme en un armario. Para ti es más complicado. Pero por lo menos no pueden acosarte una vez se olvidan de que existes, tampoco estarás implicada en sus finanzas y, evidentemente, no estás enamorada de ellos, así que no tienes que luchar contra…, no sé, tus sentimientos.
—Es verdad —dice Lauren—. Supongo que no. —Vuelve a su teléfono y sigue bajando—. Aunque tampoco estoy segura —añade al cabo de un momento—. No dejo de pensar en aquella estadística. La de que hay más mujeres que mueren estando en casa con su pareja que caminando por la calle.
—Dios. ¿Es eso verdad? —Bohai coge su teléfono.
—Tampoco hace falta que lo googlees todo.
Se critican mucho el uno al otro, nunca en serio. Es por el alivio que da no tener que fingir, piensa Lauren. Y también porque pueden; porque es imposible que se peleen y no vuelvan a dirigirse la palabra. Comparten un secreto inmenso que nadie más conocerá ni creerá.

—Voy a crear una página para cuando alguien googlee «maridos infinitos» o «desván encantado» —anuncia Bohai—. Con una notita que diga: «Si estás atrapado en un bucle infinito de cónyuges, ponte en contacto conmigo».

Por alguna razón que desconoce, a Lauren esto le parece mala idea.

—¿Qué pasa? ¿Te preocupa que nos detengan por bígamos? —pregunta Bohai.

—Por ser cazadores de tiempo —dice Lauren—. Policía espacial. No sé. Nada, tienes razón, hazlo.

Bohai crea una newsletter con una sola publicación: «¡Hola! Un día me metí en un armario ¡y al salir estaba en otro universo y ahora vivo dentro de un ciclo sin fin de maridos y mujeres en versiones distintas del mundo! Si te ha pasado a ti también, mándame un correo».

—A ti no te he mencionado —le dice a Lauren—. Por si acaso.

—¿Te ha contestado alguien? —le pregunta esta al cabo de un par de días.

—Qué va. Pero no pienso eliminarla hasta que me vaya. Nunca se sabe.

27

En diciembre compran un árbol de Navidad, uno de verdad, calculando a ojo la altura del techo. «Siete pies, ¿no?», pregunta Lauren y Bohai se encoge de hombros y dice: «A ver, yo soy de sistema métrico, pero no los venderían si no cupieran en las casas, ¿no?». De manera que escogen el más grande que encuentran y tardan diez minutos en llevarlo a casa, tienen que parar varias veces para cogerlo de otra manera y maniobrar y casi se atascan en las estrechas escaleras de entrada que hay después de la puerta de la calle. Al final resulta que el árbol es demasiado alto para la casa y Bohai sugiere abrir la trampilla y dejar que la punta entre en el desván. Lauren es la encargada de poner la estrella en lo alto subida a una silla, porque no hay espacio para bajar la escalerilla. Así que se inclina y tira de la punta del árbol hacia ella con la otra mano dentro del desván, cuya bombilla se enciende igual que una estrella hasta que baja el brazo.

Es incomodísimo: el árbol ocupa la mitad del rellano, Lauren tiene que rodearlo para entrar en su habitación, el cable de las luces está enchufado en el salón (Bohai lo pega al suelo con cinta adhesiva, afirma haber sido regidor, pero no debía de dársele muy bien porque la cinta se despega cada dos por tres). Aun así. Es solo para un par de semanas. Lauren manda una fotografía y sus amigas simulan admirar la destreza de ambos, menos Nat, quien responde con un vínculo a una página sobre cómo ahorrar electricidad y evitar que el calor se escape por el tejado.

En una ocasión se besan después de salir una noche: van a un espectáculo de monólogos seguido de una pizza y cuando llegan al local resulta que sirven cócteles y que hay velada de música pop de 2010 en el sótano y, ya puestos, ¿por qué no? Cuando por fin salen, a las dos de la madrugada, en la calle hace mucho frío, pero Lauren sigue acalorada de la sala atestada con cien cuerpos en movimiento y es tan agradable sentir el aire en los brazos, la cara, ver cómo su aliento forma nubecitas. Bajan riendo la bocacalle hasta la parada de autobús y Lauren se vuelve para reírse de Bohai por lo que ha descubierto esta noche; y es que Bohai se sabe la letra, de cabo a rabo, de la canción de Enrique Iglesias *Tonight (I'm Fuckin' You)*, incluso la parte de rap. En ese momento, Bohai se gira también. Y no es exactamente un accidente, ambos saben lo que hacen, pero no lo evitan y al momento siguiente se están besando contra una pared. Lauren aún tiene demasiado calor para ponerse la chaqueta, de manera que nota el frío áspero de los ladrillos en contacto con la piel, allí donde tiene la camiseta subida por la espalda, y también la piel de Bohai en el aire, además de su boca, sus manos y su cuerpo caliente.

Se separan.

Y no cruzan palabra. Si reconocen lo que está pasando, tendrán que decidir si es buena o mala idea, y salta a la vista que es mala. Así que Lauren se acerca, más despacio esta vez, y Bohai hace lo mismo. Pero están tensos; Lauren lo nota. Y, pasados unos segundos, se aparta.

—Vale —dice—. No es buena idea.

—Mierda —dice Bohai—. Tienes razón.

Bohai odia Londres y ella tiene un apartamento allí, él quiere tener hijos y ella no, siempre deja los platos a remojo por la noche y Lauren odia que su querida olla esmaltada azul de hierro fundido ocupe tanto espacio. En alguna versión del mundo, se conocieron, no descubrieron de inmediato cada detalle e incompatibilidad y se casaron, y es posible que les fuera bien o no. Pero en este mundo ambos tienen demasiada información, ¡pero si hasta han llenado la casa de pósits describiendo la pareja ideal de cada uno, por el amor de Dios! Y saben que no encajan.

—No se me da bien ser amigo de mis exparejas —dice Bohai.

—A mí tampoco —contesta Lauren.

Y no pueden arriesgarse a no ser amigos. Por tanto, no pueden arriesgarse a ser exparejas. En consecuencia, no pueden arriesgarse a besarse en un callejón.

A partir de entonces, Bohai sale hasta tarde algunas noches. Siempre le envía mensajes alegres: «Divirtiéndome un rato, mañana te veo», y, en general, Lauren disfruta de tener la casa para ella sola para variar, y va todo bien, más o menos, aunque lo cierto es que no es fácil pasarse los días bromeando y compartiendo secretos con un hombre que le gusta lo bastante como para haber podido casarse con él, pero con el que definitivamente no puede acostarse.

Ella también podría salir por ahí. Una noche en que queda a tomar algo en un pub de Walthamstow con Rob y Elena, bebe demasiado y se pone a hablar con un desconocido; tiene la esperanza de quemar parte de su energía con este hombre que le explica con intensidad embelesada que un spritz hecho con Campari es vegano y uno con Aperol, no. Bueno, piensa Lauren, por qué no, hasta que Elena la saca de la conversación y le dice: «¿Qué coño haces, Lauren?», y entonces recuerda, con una punzada de humillación, que técnicamente está casada.

No hace más intentos. Pero una noche en que Bohai ha salido, se sube a una silla y saca la punta del árbol del desván y a continuación lo empuja entero, abrazando las ramas espinosas y dando patadas al tronco, hasta que lo desplaza medio metro y puede tirar de la escalerilla.

No es justo, piensa, que ella tenga que estar siempre esperando, atrapada eternamente en Norwood Junction, a que los maridos vengan y vayan y ella permanezca. No es justo que sus distintas vidas requieran de la colaboración de los maridos, que necesite embaucar, engañar o persuadir cada vez que quiera que se vayan. No es justo haber vivido aquí antes, en su antigua vida, y seguir aquí en la nueva.

¿Qué pasaría si sube al desván?

Toby subió aquella vez y no pasó nada. En otra ocasión llamó a un electricista y tampoco.

Pero el desván sí la reconoce a ella, igual que reconoce a los maridos, parpadea y zumba.

Debería avisar a Bohai, por si ocurre algo. Sabe que no le hará gracia, pero le manda un mensaje —«Hola, perdona, voy a probar a subir al desván»— y apaga el teléfono sin darle tiempo a contestar.

A continuación sube. Es una escalerilla normal y corriente. Sube unos pocos peldaños. Mete la cabeza por la trampilla. Está frío y oscuro, a pesar de que la bombilla se ilumina y las partículas del aire se convierten en electricidad estática. Lauren se detiene un momento con la cabeza en el desván y las piernas en la escalera, donde el aire está más caldeado.

Sigue subiendo. Un peldaño más, otro y, antes de que le dé tiempo a pensarlo, el último.

La luz de la bombilla pasa de un amarillo cálido a otro más intenso y, por fin, al blanco. Lauren siente un parpadeo a su espalda.

Un chisporroteo.

El zumbido del ruido estático se hace más agudo. Es casi un chillido. Huele a algo dulce, polvoriento y con un regusto a humo. La luz del techo chasquea, se apaga, y se vuelve a encender.

El olor se hace más fuerte y, cuando en la casa salta el detector de humo, Lauren retrocede hasta la trampilla y baja a toda velocidad, mientras la bombilla, aún encendida, pega otro chispazo antes de apagarse. El rellano es el que lleva siendo desde octubre, desde que bajó Bohai, y Lauren coge un paño de cocina y lo agita debajo del detector de humo hasta que se calla. Todo sigue igual.

Bohai llega una hora después. Lauren lo oye subir las escaleras y en el rellano de la primera planta, pero se queda tumbada en el sofá.

—Hola. —Bohai asoma la cabeza en el salón.

—Hola.

—¿No ha funcionado?

—Qué va.

Bohai se vuelve a mirar el rellano y hacia el desván. Lauren ha cerrado la trampilla. El árbol de Navidad está encorvado bajo el techo y bloquea parcialmente la puerta de la cocina.

—¿Prefieres... que me vaya antes de lo acordado? —pregunta Bohai.

—No —dice Lauren—. No es eso. Solo quería comprobar qué podía suceder.

Pasado un instante, Bohai menea la cabeza.

—Venga, vamos a salir un rato.

Es su solución a todo.

—Es la una de la mañana.

—La tienda de las patatas fritas horrible cierra a las tres —dice Bohai y le tiende el abrigo.

A la mañana siguiente, usan el cuchillo del pan para recortar la punta del árbol de forma que pueda estar erguido sin necesidad de abrir el desván y Bohai ata la estrella a una de las ramas.

La Navidad, cuando llega, es agradable. Lauren le regala a Bohai una caja de cohetes y él la planta gigante de la tienda cerca de su trabajo que no había querido comprarse por demasiado cara.

—Además, como me marcho el uno de enero, no te va a dar tiempo a matarla, no en una semana.

En Nochebuena van a cenar a casa de Nat. Se dan un atracón de comer y sacan regalos carísimos y entre aspavientos para los niños, una caja gigante de Lego para Caleb y una batería de juguete para Magda.

Cuando terminan de recoger, hacen Zoom con su madre, quien abre la caja de cien chocolatinas Twix que le ha mandado Lauren.

—Qué regalo tan raro —dice la madre—. ¿No sabías que en España también hay Twix? Y mucho mejores, porque los fabricantes españoles son muy listos y le añaden algo al chocolate para que no se derrita. No me va a dar tiempo a comerme todos antes del verano y, en cuanto haga calor, se van a convertir en un charco marrón gigantesco. Pero por supuesto la intención es lo que cuenta, cariño. Muchas gracias.

Ya en casa, por la noche, Bohai prepara dos sándwiches con sobras de comida.

—Entonces ¿tu madre no suele venir por Navidad? —pregunta.

—La verdad es que no —contesta Lauren—. Después de morir mi padre y de que yo terminara secundaria, vendió la casa y se marchó a vivir a España. No viene si no es estrictamente necesario. Aunque ha estado en todas mis bodas.

—¿Y tu abuela os dejó a Nat y a ti esta casa y vivisteis aquí juntas durante la universidad?

—Yo sí estaba en la universidad, pero Nat ya trabajaba.

Es extraño que Bohai y ella se conozcan tan bien y sin embargo haya partes importantes de sus vidas que no hayan salido nunca a relucir.

—Ah —dice Bohai—. Así que Nat era la adulta mientras tú aún estabas decidiendo quién eras. Por eso es tan…, ya me entiendes.

Lauren ríe.

—Sería lo lógico, ¿no? Pero ya era así cuando éramos pequeñas. Si acaso, cuando vivimos solas se relajó. Bueno, en realidad se relaja cuando las cosas van mal, y, cuanto más organizada parece mi vida, más órdenes me da. Así que tómate como un cumplido que nos haya regalado un juego de nueve mil táperes y un montón de consejos sobre cocinar un día para toda la semana. Significa que cree que mi vida va por buen camino.

Bohai le sirve su sándwich.

—¿Y tu hermana? —pregunta Lauren.

—Es muy simpática —dice Bohai—. Mucho más joven que yo, tenía cuatro o cinco años cuando me fui de casa. Así que no estamos unidísimos. Pero creo que te llevarías bien con ella. Hace eso que haces tú a veces de ponerte en plan supereducada cuando alguien dice algo que te parece una estupidez. Lo que viniendo de ti ya equivale a una crítica despiadada, pero cuando lo hace tu hermana adolescente es devastador.

Lauren no considera que eso sea un rasgo de su personalidad.

—Ajá —dice.

—A eso me refiero. Justo a eso. Igual es propio de las hermanas pequeñas. Lo verás si la conoces algún día.

Pero conocer a la familia de Bohai es algo que no va a ocurrir, y a Lauren la entristece.

En Año Nuevo bajan a casa de Toby y Maryam. Después de comer, encienden los cohetes de Bohai en el jardín trasero.

—Pero hazlo en vuestra parte del jardín —dice Maryam—, porque a saber lo que dirá el casero si descubre que hemos montado fuegos artificiales en su césped.

—Sí, no te preocupes —dice Bohai.

Lee las instrucciones tres veces y se pone unas gafas de natación por si acaso. Clava los cohetes en la tierra y enciende una de las mechas mientras los demás esperan detrás de una esquina. Lauren no ve lo que pasa, pero, después de un minuto agachado,

Bohai echa a correr hacia ellos. Mientras corre, suena un pip-pip-pip-pap y saltan chispas verdes, a continuación hay una columna de humo rosa, un siseo y una lluvia plateada. Una columna de humo gris azulado. Una raya dentada naranja. Una lluvia de motas amarillas. Una breve pausa; después, un silbido y cuatro o cinco bolitas de fuego rojo, una detrás de otra, desprendiendo chispas al subir y, por último, una nueva bola roja que sube en espiral antes de explotar en lo alto.

Finalmente, silencio.

—¿Los has encendido todos? —pregunta Lauren.

—Ha sido increíble —dice Bohai—. Increíble. Sí, los he encendido todos, ¿tenemos más?

Después de tranquilizarse con una copa de vino, los cuatro van a una fiesta en casa de Clayton, un amigo de Bohai. («Ni idea de quién es —dice este—, pero estamos juntos en un grupo de WhatsApp y parece que tiene una máquina de humo»). Durante la cuenta atrás para el año nuevo, Bohai y Lauren se esconden en el cuarto de baño para que a nadie le extrañe que no se besen a medianoche, aunque esperar de pie en un aseo oyendo a la gente gritar FELIZ AÑO NUEVO al otro lado de la puerta también se hace bastante raro.

A las tres y media de la mañana cogen un taxi.

—Pago yo —dice Lauren.

Para qué está el dinero.

Al día siguiente se despiertan a media tarde, resacosos, cuando casi ha anochecido. Bohai hace tostadas y mira a su alrededor.

—Me parece que debería hacer una maleta o algo.

Lauren no quiere que se vaya. Intenta que no se le note en la cara, pero no lo consigue.

—Ya lo sé —dice Bohai—. Pero tenemos vidas con las que seguir. Maridos que descubrir. Horas de sol a las que huir; no sé si lo sabes, pero en Australia ahora mismo es verano. Además, y esto no lo he mencionado antes porque no quería preocuparte, me he gastado mis ahorros y pedido dinero a prestamistas. No puedo explicarte hasta qué punto he jodido mi situación económica aquí, y probablemente también la tuya.

—La verdad es que algo me temía.

—Espero tener un plan de pensiones en mi próxima vida. Pero, oye —dice Bohai—, ¿y si...?

Lauren no necesita pensar si esto es algo que quiere, porque a estas alturas conoce a Bohai lo suficiente para saber lo que contestaría si le dijera: «Vale, muy bien, quédate y vamos a probar. Seamos extraños compañeros de piso», o incluso: «Vamos a casarnos de verdad».

—Si te quedas —dice, aunque sabe que no va a ser así—, tienes que dejar de quejarte del tiempo. Ya sé que hace frío, pero no es responsabilidad personal mía.

—No, claro, lo siento, vale, pero..., ya sabes.

Ninguna de sus palabras comunica en el sentido tradicional del término.

—Lo sé —dice Lauren.

—Vendré a verte cuando vuelva a Londres.

Bohai se ha aprendido de memoria el número de teléfono de Lauren; el suyo cambia mucho, pero conserva la misma dirección de correo electrónico desde la universidad.

Ahora es Lauren quien tiene dudas.

—¿Y si nos olvidamos, como les pasa a los maridos? ¿Y si no nos acordamos el uno del otro?

Recuerda una vez más cuando intentó contárselo todo a Elena, a Toby o a Nat, a su madre, y lo sola que se sintió aquellos primeros meses. No quiere volver a eso. Pero Bohai no contesta porque no hay nada que decir. Si se olvidan, pues se olvidan.

Apartan otra vez el árbol de Navidad. Entre dos es más fácil.

—Espero que te toque alguien que soporte tus..., ya sabes, problemas de personalidad —dice Lauren—. Y al que le guste vestir de traje.

—Lo mismo te digo. —Bohai tira de la escalerilla—. Bueno, menos lo de los trajes. Tú eres más de pañuelos y camisas arremangadas, ¿verdad?

—Pero las dos cosas a la vez, no. A la izquierda —añade Lauren cuando la escalerilla se atasca.

Bohai mira hacia arriba. Coge aire. Lo suelta. Vuelve a coger. Y acto seguido, más deprisa que cualquier marido anterior, sube por la escalerilla. Lauren espera que se pare a despedirse, pero eso no ocurre, así que les dice a sus pies:

—¡Cuídate! ¡Avísame cuando llegues!

Y Bohai desaparece.

28

Lauren mira a su espalda y espera pacientemente a que el mundo se modifique. Cuando da media vuelta, el árbol ya no está. Oye un estrépito procedente del desván. Piensa: ¿dónde está Bohai? ¿Se ha ido? Y acto seguido: ah, vale, o sea, que me acuerdo de él.

Oye su teléfono en la cocina, ping, y, cuando corre a mirar, se encuentra con un mensaje de texto de un número desconocido: «Lol Brighton no thanx» y la fotografía de un mar gris y un cielo también gris, que al poco desaparece. Unos minutos después llega un mensaje nuevo de otro número distinto. «Hola, estoy en Sídney, yuhuuuuuu», seguido de «no te mando foto del mar porque estamos a cuarenta minutos en coche en un barrio residencial profundo» y de la fotografía de una luna borrosa sobre tejados oscuros. «Mira la luna ya está donde debería, pero te echo mucho de menos Bsssss».

—¿Cielo? —oye desde el rellano.

Y cuando se gira ahí está. Su nuevo marido.

Solo que no es nuevo, es comosellame. El de la otra vez. El primer marido. Michael.

Al menos cree que es Michael. Ha habido muchos maridos que recordar y la mayor parte del tiempo que pasó con Michael estaba borracha, resacosa o una desagradable combinación de ambas cosas. Pero fue el primero, así que lo lógico es que se acuerde. ¿O no?

La primera pregunta es: ¿será él?

—Michael —prueba a decir.

—¿Sí?

La segunda pregunta es: ¿qué coño?

La tercera, que viene a ser un subconjunto de la segunda, es: ¿estoy en un bucle? ¿Quiere esto decir que pronto me tocará Jason? Si sigo rotando maridos el tiempo suficiente, ¿llegará un momento en que bajará Carter del desván?

Bohai nunca mencionó un bucle, pero es cierto que su acervo de posibles cónyuges es mayor que el de Lauren: más géneros, más países, más armarios. Es posible que ella haya agotado sus posibilidades, mientras que a Bohai aún le quedan mil por probar, qué suerte tiene el cabrón.

Michael sigue mirándola.

—Vamos al pub —dice Lauren.

—Es Año Nuevo. ¿Estará abierto?

Mierda, es verdad.

—Pues vamos al parque.

—¿No vienen a cenar Toby y Maryam?

¿Otra vez? Solo han pasado doce horas desde que los vio en el último universo.

—Es verdad —dice—. Pues entonces voy a salir a dar un paseo, a despejarme un poco. ¿Necesitas que compre algo?

—¿No estarán cerradas las tiendas? ¿Te encuentras bien? —pregunta Michael.

—¡Claro! Sí, estoy muy bien. Es solo que necesito pensar en… el año nuevo. Vuelvo en una hora, de sobra para la cena, ¿no?

—Supongo —dice Michael—. ¿Te va a dar tiempo a hacer el glaseado de la tarta?

Lauren mira en la cocina y esta vez se fija en un soporte metálico y una tarta redonda y de gran tamaño.

—Sí —contesta.

Siempre puede espolvorearla de azúcar glas.

Al doblar la esquina, descubre que el pub está abierto después de todo. Tienen apagada la máquina de café, pero pueden servirle un té, y se sienta fuera con el teléfono. Hace mucho frío.

Manda un mensaje al número de Bohai de Sídney: «Creo que estoy en un bucle». Entra en Facebook para comprobarlo: sí, Michael Callebaut. Retrocede en busca de fotografías y encuentra: huy.

«CÓMO??», escribe Bohai.

«No te preocupes —contesta Lauren—. Ahora te escribo, es un lío».

Las fotografías son distintas.

Ha visto un montón de fotografías de sí misma disfrazada de novia, pero una no olvida su primera boda retrospectiva. La falda abullonada, las flores que no reconoció la primera vez que las vio, pero que ahora cree que son peonias. El traje marrón de Michael.

Y, sin embargo, la boda que sale en Facebook es de dos años antes y Lauren lleva un vestido entallado en lugar de una falda con mucho vuelo; es de color blanco roto con un estampado de hojas verde pálido y, en lugar de una gran fiesta al aire libre, los novios están en una habitación con unas quince personas más.

«¿El mismo marido en una vida distinta? ¿Es posible? —escribe a Bohai adjuntándole una de las fotos—. ¿Boda de pandemia?».

«Huy, sí —es la respuesta que recibe—. Yo he repetido unas cuantas veces. Creo que pasa cuando los conocemos de otra manera, pero terminamos juntos igualmente. ¿Qué marido es? ¿Es de los buenos?».

«Michael, el primero, no estaba mal», escribe Lauren y comprueba los mensajes que ha enviado al marido: las consabidas listas de la compra, preguntas y respuestas sobre la cena. No está —y de eso sí que se acuerda perfectamente— la imagen de una pera con ojos saltones, ni siquiera cuando retrocede meses, a los días previos a la despedida de soltera de Elena, y más aún.

Así que de bucle nada.

Se dispone a escribir a Bohai cuando se encuentra otro mensaje suyo: «aquí 2 de la madrugada así que me voy a dormir pero buena suerte con Michael2: el regreso», e, instantes después: «mIIchael», seguido de: «no, michaeII, perdón», y, pasados dos minutos: «michaelBIS», momento en el que Lauren decide no seguir leyendo.

¿Qué significa eso de estar casada con Michael en dos universos diferentes?

Cuando se termina el té y vuelve al apartamento, Michael tiene una gran cazuela con salsa boloñesa al fuego. Otro marido con receta especial de boloñesa no, por favor, piensa Lauren, va contra sus reglas; pero adelante, que le ponga la cucharada de vinagre balsámico o la canela en rama o su carne picada alta en grasa. Lo cierto es que huele bien. Y el apartamento tiene un aspecto estupendo: ordenado, pintado en colores bonitos y alegres, y la muesca de la pared de la cocina está arreglada, igual que la primera vez.

No tiene ni idea de qué tarta ha hecho, pero encuentra una receta de ganache de chocolate en una pestaña abierta en el teléfono, chocolate encima del microondas y crema espesa en la nevera. Pues estupendo, oye, ¿por qué no? No pasa nada por probar. Abre sus listas de reproducción, encuentra una que se llama DICIEMBRE y la pone mientras templa la crema, y son canciones que no conoce, de chicas cantando al piano, y se pregunta si quiere decir eso que está triste, pero lo más probable es que simplemente hace frío y los días son cortos. Michael viene a dar vueltas a la salsa boloñesa y se pone a cantar el estribillo. Tiene una voz bonita.

La ganache no queda perfecta, es menos fina que la de la fotografía de la receta, pero Lauren prueba una cucharadita y sabe bien.

Toby y Maryam suben a las siete. Cuántas cosas sabe de ellos, cosas que hasta ellos ignoran, piensa Lauren. Pero siempre, en cada uno de los mundos, han estado juntos.

Y ellos a su vez deben saber muchas cosas de ella que ella también desconoce. Como el sabor que debería tener su ganache. Cuáles son sus aficiones. En qué trabaja, ya puestos. Si es feliz o no.

Y es posible que los desajustes y las asimetrías no sean una mala cosa, es posible que se compensen unos a otros, porque, cuando se sientan los cuatro en el salón a comer la boloñesa de Michael y hablar del nuevo año, lo pasan bien. Maryam relata las mejores anécdotas al más puro estilo *Duck Dinasty* de su guardia de Nochevieja, «nunca encontraron al lagarto».

Y la tarta no está nada mal.

El 3 de enero Lauren va a trabajar y descubre, para su sorpresa, que es su propia jefa o, más exactamente, la han ascendido y ahora es subdirectora de su departamento.

Está acostumbrada a empezar el año poco a poco. Pero esta vez todo son llamadas y reuniones de golpe. Recuerda el consejo de Bohai y emplea con frecuencia las frases «¿A ti qué te parece?» y «¿Alguna sugerencia sobre este tema?» con un aire que da a entender, o eso espera, que es una jefa benevolente y considerada que busca compartir el poder en lugar de una recién llegada perpleja que improvisa sobre la marcha.

La jornada está a punto de terminar cuando por fin tiene tiempo de charlar con Zarah, que deja de mirar su teléfono con cara de culpabilidad.

—¿Qué tal has empezado el año? —pregunta Lauren tratando de ser amistosa pero en un tono apropiado para una jefa.

—Bien —contesta Zarah—. Cogiendo el ritmo otra vez.

Lauren espera un momento a ver si Zarah añade algo, pero no lo parece y ella tampoco puede entretenerse, tiene una clase de HIIT en el gimnasio de la esquina. Ahora que busca un mundo en el que querer quedarse, necesita vivir la vida que se encuentra en él.

La clase es un horror y el entrenador la conoce y la anima usando su nombre de pila, lo que empeora las cosas. Pero una vez se recupera, se siente agradecida y algo sorprendida por la capacidad de su cuerpo, la facilidad con que se toca las puntas de los pies, la manera en que esta versión de sí misma ha ganado en flexibilidad y fuerza. Y al día siguiente, cuando llega a casa del trabajo antes que Michael, prueba a hacer el pino contra la pared, igual que cuando era pequeña. Sube las piernas apoyándose con los brazos en el suelo y, diez segundos después, las separa de la pared y las baja: primero la izquierda; la gravedad y el impulso hacen que la derecha la siga hasta que está otra vez de pie. Sube los brazos cual gimnasta triunfal.

Ha visto a muchísimos maridos. Quizá no al treinta y siete por ciento de todos los posibles, pero casi. Es probable que los suficientes para hacerse una idea fidedigna de lo que hay ahí fuera. Piensa en las listas que hizo con Bohai y en sus requisitos y los aplica a Michael. Vegetariano: no. Guapo: sí. La ve cuando la mira: sí. Parece llevar una buena vida con él: sí.

El 6 de enero, cuando están en la cama, Lauren se acerca y le besa, le coge el pelo y él tira de ella hasta tenerla encima a horcajadas y ríe, pero Lauren rueda hasta quedar ambos al revés y esa mañana descubre que en este universo es propietaria y hace uso durante el sexo de un vibrador. El aparato no acaba de entusiasmarla, pero su eficacia es innegable, como una olla a presión de orgasmos. Es posible que, al igual que con la olla a presión, haga falta práctica para sacarle el máximo rendimiento.

El 13 de enero Bohai está en Londres; Lauren llama al trabajo para decir que está enferma y quedan a tomar café.

«¿Y si no sale bien —le pregunta en un mensaje— y al juntar dos mundos lo destruimos todo?».

«Ya pero no creo y además tampoco nos enteraremos», es la respuesta de Bohai.

Quedan en el parque, donde desayunaron aquella primera mañana, y Bohai se retrasa un cuarto de hora, lo que le da a

Lauren tiempo de sobra para preocuparse, hasta que aparece por detrás y le toca el hombro. Lauren se gira, lo abraza y vuelven a estar juntos en el mundo.

—Guau —dice Lauren—. Estás... distinto.

—Ya lo sé, estoy horroroso y la única ropa que tengo son camisas grandonas de franela y leggins. Y este corte de pelo, ¡por Dios! A ti te veo genial, ese abrigo parece caro. ¿Eres otra vez rica?

—No nos podemos quejar.

—¡Hala! Eso de «no nos podemos quejar» es de rico acomplejado.

—¿Qué tal tu nueva vida? ¿Te vas a quedar mucho tiempo en Londres?

—Qué va —contesta Bohai—. Me voy después de este café, si es que no puede hacer peor tiempo. Además tenemos moho negro en el apartamento y, aunque no soy experto, tengo entendido que es malo. ¿Tú qué tal?

—Sigo con Michael.

—¡Anda ya! ¿El que apareció en Año Nuevo?

—Sí.

—Guau —dice Bohai—. Entonces lleváis casi dos semanas, ¿no? ¿Es amor?

—Bueno, lo que sí te digo es que cumple muchos de los requisitos.

—Así que es romántico.

Lauren ríe.

—Pues sí, ¡la verdad es que me gusta mucho! Y el apartamento está precioso. ¿Te he dicho que es arquitecto?

—Cuatro veces por lo menos.

—Y —continúa Lauren— sigo en el Ayuntamiento, pero me han ascendido.

—Si te digo la verdad, nunca he entendido muy bien en qué consiste tu trabajo.

—Normal —dice Lauren—. Porque es un aburrimiento. Pero,

si la cago, empeoro la vida de la gente. Y ahora puedo destruir la de más gente todavía si no tengo cuidado.

La sobrecarga de trabajo y la agenda llena de reuniones le están costando un poco, y tiene una solicitud de financiación que ha estado posponiendo, pero el puesto no es tan difícil, no le requiere una manera de comportarse y actuar completamente distinta y Lauren se siente sorprendida, orgullosa incluso de lo bien que lo está gestionando. Una noche se despertó angustiada por los objetivos de productividad de su equipo, pero logró tranquilizarse y quedarse otra vez dormida después de hacer una pequeña lista y recordarse que, si se le acumulaba demasiado trabajo, siempre podía cambiar de universo.

Bohai paga cafés para llevar y pasean en las inmediaciones del lago con sus vasos humeantes.

—Oye —pregunta Lauren—, si este fin de semana estás en Londres, ¿te apetecería venir a comer? Tráete a quien quieras, podemos decir que somos amigos de la universidad. Resulta que Michael cocina muy bien.

—No creo que vaya —contesta Bohai—. En Australia ahora mismo hace buenísimo, es que ni te lo imaginas. Calor, pero sin humedad, y la gente sigue aún en modo vacaciones. Y, si me salto diez o veinte vidas, seguro que consigo encontrar alguna en la que esté por ahí de viaje. En plan: aparezco en una caseta de playa directamente en la arena, con el mar delante y un marido con bañador Speedo tumbado en una toalla. Que con esto no digo que pasear por este barro congelado no sea una maravilla.

—Sí, sí, vale. Tú vuelve con tus arañas y tus rayos ultravioletas.

—Pero parece que dentro de poco va a cambiar el tiempo, a volverse húmedo y asqueroso, así que podría meterme en un armario y quedar la semana que viene.

—No me creo que vayas a abandonar tan deprisa al marido sexy con bañador Speedo —dice Lauren—. Pero la semana que viene me parece estupendo.

—¿Tú seguirás con Michael?

—No lo sé. —Le da vergüenza hablar demasiado por si se equivoca, por si la cosa no sale bien—. Igual sí.

—O sea, que no.

Lauren tiene el mentón y el pecho tensos de esperanza; ríe y los relaja.

—Mira, es un hombre agradable. No sé más.

Siempre ha odiado equivocarse, la idea de hacer algo que luego resulte un error irremediable. Y con Michael siempre intenta decidir qué es lo mejor y después lo hace. Intenta encontrar la manera ideal de ser.

—Pues suena fatal —dice Bohai y le da un empujón cariñoso con el hombro—, pero, si estás contenta, deberías cerrar el desván con llave.

Es lo que ha hecho Lauren, más o menos. Unos días antes se subió a una silla y sujetó la escalerilla con una cadena y un candado de modo que no pueda desplegarse del todo, después la empujó y cerró la trampilla. Si Michael tira de la escalera, esta solo se abrirá a medias. Claro que, si se lo propone, conseguirá subir al desván y, si no, ella tendrá que explicarle alguna cosa. Pero algo es algo.

—Eso casi equivale a una proposición de matrimonio —dice Bohai.

—Ya estamos casados.

—Me alegro mucho por ti.

—Solo llevo con él dos semanas —dice Lauren con la impresión de estar ruborizándose—. Ya veremos qué tal.

Pasan unas horas juntos y Bohai se marcha rumbo a una nueva vida.

—Nos vemos la semana que viene —dice—. Te escribo para decirte cuándo, pero igual el miércoles.

—Perfecto.

Cuando vuelve Michael a casa, trae zumo de naranja, limonada y pan blanco. Prepara a Lauren tostadas triangulares untadas de Marmite.

—Sé que te apetecen cuando estás mala.

A Lauren le remuerde un poco la conciencia porque ha almorzado a lo grande con Bohai y en realidad no está mala, pero ¡qué majo es Michael! En los últimos seis meses ha fingido muchas veces estar enferma y tenido ocasión de comprobar qué maridos le llevan cosas, a cuáles molesta no encontrarse la casa limpia a pesar de que Lauren lleva «allí todo el día», el que se toma su indisposición como una afrenta personal o se apresura a declarar que él también tiene catarro pero el suyo es peor. Especialmente odiosos son los maridos que se presentan con frascos de vitaminas o infusiones y le preguntan cómo se encuentra cada cinco minutos, esos que no le dejan fingir que está enferma en paz.

En cambio, Michael se sienta en una butaca a leer y se limita a levantar la vista de vez en cuando y sonreír a Lauren. Es posible que el desván supiera lo que hacía aquella primera vez.

Hay unas cuantas cosas que no le gustan. Los padres de Michael no están mal, pero viven bastante cerca y su madre tiene la costumbre de presentarse sin llamar antes con una bolsa de kumquats y la excusa de que estaban de oferta. Otra objeción, esta más difícil de justificar, es que el apartamento es «demasiado» elegante. La suculenta con la maceta que tan torpemente pintó Lauren ha quedado relegada a un estante del cuarto de baño.

Un estilo de vida tan distinguido y energético requiere esfuerzo. El trabajo es gratificante, pero más duro. El apartamento está siempre ordenado y, si Lauren deja algo encima de una mesa, Michael lo mira y lo guarda con un suspiro. Cada semana reciben un pedido de verduras, lo que en teoría es maravilloso, pero en la práctica Lauren no siempre tiene ganas de enfrentarse a un apio nabo nudoso o a una variedad superespecífica de calabaza.

Encima llama a su madre dos veces a la semana y hace a menudo de canguro de Magda y Caleb. Ya lo ha hecho tres veces y tiene otra noche marcada en su calendario de este mes. Quiere a sus sobrinos, pero la agotan.

—A Magda le ha dado por trepar —la advierte Nat en su tercera visita—. Trepa por todo lo que encuentra. Ayer subió un metro por las cortinas, igual que una alpinista en miniatura.

—Vale —dice Lauren.

La tradicional negativa de Nat a considerarla una mujer adulta responsable le funcionó las dos primeras veces para justificar no haber acostado a los niños a su hora o no haber sabido qué darles de comer, a pesar de que todo apunta a que Lauren los cuida con frecuencia, aunque ahora tiene la impresión de haberle cogido el tranquillo y no necesitar otro sermón. Pero al menos Adele confía en ella y arrastra a Nat a la calle.

—Ya está bien —le dice—, es una mujer hecha y derecha, organizó un rastrillo de recaudación de fondos en la guardería de Magda y sabe calentar un puré de verduras en el microondas.

¿Cómo que organizó un rastrillo? Pues va a ser que sí, a juzgar por unas fotos que encuentra.

«Es agradable encontrarte con que gestionas tan bien tu vida —le escribe Bohai desde un número distinto—. Bueno, me imagino».

—Son muchas cosas —le dice Lauren a Magda, que está golpeando piezas de Duplo con piezas de Duplo—. Está fenomenal, pero son muchas cosas. Al parecer, Michael y yo nos vamos a pasar el domingo haciendo y congelando caldo.

Magda encaja las piezas.

—Eso es —dice Lauren—. Muy bien. Sigue así, lo estás haciendo genial.

29

En el pasado se ha limitado a fluir de una vida a otra. Pero ahora no.

Hay un periodo, piensa, al principio de cualquier relación, en que el proceso de enamorarse ablanda la personalidad como si fuera cera en una habitación caldeada. De manera que dos personas enamoradas cambian, solo un poco, y se adhieren una a la otra como estatuas de cera, puliendo protuberancias, pero creando mellas aquí y allá. Ese periodo en el que el amor puede transformar suavemente quién eres no dura demasiado y en las relaciones que Lauren ha visitado durante los últimos seis meses ya había quedado muy atrás. Se ha encontrado a su nuevo marido ya formado y se la ha invitado bien a hacer lo necesario para adaptarse a él, bien a rechazarlo por completo.

Pero se está esforzando, esta vez sí se está esforzando. Siente que se está derritiendo y amoldando a esta vida mejor.

En un par de ocasiones se siente sobrepasada, por ejemplo después de una noche de hacer de canguro, y entonces avisa en el trabajo y dedica el día a dormitar o a jugar en su teléfono. Una vez se inventa un viaje de trabajo y se aloja en un hotel en la otra punta de la ciudad, queda para comer con Bohai, que ha vuelto, se dedica a ver vídeos de YouTube en la cama hasta las tres de la madrugada, se olvida de cenar, no se muestra cuidadosa y considerada con Michael, no se sienta con él para contarse cómo les ha ido el día ni compartir pequeños momentos (cenan siempre en la mesa, todas las noches sin excepción, jamás en el sofá con la televisión puesta).

Pero la mayor parte del tiempo sí lo hace, vive de acuerdo con los estándares que ha fijado otra versión de ella, los estándares de una persona todas cuyas decisiones están meticulosamente medidas y orientadas siempre a lo mejor.

—¿Estás bien? —le pregunta Michael una noche al cabo de tres o cuatro semanas de esta vida.

—Sí, ¿por?

—Como estás faltando a tus reuniones del club de lectura y a yoga por las mañanas...

Ah. O sea, que por eso le sale la palabra «libro» en su calendario los martes. Había supuesto que quería decir: tienes que leer más, y lo ha hecho, o al menos ha cogido libros y los ha abierto por la primera página.

—Estoy con poca energía —dice—. Es el invierno. Pero tienes razón, voy a retomar.

Aun así, es una buena vida. La que diseñaría un día que estuviera borracha y tratando de imaginar la mejor versión posible de sí misma. Hacer ejercicio cada mañana, saber cocinar tubérculos, pasar mucho tiempo con sus sobrinos, tener más contacto con su madre son todas cosas que Lauren está segura de haber incluido en listas de buenos propósitos en el pasado, y ahora las está haciendo.

Una noche van a una degustación de albariño en la vinoteca que hay cerca de casa de Rob y Elena y a Lauren le preocupa verse en la obligación de tener opiniones sobre vino, pero Michael resulta estar encantado de ocuparse de eso y dejar que el resto se concentre en beber. La velada tampoco resulta tan insoportable como se había temido; sí hay personas que aluden varias veces a un «aroma a arándano silvestre», pero la más entusiasta y emocionada es la propietaria de la vinoteca y los demás se limitan a decir: «Ah, sí, lo noto».

La cata termina a las nueve y media.

—Vámonos por ahí —dice Lauren mientras estira los brazos y agita los dedos para crear sombras en la luz de una farola.

—¿A dónde? —pregunta Elena.

—No sé. A un pub. O un karaoke. A bailar. A coger un autobús al Asda abierto veinticuatro horas de Clapham Junction.

—No podemos dejar tanto tiempo solo a Danny —le dice Rob a Elena; resulta que en este universo tienen perro—. Pero yo me ocupo de él, si queréis ir las dos a algún sitio.

—Hay un pub cerca de nuestra casa —dice Elena una vez se han ido los maridos.

Pero Lauren está casi segura de que están al lado de una heladería en la que hace dos o tres maridos perdió media hora. Bajan la calle; los árboles están podados en preparación para la primavera; tienen las copas desmochadas y cinco o seis gruesas ramas en el tronco apuntando al cielo igual que manos sarmentosas.

La heladería está más concurrida ahora que es de noche. Lauren se pide otra vez el helado de agua de rosas, pero esta vez no le dan chocolatinas gratis.

—¿Dónde estábamos el año pasado por estas fechas? —pregunta Lauren.

Sacan los teléfonos y lo buscan. Elena tiene fotos de sí misma en el espejo de su salón, vestida con un abrigo rosa de piel sintética que se compró por internet en las rebajas.

—Lo devolví —explica.

Lauren tiene una de Michael y ella aplicando lechada al cuarto de baño.

No sabe con seguridad qué estaba haciendo un año antes en su mundo original. Pero finales de enero suele ser una época sin energías ni dinero, así que nada divertido. Recuerda una semana de actualizar su currículo y pensar en buscar un trabajo nuevo y más dinámico y luego no hacerlo.

Esto es mejor, piensa, y se come otra cucharada de helado.

Una tarde sí arrastra una silla al rellano y se sube a ella para abrir el candado de la escalera del desván. No le da demasiadas vueltas, no se para a considerar lo que está haciendo. Michael no ha reparado en el candado, se ve que no ha intentado subir al desván, así que da igual si está o no puesto.

Además, se dice mientras tira de la escalerilla y comprueba que sigue funcionando, no es seguro tener el candado puesto. ¿Y si necesita subir a toda prisa por algún motivo? Por ejemplo, una invasión de perros labradores rabiosos.

Esto no significa que quiera quitarse a Michael de en medio. Solo está... dejando abierta esa posibilidad.

Y no se equivocaba; después de quitar el candado no sucede nada. Van dando un largo paseo junto al río hasta el British Film Institute para ver una película francesa de tres horas y media y tanto el paseo como la película son una maravilla, aunque, si hubiera dependido de Lauren, probablemente no habría elegido hacer las dos cosas en un mismo día.

En cualquier caso, no puedes devolver un marido porque te hace ser demasiado perfecta. Sobre todo si es uno al que —no está enamorada de él, aún no— se alegra de ver al llegar a casa, con el que le gusta estar en la cama, con quien el sexo, ahora que Lauren se ha acostumbrado a los accesorios, es excelente aunque algo solemne y con quien incluso disfruta cuando de vez en cuando le lee en voz alta un párrafo de un artículo de lo más informativo que está leyendo. Quiere ser mejor persona para él, para esta vida que han construido.

Ese jueves están en plena faena una vez más con el apio nabo —Lauren lo corta en grandes trozos angulares—, cuando llaman al timbre. Michael va a abrir y vuelve con Bohai, de nuevo en Londres y empapado por la lluvia.

—Perdón —dice—. Perdón, necesito ayuda.

—Me pareció que debía dejarlo subir —dice Michael—. Pregunta por ti.

—Ah, gracias —dice Lauren—. Bohai, ¿qué pasa?

Qué raro es esto. No le gusta. Y le gusta aún menos cuando Bohai dice:

—Es el marido.

—Vale. Michael, enseguida vuelvo.

Lauren se lleva a Bohai escaleras abajo y a la calle bajo la lluvia y cierra la puerta. «No se debe mencionar a los maridos delante de los maridos», piensa.

—¿Qué pasa?

—Pues mira —contesta Bohai—. He aparecido en un sitio nuevo, un vestidor. Oigo hablar al marido y creo que se dirige a mí o que igual tenemos invitados, así que salgo, como haría un marido nuevo normal. Pero resulta que está hablando por Zoom y yo estoy en el vestidor porque me he puesto a espiar su sesión de psicoterapia.

—Ay, Dios mío.

—Ya sé que debería haber vuelto directamente al vestidor, pero tardé un momento en comprender lo que pasaba y, para cuando el marido reaccionó a mi presencia, yo ya estaba cruzando la habitación. No sé, el caso es que igual está enfadado porque sería lo normal, ¿no? Porque mi consejo sería siempre no espiar las sesiones de psicoterapia de la gente. Pero ¿te acuerdas de cuando hablamos de los maridos malos?

—Joder —dice Lauren—. ¿Estás bien?

—Sí. A ver, no pasó nada, pero no me parecía buena idea quedarme. Lanzó cosas, pero no a mí directamente.

—O sea, que sí pasó algo. Te...

—Total —sigue hablando Bohai—, que me fui y estaba lloviendo y no llevo el teléfono y no sabía qué hacer. Así que salí a una calle principal y al rato encontré un taxi y le pedí que me trajera aquí.

—Ya —dice Lauren—. Muy bien hecho, claro que sí.

—Joder, menos mal que ha sido en Londres, ¿no? Imagina que hubiera sido en Francia o algo así.

—¿Quieres subir? —pregunta Lauren. Dios, va a ser difícil explicarle esto a Michael—. ¿Por qué no te quedas a dormir en el cuarto de invitados y mañana te acompaño?

—Pues no sé, igual sí. La verdad es que estaba bastante furioso. No creo que se ponga en plan a destrozar la puerta del vestidor ahora que no estoy, pero tampoco apostaría a que no lo haga. Y, si lo hace, no sé si podré irme. Así que por supuesto que me encantaría subir y jugar contigo y con tu chico al Scrabble, pero igual lo que debería hacer es volver al armario, ¿no? He pensado que igual tú puedes distraer al marido mientras yo entro corriendo. Al salir cogí una chaqueta y resulta que están mis llaves, gracias a Dios, porque podría ser mucho peor. No sé, no se me ocurre un plan mejor, lo siento.

—Vale —dice Lauren al cabo de unos instantes—. Muy bien, vamos para allá.

—Genial, gracias y perdona, pero ¿puedes pagar el taxi?

—Espera un segundo.

Lauren sube al apartamento: «Es un amigo de la uni, se acaba de mudar aquí y tiene una emergencia familiar», le dice a Michael, además de: «Luego te llamo». Le da un beso y Michael parece desconcertado y molesto —«Jamás me habías hablado de este señor»—, pero ya lo solucionará después. Una vez en el taxi, rechaza una llamada suya.

—Lo siento muchísimo —dice Bohai cuando doblan una esquina.

—No te preocupes. ¿Tienes el teléfono de este hombre? —pregunta Lauren—. ¿O sabes su nombre? —Quizá puede ella llamarlo y decir que Bohai ha tenido un accidente y mandarlo al hospital para sacarlo de la casa.

—No —contesta Bohai—. Lo siento.

—No te preocupes. Deja de disculparte. Ya veremos cómo lo solucionamos.

Se dirigen hacia Putney. Es una zona de la ciudad muy bonita: atisbos del río, parques, vallas de hierro forjado. La casa está en una calle sin salida y el taxi los deja justo donde termina. La lluvia ha dado paso a una llovizna intermitente. La calle está flanqueada por árboles y cuatros por cuatro. Bohai señala la casa, «es la de la enredadera gigante», y enseguida retrocede.

—¿De verdad que no quieres que vayamos antes a tomar una copa? —pregunta Lauren.

—No —contesta Bohai—, mejor resolver esto de una vez. Había pensado que igual podíamos usar el jardín trasero, pero, ahora que estamos aquí, me doy cuenta de que está totalmente rodeado de otros jardines traseros, claro.

—¿Y si —sugiere Lauren al cabo de un momento— llamo a la policía y digo que soy una vecina y he oído que pasa algo? Esperamos aquí y, cuando vengan, entras. Puedo decir que he oído disparos o algo así para asegurarnos de que vienen. Incluso si tu marido no se ha tranquilizado ya, no va a hacerte nada con la policía en la puerta. Y así puedes entrar e irte derecho a otro mundo.

—Sí —dice Bohai después de pensar unos segundos—. Vale, puede funcionar. Claro que me había hecho ilusiones de no tener que verlo. Pero igual es buena idea lo que dices.

Lauren recuerda a Kieran, quien probablemente no tenía nada de malo, y a ella escondida en el armario esperando a que se fuera.

—Dios —dice Bohai—, evidentemente no está bien escuchar a nadie mientras hace terapia, y es normal que alguien se enfade, igual es un marido estupendo y yo no lo sé. Pero, bueno, vamos a ello.

—No, tienes razón. Necesitamos un plan mejor. ¿Has dicho que tenías llaves?

—Sí, eso creo.

Bohai saca tres llaves en un llavero.

—Aunque podrían ser de una oficina o algo así.

245

Está oscuro y la mayoría de las casas tienen las cortinas echadas.

—De acuerdo —dice Lauren—. Voy a hacerle salir. Imagino que conseguiré entretenerlo cinco minutos, ¿vale? Si las llaves no son, tendremos que inventarnos algo. Me lo voy a llevar por esta calle y luego a la derecha, tú vete hacia el otro lado y busca un sitio donde puedas esperar y ver cuándo salimos.

Bohai mira hacia la casa y hacia donde tiene que ir.

—Vale —dice—. Muy bien, eso hago. Gracias y perdona. —Se toma un momento para prepararse—. Vale, voy.

Camina una manzana, se gira, le hace el gesto de pulgares arriba a Lauren y se esconde detrás de un árbol.

Ahora le toca a ella. Un año antes ni se le habría ocurrido hacer algo así. Baja la calle, coge aire y llama a la puerta. A continuación da un paso atrás. No hay necesidad de acercarse tanto.

Abre el marido. Pelo castaño, bigote algo ridículo. Jersey de punto. No tiene aspecto de alguien capaz de arrancar de cuajo la puerta de un vestidor.

—Hola —dice Lauren—. Soy Sarah, ¿eres...? —Sigue sin saber cómo se llama el hombre. Mira de reojo la pared—. ¿Es este el número treinta y uno?

—Sí —contesta el hombre despacio.

—Qué bien —dice Lauren—. Estaba dando un paseo y me he encontrado a un hombre sentado en el bordillo que dice que se ha hecho un esguince. Me ha pedido que viniera a buscarte. —Debería haberse preparado mejor—. Me ha dicho que se llama Bohai y que se ha dejado el móvil en casa, que su marido vivía en el número treinta y uno y viniera a pedir ayuda.

—Ah —dice el hombre tras un instante—. Gracias. Perdona por las molestias, siempre se olvida el teléfono.

—No tiene ninguna importancia. Está a un par de manzanas de aquí. ¿Te acompaño? —pregunta Lauren.

—Sí —dice el hombre—. Sí, claro. Espera un segundo. —Mira al cielo—. ¿Quieres pasar?

—No —contesta Lauren—. No hace falta, me gusta la lluvia.

El hombre desaparece y enseguida vuelve, esta vez con zapatos; coge una cazadora de uno de los ganchos de la pared.

—Es por aquí —dice Lauren y señala a la derecha, por otra calle fuera de la vista, mientras calcula mentalmente cuánto tardará Bohai en llegar a la casa. Diez, veinte, treinta. ¿Y si este hombre ha destrozado el vestidor y ya no funciona? ¿Y si las llaves no son? Imagina que tendrá que decir algo tipo: «Ah, pues hace un minuto estaba aquí», llevarse a Bohai al cuarto de invitados y, a partir de ahí, improvisar.

Setenta pasos, ochenta. Lauren acelera y adelanta al hombre para rodear unos cubos de basura que hay en la acera.

Entonces, mientras sigue contando, deja de oír pasos a su espalda y se gira para mirar. Y no hay nadie, nada.

Le llega un mensaje en el teléfono. Otra vez de un número desconocido. Lo saca y se encorva para que la lluvia no moje la pantalla. «Ya está, gracias mil».

«Perdona por todo, dame diez minutos para recuperarme y volveré a londres para explicarle todo a tu marido, ya se me ocurrirá algo».

Otro mensaje: «en praga, creo. Espero no ser un espía»

Y otro: «me has salvado la vida bsss lo siento muchísimo».

«Estás bien?», escribe Lauren antes de llamar un Uber. Tiene los zapatos empapados.

Cuando llega a casa, empieza a dar explicaciones a Michael —Bohai le ha dado siete ideas distintas de mentiras que pueden funcionar y le ha preguntado cuándo debe volver para ratificarlas él mismo—, pero Lauren decide que está demasiado cansada.

Y mojada.

—Antes de que te expliques, creo que debo decirte —anuncia Michael con una mueca rígida— que sé que no tenías ningún viaje de trabajo.

¿Cómo que viaje de trabajo? ¿De qué habla? Ah, de aquella noche que pasó en un hotel viendo vídeos. Se imagina explicando: «Estaba cansada de ser perfecta todo el rato. Me gustas mucho, pero ¿no has considerado nunca la posibilidad de comer patatas fritas en la cama? No estoy teniendo una aventura, solo quería tomar un tentempié y descansar».

—El hombre de hoy es un amigo. —Lauren explica primero lo más sencillo—. Acaba de mudarse aquí desde Australia. Su marido estaba furioso con él y podía ponerse violento, y necesitaba ayuda para sacar algo importante de la casa. Le he ayudado, pero sin ponerme en peligro, y él también está bien ahora.

—Pues me alegro de que esté bien —dice Michael con expresión de lo más infeliz—. Pero igual tengo que decirte también que hace un tiempo estuve mirando tu teléfono. Algo que ya sé que no debería haber hecho. Pero te lo dejaste en la mesa de centro y vi que te llegaba una notificación de un número sin nombre y decía algo sobre estar en Londres y quedar. Y últimamente estabas un poco rara y no me lo quitaba de la cabeza. Así que un par de días después, y una vez más lo siento, tendría que haberlo hablado contigo en su momento, pero el caso es que revisé tus mensajes y ese ya no estaba. Por supuesto podía haber sido spam.

Vaya, piensa Lauren. Joder.

Michael está deseando que pueda explicarlo todo. Y puede, pero la explicación sería: «Pues el mensaje era del tipo que has visto y habíamos quedado para hablar de lo mucho que me gustas y no lo borré para que no lo viera nadie, desapareció solo porque se metió en un cobertizo y se fue a un universo diferente».

Tiene la impresión de que no se lo va a tomar a bien.

—Me parece... —Hace acopio de energías para mentir—. Huy, ¿has oído? ¿Hay algo en el desván? Tenemos que seguir hablando, pero ¿te importa mirar antes?

Y Michael —el marido ideal, el perfeccionista, el superior a ella, el que le ha preparado una infusión de limón y miel para ayudarla a entrar en calor después de la lluvia— asiente con la cabeza; Lauren no necesita persuadirlo para que suba al desván.

30

Baja otro marido.

Lauren se siente triste. Porque es tristeza, ¿verdad? Deja la infusión de limón y miel, aparta un instante la vista y la taza desaparece. Y cuando aspira el aire del apartamento nuevo, que ya no huele a eso que le hacía pensar en yute, ese olor a buenas decisiones, la tristeza crece, le sube por la garganta y tiene que expulsarla con una exhalación. Y cuando el marido se gira y es alguien nuevo, un hombre cualquiera, Lauren se acerca y le roza los labios con los suyos.

Se lo queda unos días y luego pasa al siguiente, y al siguiente. Si Michael no pudo ser, entonces ¿quién? Busca un marido para toda la vida, no para pasar el rato; lo ocurrido a Bohai en el vestidor la ha llenado de determinación renovada. Es hora de ponerse a trabajar.

Un marido hace maquetas de trenes; tiene una vía montada en el cuarto de invitados y Lauren le echa un mano, pega casitas, las sujeta mientras se seca el pegamento y debate con él dónde exactamente debe ir un gato. Se divierte durante un día y al siguiente lo devuelve. Un marido lleva camisetas debajo de las camisas, algo que le gustaba en Carter pero se le hace raro en un inglés; o quizá es que le recuerda demasiado a Carter. Lo devuelve también.

Con un marido de finales de febrero descubre que hay azafranes plantados en el jardín y durante un tiempo deja de buscar y descansa en un mundo en el que alguien se ha molestado en sembrar bulbos en otoño. En el curso de una semana, las flores brotan y se abren. Son maravillosas. Pero el marido no le gusta; lo manda de vuelta cuando los azafranes empiezan a ajarse y comprueba que nadie ha plantado narcisos para marzo.

Un marido se teje sus propios calcetines. Otro tiene un en apariencia simpático hábito de consumir cocaína que por lo visto, comprueba Lauren escandalizada y también un poco divertida, ella comparte. Decide probar, se inclina e imita sus movimientos, y no le gusta, pero tampoco es que le desagrade. Unos días más tarde, sin embargo, los dos van a visitar a un amigo del marido llamado Padge, y, después de unas cuantas cervezas, el marido pregunta a Padge qué tiene para ellos y Padge saca de su nevera lo que parece un envase de helado dentro del que hay un manojo de bolsas de plástico; y eso ya es demasiado; Lauren está dispuesta a consumir drogas con su marido, pero no a mirar cómo las compra de un envase vacío de helado de vainilla de Sainsbury's marca Taste the Diference.

El siguiente marido le gusta, es un hombre algo más joven que ella llamado Petey, pero, cuando solo lleva dos horas con él, descubre horrorizada por un mensaje enviado a Elena un par de días atrás que ella —no Elena, sino ella, Lauren— está embarazada. La respuesta de Elena es: «Felicidades!!... o no?», y parece que después han mantenido una larguísima conversación por teléfono. El embarazo no puede estar muy avanzado y Lauren no consigue averiguar si se lo ha contado a Petey o lo está manteniendo en secreto mientras decide qué hacer. Es imposible que haya sido un accidente; aún le faltaban dos años para que le cambiaran el DIU. Siente curiosidad por saber cómo la convenció Petey de quitárselo, qué es lo que está pasando, de qué trató aquella larga conversación con Elena, pero no tanta como para seguir embarazada; se ha acostumbrado a distintos tonos de pelo, a descubrirse una cicatriz nueva, pero esto es demasiado. Manda a Petey de vuelta y, para curarse en salud, también devuelve a los tres maridos siguientes.

Llegan más maridos. Los devuelve. Y llegan otros más. A Alasdair lo conserva un tiempo porque le gusta su acento, ese suave deje de Edimburgo, y porque para la boda de un amigo se pone el kilt, que también le gusta mucho a Lauren. Se siente verdaderamente dolida cuando llega a la conclusión de que Alasdair tiene una aventura.

El universo siguiente es peor. El marido, Hōne, es de Auckland y Lauren pasa una velada encantadora con él viendo, gracias a Dios, no *Mindhunter* ni ninguna otra serie en la que van por el episodio cinco y Lauren tiene que fingir que se entera de algo, sino una comedia de gags que no requiere ni atención ni conocimientos previos. Pero, cuando va a trabajar al día siguiente, descubre que esta vez la infiel es ella. Al principio, cuando su colega en la tienda de enmarcación le roza la espalda al pasar, da por hecho que es un pervertido, pero, cuando se quedan solos a la hora de comer, él le coge la mano, la besa y dice: «Te he echado muchísimo de menos, es increíble cómo odio ahora los fines de semana». No. No le gusta la idea de ser alguien capaz de tener una aventura y bastante complicado resulta ya deducir cómo es su relación con un hombre, para tener que hacerlo con dos.

—Exacto —le da la razón Bohai en una de sus visitas a Londres—. De ahí mis reglas, como sabes.

—No sabes cómo lo odié.

A Lauren la ha sorprendido comprobar hasta qué punto. Y eso que no puede decirse que no mienta a los maridos.

—¿Qué haces tú cuando te enteras de que estás haciendo algo que no deberías? —pregunta a Bohai.

—Bueno, yo es que ya antes de que empezara esto tomaba muchas malas decisiones. Decisiones divertidas. Pero malas. Así que casi es más fácil cuando las ha hecho una versión distinta de mí, porque entonces piensas: «Madre mía, cómo ha hecho eso, qué puto idiota», en vez de: «Por qué he hecho eso, ¿qué me pasa, joder?».

Se ha disculpado muchísimo por el episodio del vestidor, pero por supuesto no fue su culpa, también lo de espiar detrás de la puerta lo hizo un Bohai distinto. Y cuando Lauren piensa que ahora podría estar haciendo yoga cada mañana, ser una entendida en verduras de primavera, participando por Zoom en un club de lectura y comiendo siempre y sin excepción en la mesa no se arrepiente de haber dejado todo eso atrás.

—O sea —concluye él—, que me estás diciendo: gracias, Bohai, cómo me alegro de que te casaras con un gritón que daba miedo y te escondieras en su vestidor igual que un pervertido.

—Tal cual —dice Lauren—. Pero no lo vuelvas a hacer.

El mundo sigue siendo verosímil mientras prueba más maridos. Dos de cada tres veces trabaja para el Ayuntamiento. Las vidas que más se alejan son aquellas con matrimonios más longevos; en una ocasión en que empieza su séptimo año de casada, se encuentra con que es peluquera. ¿Acaso tiene un talento natural que desconocía? Pero no. Después de un atracón de tutoriales de YouTube y de destrozar por completo el pelo a dos clientas, cambia de marido.

«¿Por cuál vas?», le escribe Bohai, y, cuando Lauren intenta contar mentalmente, descubre que es incapaz; a veces pasa de un hombre a otro con tal velocidad que su memoria los confunde. «195?», contesta, en un cálculo aproximado.

«Qué rapidez», escribe Bohai.

«¿Qué tal tú?».

«Estamos en un país que, como sabes, no me vuelve loco, PERO tenemos un emú de animal de compañía!!? Salí de un cobertizo y me encontré con este amigo». Manda un vídeo de un pajarraco de lo más desagradable con ojos como platos, zancudo y cuellilargo que gira la cabeza impasible.

Lauren decide que va por el Marido 196; o por ahí. A partir de ahora, se esforzará más por recordar.

El Marido 197 la encuentra con gripe; lo manda de vuelta con la esperanza de sentirse mejor con el Marido 198, y así es, pero la casa entera está pintada de marrón, así que también se deshace de él. El 199 es clarinetista, algo que Lauren descubre cuando se niega a practicar el sexo oral con la excusa de que tiene que descansar la boca para el día siguiente. Es una objeción tan específica que Lauren se pasa veinte minutos googleándola para decidir si es fundada, antes de concluir que no y que, por supuesto, es prerrogativa del marido, pero también podía haberlo mencionado antes de invitarla a lamerle sus excepcionalmente oscilantes testículos. Lo manda por donde ha venido sintiéndose un poco empoderada y también justiciera.

Piensa de nuevo en ese momento al principio de una relación, cuando las personas se amoldan y cambian, ese don de la mutabilidad temporal. En Elena, que despreciaba la telerrealidad hasta que empezó a salir con Rob y se tragó doce temporadas de *Supervivientes*. En Amos, que odiaba las redes sociales cuando estaba con ella, pero después empezó a publicar cada día fotos con su novia.

A Lauren no siempre le gustan las nuevas versiones de sí misma, pero la ayudan a comprender los contornos de quién podría llegar a ser.

Entonces le llega el turno al Marido número 200.

El piso está ordenado. Lauren se prepara para dar un beso de bienvenida. Pero el Marido 200 resulta ser Amos otra vez.

—Huy —dice Lauren y da un paso atrás.

—Ya está —dice Amos antes de dejar una bolsa en el suelo y plegar la escalerilla.

Ya ha tenido un Amos por un breve espacio de tiempo, muy al principio. Supone que los dos Amos decidieron no romper con ella, se mudaron al apartamento y en algún momento se dignaron a casarse. Este Amos ha sopesado sus opciones, deshojado la margarita, considerado rechazar a Lauren y, por último y es posible que a su pesar, decidido que es a lo máximo que puede aspirar.

Que te den, Amos, piensa Lauren.

Debería mandarlo directamente de vuelta, pero algo la impulsa a querer reequilibrar la balanza. Y antes de permitirse pensar que es mala idea, antes de caer en la cuenta de lo mucho que le va a costar que Amos suba al desván si deja de vivir en la casa, sonríe con dulzura y dice:

—Amos, cariño, no creo que debamos seguir viéndonos.

Amos frunce el ceño.

—Bueno, de eso van los divorcios, precisamente.

Lauren mira la bolsa que ha bajado del desván. Mira a Amos. Mira el apartamento que, ahora que se fija, no es que esté más ordenado, es que está más vacío de lo habitual.

¡Ahí va!, piensa.

Amos lleva una camisa entallada con estampado de grandes hojas de monstera sobre un fondo gris claro y barba calculadamente incipiente; Lauren reconoce el look; quiere que su exmujer lo encuentre guapo.

—Hicimos lo que pudimos —dice Amos con una media sonrisa.

—Ah, ¿sí? —contesta Lauren—. No me digas.

En su mundo, Amos rompió con ella cuatro años antes, cuando ni siquiera vivían juntos aún, así que deben de llevar solo dos o tres casados. De repente se enfurece; ¿cómo se atreve a presentarse en su casa solo para irse enseguida y con cara de saber que a Lauren la entristece que se vaya? Últimamente no piensa nunca en él. Ni siquiera se acuerda de qué hacían juntos, aparte de instalarse en un rincón e inventarse maneras de sentirse superiores al resto del mundo. No consigue entender cómo han podido tener una relación tan larga.

—Pues no sé. Lo intentamos, ¿no?

Qué magnánimo por su parte, piensa Lauren, intentarlo, no romper con ella por teléfono desde la cola de una montaña rusa que ahora sabe que ni siquiera es una de las cinco mejores del parque temático de Alton Towers.

—Lo intentamos demasiado —dice—. Deberíamos habernos rendido hace años.

—Oye, no te pases. —Amos tiene ese tonillo exasperante de reticente ecuanimidad—. Vamos a ser civilizados, ¿te parece?

Que te den, Amos, piensa otra vez Lauren, y lo dice:

—Que te den, Amos.

—Por eso ha salido mal —dice este—. Porque tú tampoco eras feliz. Lo que pasa es que no querías hacer nada al respecto, así que ahora el divorcio es solo culpa mía.

—Fuera de mi casa.

—Es un apartamento —dice Amos mientras coge la bolsa del suelo y otra que está a la puerta de la cocina—. Y sí, es tuyo, felicidades por haber heredado de una abuela rica, buen trabajo.

Lauren ha visto muchas versiones del apartamento y esta es casi la peor, piensa, ese salón verde oscuro con la pared principal forrada de un papel pintado con suave textura de plumas y lámparas de cerámica esmaltada que proyectan la luz hacia el suelo.

—Qué ganas de librarme de ese papel pintado.

—Lo elegiste tú, bonita —dice Amos.

Coge sus bolsas, cruza el rellano y desaparece escaleras abajo.

31

Busca en correos, mensajes y fotos en un intento por comprender lo que ha pasado.

En su vida original, Amos rompió con ella, se despidió en su trabajo, se dejó barba y se fue a vivir seis meses a Berlín. Luego volvió a Londres e intentó desesperadamente seguir en contacto con los amigos que tenían en común, como si quisiera dejar a Lauren sin ellos. En la versión actual del mundo, parece que, en lugar de hacer esas cosas, Amos siguió con ella, se instaló en la casa y se compró una moto.

No van a divorciarse aún; se van a dar un tiempo y se supone que dentro de seis meses o un año firmarán los papeles.

Lauren tiene la casa para ella sola.

Manda un mensaje a Elena: «Ha venido Amos a llevarse sus últimas cajas», y Elena pregunta: «¿Estás bien?», y Lauren contesta: «Por supuesto».

No hay un regreso a como era todo antes. Las paredes son un espanto, la alfombra de Ikea es una alfombra de Ikea distinta, hay una pequeña hilera de patos de porcelana en el alféizar.

Pero tampoco hay tantos cambios.

Y no tiene que dar cuentas a nadie.

Escribe al trabajo para avisar de que no se encuentra bien. Lo cierto es que se encuentra de maravilla, a gusto y rodeada de espacio, sin un marido que descifrar, sin cohabitación que negociar, ni reparto injusto de tareas domésticas por el que sentirse amargada o, con menor frecuencia, culpable. Mira el empapelado del salón y empieza a quitar cosas de las estanterías, a amontonarlas en el centro de la habitación; entonces cae en la cuenta de que son casi las cinco de la tarde y va corriendo a la ferretería a comprar un bote de la pintura blanca más satinada que tienen. De vuelta en casa, pinta con rodillo el papel decorativo. Tiene textura y la pintura no siempre penetra en las estrías, pero Lauren se emplea a fondo, da pasadas grandes, traza arcos de pintura lo más alto que puede; se sube a una silla y mancha por accidente un trozo del techo color crema, pero no importa. Pasa pintando una hora, dos. Escribe a Nat y a Toby y (después de consultar sus mensajes recientes para comprobar si tiene otros amigos) a alguien que se llama Taj y los invita a visitarla esa noche, la siguiente o el fin de semana, o la semana de después, cuando les apetezca, da lo mismo, no va a haber nadie en la casa, tiene la agenda libre.

El reinicio ha borrado todos sus mensajes a Bohai y no se sabe su número, que cambia cada dos por tres, así que le manda un correo a la dirección que ha memorizado. «Me estoy divorciando!! —escribe—. Espero que el desván no deje de funcionar?!».

Toby es el primero en llegar; llama a la puerta y sube a inspeccionar el salón con sus brochazos de pintura blanca. Después de un accidente con la alfombra, Lauren ha cubierto el suelo de sábanas.

—Nunca me gustó esa pared —dice Toby—, pero se supone que primero hay que quitar el papel.

Lauren intenta pintar encima de los surcos que crea el relieve del empapelado.

—Hay muchas cosas que se suponen. ¿Tú cambias de cepillo de dientes cada tres meses?

—¿Estás bien? —pregunta Toby.

Lo está.

Llega la misteriosa Taj.

—¡Taj!

Lauren la recibe con los brazos abiertos y sucios de pintura. Lo cierto es que le resulta familiar. Pelo negro que arranca en un pico de viuda, sombra de ojos verde brillante, ropa negra; entonces se acuerda. ¡Conoció a Taj en la boda de Elena! ¡Taj estaba casada con Amos! La abraza y dice:

—Madre mía, Taj, cuánto me alegro de verte.

Es asombroso que las dos hayan logrado escapar de un matrimonio con el mismo hombre, incluso si solo una de las dos lo sabe. Taj ha traído vino, que Lauren rehúsa pero Toby acepta.

Llega también Nat, acompañada de Caleb y Magda, y, aunque solo dispone de media hora, no se lanza inmediatamente a dar consejos sobre pintura y/o citas románticas, así que debe de pensar que Lauren está verdaderamente hecha polvo. Pero a las ocho aparece Elena, justo cuando se marcha Nat, con una bolsa llena de pan, queso, aguacates y a saber cuántas cosas más. Mientras lo corta todo en la cocina, Lauren recluta a los demás para que muevan el resto de los muebles al centro del salón y liberar así más paredes. No tiene más rodillos, así que no pueden ayudarla a pintar. Pero es agradable verlos. Los ha tenido desatendidos demasiado tiempo. Cómo se alegra de recuperarlos.

Los muebles apilados y los vapores de la pintura les impiden comer en el salón y la cocina es demasiado pequeña, así que se apelotonan en el cuarto de invitados, sentados en la cama individual y el suelo, con las dos ensaladas y la charcutería variada de Elena guardando el equilibrio sobre la silla de trabajo.

Mientras retiraba cosas de las estanterías del salón, Lauren encontró una foto de bodas. La mira, de cerca primero y después de lejos. Ella con vestido blanco hasta el suelo, traje oscuro para Amos, Elena de dama de honor con un tono melocotón nada favorecedor. Esta vez Lauren sí ha cambiado de apellido, lo que sería una auténtica pesadilla desde el punto de vista burocrático si tuviera que hacer los trámites de divorcio. Dicho esto, Lauren Lambert es un nombre excelente; es probable que lo adoptara solo por lo elegante que suena. Lauren Lambert. La exseñora Lambert. La glamurosa divorciada Lauren Lambert. Estar divorciada tiene un punto chic, decide.

—Oye —dice Elena—, ahora no te pongas a mirar fotos de boda. Igual podíamos quemarla. En plan ritual purificador.

—No —dice Lauren antes de soltar la fotografía—. No hace falta.

—Te veo muy bien —dice Taj—. Pensé que estabas teniendo una crisis nerviosa.

Elena se encoge un poco de hombros.

—No es por sacar conclusiones precipitadas, pero yo no recomendaría pintar encima del papel de pared y tampoco lo tomaría como señal de que no hay crisis nerviosa.

Lauren se nota un poco vehemente, quizá, algo eufórica, pero no es esa clase de euforia que precede al desmoronamiento. Es la emoción que le produce poder hacer lo que le gusta, no tener que deducir qué quiere hacer el marido, cuáles son sus expectativas, cómo se comportan cuando están juntos, cómo se reparten el sofá, cómo le gusta a él el té y en qué taza, si debe consultarle o no antes de invitar a amigos a casa, cuál es el cepillo de dientes de cada uno (algo que resulta una auténtica pesadilla con cada marido).

—Es que me encuentro muy bien —dice—. Ilusionada. Ilusionada por estar sola.

A la mañana siguiente sigue ilusionada cuando se despierta temprano pero comprueba que, gracias a que ha tenido la prevención de avisar en el trabajo que está enferma, su única obligación es volver a dormirse. Cuando por fin se levanta, recorre habitación tras habitación poniendo cosas donde no van, decidiendo.

Almuerza melocotón en almíbar y una cucharada de helado.

Pasea desnuda por la casa. Saca la escalerilla y asoma la cabeza en el desván, mira cómo se enciende la luz.

Deja el sofá y el resto de los muebles amontonados donde están; ya terminará de pintar al día siguiente, o el fin de semana. Sigue feliz de estar sola, y a la mañana siguiente vuelve a estar feliz cuando la despierta su propia alarma y no la de otra persona y puede dar la luz y rebuscar en los cajones haciendo todo el ruido que quiere y sin tener que pensar quién se ducha primero.

Quizá se quede en este mundo una semana. Quizá para siempre. Va al ayuntamiento a trabajar; entra en la oficina, saluda a todos y está encantada de verlos. A la hora de comer, da un paseo por el barrio y se compra la planta gigante de ciento ochenta libras que le regaló Bohai por Navidad. Casi no puede con ella, con un brazo sujeta la maceta y con el otro rodea el tronco, pesa mucho y, cada vez que cruza una puerta, tiene que girarse para no estropear las hojas. Subir con ella a un tren en hora punta es impensable, de manera que se sienta a la puerta de un Pret A Manger hasta que cierra, a las ocho, y se pide tés para entrar en calor con la planta en la silla de enfrente.

Ha tomado nota de las instrucciones que le han dado en la floristería de cómo cuidarla. Le encanta la idea de ocuparse de las enormes hojas, le gusta la incomodidad manejable de esta planta grande y delicada que precisa de sus cuidados, que tal vez llegue a ser más alta que ella un día, pero que nunca le dirá: «¿Has visto mis calcetines?», o: «¿Esa copa de vino no es ya la tercera?», o: «¿Te he dicho que viene mi padre?». Que, de hecho, no le dirá nada, nunca. Sube con ella las escaleras y tiene que parar cada dos por tres para descansar, hasta que por fin la coloca cerca, pero no pegada a la ventana, entre pilas de libros y cajas que aún no ha devuelto a las estanterías. No le pone nombre, pero sí dice: «Aquí te quedas, colega». ¿Había pronunciado alguna vez la palabra «colega» en voz alta? Opina que suena bien. Eh, colega. ¿Quieres agua, colega? Vamos, colega, anímate.

Incluso mira el precio del atomizador de cobre que tenía en casa de Felix, pero cuesta ochenta libras y su colega la planta no lo va a apreciar. Vacía un frasco medio usado de espray texturizador con sal marina para ondas surferas pasado de fecha y también de moda, lo llena de agua y rocía con él la planta. Venga, colega. Absorbe esta agüita. Tú puedes. Ahueca esas hojas verdes lustrosas.

Le entra un mensaje: otro número desconocido, la última actualización de Bohai sobre su ciclo de cónyuges. «Quién necesita tantos putos floreros» y una fotografía de diez jarrones, transparentes, rosas y verdes, y de un aparador con otros siete u ocho de cerámica.

Esa noche, Lauren duerme en el sofá rodeada de sus objetos amontonados y con las cortinas abiertas para despertarse con la luz. Y sigue ilusionada.

32

—Se tarda un tiempo en asimilarlo —dice Taj un día que han salido a tomar una cerveza carísima junto al río—. No sé, cariño, es tu primer divorcio. Quiero asegurarme de que estás bien.

Lo cierto es que Lauren lo está. En los años anteriores a que el primer marido bajara del desván, Lauren había notado el peso de su soltería prolongada. Ser feliz soltera era como algo obligatorio, una declaración de feminismo, de independencia, o simplemente un argumento para callar la boca a amigas con pareja a quienes no quería dar lástima. El peso de esa obligación en ocasiones le había dificultado decidir cómo se sentía en realidad.

Pero ahora está otra vez soltera, en lugar de todavía soltera. Se pasa una hora leyendo en la bañera con la puerta abierta y se hace el propósito de repetir a menudo. (No lo hace, pero podría si quisiera). Se masturba cuando le apetece, sin necesidad de pasar de ahí al sexo o de darse prisa para que el marido no se entere. Cena al llegar del trabajo, o a las once de la noche, o dos veces, o no cena. Baja a visitar a Toby y Maryam, o solo a Toby mientras Maryam está trabajando, y vuelve al cabo de una hora y disfruta de los placeres de la soledad. Después de tanto marido, ya no tiene que preocuparse de si no está hecha para la compañía humana; puede dejarse el portátil abierto en el otro lado de la cama, «sí, seguir viendo, no pausar», sin preguntarse si volverá algún día un hombre a tumbarse allí.

También disfruta de la amistad de Taj. En su vida original no pasaba demasiado tiempo con personas solteras: Elena, Maryam y Toby, Nat, incluso Zarah, del trabajo, tienen pareja. Y los amigos con pareja están bien, pero es distinto. Lauren no está segura aún de cómo ha conocido a Taj, pero ha debido de ser a través de Amos, y es fantástico que este las haya juntado y a continuación dejado tranquilas.

Escribe a Bohai: «¿Qué tal todo? Yo sigo soltera, me encanta. Qué grande es la cama cuando no hay nadie más en ella».

Bohai contesta: «Ya te digo. Mi mujer ha tenido una aventura y se ha ido a casa de su hermana mientras decido si "la perdono", debería meterme en el armario y devolverle el apartamento, pero es Tan Agradable tener una casa para mí solo...».

Lauren escribe: «Eres un marido pésimo».

Y Bohai: «La que ha tenido una aventura es ella».

Lauren le manda una foto de su planta gigante, que sigue siendo el único elemento que ocupa un lugar escogido en la habitación, rodeado de un caos de muebles. Le encanta.

Un martes cae en la cuenta de algo: podría salir con hombres.

En los años transcurridos entre Amos y los maridos no tuvo demasiadas citas. Claro que la pandemia las imposibilitó durante un tiempo. Cuando volvió la vida nocturna, salía sola de vez en cuando y esperaba a que un hombre la abordara; después, en función de cómo fuera la conversación, se lo llevaba a casa o, la mayoría de las veces, iba ella a la de él, porque, según había leído en alguna parte, así corres menos peligro de morir asesinada: nadie quiere terminar con un cadáver en su casa. No volvía a ver al hombre, como si aislando esa noche del resto de su vida pudiera evitar considerarla una mala decisión.

Tener una cita había empezado a parecerle imposible, como la primera visita al dentista después de años sin ir; a saber qué problemas, gastos, caries van a aparecer, ¿cómo de mal preparada estará para una relación? Había empezado varias veces a crearse un perfil en una de las aplicaciones de citas, pero siempre abandonaba a la mitad, horrorizada por el proceso de tener que decidir quién eres y qué buscas. Mejor convencerte de que eres feliz con lo que tienes que buscar otra cosa y quizá fracasar.

Pero ahora, en comparación con la intensidad de Michael, Iain, Rohan, Jason y una docena de Davids, un par de citas sin demasiada presión deberían ser pan comido.

Tanto Toby como Elena están demasiado emparejados para mantenerse al día de las distintas apps, pero Taj sabe lo que se hace, de modo que el sábado Lauren queda con ella en el parque que hay cerca de su casa.

—¿Seguro que estás preparada? —pregunta Taj—. Hace un mes andabas llorando por los autobuses. Durmiendo en mi sofá porque tu piso vacío te angustiaba. Te pasaste dos días y medio viendo GIF de bebés elefante.

—Estoy preparada —contesta Lauren.

Cuando ocurrió todo aquello estaba viviendo otra vida; no recuerda ninguna de esas lágrimas. Piensa en la teoría de que superar una ruptura requiere la mitad del tiempo que duró la relación. Su primera relación con Amos terminó años atrás y la segunda duró veinte segundos, así que lo más probable es que esté preparada.

Taj suspira.

—Vale. Necesitamos un primer plano, otro de lejos, una foto haciendo algo que te gusta, en una fiesta para que se vea que tienes amigos. No puede ser una en la que hayas recortado a Amos. Da mala suerte.

Lauren posa mientras Taj le hace fotos.

—A ver, quítate el abrigo para hacer primeros planos y que no parezca que son todos del mismo día.

Taj se sube a un saliente para tener mejor ángulo, levanta el teléfono y Lauren se queda en la acera y se aparta de un salto cada vez que un ciclista le toca el timbre.

Más tarde, en el apartamento de Taj, se pone uno de sus vestidos de lentejuelas, que le queda grande, pero lo sujetan en la espalda con una pinza metálica y Lauren se recuesta contra la pared y aparenta naturalidad.

—No sé —dice Taj—. La pared queda muy pared. Vamos a probar en el pasillo, es más fácil que parezca un bar.

Así que Lauren posa con el fondo de hormigón oscuro de la escalera, unas luces de discoteca conectadas al portátil de Taj y subida a los peldaños que conducen al piso de arriba.

—¡Da un sorbo! Vale, ahora ríete. No, deja la pajita. ¡Pon cara relajada! ¡Mira a la izquierda! ¡A la derecha!

Por las escaleras baja un hombre con camisa azul.

—¿Os divertís, chicas?

—¡Sí, gracias! —contesta Lauren y lo sigue con la mirada mientras se pregunta: ¿y este? ¿Saldría con él?

Las fotos son ridículas, pero las seleccionan juntas, cortan, editan el color y crean una cuenta y Lauren trata de escribir una bío. «Hola —escribe—. Estoy aquí porque me apetece tener citas».

—Suena a perfil falso —dice Taj.

—No soy un perfil falso —replica Lauren.

—Total, nadie se lee las bíos —dice Taj.

Empiezan a mirar hombres.

—¿Cuál es tu tipo? —pregunta Taj.

Lauren tiene tantos criterios, ha escrito tantas notas en pósits, se ha documentado tanto, se ha casado con tantos hombres... ¿Cuál es su tipo? Depende, ¿de cuánto tiempo dispone Taj para escucharla? Claro que esta vez no busca marido. Solo un hombre agradable con el que pasar algún que otro rato.

—Uno con una afición. Como, por ejemplo, que le guste hacer ganchillo. O tenga una de esas mesas enormes con montañas de mentira y dragoncitos que se pintan y luego usas para jugar. O... que haga esculturas de hielo.

Le gusta que los maridos tengan aficiones porque los mantienen ocupados y la ayuda a diferenciarlos. Doce maridos televidentes se confunden los unos con los otros, veinte maridos que juegan a videojuegos en el cuarto de invitados son todos iguales, un marido ebanista destaca sobre los demás. Pero, además, le gusta que a un hombre le importe una cosa, se enfrasque en ella, se arremangue, guiñe los ojos o se muerda el labio, se concentre en los detalles.

Taj suspira.

—No te estoy diciendo que no te interese salir con alguien a quien le gusta Warhammer, lo que sí te aseguro es que no te interesa alguien tan obsesionado con Warhammer que lo mencione en su perfil para ligar.

—Quiero alguien que disfrute con cosas —dice Lauren—, alguien que se lo pase bien.

Sabe que eso apenas roza su exhaustiva lista de requisitos, pero le parece un buen punto de partida.

Taj coge el teléfono de Lauren y la conecta con un hombre que vive a menos de dos kilómetros («Parece que fabrica su propia cerveza», dice) y con otro algo bajito y que vive algo más cerca (en su perfil habla de «encuadernación de libros»). Después Lauren le pide que no siga porque el posible maestro cervecero ya le ha escrito.

—Muy bien, pero no te concentres en un solo tío.

Taj manda un mensaje de parte de Lauren al encuadernador, quien no contesta.

—¿Por qué no contesta?

—Hay muchos tíos que hacen *match* con todas las mujeres, aceptan sin discriminar. Luego miran qué opciones tienen y, a partir de ahí, seleccionan.

Lauren concluye que no tiene derecho a quejarse de este sistema.

—Otra cosa —dice Taj—, no estés demasiado tiempo mensajeándote. Queda en persona o no te molestes.

Eso le parece bien. No quiere tareas, para eso ya están los maridos; quiere una cita de verdad, quedar en un pub y tener que comprobar que es él, reírse, pedir comida, pagar a medias y preguntarse si habrá chispa. Así que queda para tomar algo a última hora del jueves con el posible maestro cervecero.

«He empezado a tener CITAS», escribe a Bohai.

«Yo también, qué locura —contesta este—. La esposa infiel se ha mudado con su amante. Pero en una cita tienes que contar quién eres y decidir si os gustáis??!!».

«Se nos va a hacer rarísimo», escribe Lauren y se pregunta si en este universo tendrá un rizador de pelo y, de ser así, si no debería buscarlo.

33

La cita, en un bar cerca de St. Pancras con tan poca personalidad que se le olvida el nombre incluso estando dentro, no es nada interesante, y Lauren se alegra de haber quedado para una copa y no para cenar. Aprovecha una visita al baño para contactar a más hombres en la app.

La cita siguiente también es aburrida, pero en la tercera, con el encuadernador, cuando por fin contestó, Lauren la siente, siente la chispa. El marido —no, el marido no, piensa, el hombre con el que se ha citado— es delgado, misterioso y seductor y, cuando le toca el brazo mientras se están despidiendo, le gusta. ¡Ha habido chispa! ¡La ha sentido! Se lleva una decepción cuando después el hombre no le escribe ni contesta a un mensaje que le manda ella.

—Pasa al siguiente —dice Taj.

Tiene bastantes citas. Los maridos la han enseñado, piensa, a no juzgar. Quizá con esta amplitud de miras respecto a las posibilidades de la vida haga toda clase de descubrimientos acerca de los hombres, de sí misma y del mundo, ¿por qué no?

Pero en realidad lo que le han enseñado los maridos es a juzgar a toda velocidad, algo que ahora se ve obligada a desaprender. Queda con un hombre flaco y con bigote tan loco por demostrar lo feminista que es que, cuando Lauren llega con dos minutos de antelación, se lo encuentra ya sentado en la cafetería leyendo a Simone de Beauvoir. Y sí, muy bien, a Lauren le parece aconsejable que los hombres lean a Simone de Beauvoir (aunque no está del todo segura porque ella nunca la ha leído), pero no en edición de tapa dura y sentados en una cafetería esperando a alguien con quien ligar, con el libro bien a la vista.

«Cuál sería el mejor libro para que te pillen leyendo si llegas pronto a una cita?», pregunta por mensaje a Bohai al volver a casa.

«Puaj, libros —contesta este—. Sal corriendo. Nada de lectores. Solo game boy advance o gtfo».

La noche siguiente, Lauren cena con Maryam y Toby.

—Yo siempre he pensado que las apps de citas se me darían fenomenal —dice Maryam.

—Pues perdona, oye —dice Toby.

—Evidentemente prefiero esto. Pero creo que, si hubiera tenido que usarlas, se me habrían dado bien. ¿Me dejas probar? —añade Maryam, y le coge a Lauren el teléfono.

Es algo que, ha descubierto Lauren, les encanta hacer a sus amigas con pareja. Imagina que les apetece jugar un rato, ver perfiles.

Por eso prefiere hablarlo con Taj. Con ella no se siente como una infidelidad por poderes, cinco minutos de fantasía.

Van juntas a una velada de citas rápidas en una galería de arte, pero las actividades son de lo más intenso. Hay un momento en que Lauren tiene que pasar seis minutos pintando con los dedos y en silencio con un tipo que está casi segura ha sido marido suyo. En la siguiente «cita» son las mujeres las que posan mientras los hombres que tienen asignados las dibujan. El retrato de Lauren es de lo menos favorecedor y Taj declara que el suyo es «bastante racista y además sin acertar la raza», así que se escabullen a un bar que hay en la esquina antes de que empiece la siguiente ronda y las pongan a modelar hombres con plastilina.

Vuelve a casa. Concierta otra cita. Se ve obligada a reconocer que el proceso no es tan sencillo como había creído. Se queja a Bohai, quien, al igual que ella, está soltero de momento, y busca a Felix, quien es posible que también lo esté, e incluso a Carter, quien también, y por una vez, parece encontrarse entre novia y novia, o al menos no sale en cien fotos con una americana de aspecto saludable y encantador y llevando una vida aparentemente perfecta. Jason ha vuelto a Londres y es padre de gemelos. Michael le aparece una vez en la app y Lauren lo selecciona —quizá es una señal—, pero resulta que él a ella no. Que te den, piensa Lauren mientras escudriña sus fotos y se pregunta qué tiene de malo; te has casado conmigo dos veces, no sabes lo que quieres.

—Sí —reconoce Taj cuando Lauren se queja—, es un infierno, yo desinstalé ayer las aplicaciones. Voy a conocer a alguien en la vida real. O quizá no conozca nunca a nadie. Tendré muchos animales de compañía. El equivalente al volumen de un hombre, pero en conejos.

—Oye, no —dice Lauren—, venga, toca tener citas. A mí me ha salido un profesor con barba, te encantan los profesores con barba.

—Lo que me encantan son los conejitos. Avísame cuando tú también te canses —dice Taj—. Podemos hacer planes de solterona. Quedar, hablar mal de la gente joven, hacer cosas útiles.

—¿Cosas como qué?

Taj menea la cabeza.

—Podríamos terminar de pintar tu salón. Colocar los muebles.

Es cierto que han pasado ya unas cuantas semanas. Pero a Lauren le gusta la habitación tal como está, con su colega la planta en el centro echando hojas nuevas y perdiendo las viejas, la mesa de centro tan pegada al sofá que sentarse y levantarse entraña cierta y divertida dificultad. Pero sobre todo le gusta no sentir que tiene que convertirlo en una habitación normal, apta para vivir y convivir. Es una de las cosas que agradece de que las citas no estén siendo un éxito.

Entiende que la situación, vista desde fuera, no pinta bien. Pero a ella le basta y le sobra.

Trepa hasta el sofá que le basta y le sobra y googlea otra vez a sus ex. Después de tantos maridos, ¿de verdad era Carter mejor que los demás? ¿O es el único que ella no eligió devolver y por eso le sigue echando de menos? Busca a los otros para comprobar si se arrepiente en algún caso más: Jason, Rohan, Amos: no. Michael, Bohai: pensándolo bien, no. Felix: tampoco. La mansión de Felix, que en Google Maps sale pixelada pero localiza en la web de una agencia inmobiliaria de unos años atrás y con decoración más normal: un poquito.

Decide que necesita unas vacaciones. Resulta que ir todos los días a trabajar en lugar de llamar diciendo que está enferma o escabullirse ¡es agotador! En cuanto a entablar conversación con hombres desconocidos en tres apps distintas y tener dos malas citas a la semana ¡se come mucho tiempo y da disgustos! Taj quiere que la acompañe a un viaje a Noruega, lo que desde luego suena bien, pero antes: ¿qué tal un fin de semana en el campo?

Reserva una casita cerca de la de Felix y se dice que la razón es que sabe que la zona es bonita y no porque lo de las citas sea un horror y ahora mismo su tal vez malvado exmarido y sus millones no le parecen tan mal. Tres días en el campo. Va a estar fenomenal.

La casa es más pequeña de como salía en las fotos. Lauren abre la puerta y se encuentra con una nota de bienvenida y una botella de un prosecco anodino.

No ha venido aquí con un propósito en particular, se recuerda. Pero va a dar un largo paseo por el campo, una ruta recomendada en un folleto de senderismo por la zona que se ha encontrado en la mesa de centro, y no es culpa suya si pasa por delante de la casa de Felix. Tampoco le da importancia a colarse por la verja trasera, solo quiere ver el jardín (que está peor). Evita las cámaras de seguridad y llega hasta el patio que hay delante del invernadero. De acuerdo, Felix era malvado, pero solo un poquito, ¿no? Y ha estado en la cárcel, pero solo una vez, y no por haber hecho sufrir a personas normales y corrientes; únicamente por un delito económico menor.

Está agotada y es consciente de que en su casa los muebles siguen amontonados en el centro del salón. Y tiene que ir a trabajar todos los días, lo que por supuesto es normal, pero ya había perdido la costumbre. Y paga sola todos los gastos, además de sacar la basura, cocinar, hacer la compra, limpiar lo que ensucia, recoger todo lo que se le cae al suelo, archivar cada papel; no ha habido un solo día en que alguien haya hecho alguna de estas cosas por ella. Su colega la planta ha perdido cinco hojas en una semana sin que le crezcan nuevas, Bohai lleva siglos sin hacerle una visita y Elena no hace más que preguntar «qué tal va lo de las citas» en un tono que no pretende ser condescendiente y aun así lo es. Incluso Toby está con un proyecto gordo de trabajo y sin tiempo libre, así que es posible que Lauren fuera más feliz en esta mansión, siendo una millonaria sin preocupaciones, aprendiendo a tocar el piano amarillo fluorescente, lejos de todo.

Arranca una mala hierba tal y como hizo la primera vez que estuvo allí, a continuación otra, dos más, tres, no las suelta. Si alguien le pregunta, puede decir que es jardinera. Las hojas le pinchan los dedos mientras se acerca al invernadero y mira por la puerta acristalada.

Comprueba consternada que está igual que antes.

Había supuesto que la decoración de la casa se debía al menos en parte a ella, que, armada con un presupuesto inmenso, había tenido unas ideas fatales y las había puesto en práctica con escasísimo acierto. O que al menos el invernadero, su refugio, era fruto de sus decisiones.

Pero incluso el atomizador de cobre sigue allí; ni siquiera eso lo eligió ella.

No tiene sentido tratar de meter la combinación de entrada, piensa; no funcionará y encima alertará a Felix de que alguien ha intentado entrar y entonces tendrá que irse enseguida. Pero quizá no sería mala cosa, tampoco tiene sentido remolonear allí, así que ¿por qué no probar? —«hay doce hombres en el cuarto de arriba, pulpo»— y, en lugar de zumbar porque la combinación es errónea, la puerta se abre.

Su huella en la casa fue tan superficial que la combinación para entrar es la misma. Qué cosa tan deprimente.

Aun así, abre la puerta.

Trata de recordar hacia dónde enfocaban las cámaras. Desde luego hay una en el invernadero. Sin embargo entra, coge el atomizador y, antes de que sus pensamientos se formen y deba tenerlos en cuenta, se lo guarda en el bolso, sale de espaldas y cierra la puerta. Hubo un tiempo en que esta fue su casa; por lo menos se merece este pequeño objeto.

Sale al jardín, cruza el huerto de árboles frutales y deja atrás la piscina (también se sabe esa combinación, pero no, mejor salir de allí mientras pueda) y se dirige hacia la verja trasera.

Casi ha llegado, cuando oye voces. Se agacha detrás de una pared, bajo un lilo recién florecido. Las voces se acercan. Ninguna es de Felix, son más ligeras y agudas.

Se asoma un poco a la valla. Es el hijastro, Mikey, o igual vuelve a llamarse Vardon, acompañado de otro niño. El hijastro lleva su escopeta de aire comprimido.

—Flipo con que tu padre te deje matar ardillas —dice el otro niño—. Como se lo cuente a mi madre, no me va a dejar volver.

—Pues no se lo cuentes —replica el hijastro—. Mi padre dice que las ardillas son invasoras y perjudiciales. Me da mil libras por cada una que mato.

Eso sin duda es mentira, pero es agradable ver que el niño tiene un amigo.

Espera a que se hayan ido para levantarse de la hierba húmeda. La caminata de vuelta le lleva casi una hora, pero el sol sale cada pocos minutos y, como hace viento, tarda menos en secarse de lo que había pensado. Ya en el pueblo, dedica el resto del día a vagabundear y tomar café hasta que, aburrida, abre las apps para comprobar si tiene algún *match* en la localidad (Felix no aparece).

De vuelta en Londres, unos días después, rocía a su colega la planta con el atomizador de ochenta libras.
—Venga —le dice—. Cuesta un dineral. Recupérate.
Googlea de nuevo a Carter, quien sigue dando la impresión de estar soltero, lo que, de ser Lauren supersticiosa, podría interpretarse como una señal. Jamás está soltero; ve lo mejor en las personas y luego pone esa cara que da a entender que está visible, profundamente enamorado. Sin embargo, en este mundo en que Lauren está soltera, él parece estarlo también.
Vuelve a las apps y, una vez más, se ofende por no tener coincidencias, y porque los que sí coinciden no escriben y a los que escribe ella, no contestan.
—Venga, vámonos a alguna parte —propone de nuevo Taj un martes que la visita después del trabajo—. No tiene por qué ser Noruega. Podemos ir donde quieras.
Donde quiera. ¿Y si Carter es el amor de su vida? ¿Y si su destino era estar juntos?
No puede permitirse un viaje a Estados Unidos, pero pronto cambiará de universo, de modo que igual debería ir. Así verá a Carter, y si están destinados a estar juntos, algo improbable pero de lo que conviene asegurarse, al menos saldrá de dudas.
De manera que se pide vacaciones casi sin antelación, algo que no hace gracia a su jefe, pero ya se preocupará de eso más adelante, y solicita insensatamente una tarjeta de crédito. A conti-

nuación se saca un billete a, oh cielos, Denver. Lauren no sabe nada de Denver, pero al parecer está en Colorado, que al principio creía que era uno de esos estados pequeños del este pero lo estaba confundiendo con Connecticut (busca en Google y, para mayor confusión, descubre que el cantante John Denver vive en Colorado a pesar de cantar sobre Virginia Occidental, pero no en Denver).

El caso es que Colorado es uno de los estados cuadrados grandes del centro.

—¿En serio? ¿A Denver? —pregunta Nat—. ¿De vacaciones?

—Había una oferta, el billete estaba muy barato —Lauren se ha preparado la respuesta— y hay una exposición en el museo de arte que tiene muy buena pinta.

—Me parece una idea excelente —dice Adele.

—Voy a mandarte un vídeo sobre lo que tienes que hacer si te ataca un alce —dice Nat.

De haber elegido Nueva York, o Chicago, o Los Ángeles, o incluso un estado con lagos y esos árboles americanos gigantes, podría haberse engañado a sí misma diciendo que va de vacaciones, y que la presencia de Carter allí no es más que una «feliz coincidencia», qué bien, ¿no?, quedar con su exmarido mientras está en la ciudad, pero hay muchísimas cosas que hacer, ha ido por los museos/restaurantes/arquitectura/naturaleza/paz y tranquilidad/spas/un reseteo.

Pero no. Va a Denver.

Busca razones potenciales no relacionadas con maridos para visitar Denver. ¡Hay montañas! ¡Luce el sol trescientos días al año! ¡Resulta que sí tiene un lago! ¡Tiene una asombrosamente soporífera cultura de cervecería artesanal con la que descansar de la asombrosamente soporífera cultura de cervecería artesanal londinense!

—No sé, siempre he querido ver las Rocosas —ensaya en voz alta.

Suena creíble.

Y nadie la regaña, solo Taj parece algo ofendida por que no quiera oír hablar de Noruega y en su lugar se vaya a visitar sola unas montañas más lejanas y caras. Claro que no se lo cuenta a Bohai, quien, en cualquier caso, está en Australia y con unos horarios complicados.

«¿Sigues con la esposa infiel?», le pregunta Lauren.

«Sí, sigue con el amante, así que vamos a tener que vender el piso, pero, como acaban de abrir un sitio con unos tacos buenísimos, voy a retrasarlo un poco».

Una semana más tarde, Lauren manda un correo a Carter, quien ahora es agente inmobiliario o *realtor*, como se dice en Estados Unidos.

Reescribe el correo ocho, diez, quince veces, y, cuando le da a Enviar, siente náuseas. «Voy a estar una semana en Denver por posible mudanza más adelante este año, me gustaría ver algunas casas». Durante las seis horas que transcurren hasta que recibe respuesta, las náuseas persisten: «Por supuesto, dígame qué busca exactamente». Pasa una semana con náuseas intermitentes. Después coge un avión, llega a un aeropuerto, coge otro avión y está en Denver.

34

Espera salir del aeropuerto y ver altísimas montañas, pero lo que se encuentra es: una ciudad. Una ciudad chata y desparramada, con calles anchas y una luz peculiar. Ha llegado en uno de los sesenta y cinco días del año en que no brilla el sol. Pero se siente... bien, se siente bien.

Solo aspira a ver a Carter una vez, le basta con una. O quizá dos.

Lo más probable es que no llegue a haber nada entre ellos. Entonces Lauren sabrá que tuvieron una buena relación, pero no muy distinta de cualquier otra buena relación que podía haber tenido; que Carter no es su destino, el fin al que apuntan todos los demás maridos. Entonces podrá volver a casa y seguir con su vida.

Y, en caso de que el encuentro sea especial, ya verá cómo se organiza. Es posible que empiecen a salir de inmediato, claro, pero no es la única opción. Otra podría ser regresar a casa, devolver a unos cuantos maridos más hasta encontrar uno del que se está divorciando y hacer un acercamiento a Carter más gradual y menos agresivo. Otra, cambiar de marido quinientas, mil, cinco mil veces hasta que le toque de nuevo Carter; eso tiene que ser posible ¿no? Si dedica dos horas cada día a devolver maridos

—y hay mucha gente que ve un mínimo de dos horas de televisión al día, así que no es una exigencia de tiempo excesiva—, si, como decía, dedica dos horas al día a devolver maridos, a razón de uno por minuto, eso son ciento veinte maridos al día, diez mil en unos pocos meses.

Pero primero necesita saber. Necesita verlo. Decir hola. Sonreír. Ver qué pasa cuando se reencuentran.

Y el resto del tiempo puede disfrutar de las vacaciones. Contemplar la naturaleza, explorar la ciudad. Su hotel está cerca de una estación de tren, algo que le resulta sorprendente —por alguna razón, siempre ha creído que en Estados Unidos no había trenes—, pero también reconfortante. Un autobús puede ir a cualquier parte, pero con un tren las equivocaciones son limitadas.

Ha quedado con Carter el viernes en la agencia; llega al hotel ya entrada la tarde del miércoles y se prepara para superar el desfase horario. Deshace la maleta, cuelga la ropa, enchufa el adaptador de corriente que tan orgullosa se siente de haber recordado traer. Se ducha. Se seca y se peina el pelo con secador porque una nunca sabe cuándo puede encontrarse a un exmarido, y sale a la calle.

En un bar cercano descubre las diferencias entre la soporífera cultura de cervecería artesanal de Londres y la soporífera cultura de cervecería artesanal de Denver, a saber: (1) en Estados Unidos la gente intenta darte conversación incluso si no quiere ligar, y (2) la cerveza contiene bastante más alcohol, así que por qué no permitírselo.

Lauren termina charlando con una pareja que se llaman Ryan y Tyler, cosa que la entusiasma porque son auténticos nombres americanos. «¡Ryan!», dice. «¡Tyler! ¡Como en un filme!», dice, consciente de estar exagerando su condición de extranjera. Normalmente diría «películas».

—Creo que no conozco a ningún personaje de película que se llame Lauren —dice Ryan despacio.

¿Arrastra Ryan las palabras? ¿Es eso acento sureño? Ninguno de los dos hombres es tan guapo como Carter, pero se le parecen en las expresiones, en la manera de estar. ¡A ver si va a resultar que lo que creía amor en realidad se llama «ser de Denver»!

Ryan da una fiesta el sábado y los dos insisten en que Lauren debe ir, le aseguran que estará genial, que habrá una hoguera y tostarán malvavisco, algo que también le produce extrañeza, que personas de carne y hueso tuesten y digan «malvavisco». Debería haber viajado a Denver mucho antes.

—Iré encantada —dice Lauren y les da su teléfono.

¡Es perfecto! Si cuando Carter y ella se vean salta la chispa, podrá llevarlo a la fiesta ¡e impresionarlo con la velocidad a la que ha hecho amigos en la ciudad y lo pasarán estupendamente! Qué maravilla de bar. Qué maravilla de ciudad.

Por la mañana, el sueño de la resaca contrarresta el madrugón propio del desfase horario y Lauren no abre el ojo hasta las ocho y cuarto.

No quiere verse con Carter hasta estar recuperada del todo, pero sí va a una cafetería que hay frente a su oficina y espera en la calle hasta que queda libre una mesa junto a la ventana y entonces entra corriendo, se instala en ella y espera a que aparezca.

No es acoso; se llama trabajo de campo.

Carter aparece por fin a las 12.53, imagina Lauren que para ir a comer. Camina por la acera de enfrente mirando su teléfono. Viste traje, igual que cuando fueron a la boda de Elena. Es Carter. Su marido.

O al menos eso cree Lauren. Ha pasado tiempo y en Denver hay un montón de hombres que se parecen un poco a él. Pero entonces lo ve usar el nudillo para pulsar el botón del paso de cebra y reconoce el gesto. Es él; es él.

Evidentemente no va a seguirlo por la calle..., sobre todo porque, si va camino de ver casas, lo lógico es que coja el coche.

Decide hacer una lista de las diez mejores cosas que hacer en Denver y así proveerse de historias sobre lo mucho que se está divirtiendo.

La galería de arte que hay cerca es un edificio grande y extraño, de aristas irregulares y aire amenazador. Hay que pagar entrada, ella una más cara puesto que no reside en Denver, y, una vez dentro, deambula de una sala a otra mirando cuadros. Los retratos en concreto la agobian: son todo caras de hombres, igual que en las apps de citas.

Por lo menos encuentra una tienda donde venden los M&M's con sabor a *pretzel* que le compró Felix, así que pasa la velada en la habitación del hotel viendo Netflix americano mientras se come tres paquetes. Envía a Taj una fotografía de las montañas y un mensaje que dice: «Deseando compararlas con las noruegas Bss» y pasa la hora siguiente preocupada por no obtener respuesta hasta que cae en la cuenta de que en Inglaterra es de noche. Tranquilízate, se dice, todo va bien.

Por la mañana se lava el pelo y se lo seca, se maquilla, a continuación se desmaquilla y vuelve a maquillarse. Revisa su vestuario y se decide por vaqueros y camiseta, cazadora *oversize* y botines. Es un atuendo que dice: quizá luego vaya a un rodeo. Pone la canción *Teenage Dream* y baila un poco por la habitación mientras bebe café y se ríe de sí misma, pero también piensa: nunca se sabe, nunca se sabe.

La reunión con Carter es en la agencia donde trabaja. Lauren entra, da su nombre a la recepcionista y ahí está, al fondo de la habitación, se gira y... sus miradas se encuentran.

No es la primera vez que Lauren ve a un marido estando casada con otro. Le ocurrió con Jason en casa de Felix, por supuesto, pero también tuvo un marido que resultó ser mellizo de uno anterior, algo que dio mucho juego durante una cena.

Pero Carter sonríe de oreja a oreja al verla, una sonrisa abrumadoramente genuina, luego da tres pasos, extiende la mano y, cuando estrecha la de Lauren, los dedos de ambos se rozan.

—Encantado de conocerte.

—Hola —dice Lauren—. Qué tal.

—Dame un segundo —dice Carter antes de volverse hacia la impresora en marcha; coge unos papeles y los sujeta con un clip—. Bueno —dice cuando están instalados en una sala de reuniones acristalada—, así que Denver. ¿Qué te trae por aquí?

—Ah, pues el trabajo.

—Genial. Tendremos que hacer un montón de papeleo aburrido sobre el trabajo y tu solvencia económica, pero eso te lo puedo mandar para que lo vayas completando a tu ritmo. ¿Tienes un presupuesto aproximado para la casa?

—A ver —Lauren nunca se ha enfrentado a una situación así; heredó la mitad de su casa, se instaló en ella porque era lo más sencillo, no sabe cómo elegir dónde quiere vivir. Pero se ha documentado—, mi casa de Londres está valorada en quinientos mil dólares.

Ha redondeado por arriba con el fin de entrar en el rango de precio del tipo de casas que vende Carter.

—¿Y eres la única propietaria?

—Sí —miente; a Amos no le corresponde nada de la casa, gracias a Dios, pero por supuesto Nat es dueña de la mitad.

—¿Y vivirías aquí sola?

—Sí —contesta sonriendo—, pero me gustaría tener un cuarto de invitados para cuando vengan mis amigos.

Es importante dejar claro que tiene amigos.

—Con la diferencia de precios entre Londres y Denver —Carter hace un gesto hacia la ventana—, eso no será un problema. ¿Dijiste que preferías apartamento en lugar de casa?

—Sí.

En esta vida imaginaria, Lauren no se dedica a cultivar plantas en el duro suelo de Denver, sino que frecuenta agradables bares en compañía de amigos y quizá en verano van todos juntos a un lago.

—Vale —dice Carter—, seguro que encontramos algo. ¿Qué me dices de las zonas? Viví en Londres un año...

—¡Anda, qué bien! —dice Lauren con estudiada sorpresa.

—... así que conozco los barrios. Dime lo que buscas y..., bueno, te lo traslado a Denver.

Lauren se había preguntado si tal vez aquí Carter no la conquistaría de la misma manera, si era posible que su calmada seguridad y la sensación de vida al aire libre que irradiaba en Londres fuera lo que la habían enamorado. Pero incluso aquí, rodeado de hombres parecidos a él, Carter es su preferido.

—Vivo en Norwood Junction, que está al sudeste, más o menos cerca del Crystal Palace. Un poco más hacia las afueras.

—Me encantan los nombres de las afueras de Londres. ¡Crystal Palace! —Carter hace un gesto con los brazos—. Muy *Señor de los Anillos*.

Lauren le devuelve la sonrisa.

—Pero aquí me gustaría algo más céntrico. No sé, el equivalente a Bermondsey. Que no esté en el mismo centro, pero con galerías de arte, cafés, bares y que tenga vida. Para mí esa es parte de la ventaja de dejar Londres. Poder vivir en una ciudad más pequeña y tener todo cerca. —Está empezando a convencerse a sí misma: ¿y si se muda a Denver? No tiene una oferta de trabajo, pero quizá pueda conseguirla.

—Vale, me hago una idea.

—Igual cerca de un parque.

Le gusta la naturaleza, cree, podría ser una de esas personas a las que les gusta la naturaleza.

—Hay muchas y excelentes opciones —dice Carter.

Le enseña varias fotografías. De apartamentos, una casita individual. Le explica dónde están: aquí hay muchos cafés, esta tiene cerca varios bares en azotea.

—Me encantan los bares en azotea —dice Lauren. ¡Si al final va a ser cierto que le gusta la vida al aire libre!—. A ver... —continúa mientras Carter sigue enseñándole apartamentos—. Me gusta ese —añade más o menos aleatoriamente—. Y ese también —dice cuando Carter se detiene un poco en una de las casas porque piensa que es la que quiere que elija.

—Tienes buen gusto. ¿Cuántos días vas a estar en Denver? ¿Tienes libre el martes para ir a ver algunas casas?

Su vuelo es el martes por la noche; le daría tiempo, pero, si ver casas es lo que tiene que unirlos, va a ser muy justo.

—¿El lunes no podrías? ¿O incluso esta tarde?

—La verdad es que no.

—Vale, pues entonces el martes. Elige tú, me fío de tu criterio.

Todo irá bien. Dispondrán de una hora o dos para estar juntos: tiempo de sobra para que surja la chispa si tiene que surgir.

—¿Ya tienes planes para el fin de semana? —pregunta Carter mientras recoge sus papeles y su tablet.

Está siendo educado; es la pregunta que se hace a alguien a quien conoces un viernes por la tarde. Nada más. A no ser que...

—Pues sí —contesta Lauren—. Me han invitado unos amigos a una fiesta con hoguera junto a un lago.

—Vaya, qué maravilla.

Sí lo es, piensa Lauren, tengo amigos, he hecho amigos en dos días. Es sociable, simpática y Carter se lo pasaría bien con ella si se casan, algo que han hecho en el pasado y quizá vuelvan a hacer. A continuación y como cuando robó el atomizador de plantas, abre la boca y dice, sin pararse a pensar:

—Ven si te apetece.

—Ah —dice Carter con expresión desconcertada.

Pero a continuación sonríe cordial, halagado, cree Lauren, y sí, está trabajando, pero su sonrisa parece sincera, si lo sabrá ella, que ha estado casada con él.

—No puedo, tengo el cumpleaños de una amiga. En uno de esos bares de azotea. Pero pásalo muy bien.

—Lo haré —dice Lauren—. Me apetece mucho. También lo de vernos el martes.

—En realidad el martes estarás con mi colega Lautaro, yo

tengo varias visitas fuera de la ciudad. Pero le informaré de todo y te acompañará. ¡Que te diviertas en la hoguera!

Agita la carpeta a modo de despedida.

Pues vaya, piensa Lauren. Joder.

35

Vale. Lo primero es lo primero. No piensa pasar la noche del sábado alrededor de una hoguera con dos desconocidos que le cayeron más o menos bien en un bar teniendo al potencial amor de su vida temporalmente soltero y viviendo en la misma ciudad.

Y tampoco piensa dedicar dos horas del martes a visitar casas que no quiere comprar con un hombre que jamás ha visto, y mucho menos besado.

Le manda un mensaje a Elena: «Las montañas están muy bien, pero no sé para qué necesitan tantas».

Le manda un mensaje a Bohai: «¿Conoces Denver?».

Le manda un mensaje a Toby, encargado de regarle las plantas. Bueno, la planta. La suculenta sigue viva pero no requiere grandes cuidados: «¿Qué tal todo? ¿Se han muerto las plantas?».

«Están bien —contesta Toby con una foto de la grande—. Oye, ¿quieres que te coloque los muebles ya que estoy? No me importa».

Es verdad: los muebles de su salón siguen apilados formando una pequeña pirámide. Pero así están bien, gracias de todas maneras, Toby. Lauren se desploma en la cama del hotel con los brazos y las piernas extendidos, el teléfono boca abajo y mira al techo primero y después la ventana.

A continuación se endereza y se sienta con los pies en el suelo.

Porque solo le quedan cuatro días.

Y debería averiguar dónde va a estar Carter mañana por la noche. Dijo «uno de esos bares de azotea». ¿Cuántos bares así puede haber en una ciudad de tamaño mediano?

Se plantará allí, será una coincidencia encantadora y, surja o no el flechazo, al menos saldrá de dudas.

Su equivocación, por llamarlo de alguna manera, ha sido hacerse pasar por una amante de la vida al aire libre. Carter la quería en Londres. La quería incluso vestida de dama de honor, así que no debería intentar ser otra persona, sino la mejor versión posible de sí misma, una encantadora chica de ciudad que no entiende una palabra de cómo funciona un caballo.

De manera que al día siguiente se gasta bastante más dinero del que tiene en un vestido, forzando los números rojos de su cuenta bancaria, pero es un vestido verde con cuello de barco, cuerpo fruncido en la cintura y ajustado a las caderas y es precioso, justo lo que esperarías ver puesto a una londinense de visita. Va a Sephora, donde le rizan las pestañas y la escanean con un aparato para encontrar el lápiz de labios más acorde a su tono de piel.

Después se sienta a tomar un café en el parque, arranca una margarita y la deshoja. Hay que empezar siempre por la respuesta que buscas, le explicó aquella vez Jason. «Me quiere», «no me quiere», comienza, y termina en «no me quiere», que no es lo que buscaba, pero supone que los pétalos impares no están garantizados. Y, en cualquier caso, las margaritas practican el sexo produciendo néctar con el que atraen abejas que se rebozan en su polen y después van a restregarse contra otra margarita distinta. Así pues, ¿qué sabrán ellas de amor?

Abre un mapa y marca los bares de azotea posibles. Hay al menos siete, dependiendo de lo estricta que sea la definición de «azotea» y, ya puestos, de «bar».

La ruta que traza incluye locales que le resultan familiares, quizá porque los ha visto de fondo en alguna de las muchas fotos de Carter en sus diferentes vidas en Denver.

El primero está casi vacío; es demasiado elegante. El segundo está atestado; es difícil moverse y, como siempre, a Lauren le preocupa no identificar a Carter en un mar de hombres que se le parecen, pero no, está segura de que allí no está. En el tercero cree verlo, es él, sí, pero luego resulta que no. Entonces da media vuelta y esta vez sí que es él.

Lauren va hasta la barra y pide una cerveza. El taburete es resbaladizo, lo que, unido a lo estrecho de la falda del vestido, dificulta estar sentada. Encima, cada vez hace más frío; quiere ponerse la chaqueta, pero se ha gastado un dineral en el vestido, así que resiste y saca el libro que se ha comprado por el camino, que es *Los miserables*, la única opción medianamente interesante que encontró en un quiosco del parque. Es incapaz de concentrarse ni siquiera un poco en el libro, pero sí puede mirarlo con expresión pensativa, y también levantar la vista de vez en cuando con aire de persona que reflexiona sobre algo que ha leído en *Los miserables* y que arroja luz sobre el mundo moderno.

Sabe, por su primera noche en la ciudad, que los americanos son amistosos; confía en poder entablar una conversación. Sigue pendiente de la mesa de Carter y, cuando alguien se levanta para ir a buscar bebidas, una mujer con un top de crochet, Lauren la aborda.

—Me encanta el top que llevas —le dice a la mujer.

—Ah, gracias —contesta la mujer—. Me lo ha hecho mi hermana.

—Es una monada. De crochet, ¿verdad? —La mujer no contesta; Lauren tiene que seguir hablando—. En Londres no tenemos crochet —añade.

—Vaya, ¿en serio? —La mujer se vuelve a hablar con el camarero y pide las bebidas; son muchas, pero Lauren solo dispone de un par de minutos.

—Voy a estar aquí una semana —prueba a cambiar de tema—. Y pensé que tenía que conocer uno de los famosos bares de Denver.

—Ah, ¿sí? —dice la mujer—. Yo creía que, fuera de Colorado, nadie pensaba jamás en Denver.

—Qué va, en Londres se habla muy bien de la vida nocturna de aquí.

—Pues qué maravilla.

—Pues sí —dice Lauren—. Y aquí todo el mundo es encantador. En Londres ahora mismo estaría sentada en un bar sola, pero aquí la gente siempre tiene ganas de conversación.

—Pues puede ser.

Por Dios, esta mujer no entiende una puta indirecta. El camarero ya viene con la última bebida.

—¿Quieres que te ayude a llevarlas a la mesa? —se ofrece Lauren haciendo un último esfuerzo.

—Ah —contesta la mujer—. Vale, gracias. ¿Te apetece sentarte con nosotros? Somos bastantes, es el cumpleaños de una amiga.

¡Por fin!

—Ah —dice Lauren con tono de total sorpresa—. Muchas gracias. Me encantaría. Solo para tomar una copa.

Se ha terminado su bebida y solo tiene agua, pero pedir algo ahora estropearía el plan. Ya volverá a la barra en cinco minutos, en cuanto se haya instalado.

Así que coge su vaso de agua y dos cervezas y sigue a la mujer vestida de crochet hasta la mesa, donde hay reunidas unas quince personas, más personas que sillas, pero no pasa nada, el vestido la favorece más estando de pie, y se prepara para poner cara de total sorpresa una vez más.

Entonces Carter se gira, la ve. Lauren abre mucho los ojos y la boca con expresión de asombro.

—¡Anda! —dice—. Eres Carter, ¿verdad?

Y él la mira y frunce el ceño.

—Hola —saluda.

Lauren espera un instante.

—Me alegro de verte —añade Carter.

No se acuerda de ella.

O, más bien, no la reconoce, piensa Lauren, y tampoco es culpa suya, va vestida muy distinta, maquillada de otra forma y además él estaba en modo trabajo, probablemente ni se permite fijarse en el aspecto de sus clientes por miedo a conducirse de manera inapropiada.

—Soy Lauren. Nos conocimos ayer.

—Ah, sí. Es verdad.

—¡Qué casualidad encontrarte aquí!

Ya es suficiente, puede frenar un poco.

—Desde luego —dice Carter—. ¿No tenías una hoguera o algo así?

—Sí, bueno, no —dice Lauren—. Es mañana.

—¿Os conocéis? —interviene la mujer del crochet—. Nosotras nos hemos conocido en la barra, hablando de crochet. ¿Sabías que en Londres no conocen el crochet?

—¡Es verdad! —dice Lauren—. Pero, bueno, había quedado aquí con una amiga —de nuevo, es importante que Carter sepa que tiene amigos—, pero ha tenido que irse y me he quedado a leer un rato. —Intenta enseñar *Los miserables*, pero se lo ha dejado en la barra—. Qué casualidad.

Sonríe a todos fingiendo naturalidad.

—Qué bien —dice Carter—. Bueno, pues que disfrutes de la noche de Denver.

Se vuelve hacia el hombre con el que estaba hablando.

—Yo soy Tia —dice la mujer del crochet— y ella es Maisie, la del cumpleaños. Y este es Mallow.

—Encantada de conoceros.

Lauren consigue participar en un par de conversaciones más con Carter a medida que transcurre la velada, sacando a colación cosas que sabe que le gustan. Como los caballos. O el tiramisú. Aunque, sobre todo, le gustaba ella. Menciona haber corrido en una ocasión detrás de unos pollos, pero no la lleva a ninguna parte.

Por lo menos la cerveza la entona, el vestido verde es maravilloso y Tia es simpática y le hace muchas preguntas sobre Londres, su trabajo y su hipotética mudanza a Denver que Lauren no está demasiado preparada para contestar.

Hacia el final de la noche hace un último y desesperado intento. Tia habla de ir a otro local, pero parece que Carter no se apunta, así que Lauren rehúsa la invitación.

—Me ha encantado conocerte —le dice a Tia en voz bien alta—. Si alguna vez vas a Londres, avísame. Tengo un cuarto de invitados por si necesitas alojamiento. —Imagina que tener cuarto de invitados impresiona menos en Denver que en Londres, pero es conveniente parecer hospitalaria—. Hasta que me mude aquí, claro —añade enseguida al recordar su coartada.

—Genial —dice Tia—. Sabes volver sola al hotel, ¿verdad?

—Claro que sí.

Estas ciudades jóvenes no la intimidan, en sus calles en retícula es imposible perderse.

—Vale, pues que te vaya bien.

Lauren se despide de Carter tocándole el brazo.

—Oye —dice este—, ¿puedo hablar contigo un momento?

¡Por supuesto! ¡Por supuesto que puede! ¿Ha llegado por fin el momento?

Se separan del grupo.

—Escucha —dice Carter en voz baja—, no quiero ponerte en evidencia y te pido perdón si te estoy interpretando mal, pero creo que encontrarnos aquí no ha sido casualidad.

—Bueno... —dice Lauren.

¿Poner a prueba una teoría sobre el destino es lo mismo que una casualidad?

—Y no pasa nada —continúa Carter—. No quiero que te sientas mal, en absoluto, pero igual sería buena idea que buscaras otra inmobiliaria.

—Ah.

—Que llegues bien al hotel —dice Carter y qué cara tan guapa tiene.

Lauren se va sin el libro de *Los miserables* y, tal y como descubre dos manzanas más tarde, también sin la chaqueta, pero está tan furiosa que no pasa frío. ¿Cómo que no quiere que se sienta mal? Si no quieres que alguien se sienta mal, pues no digas nada. Y, además, ¿cómo puedes ser tan vanidoso como para pensar que si te encuentras a alguien dos veces, como mucho, es que te está siguiendo? Porque es cierto que lo estaba siguiendo, pero no por lo que Carter creía, sino para comprobar si estaban destinados a estar juntos, algo que, por fortuna, no ocurre, que te den, bonito, y, en segundo lugar, sí podría haber sido casualidad, Denver tampoco es tan maravillosa, no hay tantos sitios con buen ambiente donde tomar una copa.

Ya en el hotel, abre al máximo el grifo del agua caliente en la ducha para entrar en calor, se lava la cara una y otra vez y no es lo mismo que reiniciar el mundo con un desván mágico, pero sí lo más parecido que puede hacer.

Luego se conecta al wifi del hotel y empiezan a llegarle notificaciones. Borra todos los correos a y de Carter y lee los mensajes pendientes. Por lo menos Taj la ha perdonado y le envía una captura de pantalla de la app de citas en la que se supone que se ha dado de baja —«no es mi tipo, pero igual el tuyo sí»— y hay un mensaje de Bohai —«Lol estoy prometido»— en el que Lauren no quiere detenerse ahora mismo y otro de Amos, con una cortesía de lo más innecesaria:

«Hola, espero que estés bien. Solo quería saber cómo vamos a hacer lo del papeleo. Resulta que me voy una temporada a vivir a Nueva Zelanda; igual estaría bien rellenar los papeles y dejarlo todo resuelto».

Relee el mensaje.

El teléfono se ilumina con otro nuevo, también de Amos.

«Podríamos tomar un café. ¿Estás libre este fin de semana?».

Lauren suelta el teléfono. No se siente capaz de enfrentarse a esto. Ya lo solucionará por la mañana. Pero Amos, para quien probablemente ya es por la mañana, tiene su propia opinión al respecto. Otro mensaje: «Sé que esto es un poco repentino».

Lauren lanza el teléfono a la incómoda butaca que hay junto a la ventana, pero rebota y cae al suelo antes de vibrar otra vez. Lo coge. «Igual debería habértelo dicho en persona, lo siento». Qué tontería. ¿Cómo se atreve a pensar que la ha alterado? Amos ni siquiera está en las cinco cosas que más la alteran ahora mismo. Por ella, como si se va a vivir a Plutón.

El problema es que ella quedaría atrapada en este mundo en el que no está destinada a tener pareja, en el que ha medio acosado a por lo menos dos de sus maridos, en el que se ha gastado todo el dinero que tenía y en el que Carter le ha pedido, cortés y amablemente, correctísimo, que deje de comportarse como una trastornada.

Y la única manera de salir es lograr que Amos suba al desván.

«Me parece fenomenal lo del café —escribe—. Perdona, hay mucho ruido aquí, estoy en un bar en Denver!! Vuelvo en unos días, quedamos entonces, ¿vale?».

Tiene ganas de llorar y le tiembla el pulso, pero añade otro signo de exclamación y le da a enviar.

Luego pone el teléfono a cargar, le da la vuelta y espera a que le entre sueño.

36

A la mañana siguiente va al bar a recoger su chaqueta, que el camarero rescata de objetos perdidos.

—¿Esto también es tuyo? —pregunta con *Los miserables* en la mano.

—No —dice Lauren y procede a tachar con decisión lo que queda de su lista de diez mejores cosas que hacer en Denver: un jardín botánico, un zoo. Menudas tonterías.

Los planes que la esperan a la vuelta tampoco son halagüeños. Su intención era llevar a Amos al apartamento y mandarlo al desván, pero él se empeña en quedar en una cafetería. «Creo que vernos para tomar un café fuera de casa será mejor —le escribe cuando Lauren insiste—, así nos aseguramos de que las cosas no se descontrolan».

Con un marido que se va te peleas una sola vez. Y, además, ¿por qué está Amos tan obsesionado con que las cosas no se descontrolen? ¿Qué problema hay en aceptar que se van a descontrolar?

La negativa de Amos la devuelve a los otros rechazos, al de Carter, a la frustración que da seleccionar y mensajear en una app de citas sabiendo que ahí fuera hay cientos de hombres a los que les gustaría salir con ella, incluso casarse con ella, pero que no puede contactarlos.

Su red de seguridad siempre ha sido saber que, de quererlo de verdad, siempre puede conseguir un marido nuevo.

Pero no con Amos en Nueva Zelanda.

No puede permitirlo. Está harta de mensajes, de incómodas primeras citas y de la supuesta emoción de la novedad; encontrará un marido y se quedará con él o bien aceptará una vida tranquila con amigos y nunca jamás en la vida tendrá una cita. Se limitará a tardes de sofá y a dar cosas por hecho. No puede esperar a dar a alguien por hecho de nuevo.

Para que eso ocurra, primero va a necesitar poner a Amos en modo complaciente, algo nada sencillo, porque, de complaciente, Amos siempre ha tenido poco. Pero Lauren ha aprendido muchas cosas de sus distintos maridos. Lo conseguirá.

De vuelta en casa, le resulta difícil distinguir el malestar provocado por el vuelo y el desfase horario de un malhumor extremo. Comprueba que la escalerilla del desván se abre y la deja bajada.

Ha quedado con Amos el domingo, de modo que dispone de tiempo. Primero piensa en excusas para hacerle subir al desván. Después se le ocurre emborracharlo, pero eso va a ser complicado en una cafetería. Por fin localiza la dirección del amigo del marido drogadicto, Padge. No recuerda exactamente dónde vive, pero resulta que tiene una página web anunciando su consultora de marketing y en un registro de dominios figura la dirección postal, algo que Lauren considera descuidado para un camello, pero sospecha que no es un profesional.

Se viste con leggins grises y un jersey azul oscuro holgado, que es de lana, y piensa en posibles restos de fibras textiles pero (1) nunca ha estado con Padge en este mundo, de manera que sería difícil que sospecharan de ella, y (2) es de suponer que los camellos, por amateurs que sean, no van a la policía con el cuento de que les han robado drogas.

Entrar en el piso resulta bastante fácil. Falsifica una factura eléctrica con su nombre y su dirección para fingir que vive allí. La imprime el jueves en el trabajo y el viernes llama para decir que está enferma (a su jefe no le hará mucha gracia justo después de unas vacaciones, pero qué más da, pronto se habrá ido). Tiene que esperar cinco horas a la puerta de Padge antes de que este salga, algo bastante desquiciante. Pero el cerrajero al que llama Lauren ni siquiera le pide una prueba de que es su casa; ha falsificado la factura de la electricidad para nada.

Una vez dentro, comprueba que los envases de helado de Padge están atestados de bolsitas. Los vacía en un táper y vuelve a casa, cambiando de vagón cada vez que entra alguien con perro; no está segura de si lo de olfatear drogas es algo que hacen todos los perros o solo los perros policía.

Tiene de plazo hasta las 15.30 del domingo para averiguar qué hay dentro de las bolsitas y qué efecto produce.

El alcohol habría despertado menos sospechas. Pero debe arreglárselas con lo que hay, y Amos sigue negándose a quedar en la casa, o en un pub, «cuanto más breve, mejor»; a Lauren incluso le cuesta convencerlo de que se desplace a Norwood Junction.

«Tú eres el que quiere dejar resuelto el papeleo —termina por escribir—. Lo mínimo que puedes hacer es coger un tren».

«Este intercambio de reproches es la razón por la que quiero quedar en un sitio público —contesta Amos, pero al fin accede—. Quiero que intentemos ser civilizados».

«Me encanta ser civilizada —contesta Lauren y enseguida piensa: ¿ha sonado sarcástico?—. Y no estoy siendo sarcástica —añade—. Afrontemos esto civilizadamente».

Llega a la cafetería cinco minutos antes de la hora, tiempo de sobra para pedir dos cafés y diluir las pastillas pulverizadas en el de Amos. Lo ha ensayado en casa: funciona, aunque en el fondo de la taza de café queda una especie de arenilla. Ayudará que Amos añada sus dos azucarillos de rigor; cuando lo ensayó, Lauren dio un sorbito y no detectó nada raro.

—Hola —dice cuando llega Amos—. Te he pedido un café.

—Hola —saluda Amos—. Gracias. Bueno, ¿así que Denver? ¡Suena divertido!

Dado que la lista de cosas que desaprobaba Amos en el pasado incluía el senderismo, las montañas y los Estados Unidos de América en su totalidad, es posible, piensa Lauren, que esté haciendo un verdadero esfuerzo por ser civilizado. Sonríe todo lo que puede.

—Sí, me apetecía desconectar un rato, encontré un vuelo barato y decidí probar. La gente es muy amable, el paisaje es precioso.

Contado así suena bastante guay, a aventura improvisada.

Aunque no tanto comparado con irse a la otra punta del mundo.

—Bueno... —dice—, ¡así que Nueva Zelanda!

—Pues sí, siempre he querido volver desde..., ya sabes.

—¿Nuestra idílica luna de miel?

Lauren ha visto las fotos. Ahora que lo piensa, viajar al otro lado del mundo llevado por un impulso no suena guay; suena a alguien que necesita desesperadamente un cambio drástico y al llegar a otro país se encuentra solo y tan infeliz como antes. O quizá solo no... Lo de mudarse a Nueva Zelanda de repente suena a que... hay una mujer por medio. En cualquier caso, no es asunto suyo. Y, dentro de una hora, tampoco de Amos.

—¿A dónde te vas exactamente? —le pregunta.

—A Wellington.

—Guau.

Es mucho más fácil mostrarse ojiplática y admirada sabiendo que no tendrá que aguantarlo mucho tiempo más. Puede asentir con la cabeza y decir «suena maravilloso» y «entiendo que quieras dejar resuelto el papeleo, es una idea muy sensata» y sonreír como si nada.

—Y la realidad es que nunca me ha gustado Londres —está diciendo Amos.

Es cierto que en el mundo original probó a mudarse a Berlín una vez, pero duró muy poco.

—Eso es verdad.

Después de diez minutos de conversación sobre las amenidades de Wellington, Lauren no sabe si la pastilla está haciendo efecto.

—¿Te apetece otro café?

—Me toca —dice Amos y hace ademán de ponerse en pie.

—No, no, que te he hecho venir hasta aquí. Por lo menos déjame pagar los cafés.

La segunda pastilla que tritura es de una bolsita distinta que ha llevado por si las de la primera no hacían efecto. Revuelve con brío el café en la barra.

—Ya lleva azúcar —dice al ponérsela delante a Amos.

—¡Gracias! —dice este encantado.

¿Está contento porque Lauren le está diciendo que sí a todo o porque empieza a hacerle efecto la primera pastilla?

Hablan cinco minutos más sobre lo estupendo que es dejar zanjado ya el papeleo y por fin ocurre algo.

—¿No tienes mucho calor? —pregunta Lauren.

—Pues sí —contesta Amos—. Sí lo tengo.

—Igual deberíamos tomar un poco el aire —sugiere Lauren—. Dar un paseo y solucionar los detalles. Luego ya buscamos otra cafetería, cuando queramos firmar.

—¡Sí, muy buena idea!

Echan a andar calle arriba, con Amos hablando otra vez de Nueva Zelanda, de lo estupendos que son los vinos, las montañas, de cómo nunca se ha sentido a gusto en Londres.

—Ya lo sé —dice Lauren—. Ya lo sé. Vas a ser muy feliz.

—No es que Londres no sea una ciudad maravillosa —dice Amos, magnánimo.

Hace un gesto señalando los *fish & chips* más cochambrosos, un charco, una paloma muerta, una tienda de alfombras que Lauren recuerda de siempre pero jamás ha visto abierta y un árbol con las ramas desnudas a pesar de que casi es mayo.

—¿Te apetece un poco de zumo de manzana?

Lauren saca una botella de su bolsa, de zumo mezclado con vodka.

—¡Sí! —dice Amos—. Me encanta el zumo de manzana. ¿Tú te encuentras bien? Yo no.

—¿Quieres sentarte? Igual podemos ir al apartamento. Estamos al lado.

—Huy, no sé si es buena idea.

—Sí lo es —dice Lauren—. Es una idea buenísima. Tenemos a Maryam en el piso de abajo, acuérdate. Podemos pedirle que te eche un vistazo. Y todavía tengo tu cazadora, para cuando hagas senderismo en Nueva Zelanda. La gris, ¿te acuerdas? Costó cara.

Ni estando sobrio Amos habría recordado comprar en algún momento de los siete últimos años una chaqueta gris que podría venirle bien en un hipotético futuro de senderista.

En la entrada a la casa, Amos mira las escaleras.

—Venga —dice Lauren—. Te sientas un rato y te bebes un vaso de agua mientras te pido un taxi.

Amos se palpa en busca del teléfono, que Lauren ya ha tenido la precaución de sacarle del bolsillo.

—Katy —dice Amos—. Tengo que llamarla para decirle dónde estoy.

¡Katy! Así que hay una Katy. Lauren le enseña el teléfono.

—Pues sí —dice—. Tienes un mensaje suyo. Vamos.

Llegado este punto no puede dejarlo solo en ningún momento.

—¿Por qué estás siendo tan antipática? —pregunta Amos con el ceño fruncido.

—Tienes razón, perdona, estoy siendo antipática ahora, igual que lo fui cuando estábamos casados y por eso salió mal, fue todo culpa mía. Ahora vas a ser mucho más feliz. Katy nunca será antipática. Pero en este momento es mejor que subas y cojas tu teléfono y tu chaqueta antes de volverte a casa.

—Me encuentro fatal —dice Amos—. Creo que deberías llamar a Maryam.

A continuación se dobla hacia delante y vomita en uno de los escalones, el vómito empapa la moqueta, se acumula en el borde y se derrama al peldaño inferior, y por supuesto es asqueroso, pero la manera mejor y más higiénica de limpiar el vómito de un marido es reiniciar el universo de manera que nunca haya estado ahí.

—Le he mandado un mensaje —dice Lauren—. Sube en cinco minutos.

Quizá el vodka ha sido una equivocación.

En el rellano, Amos se recuesta contra una pared. Lauren ha hecho bien en dejar bajada la escalerilla. Le sirve un vaso de agua de la cocina.

—¿Dónde... dónde está mi teléfono? —pregunta Amos.

—Te lo daré en cuanto cojas la cazadora gris. Tienes que subir a buscarla, luego vendrá Maryam a verte.

Amos no tiene buen aspecto. Es posible que Lauren hiciera mal confiando en unas pastillas sin identificar que robó de una bolsa de plástico de un envase de helado propiedad de un colega de marketing de un exmarido llamado Padge.

—Venga —dice—. Sube por la escalera. Sube a coger la cazadora.

—Vale —dice Amos.

Consigue beberse toda el agua estando erguido; es buena señal. Le devuelve el vaso vacío a Lauren y empieza a palpar la pared hacia la escalerilla. Mira hacia arriba.

—¿No... no puedes cogerla tú? —pregunta.

—No, me he torcido el tobillo.

Lauren le coge una mano y la pone en uno de los peldaños.

—Vale —dice Amos.

Pero entonces empieza a encogerse hasta soltar el peldaño y quedar tumbado en el suelo.

Mierda.

—Tranquilo, respira despacio, intenta no dormirte —dice Lauren.

No puede rendirse. Sus últimos dos días han sido de lo más ilegal y Amos no está en condiciones de volver al mundo. Necesita que suba al desván. ¿Existe un Task Rabbit de apoyo a la delincuencia? Se habla mucho de amigos que matarían por ti, pero ¿la ayudaría alguien a transportar un cadáver? Lo cierto es que Bohai es el único capaz de entender el contexto, piensa.

—Papel pintado —dice Amos.

Está tumbado boca arriba en el rellano, mirando hacia el salón, que sigue a medio pintar, y Lauren se avergüenza de eso más de lo que debería, teniendo en cuenta las circunstancias.

Llama a Bohai.

Pitidos de llamada internacional antes de que conteste.

—Hola —dice Lauren.

—Ah, hola. ¿Es urgente? Porque…

—Sí —dice Lauren—. Es urgente, lo siento. He drogado a mi marido y está medio inconsciente, así que no puedo subirlo al desván.

Bohai tarda un momento en contestar.

—Vale —dice—. Muy bien. Eh…, me he prometido.

—Sí, eso dijiste.

—No, me he prometido de verdad. He conocido a alguien.

—Estás casado, no puedes estar prometido.

—No, ya te lo expliqué, ella tenía una aventura. El amante ha dejado a su mujer y están juntos y yo estaba disfrutando de mi soltería, pero de repente, no sé, he conocido a alguien. Hablo en serio.

—Has conocido a quinientas personas —dice Lauren—. Ven a ayudarme y ya conocerás a otra más, joder.

—A ver... —dice Bohai—. Bueno, vale, venga. Déjame pensar. Pero estoy de vacaciones y voy a tardar tres horas y media en llegar a un armario. Y luego puedo necesitar otra más para encontrar una vida en Londres y llegar a tu casa. Mierda, Lauren, ¿cómo que semiinconsciente? No puedes esperar cuatro horas, tienes que llamar a una ambulancia.

—Pero es que ya lo tengo aquí. Está cerquísima. Si no es ahora, no voy a poder subirlo al desván, nunca. Y, además, ¿cómo explico lo de las drogas? Venga, tiene que haber algo que puedas hacer.

—Estoy pensando. De verdad, quiero ayudar.

—Vale —dice Lauren—. ¡Pues entonces ayúdame! A mí me gustaba mucho Michael, pero te ayudé cuando aquel tipo te pilló espiando, ¡joder!

—Ya lo sé —dice Bohai—. Ya lo sé. Pero, Lauren..., esta mujer me gusta de verdad. No quiero irme de aquí. Déjame pensar.

Lauren no tiene tiempo para esto.

—No te preocupes —dice—. Está abriendo los ojos —miente—. Está bien.

—No me cuelgues...

—Te escribo cuando haya pasado todo. No llames a una ambulancia.

Deja el teléfono boca abajo. Bohai llama, pero hace caso omiso. Es posible que esté a tres horas de casa, pero resulta sospechoso que su primera excusa fuera «me he prometido» y no «el armario mágico está a horas de distancia». Sea como sea, Lauren está sola. Llena otro vaso de agua y le echa un poco a Amos en la cara, a continuación se agacha y lo zarandea.

—Tu teléfono está en el desván —prueba a decirle—. Lo he oído sonar.

—¿Cómo? ¿Qué?

—Kitty. Te está llamando.

—¿Kitty?

—Katy. —Sabía que era Katy, solo estaba siendo rencorosa—.

Katy no hace más que llamarte. Suena importante. Puede ser una emergencia.

Amos trata de sentarse; desiste.

—¿Puedes cogérmelo tú? ¿El teléfono?

—No puedo —dice Lauren—. Me he torcido...

Se interrumpe, Amos no está para escuchar explicaciones.

—Llama mucho —dice Amos—. Siempre me está llamando. Es su forma de ser. Lo más probable es que esté aburrida.

—Venga, Amos. Sé que puedes hacerlo.

Lauren recuerda aquel momento en otro mundo en que Amos le cambió la tarta en la boda de Rob y Elena, su porción con poco glaseado por la de ella con demasiado glaseado, lo que estuvo bien, por supuesto, pero ¿no fue también un poco feo? Una manera callada de demostrar lo bien que la conoce, una forma de marcar su antiguo territorio en presencia de su nuevo marido.

Piensa también en lo capullo que ha estado con eso de «comportarnos como personas civilizadas», incluso con lo de coger un tren hasta Norwood Junction. Y en lo mal que le cae, en que desde luego no está enamorada de él, pero en que es probable que, muy a su pesar y por mucho que la enfurezca, siga importándole, y lo sabe porque ninguno de los otros maridos la ha irritado como la irrita él. Es una mezcla entre las experiencias compartidas, el resentimiento, las bromas privadas y el alivio por que la relación haya terminado. No son sentimientos positivos, pero son sentimientos al fin y al cabo.

Así que hace un último intento.

Sube por la escalerilla hasta el desván y se pone a cuatro patas. Mira a Amos por la trampilla, está tumbado en el suelo.

—Amos —lo llama—. Amos. —La luz del techo se enciende, parpadea, la electricidad estática chasquea—. Ayúdame. Por favor, ayúdame, estoy atascada.

Amos abre los ojos, la mira y parpadea. Lauren se acuerda de cuando lo conoció, muchos años atrás, en un bar al que no había querido ir, y de cómo se dedicaron a decir maldades en un rincón.

—Por favor.

Si Amos no acude ahora, entonces se acabó. Y las lágrimas de Lauren no son fingidas, le nublan la vista, le impiden ver a Amos, el rellano y el futuro. Oye cómo el chisporroteo sube de intensidad, mira la bombilla, la ve encenderse otra vez y estallar y gira la cabeza deprisa mientras el suelo de madera a su alrededor se llena de trozos de cristal.

Necesita que Amos suba.

—Por favor, ayúdame —insiste. Hace acopio de valor y da un manotazo a un cristal roto, grita, duele más de lo que había esperado, saca la mano herida por la trampilla para que Amos la vea al abrir los ojos—. Me he hecho daño, Amos —dice, y no miente—, por favor, necesito que subas, hay algo que no va bien.

La electricidad zumba, Lauren está sangrando y llorando tanto que casi no se entera de lo que ocurre abajo, pero hay movimiento, ve un bulto cuando Amos por fin se incorpora, se sienta primero y se pone de pie después, y acerca la cara a la trampilla.

—¿Lauren?

—Sí. Por favor, ayúdame.

Entonces Amos pone un pie en la escalera, y luego otro.

Lauren se aparta de la trampilla para dejarle sitio y cierra los ojos, las náuseas se apoderan de ella, asoma la cabeza de Amos, a continuación su cuerpo y por fin está a cuatro patas en el desván. Lauren lo mira.

—Gracias —dice—. Lo siento, lo siento mucho.

Sale por la trampilla con torpeza, demasiado deprisa, con cristal clavado en una mano y arrastrando esquirlas escalerilla abajo hasta aterrizar de golpe en el suelo. Se acuclilla y, cuando levanta la vista, comprueba que Amos ha dejado un pie fuera del desván, por lo que tiene que subir otra vez y empujárselo. ¿Y si esta vez no funciona? Pero entonces aparta la vista con el corazón en un puño y cuando vuelve la cabeza...

Ha funcionado.

El pie ha desaparecido.

El dolor en su mano, el pánico en el pecho.

Lauren cierra los ojos.

Ha funcionado, ha funcionado, se ha terminado su soltería; las páginas de búsquedas sobre Nueva Zelanda, sobre divorcios, sobre drogas desaparecen, o eso dice su historial. Carter se olvida de la inglesa que lo persiguió en un bar, Amos está en algún lugar lejano y a salvo y todo vuelve a estar bien.

El marido que baja le interesa bien poco; no se lo va a quedar. Lauren se tumba boca arriba en el rellano. Qué más da. Ya se ocupará de él por la mañana.

Suena el teléfono: es Bohai. Contesta:

—Estoy bien.

Luego cuelga y cierra los ojos.

37

Conserva al sustituto de Amos durante una semana. No se llevan bien y el ambiente en la casa es tenso, o lo sería si a Lauren le importara. Como no es así, el ambiente alrededor del marido es tenso y el de alrededor de ella es de libertad y novedad. Le habla lo indispensable, se cocina su propia comida, duerme en la cama matrimonial y algunas noches el marido se une a ella y otras se acuesta en el cuarto de invitados y se dedica a decir impertinencias y a Lauren le importa un bledo.

La casa está ordenada, no hay cosas amontonadas de cualquier manera, ni a medio pintar, pero Lauren echa de menos su gigantesca colega la planta y el segundo día va a la floristería y se la compra otra vez, aprovechando que vuelve a tener saldo en el banco. No va a trabajar, ni avisa de que está enferma y tampoco contesta al teléfono cuando la llaman.

Ese fin de semana decide irse sola, no a Denver ni al pueblo de Felix ni a ningún otro sitio donde pueda encontrarse a un marido, sino a la costa, con la intención de pasear entre dunas azotadas por el viento, pero lo que hace es encerrarse en la impersonal habitación del hotel Ibis y ver dos temporadas antiguas de *Gossip Girl*.

Termina llamando a Bohai cuando es de noche para ella, por la mañana para él.

—Cuéntame —pregunta—, ¿entonces estás prometido?
—Sí. Qué ridículo, ¿no?
Pero Lauren le nota en la voz lo feliz que está.
—Me alegro mucho por ti.
—¿Cómo conseguiste subir al marido al desván?
—Ah. Pues llorando mucho y sangrando.
—Guau —dice Bohai—, qué poderío.
—No me gustó. No pienso volver a hacerlo.

El marido siguiente, llamémosle 203, es rubio y anguloso y con él la casa está casi vacía y con las paredes pintadas de ese tono magnolia propio de los pisos alquilados. Al parecer, la alquilan y ellos viven en otra parte, pero ahora están entre inquilinos. Ni hablar. Lauren no tiene intención de convertirse en casera y renunciar a un suministro infinito de maridos a cambio de un tipo que viste polos. Con el 204 están endeudados hasta las cejas; tienen a un amigo del marido alojado en el cuarto de invitados para que los ayude a pagar facturas y eso no le importa, Lauren ha compartido piso antes, pero después del trabajo el marido hace repartos con la moto del amigo y ella, pruebas de usabilidad para sitios web. Le gusta el marido, así que lo conserva varios días para demostrarse a sí misma que no es una superficial, a pesar de que Nat se presenta una noche con la compra hecha. «Nos vamos de vacaciones, así que lo íbamos a tirar todo». No trae, en cambio, artículos sobre, por ejemplo, maneras inteligentes de reutilizar objetos comprados en tiendas de segunda mano, así que la situación tiene que ser muy jodida si Nat no está en modo consejo. Lauren se tranquiliza cuando descubre que la deuda se debe a «su estúpida boda», que, por supuesto, ni siquiera recuerda. Además, cree que no tiene obligación de pagarla; puede devolver al marido sin el más mínimo remordimiento.

El 205 no se corta los pelos de la nariz. No.

El 206 no se quita un sombrero de ala corta ni para ver la televisión sentado en el sofá de su casa. No.

El número 207 está enfadado porque no tiene una camisa limpia para una reunión importante, y quizá no le falte razón, puesto que han acordado un reparto equitativo de las tareas domésticas y la colada le tocaba a Lauren, por lo que no ha hecho su parte, pero no, gracias.

Devuelve maridos gruñones, maridos cuyo aspecto físico la desagrada, maridos no lo bastante atractivos, uno que lo es demasiado (piensa que tiene que haber trampa).

Comparado con las apps, el proceso de selección es una auténtica delicia.

Una vez le toca un marido que usa mucho Twitch: juega a videojuegos y hace divulgación para adolescentes y se gana la vida sorprendentemente bien. Antes de cada directo se quita la alianza, no porque sea un rompecorazones, sino porque no le interesa recordar a sus seguidores que es mucho mayor que ellos. Tiene que estar al corriente del argot juvenil, que usa en su día a día con una ironía que no lo hace menos irritante. Lauren lo manda al desván.

Decide que va en serio, que busca «el» marido y no tiene sentido engañarse a sí misma fingiendo que se va a quedar con alguien cuando en el fondo sabe que no es así.

«Voy a podarte el seto» dice todo el rato un marido que convierte frases inocentes en picardías. Lauren no lo soporta. No hay intención sexual, solo un goteo constante de chistes que no son tales. «Voy a pedirte "tu" burrito. Voy a cocerte "tus" huevos. Te saco "tu" helado del congelador». «Y "tú" te vas de vuelta al desván», piensa Lauren mientras baja la escalerilla.

El siguiente marido está siempre chinchándola y dice «cita requerida» cada vez que Lauren hace una afirmación que le parece dudosa.

Al siguiente marido no le gusta cuando Lauren lee; mete la cabeza entre el libro y la cara y la mira intensamente a los ojos.

«Yo puedo ser tu libro; no necesitas nada más». Es una broma, pero interrumpe su lectura, de manera que es más que una broma. En este mundo Lauren tiene un libro electrónico último modelo y a veces el marido le coge la mano con que lo sostiene y se la pone encima. «Yo también soy resistente al agua y táctil», dice. Es peor que el marido de los pelos en la nariz, pero preferible al de «cita requerida».

Un marido la informa por medio de mensajes de su tránsito intestinal, «la de esta mañana ha sido enorme, qué puta pasada».

A otro le gusta transportar las tazas vacías en la boca, succionando para que no se caigan, algo que estresa sobremanera a Lauren.

Hay un marido que, en cuanto la ve, le prepara un café, lo que de por sí está bien, el problema es que lo hace hablando con acento e inventándose palabras: «vostre cofi avec latte», lo que es un horror, pero, si Lauren lo devuelve, se quedará sin café. Se lleva la taza al jardín.

Toby está arrancando maleza.

—¿Cómo lo llevas? —pregunta Lauren por encima de la valla—. ¿Vas a plantar flores nuevas?

—Qué va, solo estoy preparándome para la inspección —contesta Toby—. Va a venir el casero a hacer fotos y asegurarse de que no hemos destrozado las paredes u olvidado limpiar los rodapiés.

Lauren lo mira trabajar un momento, después se termina su café y sube a devolver al marido. En la siguiente vida, Toby está en su salón comiendo galletas y, cuando Lauren mira por la ventana de la cocina, comprueba que la maleza ha vuelto a crecer y por tanto Toby tiene aún tarea por delante.

Un marido le habla de su energía masculina y de la comprensible ira de los hombres en el mundo moderno.

A otro le gusta tumbarse en el suelo y agarrar a Lauren por los tobillos cuando pasa.

De un marido descubre que le gusta acosar a adolescentes en línea. Busca foros de jóvenes que piden consejo y les manda mensajes culpabilizándolos, les dice que es lógico que se sientan mal, que son feos, gordos, odiosos, raros, culpables del divorcio de sus padres y de la enfermedad de su hermana. Con Lauren se comporta como un esposo cariñoso y solícito; todos los sábados por la mañana hace tortitas.

Es demasiado que asimilar, Lauren necesita hablarlo con alguien, pero su relación con Bohai después del incidente con Amos sigue un poco tensa, así que llama a Elena.

—Madre mía —dice esta cuando quedan en una coctelería y Lauren le da la noticia—. ¿Es delito? ¿Deberías denunciarlo? ¿Estás segura de que es él, no puede ser una equivocación?

—Estoy segura. —Lauren aparenta despreocupación, pero está verdaderamente consternada.

—Ay, cariño —dice Elena—. Lo siento muchísimo. Voy a pedir otra ronda.

¿Está Lauren aprovechándose de su amiga, que ya se está adelantando a la logística y el trauma que acarrea un divorcio real? Puede ser, pero pronto recuperará el dinero de los cócteles.

En cuanto llega a casa, Lauren manda al marido al desván. Después, ya en el mundo siguiente, localiza uno de sus nombres de usuario, hace capturas de pantalla de varios comentarios y se los envía de forma anónima a su correo del trabajo: «Sé que eres tú y, si no paras, se lo contaré a todo el mundo», sin saber si servirá de algo; en cualquier caso, el mensaje se borra en cuanto reinicia su vida.

Un marido la despierta por la mañana sentado a horcajadas encima de ella y rociándole la cara con un atomizador de plantas (uno de plástico, comprado en la tienda de jardinería). Lauren forcejea y escupe, sorprendida, pero concluye que debe de ser algo normal, algo que acostumbran a hacer, por lo que enseguida se sobrepone e intenta enmascarar su enfado con una carcajada.

—Vaya —dice el marido—. Voy a tener que hacer esto más a menudo, creía que lo odiabas.

De manera que no es algo normal. Al desván, pues.

38

Se acerca el cumpleaños de Lauren y también junio, lo que significa que además se avecina el aniversario de la aparición del primer marido.

Se pregunta si quiere hacer una fiesta. Tiene un montón de amigos a los que no ve desde hace bastante tiempo, de tan ocupada que ha estado con los maridos, y también, como de costumbre, algunos amigos a los que no ha visto en la vida pero cuya existencia conoce porque están en sus grupos de WhatsApp o salen con ella en fotos.

Ha dejado la organización para última hora —una semana de antelación—, pero eso tiene fácil remedio: se salta la regla de solo maridos serios y los cambia una y otra vez, atenta al calendario. Para el octavo marido del día, un irlandés de pelo claro llamado Fintan (el cual, sospecha Lauren, no la atrae lo más mínimo pero no se puede tener todo en esta vida), se encuentra con que tiene una reserva para comer en un pub el domingo y que es para veinte personas. ¡Veinte! ¡Qué número de amigos tan bueno! ¡Feliz cumpleaños, Lauren!

Echa mucho de menos a Taj, su fiel compañera cuando se estaba divorciando de Amos, pero no puedes hacerte amiga de alguien solo con mandarle un correo explicándole que en un universo paralelo os llevabais genial; tampoco entrar en la tienda de decoración en la que trabaja justo antes de la hora del café y tratar de forjar una relación especial, como de hecho intenta Lauren en dos ocasiones. La segunda vez se hace ilusiones: las dos bromean a cuenta de una silla; quizá, si vuelve otro día y la compra, podría dejar caer: «Hago una fiesta de cumpleaños con amigos, deberías venir», pero después de la charla descubre a Taj mirando a un colega con los ojos en blanco, una expresión que reconoce de cuando eran amigas, «qué pesada es la gente». Lauren sale de la tienda tan abrumada por la vergüenza y por el recuerdo de Carter en aquel bar que tiene que hacer un esfuerzo por no mandar a Fintan derecho al desván y borrar así la humillación que siente.

No puede tener a Taj, pero sí puede recuperar a su colega la planta. Ha empezado a comprarla cada vez que un marido promete, y está muy crecida, ahora que es verano, y pesa cada vez más. Es un regalo de cumpleaños que se hace a sí misma, explica a Fintan, quien parece molesto, pero total, qué más da, si no se va a quedar.

El día del cumpleaños, jueves, Lauren sale a tomar tapas y cerveza con el marido a un restaurante que acaba de abrir en el barrio. De vuelta en casa, el marido le da una caja gigantesca: es un deshidratador de frutas, un regalo tan desconcertante que Lauren tiene que suponer que lo pidió ella. Por lo visto ahora es una de esas personas que deshidratan fruta. Encuentra una manzana marchita en el frutero, la corta en gajos e intenta aplanarlos, pero termina por comérselos tal y como están.

—¿Qué pasa si deshidratamos algo que ya está seco? —pregunta Fintan.

Encuentran unos orejones de albaricoque y los meten en el aparato. Es un cumpleaños divertido.

Y el domingo van dando un paseo de cuarenta y cinco minutos hasta un pub que ni está en el barrio ni es el más elegante de la zona, más bien queda lejos y sirve buenos asados, y Lauren celebra allí su cumpleaños.

Nat y Adele son las primeras en llegar, con el sobrino de tamaño mediano y la sobrina pequeñita de Lauren, y los dos niños están mayores de como esta los recordaba: es lo que te pasa por huir a otro mundo cada vez que te toca hacer de canguro.

—¡Ay, Dios mío, pero qué mofletes! —exclama Lauren.

Coge en brazos a su sobrina, que es un bebé regordete, tendrá ya un año, y le pellizca las mejillas, pero no pasa nada porque en este mundo Lauren ha cumplido con su obligación y Magda la reconoce, gorjea, eructa, se pone de pie y cae hasta sentarse en el suelo con su culo acolchado mientras pestañea y hace todas esas cosas propias de un bebé, mueve los brazos cuando Adele se lo dice, luego se niega a dejar de moverlos y de ahí pasa a dar puñetazos contra el suelo. Caleb corre en pequeños círculos, adopta una postura de kárate y ensaya una patada.

—Aquí dentro no —le dice Nat antes de volverse hacia Magda, que está pasando las hojas de un cuento.

No tiene ni dos años, los niños de un año no saben leer, ¿verdad? Verdad: Magda se inclina hacia la página, se acerca cada vez más y la lame, un gran lengüetazo por encima de un león que ruge. A continuación abre aún más la boca y muerde al león rugiendo, y el papel se eleva y se dobla entre sus dientecitos.

—¡Nooo! —dice Adele—. Magda, primero tienes que comer, el cuento te va a quitar el hambre.

Lauren se hace el propósito de ser mejor tía. ¡Y mejor hermana también! Es genial ver a Nat, quien le regala una fular de seda en tonos verdes y azules con lunares rosa oscuro y, por supuesto, ha impreso un manual con catorce maneras distintas y estilosas de llevarlo, lo que quizá no forme parte indispensable del regalo, pero el estampado es precioso. Lauren siente una punzada de tristeza cuando cae en la cuenta de que no podrá conservarlo.

A continuación llegan Toby y Maryam, seguidos de un hombre que Lauren no conoce llamado Phil y de una pareja que se llaman Philip y Tess. Phil y Philip dicen: «¡Hola, tocayo!», y chocan los cinco. Al poco aparecen Zarah, la amiga del trabajo de Lauren, y su novio, y también, cosa extraña, Michael, su dos veces marido, con su hijo. Lauren está encantada y perpleja (cuando lo busca en su teléfono encerrada en el baño, descubre que salió un tiempo con él antes de conocer a su actual marido y que han mantenido la amistad, algo que no ha hecho con ningún otro ex).

Elena y Rob también están, claro, así como Parris, que ha viajado desde Hastings, y Noemi. Al final son dieciséis, más los tres niños, repartidos en una colección de mesas desparejadas, comiendo asados y hamburguesas vegetarianas y bebiendo y a ratos saliendo a jugar con los niños y qué agradable resulta. Qué agradable. Todas estas personas son amigas de Lauren, incluso las que no conoce. Y llega un momento en que Elena se levanta, va a la barra, vuelve y pide silencio, y entonces el camarero saca una tarta, con velas y bengalas, y los amigos le cantan a Lauren «Cumpleaños feliz».

—Qué tarde tan agradable —dice de vuelta en casa, tendida en el sofá.

—Pues sí —está de acuerdo el marido.

Fintan, se llamaba. Cuando se vaya, piensa Lauren, nadie recordará este día excepto ella. Nunca volverá a ver a los dos Phils chocar los cinco, Caleb no recordará haberle enseñado la última patada que se ha inventado, no podrá mandar un mensaje a Elena diciendo: «Esa tarta que me has comprado estaba buenísima, de dónde es?». Pasará por delante del pub y pensará en lo mucho que ha disfrutado, pero quien la acompañe en ese momento no se acordará, incluso si estuvo en la celebración.

Dentro de dos semanas será junio y llevará un año haciendo esto, un año entero que nadie recordará ni comentará con ella.

Piensa en la fotografía borrosa que se sacó con Carter en la boda de Elena; no es que quiera recuperar a Carter, ya no: pero fue feliz sintiendo que empezaba a crear una pequeña historia común... y entonces la perdió.

—¿Estás bien? —pregunta Fintan.

—Sí —contesta Lauren y abre los ojos.

—¿Estás de bajón por..., ya sabes, el paso del tiempo?

Lauren ríe un poco, sorprendida.

—Supongo.

—Es lo que tienen los cumpleaños. Tómate un orejón doblemente desecado, te animará.

Lauren acepta el orejón. Está duro y es desagradable, como una piedra con sabor a albaricoque. Lo chupa mientras lo sostiene con dos dedos.

Es una pena que este marido no le guste. Intenta mirarlo con ojos nuevos, imaginar que están en una cita, quizá. En este mundo, su yo pasado debió de tener química con él o no se habrían casado, y esa química tiene que seguir escondida en alguna parte. Va bien peinado, se ha puesto una bonita camisa para el cumpleaños, a Lauren le gusta su nariz angulosa. No está habituada a encontrarse un marido que la atraiga tan poco. Se inclina hacia delante y lo toca en el hombro. Nada.

Quizá ha agotado su capacidad de que le guste nadie; pero eso no es cierto, la sintió por un momento en el pub, con Michael y también con uno de los Phils, esa diminuta chispa de posibilidad. Así que este marido no va a funcionar. Pero habrá alguno que sí. Pronto encontrará a alguien con quien quedarse. Pronto estará llenando la memoria de su teléfono de fotografías que no desaparecerán de un día para otro. Pronto podrá volverse hacia alguien y decir: «Oye, ¿te acuerdas de eso que hicimos juntos?», y ese alguien se acordará, y ella también.

39

Devuelve al marido y le llega uno que está de cumpleaños.

—¿Te has olvidado? —pregunta—. ¿Se te ha olvidado mi cumpleaños?

Lauren suspira.

—No, tranquilo. Se suponía que era una sorpresa. Mira en el desván.

El marido siguiente no tiene mala pinta, pero, al volver del supermercado, anuncia:

—¿Sabías que Toby y Maryam se mudan?

—¿Qué?

—Han puesto un cartel de «Se alquila» delante de la casa.

—Sí —confirma Toby cuando Lauren baja a preguntar—. ¿No te lo conté? El casero ha decidido que puede cobrar cuatrocientas libras más si pone una cama en el salón.

No puede ser.

—Entonces ¿os vais?

—Sí —dice Toby como si fuera lo más normal del mundo—. A ver, estamos buscando algo por la zona, por el trabajo de Maryam.

El tiempo avanza sin Lauren. Casi nada es lo mismo cuando pasa de una vida a otra. Tener a Toby y a Maryam en el piso de abajo es una de las pocas constantes que la hacen sentirse en casa. La demostración de que dos personas imperfectas pueden gustarse mutuamente, ser felices e incluso permanecer felices a lo largo del tiempo.

—No nos vamos hasta dentro de un par de meses —dice Toby—. Supongo que tenemos que agradecer al casero que nos haya avisado con tanta antelación.

Lauren recarga el mundo y se mete en Zoopla. El apartamento de Toby y Maryam aparece publicado y sí, son tres dormitorios sin salón. Quien ha hecho las fotos ha puesto dos sillas en el recibidor, como para sugerir que puede ser un cuarto de estar en miniatura. Con una cocina diminuta y hasta dos sillas en un recibidor de extrañas proporciones, ¿quién necesita un sofá?

Otro mundo: lo mismo. Otro. Y otro más.

—Igual los nuevos vecinos son estupendos también —dice un marido provisional—. Y hay que comprender al casero, si alguien está dispuesto a pagar cuatrocientas libras más, ¿cómo vas a rechazarlo? Si yo fuera él, nos compraría la casa y construiría en el jardín. Creo que cabrían dos apartamentos más.

Lauren se desembaraza de él, también del siguiente y del que viene después. Una de las veces, el cartel de «Se alquila» ha desaparecido y se hace ilusiones; pero resulta que al marido de turno le divierte quitar carteles de agencias inmobiliarias y dejarlos en contenedores, un gesto que Lauren agradece, pero no va a solucionarle el problema.

Tranquila, se dice, Toby y Maryam terminarán en la calle de al lado o bajando la calle. Maryam es médica, tiene que ganar un buen sueldo. Encontrarán una casa. Y, además, no se mudan hasta dentro de un par de meses. Lo único que necesita Lauren es encontrar un marido permanente antes de esa fecha; entonces quizá su marcha no la afectará tanto.

En teoría sigue evaluando maridos atendiendo a los criterios de los pósits. Aunque no son siempre fiables; por ejemplo, se supone que busca a alguien con una afición interesante, pero en una ocasión se le presenta un apicultor y Lauren decide que la apicultura no cuenta porque su instinto le dice: «No, este no». Lo que de verdad necesita, decide, es encontrar a alguien que le guste tanto como para ver solo sus virtudes, y a partir de ahí los criterios se irán acomodando.

El siguiente marido le gusta. La noche que llega, salen a reunirse con unos amigos de él y durante la velada Lauren le va cogiendo cariño. Lo mismo ocurre al día siguiente y durante toda la semana. Cuando quiere darse cuenta, ha conocido a más amigos suyos, han ido al teatro, el marido vuelve a casa estresado un par de días y Lauren se preocupa por él, quiere que se sienta mejor.

Se llama Adamm, así, con dos emes. Es seguro de sí mismo y extrovertido en público, en casa algo nervioso y estresado, lo que significa que encarna a sus dos tipos de hombre a la vez, el resuelto y el delicado, y Lauren es la única que conoce el contraste entre ambos. Lo conserva durante el aniversario, del que el marido no es consciente, pero por suerte el aniversario de la boda de ambos cae dos días después, así que salen a cenar y el marido brinda por el matrimonio mientras que Lauren brinda interiormente por el desván.

Por tanto se siente ofendidísima cuando él le confiesa que lo han suspendido de empleo y sueldo hasta que se investiguen un puñado de denuncias por conducta indebida, que él justifica diciendo que «es un malentendido» y que «pronto se aclarará». Lauren no tiene intención de esperar a ver si esto es cierto. Manda al marido de vuelta al desván y le grita: «¡Hasta nunca!», cuando desaparece.

—¿Qué me decías? —pregunta el marido que baja.

A los tres maridos siguientes los devuelve en cuanto ve algo que no le gusta, a uno de ellos antes incluso de que se baje de la escalerilla. A Adamm le concedió tres semanas, ¡le concedió incluso el aniversario!, y su traición la indigna. ¿Demasiado bigote? No, gracias. ¿Cuenta bancaria en números rojos? No, gracias.

«Oye, me alegro de que tú estés feliz, pero son todos horribles», escribe a Bohai mientras oye ruido de alguien en el desván.

Está mirando los puntitos de «Escribiendo» en el chat, cuando el marido siguiente empieza a bajar la escalerilla y resbala.

Ocurre antes de que a Lauren le dé tiempo a procesarlo: un pie, una pierna, el marido baja demasiado deprisa, con todo el cuerpo, en caída libre, medio resbalando por la escalerilla, y al aterrizar chilla. Mucho.

Lauren lo mira.

El marido se incorpora, solo un poco, antes de volver al suelo. Jadea aferrado a los peldaños.

A ver. ¿Ambulancia? Lauren hizo una vez un cursillo de primeros auxilios, pero fue en otro mundo, lo más probable es que aquí no le sirva el certificado. Peligro. Respuesta. Vías aéreas. Respiración. No hay peligro y responde a estímulos. No recuerda qué era lo que pasaba si el paciente pierde el conocimiento.

—¿Estás bien? —pregunta.

—Joder —jadea el hombre—. Mierda, sí, creo. —Otra respiración entrecortada y se pone de pie ayudándose de la escalerilla, agarrándose a los peldaños—. Sí.

Se agarra de nuevo a la escalera, se mira el pie y mueve los dedos.

—Vale —dice Lauren—. Muy bien.

—Aunque...

El marido baja la vista y Lauren repara en que tiene una mancha oscura en el pantalón: se ha hecho pis encima. La cosa pinta fea.

—¿Habrá sido del susto? —sugiere Lauren.

—Igual.

Si consiguiera mandarlo al desván, se recuperaría, pero probablemente no es momento de sugerir subir escaleras.

—Voy a bajar a ver si está Maryam. ¿No deberías sentarte?

—Pues igual sí —dice el marido y se agacha otra vez.

Maryam está en casa y sube enseguida, acompañada de Toby. Se acuclilla en el suelo junto al marido y le pide que haga respiraciones profundas. Le pide permiso para tocarlo y le coge la mano. Por supuesto, Maryam está en su elemento. Toby se limita a mirar, impotente.

—Voy a hacer té —dice.

—Intenta no moverte mucho —le dice Maryam al marido—. Tenemos que ver si te has roto algo, ¿vale? Para saber si hay algo que tratar. Así que…, eso, muy bien. Intenta quedarte quieto.

Toby sale de la cocina con una taza de té en una mano y una cuchara en la otra. Ofrece la taza de té. Ni Maryam ni el marido la ven.

—Muy bien, respira —está diciendo Maryam.

Lauren los rodea y coge la taza de té.

—Gracias —dice.

—Gracias —contesta Toby.

—Bueno, vamos a ver —dice Maryam—. Hay que llamar a una ambulancia para que lo examinen. —Levanta la voz—: Toby, ¿puedes llamar tú, por favor? Y ponlos en altavoz.

Toby parece no saber qué hacer con la cuchara en la mano. Lauren se la coge y entonces Toby saca el teléfono y llama.

—Hola —dice Maryam cuando contestan—. Os cuento: soy médica y estoy con un amigo que ha tenido un accidente. Es un hombre adulto que se ha resbalado y caído de un desván y ha tenido pérdida de control de la vejiga. —Lauren vuelve a mirar la mancha oscura en el pantalón vaquero del marido—. Está con mucho dolor, creo que hay posibilidad de fractura. —Dice una serie de palabras que Lauren no entiende, acrónimos y detalles, con lo que su mensaje es: «Esto es lo que está mal», y al mismo tiempo: «Sé de lo que hablo, haced lo que os digo»—. Sí, no dejo que se mueva. No, el apartamento está en la planta de arriba, los escalones son empinados y estrechos.

Si alguien le hubiera preguntado si Maryam es una buena

médica, piensa Lauren, habría contestado: sí, por supuesto. Pero lo cierto es que no había imaginado semejante eficacia, concentración, capacidad de fijar la atención y de reclutar la colaboración de quienes están con ella.

La ambulancia llega enseguida, tal vez espoleada por el tono de sé lo que hago de Maryam, y bajan al marido en una camilla. Lauren los sigue.

—¿Es usted su pareja? —pregunta el paramédico a Maryam. Es más guapo que el marido, piensa Lauren, pero, para ser justos, es difícil parecer guapo cuando estás (a) cayéndote o (b) retorciéndote de dolor a los pies de una escalera.

—No —explica Maryam—. Soy la vecina, pero..., Lauren, ¿quieres ir en la ambulancia? ¿O prefieres que vaya yo y nos vemos en el hospital?

—Sí —contesta Lauren—. Lo segundo.

—Está aguantando muy bien —le dice Maryam a Lauren en tono sosegado, tranquilizador.

Lauren mira al marido en la parte de atrás de la ambulancia. Sí. Muy bien.

—Vale —dice Toby cuando se va la ambulancia—. Voy a llamar un Uber.

—Me parece que voy a entrar a beberme esa taza de té. Creo que necesito un momento.

El té está tibio, pero Lauren le da sorbos. La escalerilla del desván está medio desencajada, con los tiradores que se usan para sacarla deformados.

Menudo desastre.

—¿Hago otro? —pregunta Toby.

—¿Qué?

Toby señala la taza de té.

—No —dice Lauren—. Me bebo este.

Toby está inquieto, preocupado.

—Siéntate —le dice a Lauren—. Te has llevado un susto. Maryam se asegurará de que lo cuidan bien.

Está tratando de tranquilizarla para tranquilizarse él.

—Sí.

Lauren trata de decidir cómo de preocupada está. Desde luego se ha llevado un susto, sin duda ha sido una sorpresa. ¿Está angustiada? ¿Preocupada por el marido?

Bebe un poco de té. Debería ir al hospital, pero lo que hace es asomarse al salón. Está pintado de amarillo, el techo y también las paredes. Hay un sofá enorme en forma de ele que apenas cabe. Un cactus hinchable casi tan grande como su desaparecida colega la planta, y está iluminado desde dentro, como si no fuera ya lo bastante inquietante. Lauren lleva zapatillas de estar en casa que se le han ensuciado al salir a la calle. Se las quita sin sentarse y nota la alfombra de pelo bajo los pies. Debería ponerse calcetines, ¿no?

Toby espera, nervioso.

—¿Te importa mirar si hay un termo en la cocina? Igual en algún armario —dice Lauren y le da la taza de té.

No tiene ni idea de si hay algún termo en la cocina, pero eso mantendrá a Toby ocupado unos minutos. En el dormitorio encuentra calcetines, también una cama que, al igual que el sofá, es demasiado grande para ese espacio, y con muchas almohadas encima. Encuentra zapatos en el zapatero del rellano.

La cartera del marido. Un cargador de teléfono. Un libro abierto en el salón.

—Solo he encontrado esta jarra termo —dice Toby enseñándosela.

—Muy bien —dice Lauren y empieza a buscar pantalones—. Y sí, llama un coche.

Encuentra una bolsa reutilizable de Tesco. Pantalones y ropa interior, y una camisa. El marido necesitará una muda completa, ¿no?

—Llega en cuatro minutos. ¿Seguro que no quieres que haga otro té? —le pregunta Toby cuando Lauren entra en la cocina. Ha cogido un embudo y vaciado la taza en la jarra—. Está frío.

—Sí —contesta Lauren casi sin escucharlo.

¿Cepillo de dientes? La eterna pregunta: ¿cuál de los dos es el suyo?

Debería haberse quedado con el tipo que la agarraba por los tobillos.

40

El marido podía ponerse de pie y moverse, así que es de suponer que la lesión no es grave. Toby la tranquiliza en el taxi, pero lo cierto es que Lauren no lo necesita, lo que es bueno, porque no tiene que ser fácil tranquilizar a alguien con una taza vacía en una mano y una jarra termo en la otra.

Al llegar al hospital, van a recepción.

—Han traído a mi marido —dice Lauren— en ambulancia. Se cayó del desván.

—Muy bien —dice la mujer—. ¿Cómo se llama?

Excelente pregunta.

—Un momento.

Lauren busca la cartera.

—Zac Efron —parece decir Toby.

A Lauren el nombre le suena improbable hasta que abre la cartera y... ¡anda, mira!

—Pero no como el actor —añade Toby confirmando lo que dice la tarjeta de crédito negra que acaba de sacar Lauren—. Z-A-C-H, E-P-H-R-O-N.

—Muy bien. Le están examinando —contesta la recepcionista—. Enseguida podrán pasar. Siéntense.

—¿Quieres té? —pregunta Toby mientras esperan.

Sirve a Lauren un poco del que hay en el termo en la taza. Continúa a temperatura ambiente.

—Gracias. Márchate si quieres —dice Lauren—. Yo estoy bien. Seguro que va todo bien.

—No me importa quedarme.

Después de beberse el té frío, Lauren se mete en el baño para hacer una consulta rápida en Google, pero es complicado buscar a un marido llamado Zach Ephron: el teléfono da por hecho que es el actor e, incluso cuando insiste en que no es así, termina encontrando entradas de personas que se refieren al actor pero no saben escribir su nombre.

La sala de espera es un aburrimiento y un horror a la vez: familiares preocupados, un hombre que llora en silencio, una adolescente sola con una larga melena negra y la cabeza apoyada en los brazos, que a su vez descansan en su regazo. Alguien que habla por teléfono: «No, está bien, no ha sido nada. Solo unos puntos».

Toby no se sienta, sale y vuelve con un paquete de gominolas de frutas. Las abre y empieza a separarlas por colores.

—¿Estás bien? —le pregunta Lauren.

Toby empieza a comer gominolas rojas.

—Sí. Dice Maryam que está todo controlado.

Lauren aún está intentando conciliar su idea de Maryam, siempre con la cabeza en otro sitio, con la de Maryam la doctora, que siempre ha existido pero a la que nunca ha visto en acción. Se pregunta si habrá una versión del mundo en la que ella tenga una profesión igual de admirable. Quizá incluso sea médica también. O científica. O una política que moviliza al país entero para combatir el hambre.

Toby va por las gominolas naranja, cuando se asoma una enfermera o doctora.

—¿Acompañantes de Zach Ephron?

Toby recoge las gominolas, se las guarda en un bolsillo y Lauren y él se ponen de pie.

—Ya pueden pasar a verlo —dice la mujer—. Lo hemos trasladado a la UCI de lesiones medulares.

¿Cómo que lesiones medulares? Lauren se ha imaginado como una investigadora que inventa unos paneles solares más eficientes, hechos de mondas de manzana. No está preparada para lesiones medulares.

—Ha habido fractura —dice la mujer— y no quiero alarmarlos, no es lo que uno imagina cuando oye que alguien se ha roto la espalda. Va a haber que operarlo, seguramente mañana por la mañana, y luego pasará ingresado una semana o dos.

¡Una semana o dos! ¡Y eso solo en el hospital!

—Le hemos dado analgésicos y está dormido —dice la mujer—. Así que pueden pasar, pero es mejor que no lo despierten.

—Muy bien —dice Lauren. Piensa e intenta no dejarse llevar por el pánico—. Yo casi prefiero no verlo ahora. Igual me voy a casa a dormir un rato y ya vuelvo por la mañana.

—Por supuesto —dice la mujer y sonríe con amabilidad—. Me parece buena idea.

Para cuando llega a casa, son casi las dos de la mañana. Vuelven los tres juntos en taxi. Toby le pregunta a Lauren si quiere un té, pero, gracias a Dios, Maryam dice:

—Déjala descansar. Si quieres, hazme a mí el té.

En el rellano, la escalerilla sigue bajada, desencajada y torcida. Lauren la empuja, pero no se pliega.

Se tumba en el centro de la cama, que definitivamente es demasiado grande para la habitación. Las cosas con Bohai no se han arreglado del todo, pero ¿con quién puede hablar si no? Al cabo de unos minutos le manda un mensaje, para él debe de ser mediodía.

«Estoy casada con un Zach Ephron», escribe, algo que quizá no es el dato más pertinente sobre el marido, pero ahora mismo no quiere pensar en las lesiones.

«Oh, cielos —contesta Bohai—. ¿Y se parece?».

«Hum..., no —escribe Lauren—. Aunque es blanco y con pelo castaño. Está en el hospital, así que no es su mejor momento».

«Cómoooooo?? Has drogado a OTRO marido, me parto contigo qué te tengo dicho?».

«Se ha caído del desván», escribe Lauren.

«¡¡!! está bien?».

«No lo sé».

Lauren piensa un rato más en la respuesta y le cuesta dormirse, no consigue dormirse, hasta que se duerme.

Zach es de lo más popular. Durante los diez días siguientes sus amigos lo visitan en el hospital, y lo mismo hacen los amigos de Lauren, su madre viene y le acaricia la cabeza, las cajas de bombones se amontonan en la mesilla y hasta la madre de Lauren envía un oso de peluche gigante al hospital (es amarillo y sostiene un corazón en el que está bordado el mensaje: FELIZ PASCUA, y la madre aclara que estaba rebajado, pero aun así). Nat también lo visita y acerca a Magda a la cama para que pueda agitar los brazos con impaciencia y balbucear el nombre de Zach. Lo han trasladado a una habitación individual después de que quedara claro que (a) las visitas serían constantes y molestarían a otros pacientes, (b) Zach se mostró dispuesto a compartir sus reservas de chocolate con el personal sanitario y (c) no había riesgo de que se hiciera daño a sí mismo. Al parecer hay muchas lesiones medulares que son resultado de intentos de suicidio, algo en lo que Lauren procura no pensar cada vez que cruza las puertas de entrada a la planta.

Le permiten estar presente en las visitas médicas y considera la posibilidad de cogerle la mano a Zach de manera conyugal, pero la sustituye por tomar apuntes.

En el trabajo le dan unos días libres y sus colegas, que también conocen y quieren a Zach, le sugieren cosas para llevarle, preguntan por el horario de visitas. Zarah le da un gorro de su madre «por si Zach pasa frío en el hospital».

—Estamos en verano —dice Lauren.

—A veces ponen muy fuerte el aire acondicionado.

Lauren no lo entiende. Zach parece simpático, pero este interés universal por él le resulta desmesurado.

«Cómo va tu chico», escribe Bohai. Incluso Bohai se preocupa por él, piensa Lauren irritada, y sale del chat.

Hasta donde puede ver ella, Zach carece de vida interior. Quizá es por efecto de los analgésicos. Pestañea todo el rato, agradece mucho las visitas, se muestra complacido cuando Lauren le lleva cosas, se cansa con facilidad. Responde a estímulos. Está asombrosamente tranquilo respecto a su lesión de espalda. «¡Dicen que me voy a recuperar!».

Sus parientes son igual de alegres y bienintencionados que él, y también igual de insulsos.

Al cabo de diez días, mandan a Zach a casa, donde es igual de aburrido. Descansa en el sofá y orina en una botella que a continuación entrega a Lauren con expresión desvalida para que la vacíe. Debe estar el máximo tiempo posible tumbado de espaldas durante por lo menos dos semanas, así que Toby le instala un iPad encima de la cabeza para que pueda ver la televisión sin necesidad de moverse.

¿Por qué lo quiere tanto todo el mundo? Es un ser inexpresivo, un insustancial que no hace otra cosa que escuchar pódcasts y comerse los sándwiches que le prepara Lauren. Los días que tiene que ir a la oficina deja la puerta del apartamento sin echar la llave para que Toby pueda subir a ver cómo está y darle conversación mientras almuerza, y Lauren debería agradecerle que la ayude a cuidarlo, pero lo que siente es una profunda irritación. Nat les hace una nueva visita, esta vez acompañada de Caleb, quien se muestra tranquilo, nervioso y más callado de como le ha visto nunca Lauren. Le da a Zach una tarjeta de «Que te mejores» en la que ha dibujado varias figuras, todas ellas etiquetadas como TÍO ZACH en mayúsculas: Zach en un globo aerostático, Zach subido a un elefante, Zach volando con una capa roja. Y, por si esto no fuera suficiente, Nat llega llena de consejos: cómo apoyar a personas que se están recuperando de un traumatismo, platos para ayudar a la recuperación y fortalecer los huesos.

Durante la primera semana, Lauren asea cada noche a Zach con una toalla húmeda; es su primera interacción con su cuerpo desnudo, le limpia alrededor de la faja lumbar impermeable, usa otra toalla para la entrepierna y también para la raja del culo, levantando el pene con cuidado. Una noche, el pene se levanta y a continuación baja.

—¿Necesitas…, ya sabes? —Lauren hace el gesto de masturbar con la mano.

—No —dice Zach—. Todavía no me apetece. ¡Pero gracias por preguntar!

Rebosa gratitud. Se pasa el día diciendo: «Te lo agradezco infinito». «Te quiero, es increíble todo lo que haces por mí. No sé cómo pude caerme, soy un idiota».

Lauren desearía que algún día se levantara gruñón y resentido. Siempre se muestra conmovedoramente agradecido por sus cuidados, no deja de insistirle en que salga a divertirse y, lo que resulta más cargante de todo, siempre está rodeado de visitas a las que Lauren tiene que servir café y galletas; se ve obligada a hacer sitio en la nevera para las lasañas de cortesía, a sacar vasos de cerveza y frascos de mermelada en los que poner las flores que atestan cada estantería.

Llama a un manitas para que arregle la escalerilla del desván y también él termina sentado en una butaca del salón intercambiando anécdotas con Zach y enseñándole estiramientos para cuando se reponga. Por lo menos la escalerilla está arreglada. Lauren tira de ella y ya no se atasca a la mitad; sube y asoma la cabeza al desván para comprobar que la luz sigue encendiéndose.

Zach escucha audiolibros. Duerme siestas. Ve sitcoms, en ocasiones la misma que acaba de terminar de ver.

—Me tranquiliza —dice.

Después se pone la filmografía completa de Zac Efron.

—No había visto nada de él —dice—, pero me parece que igual es el momento. Es buenísimo. —Señala la pantalla, donde hay un plano congelado de *High School Musical 2*, de bailarines en un campo de baloncesto. Está bajo los efectos de codeína extrafuerte, y lo estará durante tres meses más, o quizá no, porque, en cuanto tenga movilidad suficiente para subir al desván, Lauren piensa deshacerse de él.

¡No es que sea un mal marido! Ahora que no está bañado en sus propios fluidos corporales, resulta atractivo, salta a la vista que tiene muchísimos amigos, su familia parece llevarse la mar de bien. Lauren sigue viendo a Toby y a Maryam más de lo habitual, incluso cuando deberían estar haciendo cajas en lugar de riéndose con los chistes sosos de Zach y poniéndolo al día de su búsqueda de piso.

—Hemos solicitado ese que está de camino al hospital y la cosa pinta bien —le dice Toby una tarde—. Así seguiremos viviendo cerca de vosotros.

Es a Lauren a la que deberían tranquilizar, es a ella a la que Toby debería querer tener cerca para poder visitarla.

Por lo general, Elena se niega a desplazarse tan al sur de Londres, pero ahora viene y trae un gran plato de galletas de almendra.

—Qué pesadilla el tren —dice—. No por tener que llevar las galletas, sino porque todo el mundo me hacía bromas pidiéndome una. «¿Te las llevo? ¿Has traído para todos?». Puto sur de Londres. Al norte del río nadie intenta darte conversación.

—Si quieren galletas, que se rompan la espalda —dice el marido.

—¡Exacto! Eso debería haberles dicho.

Zach no encaja en ninguno de los tipos de Lauren, no es ni desgarbado ni bajito y fuerte, ni seguro de sí mismo ni nervioso, ni siquiera tiene un hobby raro. Lauren pasa cada vez más tiempo en el dormitorio y deja el salón para Zach y sus visitas. Durante diez días le vacía las botellas de pis hasta que, por fin, le permiten ponerse de pie y moverse con cuidado. Entonces se las vacía él solo o, más bien, dice que lo va a hacer, pero luego las mete debajo del sofá y se disculpa dos días más tarde, cuando están llenas y le toca a Lauren vaciarlas.

Esta va casi todos los días a la oficina y se queda hasta tarde para disponer de algo de tiempo en soledad a partir de las cinco, cuando se vacían las mesas. Otras veces sube hasta la parte de la ciudad en la que vive Elena para ir a unas clases de baile horribles en antiguos contenedores marítimos y Lauren intenta no rabiar cuando Elena le pregunta por Zach o le da un libro para él que ha elegido Rob.

—Es la tercera vez que vienes esta semana —dice Elena—. Deberíais mudaros. No puedes vivir para siempre en Norwood Junction solo porque tu abuela lo hizo. El apartamento debajo del nuestro se vende, deberías echarle un vistazo. ¡Imagínate poder coger la línea de metro Victoria! ¡Y luego está el tren de cercanías que tarda quince minutos hasta Liverpool Street!

A eso se dedica sobre todo la gente que vive a las afueras, piensa Lauren: a enumerar las distintas maneras de llegar al centro.

—Doce minutos a London Bridge en tren directo —dice como buena residente de Norwood Junction.

El viaje de vuelta resulta de lo más irritante para ser un viaje entre dos puntos supuestamente tan bien comunicados con el centro de la ciudad. Piensa en la sugerencia de Elena. Vender el piso sería una forma de escapar de las vidas infinitas, siempre que pueda estar segura de que luego no va a drogar a otro exmarido para obligarlo a allanar su antigua casa.

Pero no piensa quedarse con Zach.

Hasta ahora ha intentado fijarse en una característica de cada marido que le permita diferenciarlos, aceptar que son personas que ha querido y que la han querido. Pero con Zach solo puede pensar en botellas de pis. Y luego está ese persistente sentimiento de culpa. Porque ella es la única responsable de lo ocurrido.

41

Una cosa queda clara a medida que Zach mejora y empieza a moverse un poco más por la casa: el accidente lo ha traumatizado. Está mucho más afectado de lo que da a entender.

Está asustado.

Y no quiere subir al desván.

En otras circunstancias, Lauren se inventaría un escape de agua, o fingiría hacerse daño y se pondría a llorar en lo alto de la escalerilla pidiendo ayuda lastimeramente. Pero este marido se lleva muy bien con Toby y Maryam; los llamaría y estos subirían a toda prisa en auxilio de su querido amigo. ¡Eran amigos suyos antes que de Zach! ¡Deberían ayudarla a ella! Zach también ha hecho buenas migas con una familia, es posible que de una secta, que vive al otro lado de la calle, así como con un señor tres números más arriba que siempre está alquilando contenedores, de manera que esperar a que Toby y Maryam se muden no serviría de nada.

Lauren no tiene otra elección que darle tiempo. Desde luego no puede repetir lo que hizo con Amos, por una cuestión de principios, pero también por toda la codeína que está tomando Zach.

Reciben la visita de Bohai, que viene a pasar dos semanas a

Londres de vacaciones con su todavía no esposa puesto que, técnicamente, sigue casado. La mujer se llama Laurel, algo que Lauren se toma como una ofensa de lo más rebuscada y específica.

—Lauren —dice Laurel cuando las presentan—, tengo la sensación de que ya somos amigas, leo tu nombre en vasos cada vez que me pido un café.

Lauren no tiene claro si se trata de una broma encantadora o hiriente. Quizá su ambigüedad es lo que convierte a esta mujer en la pareja idónea para Bohai.

—¿Y cómo os conocisteis vosotros dos? —pregunta Zach cuando se sientan los cuatro en el jardín bajo un cielo gris.

Zach ha empezado a salir de la casa hace poco, siempre con la faja lumbar; baja con cuidado y despacio las escaleras y se queda de pie en el jardín o camina hasta el final de la calle y vuelve.

—Viví en Londres una temporada —contesta Bohai—. Conocí a Lauren a través de mi pareja de entonces.

Laurel es de lo más fina. No mira su teléfono en toda la tarde. Va impecablemente peinada. Habla en frases completas y de enunciación perfecta, sin «ehs...», ni «ahs...», ni «pues...». Enseguida se entiende con Zack.

—Tu marido parece encantador —dice Bohai cuando van los dos a la cocina a por más galletas y té—. A ver, es un poco aburrido, pero a ti te gustan así, ¿no?

—Tu pareja parece genial —dice Lauren, aunque no está muy convencida.

—Pues sí, lo es. Vamos a hacer un bodorrio. Vendrás, ¿no? ¿Te animas a leer algo durante la ceremonia? Aunque todavía falta tiempo, primero tengo que solucionar lo del divorcio, igual en verano de finales del año que viene. Vas a odiar Sídney, hay unos murciélagos gigantes.

—Escucha —dice Lauren mientras vuelca las galletas del plato y empieza a colocarlas de nuevo—. Laurel me cae bien, pero ¿es mucho mejor que tus otras seiscientas parejas? ¿Tanto como para pasar por un divorcio y empezar tu vida de cero?

Bohai se encoge de hombros.

—Pues no sé, igual sí, ¿no? Tengo que decidirme por una, así que ¿por qué no ella? —Se ha puesto a abrir armarios—. Qué raro se me hace estar aquí con un marido nuevo, yo nunca vuelvo a mis casas anteriores.

—Venga —insiste Lauren—, tiene que haber una razón.

Estuvieron siglos escribiendo notas en pósits. ¿Cómo puede Bohai conformarse de repente con alguien con quien ni siquiera está casado?

Bohai deja los armarios y parece pensarse la respuesta.

—Vale —dice—. Es porque… No sé, detectas algo en alguien que te hace sentir feliz, te hace sentir afortunado.

—¿Algo como qué? ¿Qué tipo de algo exactamente?

—¿Con Laurel? Pues a ver…, sobre todo tres cosas: empezando por la tercera, tiene unos gustos musicales horribles, de verdad, pésimos, y no se avergüenza de ellos. No sé por qué eso me atrae, pero así es. Con Jack también me pasaba, una vez llegué a casa y me lo encontré escuchando una playlist en YouTube de canciones de anuncios de los setenta. Igual es la naturalidad con la que lo reconocen. No tengo ni idea.

—Malos gustos musicales. Vale.

—Eso es —dice Bohai. Número dos: hace esgrima, y no sé si has visto alguna vez a alguien hacer bien esgrima. Cuando terminan, se quitan la careta y están jadeando y con el pelo alborotado. Te lo digo en serio, me parece un escándalo que esté permitido hacer algo así en público.

Bohai ni siquiera tenía un apartado de «aficiones» en sus pósits.

—Y la número uno es que se da cuenta cuando tengo una mala idea. Y no hace falta que me digas que eso es casi siempre, porque lo sé.

—¿Sabes una cosa? —dice Lauren—. Creo que no te gustaría tanto si hubieras entrado directamente en su vida desde la despensa. Lo que te ha hecho enamorarte es la logística.

—Pues igual sí. Pero lo importante es que funcione, ¿no?
Lauren menea la cabeza, intenta reconducir la conversación.
—Perdona, estoy siendo una cretina, ¿no?
—No sé. Un poco.
De perdidos al río. Lauren no ha conseguido quitarse de la cabeza la posibilidad de que Bohai no estuviera de vacaciones cuando lo llamó pidiéndole ayuda con Amos, que quizá no quería abandonar el mundo en el que estaba, a Laurel.
—¿De verdad estabas a tres horas de casa? —pregunta—. Ese día que te llamé. No pasa nada si no es así.
—Ah. ¿La vez que estabas intentando subir a aquel hombre al desván? Sí lo estaba, habíamos ido a la costa. Pero entiendo que me lo preguntes. —Bohai mira por la ventana al jardín, donde Laurel y Zach siguen charlando—. No te voy a engañar, me alivió tener una disculpa. Llevaba muy poco tiempo con Laurel, pero ya me gustaba mucho.
Los dos guardan silencio un momento. Luego Lauren dice:
—Me alegro de que hayas encontrado a alguien. Y ahora deberíamos salir. ¿Qué tal si abro un vino?
—Ah —dice Bohai—. No. A ver, es un poco pronto para contarlo, pero qué coño. El caso es que he prometido no beber mientras ella no pueda, y...
—¿Cómo? —pregunta Lauren—. Qué me dices, ¿en serio?
Bohai está radiante, turbado y orgulloso, las tres cosas a la vez.
—Pues sí, a ver, no ha sido aposta, pero decidimos que..., oye, ¿por qué no?
—¡Bohai! ¡Pero eso quiere decir que no vas a poder cansarte de ella y meterte en un armario y venir a tomarte un café conmigo!
Hasta ahora Lauren no se había creído del todo que Bohai fuera a quedarse con Laurel.
—Por eso no te preocupes —dice Bohai—. Está forrada, su ex y ella inventaron no sé qué dichoso casco de RV que reproduce olores. Luego le vendieron la compañía a Google. Hemos volado en business. Te voy a visitar todo el rato.

335

—¡Qué barbaridad! ¿Te has deshecho del armario?

—Era un arcón para guardar mantas. No sabes lo que fue salir de él. De hecho, aún lo conservo. Pero, cuando volvamos, voy a romperlo y a tirarlo. Porque imagínate si tenemos una hija y estamos jugando al escondite y... se mete ahí y... cambia de padres. Básicamente, creo que no se puede tener un arcón mágico en casa con un niño pequeño. Si Laurel y yo rompemos, tendremos que separarnos como hace todo el mundo.

—Pero no os vais a separar, ¿verdad? Dios, se te ve tan feliz que casi das asco.

—Yo también te quiero —dice Bohai antes de dar a Lauren un abrazo fuerte.

Llega un momento en que Zach y ella duermen en la misma cama y él la coge de la mano.

Lauren le ha vaciado botellas de pis, le ha hecho sándwiches que pudiera comer tumbado, le ha cedido el salón, le ha lavado el cuerpo sudado, y son cosas todas ellas que tarde o temprano terminas haciendo por tu pareja si sigues con ella el tiempo suficiente, piensa, pero no al principio de una relación. A Lauren no le gusta que la cuiden cuando está enferma, le gusta que la dejen sentirse mal a su aire, pero Zach no tiene esa manera de ser. Zach es confiado e ingenuo y acepta ayuda y atención como si fueran derechos fundamentales de las personas enfermas.

Pero es verdad que se partió la espalda bajando del desván al que ella lo envió.

Según el médico, debido a la caída ha perdido alrededor de un centímetro de altura.

—¿Me seguirías queriendo —le pregunta una mañana Zach— si midiera seis centímetros? ¿Si fuera un hombre en miniatura que te llegara al tobillo?

—Te querría tanto como te quiero ahora mismo —contesta Lauren.

Y no miente, aunque hace tiempo que ha renunciado a creer que nadie debería mentir nunca al hablar de amor: ha declarado falsamente su afecto a tantos maridos que por una vez más no pasará nada.

Zach sonríe agradecido.

—Deberías subir al desván —dice Lauren—. Para perderle el miedo. Si no, no te lo vas a quitar nunca.

—Uf —contesta Zach—. Ahora mismo se supone que no debo hacer esfuerzos. Pero, cuando esté un poco mejor, sin duda.

Ha empezado ya a trabajar, desde casa; en su empresa le han instalado lo necesario y es como tener un capibara gigante en casa, dócil y obediente, pero inamovible. A veces Lauren le pone encima un objeto, tal y como hacen con los capibaras en los vídeos, algo de comer que Zach enseguida se mete en la boca, un mando a distancia, un libro que dejará donde está unos minutos y después moverá a la mesa baja. La mesa baja está hasta arriba de cosas. Lauren la despeja una vez al día.

—Te quiero mucho —le dice Zach mirándola.

Lauren le da una palmadita cariñosa en el hombro.

—Estás puestísimo de codeína. Es la cuarta vez que ves *17 otra vez*.

—Cuánto me alegro de estar casado contigo.

Qué fácil sería todo si estuviera enamorada de él. Zach ignora que la caída fue por su culpa. Por lo que a él respecta, Lauren ha sido una esposa excepcionalmente solícita.

Pero este marido bobo y encantado de la vida no es para ella.

Saca de nuevo el desván a colación.

—Creo que no me apetece —dice Zach.

—No hay prisa. Solo es que acabo de leer una cosa en la que pone que sería bueno para ti. Psicológicamente.

—Pues igual la semana que viene.

A la siguiente semana Lauren baja la escalerilla, en un acto reflejo tira de ella hacia la izquierda a pesar de que ya se despliega sin problemas, se pone su mejor conjunto de lencería y llama a Zach con la voz más seductora de que es capaz.

—¿Qué tal si subimos —propone— para un reencuentro?
—No sé. ¿En el desván?
—Está oscuro —dice Lauren—. Y es misterioso.
—Todavía me da un poco de cosa —dice Zach—. ¿Y si vemos una película?

Por Dios bendito.

—Muy bien —contesta Lauren medio desnuda en el rellano—. No te preocupes. Cuando te encuentres con ánimo.

Habla con Elena del tema, con la esperanza de que aporte alguna idea, pero por supuesto sin explicarle por qué es tan importante.

—¿Y si no vuelve a subir nunca? —pregunta—. ¿Y si el desván se convierte en una amenaza que lo acecha para siempre?
—No sé —contesta Elena—. Igual podéis esperar a ser ricos y entonces convertir la casa en un loft y que el desván sea el cuarto de invitados.

Buf, entonces sí que no se libraría de él jamás.

Toby y Maryam casi han terminado las cajas para su mudanza y Lauren no soporta la idea de que el edificio se quede vacío, de que estén solo ella y este hombre sin sustancia. Prueba a vaciar un cubo de agua en el desván mientras la luz del techo parpadea y a irse de casa para que Zach se encuentre la mancha de humedad en el techo y un charco en el suelo; pero lo que hace es llamar a un fontanero, el cual se encoge de hombros y afirma no entender nada.

—Oye —dice Zach—, perdona la pregunta, pero ¿has echado tú agua en el desván? El fontanero ha dicho que parecía que alguien había subido un cubo de agua y lo había vaciado.
—No —contesta Lauren—. ¿De qué hablas? ¿Qué agua?
—El agua de la que te he hablado antes. La que caló el techo.

—Pues claro que no he sido yo.

—No sé —dice Zach—, tengo la sensación de que estás empeñada en que suba al desván. Igual deberías hablar con alguien. Verme caer tuvo que ser traumático. Y luego está todo lo que has trabajado cuidándome, que tanto te agradezco.

—Estoy bien —dice Lauren—. Me da igual si subes o no al desván.

—Vale. Si estás segura...

Joder con el puto marido.

«¿No puedes inventarte que hay un gato atrapado? —sugiere Bohai—. Un gatito monísimo y desvalido y necesitas que te ayude a bajarlo».

Pero pasaría como con el agua, Zach se limitaría a pedir ayuda.

Va a tener que tomar medidas más enérgicas.

42

Al día siguiente llama al trabajo para decir que está enferma y saca un billete de tren al pueblo de Felix. Su casa está a una hora andando de la estación, pero no le importa; necesita aclarar sus ideas.

Tiene un plan. Puede con esto.

Entra por la puerta trasera, rodea la piscina, camina pegada a la valla roja y cruza el jardín de árboles frutales. Una parte de ella alberga la esperanza de que su combinación de entrada al invernadero no funcione y tenga que buscar otra solución. Pero teclea «hay doce hombres en el cuarto de arriba, pulpo» y la puerta se abre.

Necesita darse prisa; no es como la vez anterior, cuando entró y salió inmediatamente, y no sabe si puede haber alguien mirando las cámaras.

Cruza el invernadero, que no tiene la disposición que recordaba. La mujer actual ha hecho constar su presencia con más firmeza que Lauren.

Está haciendo una buena acción. A Zach sigue doliéndole la espalda. Llora la pérdida de un centímetro de estatura. Lauren se lo va a devolver.

Entra en el cuarto de Vardon. Mira en el vestidor y en el escritorio (hay una caja de perdigones, que coge), a continuación prueba con el baúl a los pies de la cama. Ahí está, la escopeta de aire comprimido. No ve nada donde pueda llevarla; le quita la funda a una de las almohadas y la mete dentro. Sobresale por abajo.

Se le hace muy raro sujetar un arma de gran tamaño que parece de mentira pero en realidad no lo es.

En fin. Baja las escaleras lo más rápido que puede y la escopeta es demasiado visible. En cuanto está fuera, coge un rastrillo del cobertizo y lo mete también en la funda. ¿Mejor así? No, es muchísimo peor; saca el rastrillo.

Se acuerda del gimnasio; igual ahí hay algo que pueda servirle. Introduce la combinación, entra en la primera habitación. Sí, hay una raqueta de bádminton dentro de su funda. La saca y consigue guardar la escopeta casi entera.

Ha cogido un batín y lo está usando para envolver el trozo de arma que queda al descubierto cuando oye un ruido.

Levanta la vista.

Se abre la puerta que da a la piscina. Aparece una mujer con pelo oscuro recogido detrás de la cabeza; va en biquini.

Ah, piensa. Es la nueva Lauren.

—Servicio de lavandería —dice.

—Los de la lavandería vienen los martes —contesta la mujer, muy quieta.

Lauren da media vuelta y echa a correr, se pelea con la puerta pero logra salir al camino, no mira atrás porque tiene que ir lo más deprisa posible, pero no oye nada y, cuando se arriesga a echar un vistazo, comprueba que la mujer no la sigue; habrá llamado por teléfono a Felix, o a la policía, o quizá a la empresa de seguridad; en cualquier caso, lo peligroso no es que alguien en biquini la persiga, forcejee con ella y le arranque la escopeta, el peligro está en el perímetro, en las salidas, en el pueblo. Evita la puerta trasera y va hacia una pared, una de las que tienen enredaderas, por las que intentar trepar. Tira la escopeta por encima y la sigue, resbala una o dos veces cuando la enredadera se separa de la pared, pero no pasa nada, puede hacerlo. La caída hasta el suelo al otro lado es mayor de lo que le gustaría, pero se las arregla, hasta que aterriza, se tuerce un tobillo y experimenta ese horrible instante de «qué me he hecho» antes de que llegue el dolor. Me he hecho daño.

Vale, piensa. Lo primero es lo primero. La escopeta de aire comprimido, el batín. Lo lleva todo.

Tiene que enfilar un camino que sube hasta un portillo con escalerita, cruzar un prado y entonces ya no se la verá desde la casa de Felix. Y puede apoyarse en la valla. Por lo menos en el prado hay ovejas en lugar de vacas, así que podría ser peor.

La escalerita le será de ayuda. Cuando esté al otro lado, podrá sentarse y recuperar fuerzas. Consigue llegar, se enrolla el cinturón del batín alrededor del tobillo a modo de vendaje improvisado y se dispone a consultar los horarios de trenes cuando...

Ah. No lleva el móvil.

Lo que es una mala noticia. Se le ha caído, imagina, en el gimnasio, y la nueva mujer lo habrá encontrado y la policía sin duda tendrá la manera de desbloquearlo y encontrar su nombre.

En fin. Será mejor que se ponga en marcha.

La caminata hasta la estación es lenta y dolorosísima. Cuando empieza a ver las casas de las afueras se suelta el pelo y se quita la chaqueta, por si alguien la está buscando. Una vez en la estación, se sienta al final de una larga hilera de bancos, lo que resulta ser mala idea, porque, cuando llega el tren y se para en la otra punta del andén, tiene que cojear lo más deprisa que puede usando la raqueta de bádminton/escopeta de aire comprimido a modo de bastón.

También el viaje es interminable. Es un tren lento que se para en estaciones de las que Lauren no ha oído hablar en su vida: Little Tarpington, Pubbles. ¿Vendrá la policía de Sussex a buscarla personalmente o llamarán a la comisaría de Norwood Junction? Sin su teléfono, ni siquiera puede buscar cómo funcionan las detenciones en internet.

Por fin, ¡por fin!, llega a su estación. Debe de haber llovido en Londres mientras estaba en el campo porque el suelo está mojado y el pavimento resbala, además llevaba el billete de tren dentro de la funda del teléfono, de manera que no puede escanearlo para salir y debe esperar a que alguien abra las puertas accesibles y colarse antes de que se cierren. Pero se encuentra más tranquila. Ya está muy cerca.

Y llega a casa.

Tiene que subir las escaleras poco a poco.

—Hola, cariño —llama a Zach cuando está casi arriba.

—Qué pronto has vuelto.

—Sí, se ha ido la luz y nos han mandado a casa.

Lauren entra en el baño, encaja el combo bádminton-escopeta-batín detrás de la puerta y va al salón a buscar su portátil.

—Creo que voy a darme un baño —dice mirando hacia el cuarto de invitados, donde Zach está trabajando—. ¿Necesitas pasar?

—No. Y siempre puedo usar una botella si lo necesito.

Qué ganas de librarse de él.

Puerta del cuarto de baño cerrada con pestillo, grifos abiertos. Mientras deja correr el agua, Lauren se masajea el tobillo y ve un vídeo de un hombre en la cincuentena explicando cómo se carga ese modelo concreto de escopeta de aire comprimido. Le gustaría que tuviera más aspecto de escopeta de caza anticuada de madera, quedaría menos raro, pero está llena de empuñaduras, puntales y colores de camuflaje. Prueba a levantarla, a bajarla. Acerca el dedo al gatillo, se obliga a tocarlo reprimiendo una mueca de desagrado y sin apretar, solo lo roza. No tenía planeado hacer esto aún, pero no sabe si la mujer en biquini ha encontrado su teléfono, si no hay alguien a punto de llamar al timbre de su casa para interrogarla.

Ya ha visto el vídeo dos veces, la bañera está llena, demasiado incluso, y sabe que no debe remolonear, pero necesita tomarse un momento. Solo uno. Así que se desnuda, mete un pie y se sumerge con delicadeza dejando que el agua caliente la cubra.

Se concede dos minutos antes de salir de la bañera y vestirse con la ropa que llevaba porque no se le ha ocurrido coger otra; apesta a oveja, pero no puede salir al pasillo desnuda y con un arma.

Qué larga es y qué gris. Odia tocarla. Piensa en escribir a Bohai para que le dé apoyo moral y entonces decide que es posible que no apoye moralmente lo que está a punto de hacer.

—¿Te falta mucho? —oye desde el otro lado de la puerta.

—No —contesta.

Ha llegado el momento. Tapa el arma con el batín, abre la puerta y sonríe a Zach, quien le devuelve la sonrisa. Lauren sale del baño con cuidado de no hacerse daño en el tobillo y el bulto en las manos; Zach entra en el baño y cierra la puerta.

En cuanto no está, Lauren baja la escalerilla y desenvuelve la escopeta. Se coloca en la entrada del salón. Está mirando hacia la escalerilla, al otro lado queda el cuarto de baño y, detrás, las escaleras. Quiere evitar que Zach pueda abalanzarse hacia ella y el marco de la puerta la ayudará a conservar el equilibrio.

Esto va a ser muy sencillo. Durante los dos días que ha dedicado a planearlo ha leído mucho sobre normas de seguridad para escopetas de aire comprimido, y se dispone a violarlas casi todas, pero parece que no hay peligro de herir de gravedad a Zach si no está pegada a él. Esta colocación la sitúa a la mayor distancia posible, un par de metros, y al mismo tiempo le da una visión completa del rellano. Es una buena elección. Sólida desde un punto de vista táctico.

Se abre la puerta del cuarto de baño. Sale Zach. Al ver a Lauren, vacila un momento y a continuación frunce el ceño.

—No te muevas, por favor —dice Lauren.

—Madre mía, cada día hacen más sofisticadas las pistolas de agua, ¿no? ¿De dónde la has sacado?

Entra en la cocina, fuera de alcance.

Vaya, hombre. Lauren se apoya mejor en el marco de la puerta y espera. Sale Zach con una lata de Coca-Cola.

—No es una pistola de agua —dice Lauren—. Es un arma. Pero no te asustes, no te voy a disparar si no es necesario. Solo quiero que subas al desván, y luego todo se habrá arreglado.

—Baja eso —dice Zach—. Deja ya la bromita. No tiene gracia. Qué pesado es este hombre.

—No estoy de broma. Lo siento. De verdad que lo siento, pero todo se arreglará dentro de unos minutos.

—Ya vale, Lauren, deja de apuntarme con eso.

Va a tener que demostrarle que va en serio. Sabía que esto podía pasar. Si un marido la apuntara a ella con un arma, obedecería inmediatamente y subiría al desván, pero Zach es demasiado pacífico, demasiado manso y sigue demasiado puesto de codeína. La escopeta tiene dos perdigones; puede disparar a un lado, será convincente pero no peligroso y Zach subirá al desván.

—Muy bien —dice, sin ceder al pánico—, tranquilízate y no te muevas, ¿vale? Cuidado.

Deja de apuntar al marido y aprieta el gatillo una vez, pero ignora cómo de fuerte tiene que apretar, y no era mucho, al parecer, y hay un ruido, pero no tan fuerte como esperaba, y ocurre algo a toda velocidad y lo que debe de ser el perdigón alcanza el cristal de una fotografía colgada de la pared. El cristal se resquebraja. Dios, igual esto es más peligroso de lo que ha querido creer, igual es una pésima idea.

Pero es demasiado tarde para echarse atrás. Zach la mira horrorizado cuando vuelve a apuntarlo con el arma.

—Por favor, sube al desván —dice Lauren—. Te prometo que, en cuanto lo hagas, dejaré el arma y podremos llamar a la policía.

—Lauren, Lauren... —Zach tiene las manos abiertas delante de él—, esto es una locura, no puedes... apuntarme con un arma.

Lauren ha ido demasiado lejos. Le va a salir el tiro por la culata.

—No es una arma de verdad.

Debería haberle dejado claro este punto desde el principio, quiere amenazarlo lo bastante para que obedezca, pero no tanto como para aterrorizarlo.

—Cómo que... ¡Acabas de disparar!

—Es de aire comprimido. No es más que una escopeta de aire comprimido. Pero te haría mucho daño si te disparo y acabas de lesionarte la espalda, creo que no te conviene que te disparen y yo tampoco quiero dispararte. Así que sube al desván. Después dejaré el arma. Te lo prometo.

Entonces oye un ruido. Es la puerta de abajo.

Zach sigue mirándola con las manos extendidas.

—Debe de ser Toby. Están vaciando la nevera y me ha preguntado si quería unas salchichas vegetarianas y salsa para pasta. Le he dicho que nos las subiera. Deberías... deberías bajar eso y, en cuanto se vaya Toby, hablamos, ¿te parece?

Esto enfurece a Lauren, por algún motivo es lo que más la molesta de todo. Toby era su amigo y ahora está jodiéndole el plan trayendo comida a su marido horroroso. ¿Es que no puede estar un día sin subir a ver cómo está ni hacerle pequeños favores? Este hombre no tiene límites.

—Vete —le grita a Toby cuando asoma por la escalera.

Toby ve lo que pasa y tampoco él parecer considerar a Lauren una amenaza creíble, porque mira la escalerilla, a ella con el arma, a Zach con las manos levantadas y frunce el ceño como si acabara de entrar en un salón recreativo.

Lauren retrocede dentro del salón hasta tener a los dos hombres en el punto de mira.

Es entonces cuando pisa el batín, hecho una bola en el suelo delante de ella, y vuelve a torcerse el tobillo.

Y se cae.

La escopeta se dispara cuando Lauren cae de espaldas y el perdigón sale por entre sus pies; pero no del todo, porque le roza el dedo gordo todavía húmedo y descalzo y hay una rociada de sangre en todas las direcciones. ¡Sangre roja, húmeda y real que mana de su pie! Lauren se sienta, después se arrodilla y vuelve a apuntar con el arma; Zach y Toby no pueden saber que no le quedan perdigones, pero han empezado a gritar y alguien ha tenido que oírlos. Mierda.

Cuando levanta la vista, comprueba que Zach está más pálido que nunca y que Toby, detrás de él, ha retrocedido hasta la escalera; hay salsa goteando en la moqueta, rebosa de un táper, por el suelo ruedan salchichas congeladas y Toby se sujeta el muslo y le corre sangre por entre los dedos de la mano. Por un momento Lauren piensa que procede de su dedo gordo, que ha brotado a chorro y alcanzado el otro lado del rellano, pero entonces Toby levanta la vista y le ve la cara. Ay. No.

—Me has disparado —dice Toby apoyándose en la pierna buena y contra la pared que tiene detrás.

—¡No es una bala de verdad! —dice Lauren e intenta sujetar la escopeta sin que le tiemble.

La cara de Toby. Sus dedos ensangrentados.

Solo hay una manera de salir de esta situación y es la misma de siempre.

—Lauren —dice Toby—, me has disparado, me has pegado un tiro en la pierna. ¿Qué...? Lauren, por favor, baja el arma. No sé qué está pasando, pero seguro que podemos arreglarlo. Podemos tomarnos un té y charlar.

—Claro que voy a bajar el arma. En cuanto Zach suba al desván.

Lauren se reposiciona, está arrodillada en el umbral y mirando a los dos hombres.

Zach se ha puesto a llorar. Enseguida se encontrará mucho mejor. Lauren cree estar llorando también; tiene la nariz llena de mocos y nota lágrimas, primero calientes y luego frías.

—Eso también lo podemos hablar —dice Toby—. Si necesitas algo del desván, yo te lo bajo, no hay ningún problema. Pero, Lauren, por favor...

A Lauren le duele muchísimo el dedo del pie. Y luego están la pierna de Toby y Zach pálido y con la boca entreabierta.

—No, espera. Zach, por favor. Te prometo que si subes se arreglará todo. Necesito que subas ahora mismo, ¿vale? Voy a..., estoy bajando el arma y así seguirá si subes. ¿De acuerdo?

Zach da un paso con expresión vacilante.

—Eso es —dice Lauren—. Lo estás haciendo muy bien. Tú puedes. Agárrate al pasamanos, eso es. Ahora la otra mano.

Ha retrocedido de rodillas hasta el salón para dejar sitio a Zach y la escopeta apunta al suelo. Por favor, funciona, piensa Lauren. Por favor.

Zach está subiendo.

Mete la cabeza en el desván.

A continuación el cuerpo.

Las piernas.

Lauren no quiere mirar; da media vuelta. Detecta un movimiento repentino y es Toby, cree, corriendo hacia ella, a trompicones, puto idiota, ahora es cuando se le ocurre hacer algo en lugar de ofrecer tazas de té. Pero llega tarde, todo va a salir bien. El pie de Zach desaparece y Lauren solo necesita medio segundo más. Levanta el arma trazando un amplio arco mientras Toby se abalanza hacia ella. En realidad es un gesto instintivo, le basta un segundo, baja el arma como si fuera un palo de golf mientras cae otra vez de espaldas. Hasta aterrizar en el suelo con las manos vacías.

Y el mundo ha cambiado.

43

No pasa nada.

No pasa nada. Su dedo del pie vuelve a estar intacto. Está tumbada en la moqueta con las piernas medio atrapadas debajo del cuerpo, pero tiene el dedo y el tobillo bien, el dolor ha desaparecido de golpe y no sujeta nada en las manos. El batín de Felix ya no está hecho un gurruño debajo de ella, Toby no se aproxima con ojos aterrorizados, cojeando y arrastrando una pierna que sangra, no se oyen sollozos procedentes del desván. Solo las pisadas de un marido normal haciendo algo; cosas normales que hacen los maridos.

Ha funcionado.

Necesita aire. Con el reinicio del mundo, las sustancias químicas, la adrenalina, el pánico han abandonado su cuerpo, pero están volviendo, Lauren sabe cómo va esto, ya lo ha vivido; tiene la cara seca, pero las lágrimas empiezan a brotar de nuevo, se pone a cuatro patas, le viene una arcada y vomita un hilo de papilla amarillenta, es un mal día para tener moqueta. Consigue ponerse de pie, cruza corriendo el rellano y baja las escaleras. Rodea la casa hasta el jardín trasero. Hay dos sillas de plástico y se dobla sobre una de ellas, siente náuseas y mareo; oye a alguien en el jardín vecino y levanta la vista.

Es Toby.

—Eh, hola —dice este alegre. Y, al cabo de un momento, cuando Lauren tiene otra arcada pero esta vez no vomita—: ¿Estás bien?

—Dios —dice Lauren—. No.

Menea la cabeza, intenta pensar con claridad, coger aire. Mira a Toby, lo estudia y no hay nada en su expresión que delate su ridícula embestida ni la sangre en la moqueta.

Qué raro resulta, piensa Lauren, que ella sepa cómo reaccionaría Toby si alguien le disparara y él en cambio lo ignore.

—¿Te apetece un té? —dice Toby—. Todavía no hemos guardado el hervidor.

Lauren se arrodilla en la hierba húmeda junto a la silla y ríe y llora a la vez y se enjuga una nueva remesa de lágrimas.

—Sí —dice—, hazme un té, por favor.

Está tumbada boca arriba en la hierba, con la taza vacía en la mano, cuando oye que alguien se acerca desde el costado de la casa.

La figura se aproxima, la mira.

Ve una cara conocida.

—Hola, Amos.

—¿Qué haces? —pregunta Amos—. Has dejado la puerta lateral abierta de par en par.

—Perdón.

—¿Has vomitado? ¿Y qué haces aquí? Sabías que estaba calentando más sopa.

Ah, piensa Lauren, la crema de calabaza y lentejas de Amos. Ha debido de tomarla para comer. Eso explica el hilo naranja amarillento en la moqueta.

—O sea, que sigues haciendo esa sopa. Le pones demasiada canela.

—¿Y por eso has dejado la puerta abierta y el fuego encendido?

Lauren no tiene fuerzas para discutir.

—No me he dado cuenta. Perdona. Escucha, subo en diez minutos, ¿vale?

Ha salido el sol y las calienta a ella y a la todavía húmeda hierba; ve una paloma que se ha posado en una rama demasiado delgada para su peso y sube y baja, sube y baja. Está descalza, nota los pies fríos y mojados y es posible que tirite un poco, pero conserva todos los dedos.

Amos frunce el ceño.

—Así que me toca limpiar tu vómito.

—Yo lo limpio. Déjame diez minutos. Por favor.

Amos la mira fijamente.

—Así que tengo que tomarme la sopa al lado de tu vómito —dice.

—Supongo que sí.

Amos no parece saber cómo responder a esto.

—Por favor, vete —dice Lauren.

Amos duda un momento y después se va.

Vuelve a estar sola.

Son muy pocas las hojas que han empezado a teñirse de amarillo y marrón, pero lo nota: en el color de los bordes del césped, en el frío a pesar del sol. El verano se ha terminado, ha pasado un verano más y Lauren lo ha dedicado a cuidar de Zach, a ir a pubs con Adamm y a enfadarse con sus amigos por llevarse tan bien con su marido. Ah, y también a disparar a su vecino. Se han terminado las polillas, empieza a refrescar y está casada con Amos.

Necesita parar.

Mete la mano en el bolsillo en busca de su teléfono, para apuntar algo o llamar a Bohai, a Nat o a Elena, pero no lo tiene. Al menos estará dentro de casa y no junto a una piscina en Sussex. Sí encuentra un carnet de biblioteca, un sobrecito de azúcar y un impreso de solicitud a medio rellenar de una tarjeta de fidelización para una cafetería que no le suena de nada.

Ha tenido muchas vidas y algunas eran malas, pero muchas eran buenas y quizá no hay un único camino hacia delante esperándola.

El jardín está hecho una pena, pero hay un matojo silvestre de flores amarillas de muchos pétalos que, supone, es una mala hierba descontrolada. Se pone a cuatro patas y empieza a estudiar los diferentes brotes hasta que se detiene de pronto: si se lo piensa demasiado, no llegará a ninguna parte. Agarra la flor más grande y brillante, hunde las uñas y arranca el tallo allí donde se une con la planta.

Arranca un pétalo: «Un marido más».

Arranca otro: «Parar ahora mismo».

No puede confiar en su gestión del desván. No puede seguir cambiando un marido por otro. No puede seguir esperando a ver qué tal van las cosas sin tomar una decisión, acumulando experiencias con gente que le importa y borrándolo todo a los pocos días. Lo que solo le deja dos opciones.

Podría pararlo todo ahora mismo. Subir y romper con Amos, y probablemente terminaría siendo horrible en lugar de satisfactorio, pero lo superaría y lo mismo haría él. Podría bajarle sus cosas del desván, firmar los papeles, zanjar los detalles y seguir con su vida. Pase lo que pase, tendrá que confiar en la capacidad de su futuro yo de gestionarlo sin la ayuda de un desván mágico.

O puede probar de nuevo, hacer girar la ruleta una última vez.

Todos los maridos son personas que ha elegido y que la han elegido. Venga quien venga después, será alguien a quien pueda amar. La vida que tendrán será una vida deseada.

Se asegurará de que todo está bien con Nat, Magda y Caleb, de que sigue en contacto con sus amigos, de que tiene un trabajo que cree poder desempeñar, quizá de que el marido y ella no tienen unas deudas imposibles de pagar o una pared principal forrada de papel pintado con suave textura de plumas y, siempre y cuando cumpla esos requisitos, sea quien sea el marido, lo recibirá con toda la esperanza y cariño de los que sea capaz. Nada de notas en pósits; solo confiar en la decisión tomada por su yo pasado.

Arranca otro pétalo.

«Un marido más. Parar ahora mismo. Un marido más».

Entonces duda, porque empezó a arrancar con «un marido más», lo que significa que tiene la esperanza de terminar también con eso.

Empieza siempre con la respuesta que quieres, dijo Jason.

Si hay una respuesta que Lauren desea, entonces quizá debería elegirla y punto. Probablemente no debería delegar la decisión en una flor. Se acabaron las trampas, se acabó el escabullirse: hay una cosa que quiere y va a tener que reconocerlo.

Se pone de pie, aturdida, con la ropa mojada pegada a la espalda, y se dirige a la esquina de la casa con la flor medio deshojada en el bolsillo. Sube las escaleras, vacila un momento en el lugar en que la sangre de Toby y la salsa de pasta manchaban la moqueta. Se calza, coge un bolso, el teléfono... No hay garantías de que los conserve cuando cambie el mundo, pero no están de más.

Resulta que Amos sí ha limpiado el vómito y, por un momento, Lauren siente afecto —igual no es tan malo—, pero entonces la mira desde el sofá y dice:

—Te he dejado el libro abierto por la receta en la cocina.

—¿Perdón?

—La sopa de calabaza. Lo he comprobado. Le puse la cantidad exacta de canela que viene en la receta.

—Vale —contesta Lauren—. Entonces supongo que me equivoqué al pensar que me gusta.

Se dispone a salir de la habitación, cuando se para.

—Amos —dice—, gracias por limpiar eso. No me gusta tu sopa, pero me alegra que a ti sí. Sé que en un momento determinado quisiste irte a Alton Towers en lugar de mudarte aquí conmigo y te agradezco que no lo hicieras.

—¿Qué? ¿Cómo sabes...?

—Y también creo —continúa Lauren—, aunque no sé si este

353

consejo te servirá de algo, ni siquiera si lo recordarás, pero creo que deberías pensar en irte a vivir a Nueva Zelanda.

—Vivimos aquí —dice Amos—. Tú no has querido mudarte ni a Berlín.

—Ay, cariño, no te habría gustado, habrías tardado seis meses en volver a Londres, te lo aseguro. Pero lo de Nueva Zelanda podría salir bien.

—¿No quieres ponerte el termómetro? Te noto...

Lauren sigue hablando.

—Igual conoces a una Katy, de esa parte no sé mucho. Pero creo que tienes razón en lo de que no estoy bien. Voy a echarme la siesta. Tengo una manta en el desván, ¿te importaría bajármela?

Amos sube. No sin rezongar un poco y mostrarse perplejo, pero sube.

Y, en cuanto está arriba, Lauren echa a correr. No puede ver bajar al nuevo marido, no quiere intentar evaluarlo, no puede contrastar sus características con la larga lista mental de requisitos, porque si hace eso estará de vuelta en la montaña rusa, dos días aquí y dos allí, sin que sus amigos recuerden nada de lo que han hecho con ella y siempre con un marido en la reserva, esperándola. Así que, antes de que a este que tiene ahora le dé tiempo a bajar, Lauren sale, baja a la calle, cruza con el semáforo en rojo y entra en el pub.

Se sienta dentro, no sea que el marido nuevo pase por delante, y desbloquea el teléfono. El nuevo marido siempre es aquel con el que se intercambia mensajes del tipo: «Compra leche» y «Me retraso cinco mins perdón». Lo localiza enseguida y no puede evitar ver su foto de perfil, que es de una paloma, y su nombre, Sam. Pues muy bien.

Le manda un mensaje: «Tengo que hacer de canguro para Nat, lo lamento. Vuelvo dentro de unas horas».

Ya siente la tentación de cambiar de idea, de concederse diez maridos más entre los que elegir, de pasar un par de horas con Sam para estar segura.

Pero no puede. La tentación misma es prueba de que carece del autocontrol necesario para hacer esto de manera responsable. Ahora mismo siente que puede actuar, espoleada por el sentimiento de culpa y el recuerdo de su sangre y la de Toby en la moqueta, la cara llorosa de Zach, la salvación por los pelos. Pero, si no cierra hoy el desván, nunca lo hará.

Sorbe una cerveza, hace búsquedas, se centra en lo elemental. Su trabajo: para el Ayuntamiento una vez más, y lo cierto es que podía ser peor. Pensión de jubilación, ayudar a personas, y además todo el mundo se va a casa a las cinco y media. Toby y Maryam: un chat grupal con fotos de cosas que no se van a llevar a la otra casa: «¿Queréis una freidora de aire?», la contestación del marido con su foto de una paloma. «Nos la quedamos si os quedáis vosotros con la nuestra».

El número de Bohai no ha cambiado en meses, pero Lauren ni se lo sabe de memoria ni lo tiene guardado en el teléfono de esta vida. En cualquier caso, estará dormido y tampoco es que vaya a poder darle ninguna información sobre su vida ahora mismo. Aun así, le manda un correo a la dirección de siempre: el vínculo a un artículo que encuentra abierto en una pestaña de su navegador sobre una especie de cangrejo australiano al que le gusta usar esponjas marinas a modo de sombrero. «No sé por qué he leído esto, pero te lo mando por si te viene bien —escribe—. Mándame un mensaje cuando te despiertes, igual tengo novedades».

El mensaje más reciente que conserva de Elena son las palabras «DOCE QUESOS, LAUREN. DOCE QUESOS». Busca en las fotografías, retrocede más de un año hasta encontrar la que mandó Elena de las dos en aquella primera noche y con el pie que Lauren aún recuerda: «Tiene que ser muy duro para el resto del mundo que seamos tan guapas». En realidad la fotografía no es demasiado favorecedora, pero la copia y se la reenvía a Elena. «Mira qué caritas».

Pocos minutos después llega la contestación: «ESPECTACULARES», acompañada de una nueva fotografía de las dos en lo que parece ser la cola de un puesto de hamburguesas. Lauren lleva una cazadora con lentejuelas y es posible que la imagen sea de su despedida de soltera o simplemente de una noche de juerga, pero da la impresión de que lo pasaron bien.

Casi no ha probado la pinta; da otro sorbo y llama a Nat. Ya ha localizado una fotografía de Caleb con Magda en el regazo, Caleb muy sonriente y Magda asomando furiosa por debajo de un gorrito de lana, así que de momento todo está en su sitio.

—¿Qué hay? —pregunta Nat en cuanto descuelga—. ¿Ha pasado algo?

—No —contesta Lauren—. Creo que no. ¿Tienes un minuto?

—La verdad es que no. Estoy en el supermercado.

—Vale, no te entretengo. ¿Cómo está Adele?

—¿Qué? Está bien.

—Vale —dice Lauren—. Una pregunta rápida. ¿Qué tal vida tengo? Si tuviera que cambiar algo importante, ¿qué debería ser?

Hay un momento de silencio.

—La última vez que intenté hablar contigo de esto, no quisiste escucharme —dice Nat.

—Ahora sí quiero.

—Bueno —dice Nat—. A ver, creo que deberías haberte presentado a aquel ascenso en el trabajo. Pero ya es un poco tarde para darte mi opinión sobre eso, así que no sé qué decirte. Supongo que no has mirado aquel link sobre ordenar la casa que te pasé. Te mandan un correo al día poniéndote una pequeña tarea que solo te llevará cinco minutos, pero funciona. En cuanto tienes todo ordenado, ya es más fácil mantenerlo así.

—Muy bien —dice Lauren—. Lo miraré.

—Y tampoco creo que esas bebidas que te prepara Sam te convengan, al menos a tu dentadura no. Básicamente son vinagre y azúcar. Pero, oye, mientras no te saltes las revisiones médicas, supongo que puedes beber lo que quieras.

—Gracias —dice Lauren—. ¿Algo más?

—Uf. A ver, estoy buscando *paratha* congelado y tengo que

pagar la compra y volver a casa, Lauren. No es que no quiera ayudarte, pero ahora mismo me viene fatal. ¿Hablamos esta noche?

—Me parece perfecto —dice Lauren—. Buena suerte con el *paratha*.

Se recuesta en el respaldo de la silla. Da otro sorbo de cerveza. Sea quien sea Sam, lo ha elegido, él la ha elegido a ella, han terminado juntos, y tal vez resulte una equivocación, pero, si se hubiera buscado un desconocido y hubiera ido conociéndolo poco a poco, también podría haber salido mal, ¿no? ¿Quién le asegura que elegiría mejor ahora que cuando decidió casarse con este hombre?

Ha elegido a su marido. Aún no lo conoce, pero lo ha elegido.

Y, si el marido no le gusta, se lo quitará de encima a la manera tradicional: mediante una pila inmensa de aburridos trámites legales que te agobian durante varios meses y una determinación de que el divorcio sea amistoso que terminará rota por un jarrón desaparecido que los dos se obstinan en ver como una metáfora de sus defectos respectivos.

Vuelve al apartamento y se esconde en el jardín trasero, pegada a la ventana de la cocina de Toby y Maryam, donde cree que no pueden verla desde el apartamento de arriba. Aunque no se ha enterado, ha debido de llover otra vez mientras estaba en el pub; el suelo vuelve a estar mojado.

Un ruido: Toby a su espalda abriendo la ventana de la cocina.

—Hola —dice—, ¿estás...?

—Estoy bien —dice Lauren—. Estoy muy bien. No quiero una taza de té.

Le ha pegado un tiro hace poco, así que no debería irritarse, pero no lo puede evitar.

—Ah —dice Toby—. Vale. Aunque el hervidor está ya en el camión de la mudanza, así que no podría hacértelo.

—Perdona. Pero sí, estoy bien. Bueno, espera un segundo.
—Agazapada en el jardín no está en una posición demasiado digna para hacer elecciones vitales, pero Toby es la primera persona a la que le contó lo de los maridos y su última oportunidad de averiguar más cosas—. ¿Maryam y tú estáis bien? Me refiero a en general, no a hoy específicamente, las mudanzas son un horror.

—¿Eh? Pues... sí.

—Vale, genial. ¿Maryam no te ha sugerido nada sobre intercambio de parejas?

Toby arruga el ceño.

—Perdona —dice Lauren—. No me hagas caso, no es asunto mío siempre que seáis felices. Una pregunta más.

¿Sam tiene algún hobby? ¿Lleva barba? ¿Cuál es su hábito más irritante? ¿Qué acento tiene? ¿Cuál es su peor camiseta? ¿Dónde lo conoció? ¿Quién propuso matrimonio a quién? ¿Qué canción eligieron para su primer baile?

—Sam y yo —pregunta—, ¿estamos bien?

—Bueno —dice Toby—. Yo os veo bien.

Menos mal.

—Vale —dice Lauren—. Gracias, solo quería confirmarlo.

Toby la mira.

—¿Esa era la pregunta?

—Sí —contesta Lauren—. Que vaya bien la mudanza. Os voy a echar de menos. Me ha encantado teneros aquí.

—No nos vamos lejos.

Toby cierra la ventana.

Lo siguiente es sacar al marido de la casa. «Hola —le escribe—, ¿te importa ir a comprar levadura antes de que cierren? La necesito para una cosa».

En cierto sentido es una prueba, porque es posible que el marido diga que no puede, que finja no haber leído el mensaje, o que diga que sí pero luego no vaya, y ninguna de las tres reacciones sería ilógica; pero entonces Lauren no podrá seguir adelante con su plan.

Camina hasta la esquina del edificio por la estrecha abertura que hay entre su casa y la vecina, deja atrás los cubos de basura y sale a la calle. El olor a lluvia pugna con el de comida en temprano estado de descomposición.

Respuesta rápida: «Voy».

Y unos diez minutos después oye lo que está casi segura de que es la puerta de la calle. Trata de no mirar al marido mientras sale, pero no puede evitar ver una figura con cazadora y vaqueros y una bolsa en la mano. Es solo un atisbo. Pelo oscuro. Un borrón. Su marido.

Le da tiempo a alejarse y a continuación va hasta la puerta de la casa.

Duda un momento. Abre. Mira hacia arriba.

La escalera enmoquetada. El rellano: verde claro esta vez. Una elección audaz.

La cocina: desorden relativo. El cuarto de invitados: un sofá cama, una mesa alargada. El baño: ella en el espejo, el pelo más o menos igual de largo, la arruga ondulada en su frente más o menos donde siempre, un grano en la barbilla, supone que pasajero.

La casa no está ordenada, pero tampoco hecha un desastre. Su planta gigante está en el salón, y la ha comprado tantas veces y acomodado a tantas versiones de su existencia que tarda un momento en comprender lo que esto significa, a saber: que en esta vida ya la ha comprado. Qué maravilla: le tiene mucho cariño y ha cargado con ella desde la tienda en muchas ocasiones, la misma compra impulsiva una y otra vez, el mismo esfuerzo físico agotador. Y ahora resulta que alguien la ha puesto ya allí.

Así pues: qué maravilla. Pero también: qué horror.

—Ay, colega —le dice y toca sus hojas indómitas—. Siento mucho todo esto.

No dispone de mucho tiempo. Abre cajones, armarios, coge todo lo que le parece importante. Una carpeta con pasaportes, su portátil, otro portátil, es de suponer que del marido. Una caja con tarjetas y fotografías. Lo deja todo en la mesa del rellano. Otro vistazo rápido: coge algo, piensa. ¿Cómo saber lo que es importante y lo que no? Una taza que no le suena donde dice: COVENTRY, LA CIUDAD DE LA DIVERSIÓN. En la habitación de invitados, una carpeta de acordeón en la que alguien, el marido, ha escrito BRBELEZ o, cuando guiña los ojos para ver mejor, PAPELES (acaba de aprender algo nuevo sobre el marido, que tiene una letra espantosa). Un cojín en forma de búho que debe de tener valor sentimental porque no le cabe duda de que no está ahí por razones estéticas, y, ya puestos, dos platos excepcionalmente feos del escurridor. Una novela sobada que está sobre la mesa de centro.

También coge su pequeño cactus y dos bolsas grandes de supermercado en las que guardar todo. En el último momento mira en la nevera y ve que en la puerta hay varias botellas de color rojo, morado y rosa, algunas con hierbas y frutas dentro. Deben de ser las bebidas avinagradas de las que hablaba Nat. Se lleva una también, por qué no.

Lo deja todo preparado en la mesa.

Tira de la escalerilla.

Empieza a subir al desván.

La luz del techo se enciende a medida que entra.

Sigue subiendo y al llegar arriba se da la vuelta y se sienta en el borde de la trampilla, con las piernas colgando en el aire más fresco del rellano, como si estuviera otra vez en la piscina de Felix. El desván sigue a oscuras, pero los ojos comienzan a acostumbrársele y, a medida que se enciende la bombilla del techo, empieza a identificar las formas que hay a su alrededor, los estantes, las cajas, las sillas, cortinas dobladas, espumillón, maletas.

Sube las piernas y se echa hacia atrás. Está tumbada mirando el techo.

El zumbido estático aumenta poco a poco de volumen. En un rincón, Lauren ve una maraña de luces de colores que también brillan y se atenúan, brillan otra vez, son de color rosa, rojo, amarillo, verde y azul.

Vuelve la cabeza. Un radiador que debieron de subir al empezar el verano ronronea y se calla.

Es la última vez que sube a este lugar, piensa al ponerse de pie. La última vez que sube nadie. Aquí se escondía cuando era pequeña, aquí le contaba Nat historias de miedo, las dos metieron las cosas de su abuela en unas cajas que pusieron en un rincón y nunca más abrieron, aquí se comieron las polillas un abrigo cuando Lauren lo guardó en una bolsa de basura cinco o seis veranos atrás. Ha mandado a muchos maridos a este sitio encomendándoles pequeñas tareas inventadas.

Abre una caja y después otra, buscando, pensando.

Un reloj con radio, que sin duda lleva allí desde los tiempos de su abuela, parpadea y se enciende, marca las 00.00 y chasquea. Otra caja: dentro hay un ventilador ya girando, despacio, pero ganando velocidad, con las hélices llenas de polvo. El radiador se pone de nuevo en marcha y esta vez no se para.

Mira detrás de un estante y ve un viejo monitor de ordenador en el suelo. La pantalla muestra figuras geométricas irregulares rosa y verde que parpadean: rectángulos deformes y grises bajan por la pantalla, que a continuación zumba y se vuelve azul y amarilla.

Las luces de colores estallan una detrás de otra, el cristal se hace añicos y las bombillas se funden, pero ahora lo que brilla es el cable, el revestimiento que se derrite. En el estante prende una caja llena de petardos, el plástico transparente se arruga por efecto del calor y genera una lluvia de chispas ardientes.

Y huele a humo.

Lauren ignora cuánto tardará en prender todo, pero está funcionando. El desván está haciendo lo que sea que siempre hace. Por última vez.

44

Sam encuentra el lineal donde está la levadura y coge también zumo de naranja, un paquete de salmón muy rebajado y un Kit Kat.

Colas para las cajas de autopago. Mientras espera, se entretiene leyendo en el teléfono.

Han abierto una panadería en la acera frente al supermercado con un gran letrero que dice THAT'S LOAF, un nombre que no acaba de convencerlo, pero es agradable ver que un negocio abre en lugar de cerrar.

Debería haber entrado antes de meterse en el supermercado; así se habría sentado un ratito y tomado un café. En cambio ahora tendrá que ir derecho a casa para meter el salmón en la nevera. Así que pedirá un brownie para llevar. Y un rollo de canela para Lauren.

Deja atrás la tienda de alfombras cerrada. Las paradas de autobús. El árbol muerto.

Los pájaros gritan por encima del ruido del tráfico, un tren chirría y Sam oye también el murmullo fluctuante de conversaciones en la puerta del pub, así como los pitidos de un furgón al dar marcha atrás y sirenas cuando pasa un camión de bomberos y los gritos de chiquillos junto a la gasolinera.

Llega hasta el cruce con su calle

y ve

humo, lo que lo sorprende; hay uno o dos vecinos que usan chimenea, pero aún no hace frío

y no puede ser de una barbacoa porque no huele a eso

y es un humo gris denso, muy denso, que sube hacia el cielo gris pálido, es demasiado abundante, y al doblar la esquina ve que hay un camión de bomberos aparcado en mitad de la calle con las luces girando en la bruma como en una discoteca; y tarda un momento en identificar el origen del humo, pero casi parece que sale de su casa, de modo que aprieta el paso y decide que tiene que ser una equivocación, sin duda está a punto de comprobar que no pasa nada, en cualquier momento verá que se trata de una papelera incendiada o que alguien ha estado quemando compost en el jardín; pero, a cada paso que da, tiene más claro que el humo sale de su propio tejado, que hay un chorro de agua dirigido a él desde el suelo y que está ardiendo.

Las llamas, que apenas se distinguen, son color naranja brillante.

Y hay humo. Mucho humo.

—¿Qué pasa? —pregunta en voz alta, como si aún confiara en que todo es un malentendido—. ¿Qué pasa?

—Retírese, por favor —dice un bombero—. ¿Le importa echarse para atrás?

Los niños de la casa de enfrente miran desde detrás de la valla, los más mayores hacen vídeos. Los adultos también han salido a la puerta de sus casas y exclaman, miran y tosen. Menudo olor. Los pájaros en los árboles están furiosos.

Lauren no está dentro, ¿verdad? En los diez minutos que él ha estado fuera no le ha dado tiempo a volver, debe de seguir en casa de Nat cuidando de los niños. Saca el teléfono y la llama.

El perchero que le costó tres horas y media montar. La manta que tejió su madre para Lauren y que justo acababa de bajar del desván, para cuando empiece el frío. La bolsa de plástico negra y amarilla que le dieron en aquel supermercado de Dinamarca que dice NETTO NETTO NETTO. Su ordenador, joder, el de Lauren también. Sus pasaportes. Sus todo. El estrépito, la manera en que las espirales de humo se desplazan, pero el contorno, la masa de llamas, apenas cambia.

Lauren no coge el teléfono.

Sam retrocede hasta el furgón de mudanzas que tapa el coche de bomberos y allí está Toby, junto a un montón de cajas, mirando el edificio.

—Está ardiendo.

—Sí —dice Sam.

Prueba otra vez a llamar a Lauren. Se prohíbe a sí mismo alarmarse cuando tampoco contesta esta vez: seguro que Caleb tiene el teléfono y está viendo vídeos, o quizá Magda lo ha cogido y tirado directamente a la papelera. O igual Lauren se los ha llevado al parque. Seguro que no pasa nada. Nada.

Bueno, sí que pasa algo, su casa se ha incendiado. Su jarra con forma de piña, era carísima, así que estuvo dos años queriendo comprársela hasta que decidió que no necesitaba una jarra con forma de piña y entonces Lauren la cambió por un regalo de boda y es de cerámica, o sea, que igual sobrevive. La cerámica aguanta el calor, ¿no?

Un momento, ¿por qué se está quemando la casa? ¿Se ha dejado un fuego de la cocina encendido? ¿Una batería cargando? ¿Ha sido él? ¿Es esto culpa suya?

—¿Sabes cómo ha sido? —le pregunta a Toby.

—Ha empezado en el desván —contesta Toby con voz temblorosa.

—Mierda. Joder. Acababa de subir. —Aunque solo ha cogido una manta. Coger una manta no puede causar un incendio, ¿no?—. ¿Maryam está bien?

—Sí —dice Toby—. Está en la casa nueva.

Sam vuelve a llamar a Lauren. No contesta. Prueba otra vez y le deja un mensaje en el buzón, algo que no recuerda hacer quizá desde 2015.

—Hola, ¿dónde estás? Llámame en cuanto oigas esto. Eh..., se ha incendiado la casa. Eh..., confírmame que no estás dentro.

Al oír su propia voz comprueba que no está tan tranquilo como le gustaría.

—Ah —dice Toby—. Lauren está por aquí.

—¿Qué? Si había ido a casa de Nat. ¿Qué es eso de por aquí? ¿En el apartamento?

—No, por aquí. —Toby hace un gesto con la mano—. Estaba en el apartamento cuando saltó la alarma antiincendios. Llamó a los bomberos.

A Sam se le despeja el pecho; enseguida nota presión otra vez, pero ahora solo se debe al humo, no puede respirar bien. Se separa del camión de bomberos y busca a Lauren en la luz densa y fea. Entonces la ve, sentada en el bordillo. Por algún motivo lleva puesta la cazadora de lentejuelas y tiene las piernas extendidas, dos bolsas de plástico llenas a rebosar a un lado y su planta gigantesca, tan alta como Sam, en el suelo.

—Joder —dice Sam mientras echa a correr—. Lauren.

Lauren levanta la cara, aturdida, y a continuación lo mira.

—Hola —dice y, pasado un momento—: Sam.

—Creía que estabas en casa de Nat —dice este mientras se arrodilla para abrazarla.

—Ya había vuelto.

Lauren parece aturdida, difusa, casi como hecha de humo.

—¿Estás bien? ¿Te ha visto alguien? ¿Estabas dentro? ¿Has aspirado humo?

Lauren odia que la cuiden, pero acaba de estar en un incendio, uno de los bomberos debería echarle un vistazo.

—Estoy bien —dice Lauren—. De verdad, me encuentro perfectamente. Me alegro de haber estado para poder dar la alarma.

Está mirando a Sam, le toca la mejilla, la nariz y le pasa la mano por el pelo, le da un tirón suave primero a un mechón y a continuación al pañuelo que lleva al cuello, como si quisiera asegurarse de que sigue allí.

—La casa va a quedar destrozada, me parece —sigue—. Estaba..., al principio pareció que solo iba a arder el desván, pero creo que se va a quemar casi entera. Ya sabes, por cómo se comporta el fuego. Pero igual deberíamos mudarnos, ¿no? A Walthamstow, a Sídney. O a Berlín. Me han dicho que Burdeos es muy agradable.

Sam se libera del incómodo abrazo acuclillado y se sienta al lado de Lauren en el bordillo para mirar la casa. Nota la arena del pavimento a través de los pantalones, los únicos que tiene, piensa; es lo que hay, lleva puesta toda su ropa.

—No deberías... —Mira las cosas que ha sacado Lauren de la casa, papeles, pólizas de seguros, los ordenadores y, por supuesto, por supuesto que no debería haberse puesto a coger cosas durante un incendio, pero al mismo tiempo se siente feliz al ver que algunas de sus pertenencias han sobrevivido y también conmocionado al pensar que ahora es todo lo que poseen.

No dejan de asaltarlo pensamientos nuevos, nuevas implicaciones de lo ocurrido.

—Nat va a estar insoportable —dice.

—Joder, es verdad —dice Lauren—. Ni siquiera lo había pensado.

Reclina la cabeza en el hombro de Sam, quien sigue tratando de asimilar lo ocurrido.

Mejor empezar por lo pequeño. La bolsa de la compra. Hoy no va a cocinar salmón a mitad de precio.

Así que saca los bollos.

—¿Un rollo de canela?

—Ah —dice Lauren—. Gracias.

Lo coge y rompe a llorar a lágrima viva, entre jadeos; es un llanto ruidoso y apremiante que le da tos y Sam la abraza y dice:

—Que no te caigan mocos en el bollo. No son más que cosas materiales. No me puedo creer que salvaras esa planta absurda y gigante, que evidentemente es la más preciada de nuestras posesiones.

—Tengo los pasaportes —dice Lauren sorbiéndose la nariz—.

Y los ordenadores. Y la taza de «Coventry: capital de la diversión», por si te sirve de consuelo.

—Pues estupendo entonces —dice Sam.

Lauren ya no se sorbe tanto la nariz y Sam nota cómo su capacidad de fingir que está bien lo abandona y el pecho empieza a temblarle. Se tumba en la acera, con lo que la espalda de su única chaqueta también se moja, mira al cielo y ahora le toca a él llorar. Dice:

—No me puedo creer que se haya incendiado nuestra puta casa.

Nota a Lauren tumbarse a su lado y cogerle la mano. Sudor pegajoso, de su mano o de la de ella. O de ambas.

—Me parece que vuelve a llover —dice Lauren—. Quizá ayude.

Lauren siempre es la primera en notar las gotas de lluvia. Sam mira a una urraca en una alcantarilla, al revés.

—Mierda —dice al recordar cosas, detritos de sus vidas—. Cepillos de dientes. Cargador de teléfono. Tu vestido de novia. La hoja con la puntuación de aquella vez que te gané al Scrabble.

Lauren ríe.

—Vaya puto desastre.

Los sonidos de la carretera, el agua. Toby al fondo. Los adolescentes de la gasolinera que han bajado desde la calle principal y están fascinados, encantados, boquiabiertos.

—Esa mermelada de melocotón que compré en la tienda gourmet —dice Sam. Ni siquiera le gusta mucho, pero acababa de abrirla—. Ay, Dios. Gabby lo va a pasar fatal.

Siente cómo Lauren se pone rígida y dice:

—Gabby.

Fue una equivocación dejar que la mirla supiera que la veía desde la cocina. A veces a uno le apetece hacerse un café sin tener a un pájaro picoteando en el cristal para que le des pasas.

—No le va a pasar nada —dice para tranquilizar a Lauren—. Volverá a comer gusanos y punto, seguramente incluso es mejor para ella.

Pero no puede dejar de imaginarse a la pequeña mirla intentando volar hasta una ventana quemada y llamar, toc toc toc, sin que nadie la vea. Y justo ahora, que acababa de abrir una bolsa de pasas. Y ese platito en que siempre las ponía, un regalo conjunto de sus hermanos pequeños de una tienda de artículos para el hogar rebajados cuando se fue de casa y que jamás había usado hasta que esta mirla tan tonta empezó sus visitas.

Sam cierra los ojos pero no consigue aislarse de los sonidos, los gritos, el agua, el repiqueteo, los chisporroteos. Trata de concentrarse en cada una de las partes de su cuerpo, los dedos de los pies, las pantorrillas, las rodillas formando un triángulo, la espalda en contacto con una camisa que empieza a mojarse a medida que la humedad le traspasa la chaqueta. Lauren a su lado, y podría haber sido mucho peor.

El olor. Es difícil aceptar que este sea el olor de todo lo que poseen, quemándose.

Tiene las manos húmedas y también sucias de tierra, ni siquiera puede secarse la cara.

—Cómo me alegro de que estés bien —dice—. Cuando no me cogías el teléfono me asusté muchísimo.

—Me lo imagino —dice Lauren, que sigue llorando—. Perdóname, no me lo puedo creer, pero es que me lo olvidé en casa. ¿Quién necesita un teléfono cuando tiene... —se sienta y saca algo de una de las bolsas— una jarra con forma de piña?

—¡Mi jarra! —exclama Sam cuando Lauren la agita en el aire.

Se sienta y la coge. Lauren la ha salvado. Pues claro que sí.

—Entonces.... ¿te gusta esa jarra? —pregunta Lauren mientras Sam la deja con cuidado en la bolsa, saca un trapo de cocina, se limpia la cara con él y se lo ofrece a Lauren.

La casa arde ante sus ojos. Sam se tumba para no tener que verlo; Lauren gira un momento el cuello para mirarlo, le da un apretón en la rodilla y se tumba a su lado.

—¿Qué preferirías? —pregunta—. ¿Que estuviéramos casados y se incendiara nuestro desván o no habernos conocido y conservar todas tus cosas?

—¿A qué viene esa pregunta?

—Es hipotética.

—¿Y no puedo querer un mundo en el que estamos juntos y el desván no se incendia?

El humo que sube en dirección al cielo se confunde con las nubes.

Lauren le aprieta la mano.

—Ya sé que no parece justo —dice—, pero no. No puedes.

—Pues entonces elijo esto —dice Sam al cabo de un instante.

Se quedan callados, tumbados en la acera.

—Bueno —dice Lauren—. Pues es una suerte. Porque es lo que nos ha tocado.

Agradecimientos

Cada vez que termino un libro, leo los agradecimientos y pienso: no puede ser que hagan falta tantas personas para hacer un libro.

Pero, ahora que tengo que escribir los míos, descubro que estaba muy equivocada: sí hacen falta.

Empiezo por orden cronológico. En primer lugar, gracias a una serie de grupos de escritura que me obligaron a sentarme a trabajar. A Kaho Abe, Helen Kwok, Chad Toprak y otros miembros esporádicos de aquel grupo de 2021; al Game Pube WIP Group; Rowan Hisayo Buchanan y sus alumnos del centro de formación de alumnos City-Lit, que fueron los primeros en leer el libro y cuyos amables comentarios sobre los primeros capítulos me dieron el impulso necesario para terminar.

Gracias también a los cafés de Adelaida en los que escribí gran parte del borrador, en especial a in dot (¿«indot»?, tiene un nombre algo desconcertante pero excelentes magdalenas) y la pastelería St. Louis de Hyde Park.

Gracias a los primeros lectores por su entusiasmo, sus minuciosas comprobaciones, sugerencias y debates sobre el argumento cuando el libro tenía veinte mil palabras más y tres finales posibles: Katrina Bell, v buckenham y Kerry Lambeth; también a Gabrielle de la Puente, Josh Hadley, Halima Hassan, Harjeet

Mander, Casey Middaugh, Jinghua Qian y Sophie Sampson. Mis disculpas a Sophie por tomar prestado su apartamento para Lauren y a Josh por robarle su lesión de espalda para Zach.

En el Reino Unido, a mi maravillosa agente Veronique Baxter (quien me explicó amablemente que el larguísimo borrador con múltiples finales que le envié podía no ser la mejor versión posible del libro) y a otras personas de David Higham Associates, incluidas Sara Langham, Nicky Lund, Lola Olutola, Laney Gibbons y al equipo de traductores, incluyendo a Alice Howe, Margaux Vialleron, Ilaria Albani y Rhian Kane. En Estados Unidos, a la estupenda Gráinne Fox y a Madison Hernick, en UTA.

Mi agradecimiento a las increíbles editoras Becky Hardie, Lee Boudreaux y Melanie Tutino por detectar flaquezas, contradicciones, confusiones y relaciones que no tenían sentido, e incluso chistes susceptibles de mejorar, y todo con máxima precisión y la dosis perfecta de entusiasmo por mi trabajo. A la siempre eficaz y serena jefa de producción Leah Boulton y a la editora de mesa Karen Whitlock, que lo sabe todo, incluso que los narvales tienen colmillo en lugar de cuerno. Y a muchas más personas de Chatto, Doubleday y Doubleday Canada, entre ellas: Anna Redman Aylward, Asia Choudhry, Jess Deitcher, Todd Doughty, Julie Ertl, Katrina Northern, Maya Pasic y Gabriela Quattromini.

Mientras escribo esto, todavía trabajan o están a punto de trabajar personas con las que no he hablado nunca: diseñadores de cubierta, traductores, correctores y más cosas. Gracias a todas ellas, así como a quienes escribieron las primeras reseñas.

Y, por supuesto, a mis amigos y a mi familia. El chat sobre EW. El chat sobre debuts literarios en 2024. A mi madre, que me llevó a todas las bibliotecas que había a media hora de casa cuando era pequeña. A Terry, quien me escuchó leer este libro en voz alta cuando estaba casi terminado, un capítulo cada noche, y me dijo que debía hacer más estresantes las partes estresantes. A todos los amigos que han seleccionado perfiles en una app de citas y después me han enseñado sus opciones y se han quejado. A todos los desconocidos con los que he intercambiado una mirada y pensado, solo por un instante, en una vida diferente en la que seríamos amigos.

«Para viajar lejos no hay mejor nave que un libro».
EMILY DICKINSON

Gracias por tu lectura de este libro.

En **penguinlibros.club** encontrarás las mejores recomendaciones de lectura.

Únete a nuestra comunidad y viaja con nosotros.

penguinlibros.club

 penguinlibros